ふしぎな話
小池真理子怪奇譚傑作選

小池真理子
東 雅夫＝編

角川ホラー文庫
22925

目次

霊の話　5
死者と生者をつなぐ糸　11
現世と異界――その往復　17
恋《れん》慕《ぼ》　27
花《はな》車《ぐるま》　67
慕《ぼ》情《じょう》　111
ふしぎな話　157

夏の雨 167
年始客 173
旅路 177
声 183
水無月の墓 199
やまざくら 221
著者あとがき 260
解説　東雅夫 263
収録作品出典一覧 270

霊の話

私の母はかなり霊感の強い人間で、しょっちゅう死者と遭遇してしまう人である。私もまた、いくらかその影響を受けているものらしい。母には及びもつかないが、何とも説明のしようのない、不思議な体験をすることがたまにある。

今年発表した『水無月《みなづき》の墓』という幻想小説集の中に「足」と題する短編を収録した。むろん小説であり、フィクションにすぎないのだが、そこで使ったエピソードは私の実体験である。

小学校四年か五年のころ。私たち一家は東京都大田《おおた》区にある小さな家に住んでいた。父の会社の社宅である。短い廊下に風呂場《ふろば》とトイレと台所が並んでいるような家で、廊下をはさんだ風呂場の前には四畳半の和室があった。夏の晩、一人で湯船につかっていた私は、開け放したままにしてある風呂場の向こうの、暗がりに沈んだ和室を見ていた。風呂場の電気がやっと届くあたりに、横向きに置かれた籐椅子《とういす》があった。その、誰も座っているはずのない籐椅子から、白い女の足が一本、まっすぐに伸びていた。

太くも細くもない、ごく普通の女の足だった。怖くはなかった。あ、足だ、と思っただけだった。しばらく私は足を見ていた。何だったのか、今でも説明がつかない。少し怖くなり、母を呼ぼうとして湯の音をさせた直後、足はすっと音もなく消えた。

大学時代、つきあっていたボーイフレンドが私のアパートに泊まった時のこと。早朝、私は彼にたたき起こされた。青い顔をした彼は「○○って知ってる?」と私に聞く。○○というのは、予備校時代、自殺した同級の男子学生だった。私がそう教えると、相手はわなわなと震え出し、「今、そいつがここに来た」と言って、炬燵《こたつ》を指さした。炬燵の上にあぐらをかいて座って、私たちのことを見ていたのだという。いたずらではなかった。第一、私はそれまで彼に、○○の名を教えたことなど一度もなかったのだ。

私は今、軽井沢《かるいざわ》に住んでいる。新築したばかりの家に引っ越して来たのは六年前の五月。それから二か月ほどたってからだったろうか。ツレアイが留守の日の午後、一人で二階の書斎で仕事をしていると、誰かが階段をそっと上がって来る気配があった。足音がしたとか、衣《きぬ》ずれの音がしたとか、そういった具体的な音がしたわけではない。だが、そこには確かに何か異形のものの気配があった。

書斎のドアはたまたま開いていた。私の書斎のすぐ外が階段である。

その時、私の部屋には飼い猫がいた。それまで眠っていた猫がつと頭を起こし、耳をぴんと立てた。猫の背中の毛が少し立っているのがわかった。何か得体の知れないものを感じると、恐怖のあまり猫はすぐに背中の毛を逆立てる。

階段を上がってきた何かの気配は、ゆっくりと私の書斎の前を通り過ぎた。猫は身動きひとつせず、おびえたようにして気配のするほうに視線を投げている。私は、ああ、来たんだな、と思った。ずいぶん前に死んだ私の友人に、お金がたまったら自分の家を建てようと楽しみにしていた人がいた。新築の家を見て回るのが大好きな人だった。その人が私の家を見に来た……そう思った。

三、四年前だったと思うが、真夏のできごとである。渋谷《しぶや》の駅のプラットホームに立っていると、向こうからやたらと背の高い、黒いロングドレスに身を包んだ女が歩いて来るのが見えた。ひどく瘦《や》せた、髪の毛の長い、顔色の悪い女だった。ぽっかりと唇を半開きにし、まっすぐ前を向いている目は死んだ魚のように生気がなかった。ハンドバッグも何も手にしていないのが妙だった。

大勢の乗降客が行き来していたのだが、その女のまわりだけが妙に静かで寂しくて、透明な感じがした。あきらかに異様な雰囲気だというのに、まわりの人は誰もその女を注目していなかった。幽霊のような人だ、と薄気味悪く思いつつ、私はほんの一瞬、まばたきをした。一秒の何分の一。その直後、女は消えていた。

一昨年《おととし》の秋だったか、上京した折、東京に借りているマンションに妹が遊びに来た。一緒に夕食を食べ、帰るころを見計らって妹の亭主が車で迎えに来た。近くには駐車できるスペースがなかった。車が停まっている場所まで、私は妹を送って夜の道を散歩がてら歩いて行った。

賑《にぎ》やかなバス通りである。通りに面して、何軒かの小さな商店が並んでいる。そのうちの一軒の店で、通夜が営まれていた。煌々《こうこう》と明かりが灯《とも》された狭い店内に、白木の柩《ひつぎ》が安置されているのがはっきり見えた。柩の中に白髪の痩せ細ったおじいさんが横たわっている、と思った瞬間、怖くなった。通りを歩いていただけの私に、柩の中まで見えるわけがないのだ。

後日、それがどこの店だったか、探して歩いたのだが、不思議なことに、あの晩、通夜を営んでいた店は見つからなかった。妹は、お通夜なんかやってる店はなかった、と言って今でも気味悪がっている。

死者と生者をつなぐ糸

十四年ほど前のことになろうか。別荘客の大半が帰ってしまい、あたりが静まり返る季節。今にも暮れようとしている、夏も終わりかけた日の六時ごろだった。別荘地の中を一人で車を運転していて、私はふいに母を見かけた。

誰もいない、近くに建物が一軒もない、あるのは夏の間、生い茂った雑草や緑濃い木立ちばかり。そんな一角の、舗装された一本道を、高齢の大柄な女性が姿勢よく軽やかな足どりで、向こうからこちらに向かって歩いて来る。

おや、こんな時間に誰だろう、別荘の人たちはみんな帰ってしまったはずなのに、と思い、通りすがりざまに何気なく顔を見た。それはまっすぐ前を向き、にこにこ笑いながらリズミカルに歩いている母だった。

だが、母はその時、横浜《よこはま》の自宅にいた。そんなところを一人で歩いているはずがなかった。

他人の空似、たまたま母によく似ている人が散歩していただけなのだ、と思いながら、しかし、私はどういうわけか一瞬、頭の中が空白になった。慌てて速度を落とし、バックミラーを覗《のぞ》いた。見通しのきく一本道には、誰もいなかった。

こういう話にはたいてい、もっともらしいオチがつく。たとえば、母がちょうどその時、急病で死にかけていたとか、生霊となって現れるにふさわしいほど、娘の私を案じていたとか。

だが、そんなことは何もなかった。当時、七十代後半だった母は元気で、その時刻、横浜の実家の台所で夕食の支度をしていた（この話は後に母本人から聞いた）。特別に娘の私を案じていた、というようなことも一切聞いていない。

それならばあの時、車ですれ違ったあの「母」は誰だったのだろう。暮れ始めた人けのない別荘地。少しひんやりしている秋風が吹き始めた一本道をまっすぐ前を向いて、とても楽しそうに、嬉《うれ》しそうに、にこにこ笑って歩いていた、あの母の姿をした異形のものは、何だったのだろう。

説明のつかない、不思議な体験は人に比べて多いほうだと思う。数年前も、小説の取材で訪れた或《あ》る小さな町のホテルの部屋で、異形のものの気配を感じ、怯《おび》えながら一夜を過ごしたことがあった（最近ではもっとも怖い体験だった）。

あるいはまた、よく晴れた日の昼下がり、渋谷駅のプラットホームで、前から歩いて来る黒いワンピース姿の、痩せ細った三十代くらいの女性が、明らかにこの世のものではない、とわかってしまったこともあった。

愛猫が死んだ日の深夜には、亡骸《なきがら》を安置していた部屋から、猫のかたちをした冷たい風が吹いてきて、私と夫の間を通り抜けていった（それは夫も気づいていた）。一陣の風のごとく、それは私たちの間を名残惜しげに吹き過ぎて、窓の向こうに消えていった。

これらのことは、不思議な体験、として自分の中で一括《ひとくく》りにし、ふだんは完全に忘れている。思い出しもしない。いちいち人に語ったりもしない。聞かされたほうも、「へえ」と言うしかないような話ばかりなのだから、積極的に語らねばならないものでもない。

原因も結果もない。理屈では何も説明がつかない。ただの思い違い、勘違い、錯覚。そう言われてしまえば、それまでである。

だが、ただの思い違いや錯覚ですませることができない何かが、それらの情景の中にはある。あの世とこの世、死者と生者をつないでいる、目に見えない糸の存在を私は否定することができない。

ちなみに、異形のものの姿を借りて、日暮れの別荘地をにこにこ笑って歩いていた……とおぼしき母は、昨年夏、九十歳で永眠した。最晩年は重い認知症を患い、病で壊死《えし》した片足を切断しなければならなくなるなどし、いささか壮絶だった。

だが、私の中では、そんな痛ましい母と、あの、楽しそうに笑いながら元気よく大股《おおまた》で歩いていた「母」はどこかで重なっている。同じ「母」なのである。

説明などつけられるはずもない一瞬の出来事だったが、あるいは十四年前のあの「母」も、ここではないどこかからやって来た、母の霊……母という生命体をかたち作っている元素の集合体だったのかもしれない。となれば、いずれまた別のかたちで、私は亡き母の元素の集合体と、どこかで静かにすれ違うことになるのかもしれない。

現世と異界——その往復

私の母は大正十三年、函館に生まれ、会社員の父と結婚して上京、二十八歳の時に長女である私を出産した。七十を越えたが、とりあえずは今も元気に家事に励む、ごくありふれた主婦である。

人並みに洒落《しゃれ》っ気も維持しており、十歳若く見えると言われると素直に喜び、美しいもの、可愛いものをこよなく愛する人間でもある。一人で夕食の支度をしながら、トランジスタラジオから流れるクラシック音楽に聞き惚《ほ》れ、はたと気づくと現実から遊離して、少女のごとき、お伽噺《とぎばなし》の世界にはまってしまったりする。私の空想癖は母ゆずりだろう。

年甲斐《としがい》もなく、いささか空想の翼を広げすぎる、というきらいがあるにせよ、母はあくまでも平凡な、どこにでもいるような人間である。不思議な能力の持ち主であるようには決して見えない。異形のもの、この世ならざるものと、何度も遭遇してしまう人なのだ、と言っても、おそらく誰も信用しないかもしれない。

彼女の娘である私や妹は少女時代から、茶の間における家族水いらずのひととき、不思議な怪異譚《たん》を日常会話のひとつとして聞かされながら育った。

例えばよく晴れた日の午後、昼食後のお茶をいれながら、あるいはおやつに揚げてのドーナッツをふるまいながら、母は私や妹に向かって、ゆうべね、となんだか照れくさそうに言うのである。死んだおばあちゃんが来たのよ、と。

茶の間の外に見える庭には、草花が咲き乱れ、蜂が飛び交い、外で遊ぶ子供たちの声が風に乗って聞こえてくる。遠くに竿竹《さおだけ》屋さんの、のんびりと間延びした売り声が響いている。さおやぁ、さおだけぇー……。

そんな明るい日常風景の中、母はあっさりと、死んだおばあちゃんが来た話や、とっくの昔に死んでいるはずの人間が目の前を横切っていった話などをし、不思議ねえ、どうしてなのかしらねえ、などと言って締めくくると、なんだか懐かしそうに遠くを見たりするのだった。

いつだったか、もう私が大人になってからのことだったが、母から「ほんとのこと言うとね、あんたたちが怖がるから、本当に怖い話はしたことはなかったのよ」と教えられたことがある。そうだったのか、あれよりもっと怖い話、不思議な話がたくさんあったのか、と興味をそそられ、その場で母に改めて〝実話〟の数々をせがんだのだが、本当に忘れてしまったのか、あるいは、忘れたふりをしていただけなのか、母は笑うばかりで教えてはくれなかった。

ここ最近の〝ヒット作〟として私が覚えているのは、かれこれ十年ほど前の話である。

実家の一部を改築することになり、大工さんが何人か出入りしていた時期があった。その中の一人の年輩の大工さん（仮にAさんとしておこう）が、身体を壊していると聞き、気の毒に思った母は何かと話し相手になったり、頻繁にお茶を出して休ませてやったりした。顔色の悪い、痩《や》せ衰えたAさんは恐縮し、ぽつりぽつりと母相手に身の上話などをしていたが、やがてふっつりと姿を見せなくなった。入院したらしかった。

改築が滞りなく終わり、大工さんたちが一斉に引きあげて行ってからしばらくたった或《あ》る日のこと、午後二時ごろ、玄関チャイムが鳴った。母が出てみると、曇り空の下、Aさんがぽつんと一人、立っていた。

おかげさまで退院できました、工事の時には本当に親切にしていただいて、ありがとうございました、こんな身体で家族にも恵まれないものですから、奥さんのご親切は身にしみました、と言い、あがってお茶でも、と勧めた母を断って、Aさんは何度も何度も頭を下げて帰って行ったのだという。

その後まもなく、母は工務店の人から、Aさんが病院で亡くなったと教えられた。

末期癌で入院後まもなく死線をさまよっていたというAさんが、病院を抜け出して電車やバスを乗り継ぎ、一人で母のもとに挨拶《あいさつ》にやって来られるはずもなかった。異界に旅立ったAさんが、一言お礼を言いたくて、訪ねて来てくれたに違いない、と母は言った。あっさりとした口調でそう言われると、そんなものかな、と思ってしまう。なんだか、親子で茶の間で差し向かいになり、お茶など飲みながら生きている人の噂話をしているような気持ちになってくるのである。

私の知る限り、母は死者を恐れてはおらず、気味悪いとも思っていない。同時に、自分に死者と出会える特殊な能力があることを、必要以上に意識しているわけでもない。

彼女自身、あくまでも日常の些事《さじ》のひとつとして死者との交流を捉《とら》えているのが、私にとっては興味深いのである。

確かに、生の延長線上に死があり、現実に折り重なり、連なるようにしてひたひたと霊界が広がっていると考えれば、死者もまた、生者の姿を借りて、時折、ふらりと現世に姿を現して何の不思議もない。以心伝心という言葉がある通り、魂の伝達には、およそ人知を超えた不可思議な力が作用しているに違いなく、だとするならば、生者と死者の間にも、伝達のための目に見えない微細な回路があるはずなのである。

精神のどこかに研ぎ澄まされたものをもった人間ならば、その回路を容易に探しあてることができ、ひょんなことから死者とめぐり会えたり、死者と会話を交わしたりすることができるのではないか。そして、ひとたびその回路を我が物にしてしまうと、あとは苦もなく異形のものとの接点を維持し続けることが可能になるのではないか。そんなふうにも考えられる。

いずれにせよ、母のような人間に育てられた私は、早くから幻想怪奇の分野に並々ならぬ好奇心をもつ人間に育った。

子供のころから幽霊話、怪異譚は大好きだった。小学生時代は学校の図書館で世界怪奇物語の全集を借りて読んだ。夏休みになると、近所の子供たちを集めて百物語のまねごとをしてみたりした。

怖い話を聞いたり読んだりした夜は眠れなくなり、トイレに起きる時も大騒ぎして親を手こずらせたが、それでも懲りずにまた、怖い話を読みあさった。実話だと聞かされると、それがどれほどつまらない話でも興奮した。

私は、因果もの——親の因果が子に報い——ふうに仕立てられた話にはあまり興味を持たなかった。それよりも、何が原因なのか、何ひとつわからないままに語られる話のほうが好きだった。

母の話の中には死者と生者がどこかで一体化し、どちらが生きているのか、どちらが死んだ人間なのか、わからなくなるような、妙に現実的な感じのする側面があったものだが、私もまた、その種の話を愛した。悪いことをするから、死んだおばあちゃんが化けて出てきた、という話よりも、ゆうべ、なんだか知らないけど、死んだおばあちゃんが訪ねて来たの、というさりげない話のほうが怖く、美しく感じられた。これといった理由もなく現世にふらりと姿を現す死者というのは、よく考えてみれば、なんと美しい情景であることだろう。

作家になってからまもなく、ミステリーを書くかたわら、私はホラー小説と銘打たれるような作品にも手を染めるようになった。ちょうどアメリカのホラー作家、スティーブン・キングが日本に紹介され、何冊かの翻訳が出版されていたころの話である。

今にしてみると考えられないが、当時はまだ、幻想小説や怪異譚も含め、恐怖を扱った小説はおしなべて片隅に追いやられる、という、いわば幻想恐怖ものの受難の時代であった。編集者に頭を下げて、おずおずと恐怖ものを書かせてもらい、やっとの思いで本になっても、読者がつかずに本は売れないばかりか、書評にすら取り上げられなかった。読者の反響もないので、自分の書いたものがどのように受け入れられたのか、何ひとつわからず、書けば書くほど不安がつのる、といった状態が続いた。

どこかで諦《あきら》めてもいたのだろう、読むことと書くこと、発表することとはまた別である、と考えるようになり、私は一時期、恐怖もの、幻想ものから遠ざかった。

再び幻想ふうの味わいをもつ作品を好んで書くようになったのは、四年ほど前からである。「小説新潮」で短めの幻想小説を不定期の連載で始めたのがきっかけだったが、私はそこに、母の語り口調を取り入れてみた。つまり、母がかつて私や妹に語った〝実話〟のごとく、どこからどこまでが現世で、どこからどこまでが異界なのか、区別がつかなくなるような、そんなニュアンスを漂わせつつ、自分なりの幽霊話、幻想譚が書けないものか、と思ったのである（本書『水無月の墓』では、「流山寺」「水無月の墓」がそれにあたる）。

ひとつには文体を意識して変え、統一させてみよう、という試みがあった。そっけないような文章のすみずみに、それと知られぬ程度の小技を利かせるわけである。世に言う名文、美文からは遠ざかるかもしれないが、そこには否応《いやおう》なしに一種独特のリズムが生まれる。現世と異界とを水のように流れつつ行き来する様が、言葉のリズムによって、より強調されるはずだ、と考えた。

かくして、ここに集めたような幻想的作風の小品が何本か完成した。

本書に集めたのは、言わば生者と死者との切ない交流の物語である。死者はいつでも、するりと霊界の壁を乗り越え、現世のこの瞬間にひっそりと寂しげに姿を現す。「命日」のカコちゃんも、「家鳴り」の死んだ義父も、「流山寺」の亡き夫も、「水無月の墓」のいとしい恋人も、「ミミ」の哀れな女の子も皆、異形のものの姿をとりつつ、実はそっくりそのまま、容易に現世になじんでしまったりもするのである。

書きながら常に私の中には、母から聞き続けた、幾多の不思議な話が渦を巻いていた。怖いのだけれど、それは逃げ場のない怖さであってはならない。いくら震え上がるような怖い物語であったとしても、そこには、読み手の美意識をくすぐるような情景が潜んでいなければならない。それがあってこそ、死者によって刺激される生者の魂の襞《ひだ》、同時に、生者によっていっときの命を吹きこまれた死者のつぶやきを描くことができる……そう思った。

そんな作者の意図を、少しでもこの作品集の中から感じ取っていただければ、これほど嬉《うれ》しいことはない。

恋《れん》慕《぀》

昭和三十九年。東京オリンピックが開催される年の六月に、父方の叔父《おじ》が亡くなった。木所晴夫《きどころはるお》。二十九歳の若さだった。

叔父の遺体が家に戻って来たのは、梅雨に入ってまもない日の、薄暗い昼下がりだった。朝から降りしきっていた雨がいっそう烈しくなり、玄関脇のヤツデの葉にあたって弾《はじ》ける雨音がうるさいほどだったのを覚えている。

父は玄関の三和土《たたき》に立ちすくんだまま、わなわなと震え出した。震えながら柩《ひつぎ》に向かって、ばかやろう、と怒鳴った。

「そんな恰好《かっこう》で帰って来て、恥ずかしいと思わないのか」

怒鳴り声が一瞬、雨音をかき消したが、その直後、風もない日だったのに、ざあっ、と烈しい音と共に雨が玄関先に吹きつけてきた。柩の上に載せられた白菊の小さな花束が、ぼとりと湿った音をたてて三和土に落ちた。

柩を運んできた人たちが、あ、と声をあげた。先頭にいて柩を支えていた黒スーツ姿の男が、腰を屈《かが》めながら花束に向かって手を伸ばした。

咄嗟《とつさ》の判断で、私は三和土にしゃがみこみ、花束を拾おうとした。どこからともなく母が駆け寄って来て、だめ、と小声で言った。

理由がわからなかった。母の顔は、見たこともないほど強張《こわば》っていた。

花束は母の手によって拾い上げられ、再び柩の上に載せられた。親戚《しんせき》の一人だったと思うが、近くにいた年寄りが発作でも起こしたように身を震わせ、叫び声をあげた。だが、何を叫んでいるのか、聞き取れなかった。雨が地面をたたき、軒先をたたき、あらゆる物音を飲みこんでいった。

祖母は私の双子の妹たちを抱き寄せたまま、柱の陰に隠れるようにして立っていた。双子はおびえた様子で、祖母の腰にしがみついていた。祖母は顔を歪《ゆが》め、目を閉じ、ひっきりなしに念仏を唱えていた。

柩が安置されたのは、ふだん来客がある時に使っていた十畳の和室だった。部屋には早くも燈明《とうみょう》が灯《とも》されていた。天井からぶら下がっている電灯の他に、幾つもの明かりが光を放っていたものだから、部屋は場違いなほど明るく感じられた。明るいのにあちらこちらにもやもやとした影ができていて、光が届かない部屋の隅々は、沼のように深い闇で塗りつぶされており、そこに得体の知れない魔物が潜んでいるような気がして恐ろしかった。

まもなく、大勢の人間がやって来た。大半が父方の親戚だった。女たちは地味な服装にエプロンをつけて台所に上がりこみ、意味ありげな視線を交わし合いながら酒の支度を始めた。

祭壇の中の叔父の柩は、むせかえるほど夥《おびただ》しい数の白い花で埋められた。親戚の男たちは、父を囲んで車座に座ったまま、口数も少なげに、それぞれ煙草をふかしたり、出されたお茶をすすっていたりした。

そのころ、ちょうどわが家は工事中であった。二階部分を増築し、それまで一つしかなかった子供部屋を二つに分け、うち一つを私専用の部屋にして、双子の部屋も広くし、ついでに庭に面してベランダも設ける……というのが父の計画だった。工事は始まったばかりで、二階の子供部屋を使えなくなった私と双子の妹たちは、玄関脇の洋間をあてがわれていた。

みんなの邪魔にならないよう、どこか別の部屋で遊んでいなさい、と母に言われ、仕方なく私は妹たちと一緒に、仮の子供部屋に行った。とても遊べるような気分ではなかった。いかめしい革張りの応接セットのまわりを囲むようにして勉強机を三つ並べ、子供部屋にあった小物を全部運びこんだものだから、洋間はひどく狭くなり、足の踏み場もなくなっていた。私たち三人は、部屋からせり出した出窓にのぼり、ガラスに額をつけて外の様子を眺めていた。

叔父の死の知らせが入った日から工事は中断していたものの、家の周囲には工務店が置いていった工事用具が雑然と並んでいた。あとからあとから、神妙な顔をした大人たちが、雨で濡《ぬ》れそぼった工事用具の脇を通って玄関に入って来た。知っている顔もあれば、知らない顔もあった。全員が黒っぽい傘をさしているので、傘の中の顔は皆、薄闇に包まれた表情のない仏像のように見えた。

「工事なんか、しなきゃよかったのに」双子の妹の一人、直美《なおみ》が言った。

どうして、と私は聞いた。

「おばあちゃんが言ってたもん。おうちの工事をすると、誰かが死ぬんだって」

「言ってた。言ってた」もう一人の妹、明美《あけみ》が大きくうなずいた。「あんまりおうちの工事はするもんじゃないんだ、って」

祖母は言い古されてきた迷信を口にするのが好きだった。黒猫が前を通り過ぎたら、急いで回れ右をして別の道を行かないと家族の誰かが病気になる。夜になって爪を切ると、親の死に目に会えない。霊柩車《れいきゅうしゃ》を見たら、親指を隠さないと不吉なことが起こる。……そんなことばかり聞かされて育ったものだから、私はともかく、妹たちは幼いころから年寄りじみた縁起かつぎばかりしていた。

二階の建て増し工事をしたせいで叔父が死んだ、などということは、断じて信じたくなかった。自分専用の立派な子供部屋ができるからといって、それと引き換えに叔父が死ななければならなかったのだとしたら、代わりに自分が死ねばよかったんだ、と私は子供心に真剣に考えた。

「どこの家でも、工事はするじゃないの」私はわざと大げさにせせら笑ってみせた。「木村さんのおうちだって、去年、縁側を新しくしたし、本田さんのとこだって、二階を建て増ししたじゃない。誰か死んだ？　誰も死ななかったでしょ。おばあちゃんが言ったことなんか、嘘に決まってるんだから」

「全員じゃないんだってば」双子は口々にそう言った。「全員じゃないけど、でも、建て増ししたりすると、どっかで死人が出るんだって。あんまりよくないんだって。おうちは、そのまんま、住んであげなくちゃいけないのに、途中で変えたりするとよくないんだって」

「そうそう。おばあちゃん、そう言ってたよね。おうちが怒るんだって」

嘘よ、と私はむきになった。「おじさんが死んだのは、別に家が怒ったからじゃないわよ。家が怒るわけないじゃないの。おじさんみたいないい人に、家が怒るわけない……」

途中から言葉が続かなくなった。嗚咽《おえつ》がこみあげてきて、自分の吐く荒い息が窓ガラスを曇らせた。

双子は当時、九歳。小学校三年生だった。人の死が何を意味するのか、完璧《かんぺき》に理解していたはずだが、何故、叔父が死んだのか、詮索《せんさく》する様子はなかった。父も母も祖母も、妹たちには嘘をついていた。晴夫おじさんは旅先で急病になり、病院に運ばれたが、手当ての甲斐《かい》もなく息を引き取った……そういうことになっていた。

だが、私は真相を知っていた。どうして知らないわけがあっただろう。叔父は死ぬ前日に電話をかけてきた。行き先も告げずに、旅行に行く、と言って家を出て行ったきり、三、四日たっても連絡がなかったので、父や母が心配し始めていたころのことだ。

たまたま、家にいた私が電話に出た。父は会社に行っていたし、母は祖母と一緒に買物に出ていた。妹たちは外で近所の子供たちと遊んでいた。

「ああ、りっちゃんだね」と叔父は言った。「可愛いカワウソくん。カワウソくんの声を聞くのは久しぶりだな」

カワウソくんというのは、叔父が私につけたあだ名だった。たまたま家族で見ていたテレビ番組の中に、川で戯れるカワウソが出て来て、叔父が「りっちゃんに似てる」と言い出したのがきっかけだった。叔父は人のことを動物にたとえるのが好きだった。叔父にかかると、祖母はラクダ、父はモリアオガエル、母はヤギ、直美と明美の双子の姉妹はジュウシマツになった。

少し酒に酔っているような、舌ったらずの甘えたような喋《しゃべ》り方だったが、それまでにも叔父《おじ》は時折、昼間からビールを飲み、呂律《ろれつ》が怪しくなることがあったから、別段、私は気にもとめなかった。

「今どこにいるの？」と私は聞いた。

能登《のと》、と叔父は言った。「海が見える旅館に来てるんだ。雨だけど、外はきれいだよ。波しぶきがすごいけどね。どこからどこまでが雨で、どこからどこまでが波しぶきなのか、見分けがつかないや」

「おじさん、お酒飲んでるでしょ」

「少しね」

「お父さんもお母さんもおばあちゃんも、みんな、心配してたのよ。おじさんたら、全然、連絡をくれないんだもの」

「悪かった、悪かった。ところでカワウソくん、元気かい？」

「元気よ。おじさんは？」

「元気だよ。りっちゃんに会いたいな。りっちゃんが早くもっと大きくなって、僕の恋人になってくれればいい、って、さっきも考えてたところだよ。きみはお母さんに似て、素敵な女性になるからね。間違いない。ボーイフレンドもたくさんできる。デートのお誘いが山のようにくる。そうなったら、僕はやきもちを焼くんだろうな。可愛いカワウソくんは他のやつらに取られたくないもんな」

そこまで言うと、叔父は一呼吸おき、「りっちゃん」と私の名を呼んだ。

わずかな沈黙が拡がった。受話器の奥から波の音が聞こえたように思えた。

「僕はね……きみのことが大好きなんだよ。ほんとに大好きなんだ」

私は思いがけず、顔が赤らむのを覚えた。胸がどきどきした。

叔父がそんなふうに冗談めかして、私のことを大人の女のように扱ったり、男女の秘め事のような話題をわざと持ち出して私の反応を窺《うかが》ったりすることはそれまでにも何度かあった。だが、「大好きだ」と大まじめに言われたのは、それが初めてだった。

叔父の口調は途方もなく優しくて、沈みこむような静けさが感じられた。

私が返す言葉を失って黙っていると、叔父は「元気でいるんだよ、りっちゃん」と口早に言った。「りっちゃんのことは忘れない。この一年、楽しかったよ。とっても楽しかった」

ふいに、説明のつかない不安が私の中に拡がった。「おじさん、何だか変」と私は言った。「どうかしたの？　なんで、そんな変なことを言うの？」

叔父はくすっと短く笑った。「なんでもないよ。じゃあな、僕の可愛いカワウソくん。これで切るよ。りっちゃんの声が聞けてよかった。安心したよ」

もしもし？　と言いかけた途端、ぷつりと音がして電話は切られた。

買物から帰って来た母と祖母に、私は叔父からおかしな電話がかかってきたことを告げた。何がおかしかったのか、うまく説明できなかった。ただ、おじさんが変だった、変なことばっかり言ってた、と繰り返すことしかできなかった。理由はよくわかっている。私は祖母や母に向かって、叔父が私のことを大好きだ、と言った話を教えたくなかったのだ。

また酔っぱらってるんだわ、と祖母はいまいましげに、吐き捨てるような口調で言った。しようもない子だこと。ろくな仕事にもつかないで、遊んでばっかり。いつまでこんな生活を続ける気なんだろう。まったく情けないったらありゃしない。

おじさんは能登にいるのね、と母は私に念を押した。能登の何ていう旅館なの？

知らない、と私は答えた。そう、と母は言い、あたかも祖母の口まねをするかのように、「しようもない人」とつぶやいて遠くを見つめた。

能登半島にある旅館の一室で、叔父が首を吊《つ》って自殺した、という知らせが警察から入ったのは、その翌日だった。

遺書はなく、ただ身の回りの荷物が丁寧に片づけられ、死ぬ直前まで飲んでいたらしいウィスキーの空き瓶が、海に向かって開け放たれた窓辺に手向けのようにしてぽつんと置かれていただけだ、と聞いている。

叔父の木所晴夫は、昭和三十三年、二十三歳になった年に知人を頼って渡米した。

叔父の夢は、アメリカで映画や演技の勉強をし、帰国して映画俳優になることだった。

その方面の才能があったのかなかったのか、私にはわからない。母は時々、いたずらっぽい顔をして「晴夫おじさんのほうがお父さんよりも美男子ね」と囁《ささや》いて、私の同意を求めてきたが、叔父が父よりも美男子なのかどうかすら、私には判断できなかった。叔父が渡米した時、私はまだ六つになったばかりだった。叔父は、他の大人たちと同様、私にとって、年嵩《としかさ》の男の一人に過ぎなかったのだ。

叔父からは、何度も父と母あてに絵葉書が届いた。絵葉書には、細かい文字でびっしりと近況が書かれてあった。

文面は理解できなかったが、外国の切手や英語まじりの宛名、ナイアガラの滝や自《じ》由《ゆう》の女神《めがみ》像が写っている写真は、どれほど私の興味をひきつけたことだろう。叔父から絵葉書が届くたびに、私は父にせがんで絵葉書についている写真の説明を求めた。子煩悩だった父は、喜んで私を膝《ひざ》にのせ、絵葉書の写真に何が写っているのか、英語で何が書かれてあるのか、叔父がアメリカで何をしているのか、わかりやすく教えてくれた。私にとって、叔父から送られてくる絵葉書は、長い間、アメリカのシンボルだった。

祖母は初めから、叔父の渡米には猛反対していた。木所の祖父は他界していたが、長男である父は祖父が始めた製本会社を継ぎ、手堅い商売を続けていたし、医者になった次男は国立病院に勤務していた。三男は大学を出てすぐに、大手都市銀行に就職した。

どうして晴夫だけが親不孝なんだろう、私の息子はみんな優秀だったはずなのに、どうしてあんな風来坊みたいな子供ができてしまったんだろう、と言うのが祖母の口癖だった。

風来坊というのは、当たらずとも遠からずだった。まともに演技の勉強を続けていたのは最初の二年ほどで、叔父はまもなくアメリカ人の女性と同棲《どうせい》を始め、生活費を稼ぐために、様々なアルバイトに手を染めるようになった。

俳優になるという夢はたちまち遠のいた。よく知らないが、いかがわしい連中とのつきあいもあったらしい。女性関係も派手だったようだ。そして、何が原因だったのか、おそらくは女性をめぐってのトラブルがあったのだろう、昭和三十七年の夏、叔父は日系ブラジル人のチンピラと喧嘩《けんか》して腹を刺され、病院に担ぎこまれた。

命には別状なかったものの、入院生活を余儀なくされ、暮らしに困って祖母や父あてに金の無心が続いた。手をこまねいていた祖母は叔父に帰国を命じた。

初めはぐずぐずと言い訳がましくアメリカに残っていた叔父だったが、やがて背に腹は代えられなくなったらしい。私が小学校五年生になった昭和三十八年五月、叔父は山のようなスーツケースやボストンバッグを手に帰国すると、そのまま私の家に居ついた。

二十八歳になっていた叔父が、父の弟であることを認めるためには、相当の努力を要したような気がする。母がこっそり私に囁いたように、叔父はなるほど、父よりもはるかに美男子だった。父と似ていたのは、小鼻のあたりの丸っこさと、気にならない程度に八の字形になっている眉《まゆ》だけ。くっきりとした深みのある二重まぶたや涼しげな目、笑うと美しいアーチを描く口もと、引き締まったぶ厚い胸、バランスの取れた体型など、どれを取ってみても、父と叔父とが兄弟であることを連想させるものは何ひとつなかった、と言っていい。

叔父は、私や妹たちの見ている前でわざとシャツを脱いでみせ、チンピラにナイフで刺されたという脇腹の傷跡を見せびらかしたり、一緒に住んでいたという金髪の女性が水着姿で笑っている写真を見せてくれたり、本物かどうかはわからないが、マリリン・モンローのサインが入っている、というブロマイドを見せてくれたりした。ブロマイドの中では、モンローが肩ひもを落としたドレス姿で、胸の谷間もあらわにシナを作っていた。

子供の前で、そんな写真を見せるな、と父はたしなめたが、叔父は笑うだけで聞かなかった。一つには私や妹たちが、叔父の提供してくれる話題の面白さに目を輝かせ、話をせがんでいたせいもあるだろう。とりわけ私は、叔父が話してくれる大人の男女の恋物語や、アメリカでは小学生ですら、親に公認された相手とデートをし、キスし合ったり、抱き合ったりするのだ、という話に夢中になって耳を傾けていた。

そんな話を聞いた夜は、なかなか寝つけなかった。私にはクラスに一人、好きな男の子がいた。ケンジという名のその子は学校でも評判の悪ガキで、担任教師も手を焼いているほどのいじめっ子だったが、どういうわけか、私にだけは優しかった。

私はケンジのことを思い浮かべ、彼と正式にデートして遊園地に行ったり、散歩したり、彼に送られて夕方、家に帰って来る自分を想像した。想像の中のケンジはいつも、どういうわけか、紺色のダブルのジャケットを着ており、私はペチコートでふくらませた花柄模様のスカートをはいていた。

現実とは違って、夢の中で思い描く自分が、モンローのような完璧《かんぺき》な大人の体型をしているのが可笑《おか》しかった。私はせめて胸のふくらみが欲しいと願い、毎晩、風呂《ふろ》あがりにこっそりと鏡の前に立って、両腕で胸を抱えこむようにしながら、うつむき加減の姿勢をとった。そうやると、いくらか乳房がふくらんでいるように見えて嬉《うれ》しかったからだ。

だが、姿勢を戻すと、胸はただの扁平《へんぺい》な板に戻った。ほんの少し、わずかではあるが、乳首が色づき、周囲の皮膚を押し拡げながら隆起しかかっている気配が見えるばかりで、触れてもさほどのふくらみは感じられない。だが、その部分を強く押すと、かすかな甘酸っぱいような痛みが走り、その痛みは何故か、身体の奥深くにまで拡がって、私を切ないような、心もとないような妙な気持ちに駆り立てるのだった。

叔父《おじ》はまもなく、父の会社で働くことに話が決まったが、日本での生活に戻るために、しばらく時間が欲しい、と言い出して、正式入社は延期になった。父も祖母もそのことについては、だいぶ苛立《いらだ》っていたようだ。父と叔父との間に、何度か深刻な諍《いさか》いがあったことも覚えている。

毎朝遅くまで寝ていて、昼間は母を手伝って家事をしたり、祖母の買物につきあったり、散歩に出たり。学校から私や妹たちが帰ると、すすんで遊び相手になってくれるが、気が向かない日は、日がな一日、ごろごろと自分の部屋で雑誌をめくったり昼寝をしたりして一日を終える。それが叔父の日課だった。

夜になると、ふらりと家を出てどこかに行き、遅くなるまで帰らない。飲んでくるのか、深夜を過ぎて戻るころには、決まって泥酔しており、苦しげな呻《うめ》き声がトイレから聞こえてくることも度々あった。

叔父にはあのころ、友達と呼べるような人間がいたのだろうか。つきあっている女性はいたのだろうか。

長い外国暮らしのせいで、友達は少なかったようだが、あれだけの美貌《びぼう》を誇っていた叔父のことだから、一旦《いったん》、外に出れば、女性が群がって来たに違いない。だが、私の知る限り、叔父を訪ねて来た女性は一人もいなかった。叔父あてに女性から電話がかかってくることもなかった。叔父は外に飲みに行く時以外、たいてい家にいた。

木所の親戚《しんせき》の中には、叔父のために見合いの話を持ってくる人間が何人かいた。仲《なこ》人《うど》をたてた正式な見合いではなかったが、着飾った見知らぬ若い女性が、父方の親戚と一緒に我が家にやって来て、居心地悪そうに和室の座布団に座っているのを私は何度も目撃している。

そんな時、決まって叔父は私を呼び出し、「りっちゃん、どんな人か見てきてよ」と言った。

私は縁側を通り過ぎるふりをしながら、障子が開け放された客間の前を通り、ちらりと中の様子を窺《うかが》う。父と母、それに親戚の人間に囲まれて、緊張しきった表情でうつむいている女の人が見える。

父は私を見咎《みとが》めて、「なんだ、律子《りっこ》。お行儀が悪いぞ。こちらに来て、ちゃんとご挨拶《あいさつ》しなさい」と言う。

私は畳のへりに立ったまま、ぺこりと頭を下げる。父が私を紹介する。女の人がちらりと私を見上げ、目を細めて微笑み、こんにちは、と蚊の鳴くような小さな声で言う。「律子ちゃんは、何年生？」

「五年生です」

そう、と女の人は気の毒なほど引きつった愛想笑いをしてうなずくが、それ以上、何も話すことがなくなって、助けを求めるように母のほうを見る。

母は、私に「もういいのよ」と言う。「あっちに行ってなさい。それと晴夫おじさんに、早くここに来るように言ってね。お客様がお待ちかねだから、って」

返事もそこそこに、私は叔父の部屋に駆け戻り、和室で見てきたことを残さず伝える。振袖《ふりそで》を着た女の人だったよ。ほっぺたにニキビができてて、目が細くて、丸顔で……それで、ええっと、ちょっと太ってた。

叔父は「へえ」と面白そうに笑う。「ということはつまり、美人じゃなかったんだね？」

ううん、と私は返答につまる。子供心に、とても感じのいい女の人のことを称して、不美人だ、と断言するのは申し訳ないような気がしたからだ。

すると決まって叔父は聞く。「りっちゃんのお母さんとどっちが美人だった？」

母のほうが美人だ、と即答できる時もあれば、つまって答えられなくなることもあった。答えられなくなった時だけ、叔父は「へえ」と興味深げに目を丸くし、「そいつはいいや。早速、会ってこよう」と言って、そそくさと立ち上がる。

そんな日は、客人が帰った後で、叔父は私を呼びつけ、耳元でいたずらっぽく囁《ささや》いた。「りっちゃんの嘘つき。お母さんのほうがずっと美人じゃないか」と。

母はいつも家の中のことをしていた。食事の支度や布団あげ、洗濯、掃除をひと通り終えた後でも、くつろいで座っていることは滅多になく、縁側で繕いものをしたり、押入れの中のものを虫干ししたり、えんどう豆のさやをむいたり、古いセーターをほどいて編み直したり。そのせいだろうか、あのころの母はたいてい、伏し目がちであった。

私や妹たちが学校から帰って、母の傍でおやつなど食べながら、やかましく騒いでいても、母は仕事の手を止めず、にこにこしながらうなずき続ける。子供たちを叱ることはほとんどなく、母親にありがちなヒステリックな言動とも無縁だった。

祖母がぽんぽんと物を言う人だったので、攻撃をかわすための演出だったのか、と大人になってから考えてみたこともあったが、そういうわけでもなさそうだった。母はもともとおとなしい性格で、家庭に入って主婦になるためだけに生まれてきたような人間だった。家庭を守り、快適な暮らしを営むことにかけて、母ほど天賦の才を発揮できた女性を私は知らない。

風邪で学校を休んだ時など、私は意味もなく心細くなり、母を何度も何度も部屋に呼びつけたものだが、そんな時でさえ、母は私の布団の横で針仕事をしていた。喋《しゃべ》るのはもっぱら私のほうで、母は相槌《あいづち》を打ちながら微笑むだけ。ふだんは白粉《おしろい》や口紅をつけない人だったが、睫毛《まつげ》が長く、色白のつややかな肌をいつまでも保っていたため、昼日中、光の中でまじまじと見つめても、子供ながら、その美しさに見とれるほどであった。

叔父と暮らし始めてから、母の傍らに叔父の姿を見ることが多くなった。叔父は、母が庭いじりを始めると、自分もスコップを片手に土を掘ったり、竹箒《たけぼうき》であたりを掃いたりし、母が繕いものを始めると、その横に寝そべって、台所から持ってきたビールをちびちびと飲み始めたりした。

叔父が冗談を飛ばすと、母は可笑しそうに背中を震わせて笑い、時折、ぽんと叔父の肩を叩《たた》いては「いやあね、晴夫さんたら」などと言った。そのいくらか艶《つや》っぽい、鼻にかかったような声は、どういうわけか、いつまでも私の耳に残された。

私は知らぬうちに、母の口まねをするようになっていた。叔父に何かからかわれると、「いやあね、おじさんたら」と言った。その際、叔父の背中や腕を軽く叩くことも忘れなかった。

だが、母のような言い方はできなかった。母のように腰のあたりをわずかにくねらせて、背筋を伸ばし、何か途方もなく妖《あや》しい雰囲気を漂わせることもできなかった。なのに、叔父はいつも「りっちゃん、色っぽいぞ」と言ってくれた。「くらくらするなあ。うーん、すごい色気だ」

子供相手に言う、罪のない冗談だったに違いない。その場限りのお世辞だったに違いない。だが、そう言われるたびに私は喜んだ。喜びながら、叔父にもっともっと注目され、ほめられ、一人前の女性として扱われ、愛されることを望んだ。

それは、クラスのいじめっ子、ケンジに対する気持ちとは別のものだった。恋であるとは思わなかった。かといって、肉親に対する愛情のようなものとも違った。たとえて言えばそれは、見るたびに胸を焦がしてくるスクリーンの中の俳優に向けた気持ちに、どこか似ていた。

叔父と一緒に暮らすようになってから半年ほどたった或《あ》る日のこと。学校で特別の映写会が行われた。

女子児童だけが理科室に集められ、何やら秘密めいた雰囲気の中で映写会が始まった時から、クラスのわけ知り顔のませた連中が、「アレの話よ、決まってるんだから」と言い出した。

「アレ、って何?」と聞いたのだが、誰もが嫌がって答えない。本当は誰もはっきりしたことは知らなかったに違いないのだが、母親が買ってくる婦人雑誌をこっそり覗《のぞ》いて、大人の女の世界を垣間《かいま》見た女の子たちは、自分だけが秘密を知っている、とでも言いたげに、かん高い笑い声をあげて照れてみせた。

見せられた映像は、東京都の教育委員会が作成したもので、タイトルは『女性のからだ』だった。男性性器と女性性器をそれぞれ図解したものが並べて映し出されると、教室内はざわざわし始めた。いやらしい、という笑いをにじませた声が後ろのほうで聞こえた。

私は、頭のほうは相当、ませていたつもりだが、性に関しては年相応の知識しか持っていなかった。赤ん坊ができるメカニズムもまるで知らず、結婚式で交わす三々九度の盃《さかずき》の中に、赤ん坊ができる薬が混ぜられているに違いない、と信じていたほどだから、その点において私は、呆《あき》れ返るほどオクテであった。

映画を見終わってからも「月経」という言葉の意味が理解できず、そのうえ、完璧《かんぺき》に聞き違えていたものだから、帰宅後、母に「今日、げっぺいの映画を見せられたの」と言って、怪訝《けげん》な顔をされた。

「げっぺい、って中国のお菓子のこと？　月餅《げっぺい》の作り方が出てくる映画なの？　珍しい映画ねえ」

「違うわよ。そんなんじゃなくて、ほら、その……」

秋の日の夕暮れ時で、母は台所に立ってカボチャを煮ていた。双子の妹たちは外で遊んでおり、祖母はどこかに出かけていて留守だった。家にいたのは母と叔父《おじ》だけで、叔父は台所の隣の茶の間で、うつむき加減になりながら足の爪を切っていた。

私は茶の間を見た。いくら知識がなくても、その種の話を叔父のいる前でするべきではない、ということだけはわかっていた。

私は背伸びして、母に耳打ちした。「女の人の身体とか、男の人の身体なんかが出てくる映画なのよ。お母さん、わかるでしょ」

母は手にした菜箸《さいばし》の動きを止め、珍しく私のほうをまじまじと見つめた。

月経のこと？ と母は大きな声で聞き返した。「月経でしょ？ げっぺいじゃないわ、律子。いやあだ。お母さんたら、てっきりお菓子のことかと思って……」

母はげらげら笑いだし、途中で気づいたのか、ちらりと茶の間を窺《うかが》い、軽く肩をすくめて口をおさえた。

「なんだい？ 何の話？ 何か面白いことがあったの？」茶の間から叔父の声が飛んできた。

なんでもない、と私は言った。叔父は、きれいな歯を見せながら私に向かって笑いかけた。つやつやとした小麦色の頰に不精髭《ひげ》が少し伸びかけ、爪を切るために立て膝《ひざ》の姿勢をとっている叔父の肩のあたりに、うっすらと筋肉が盛り上がっているのが見えた。叔父は、ぞっとするほど男臭く見えた。

その日、学校で見せられた男性性器の図を思い出した私は、叔父から目をそらした。性的なものを連想する時にいつも感じていた、どうにも説明のつかない、あの心もとない肉体の欠落感のようなものが胃のあたりから下腹にかけて襲ってきた。私は慌てて、水道の蛇口をひねり、コップで水を飲んだ。

母はひとしきり笑った後、「そうなの。そうだったの」と何度もうなずいた。「律子も、もうすぐ大人になるんだものね。ちゃんと覚えておかなくちゃね」

私は声をひそめた。「でも、私、わかんない。なんなの、あれ。毎月、血が出るんでしょ？　気持ち悪いわ。どうすればいいの？　痛くないの？　どこから血が出るの？　おしっこの出るところからでしょ？」

母はいくらか困惑したように目を細め、煮つけたカボチャを皿に盛りつけ始めた。

「その時がきたら、お母さん、ちゃんと教えてあげる。大丈夫よ。心配しないで」

「その時っていつ？」

「わからない。でももうすぐよ、きっと。律子はここのところ、発育がよくなってるもの。もうすぐよ」

私はまた、茶の間のほうを盗み見た。叔父の姿は消えており、使った爪切りだけが、ぽつんと畳の上に残されていた。

母は盆に載せた茶碗《ちゃわん》や箸を茶の間に運び、「あら」と言って、部屋の隅から何かをつまみ上げた。叔父が切った足の爪だった。

「こんなところにまで飛んじゃってる。晴夫さんの爪って元気いいのね」

独り言のようにそう言いながら、母は叔父の爪を指先で弄《もてあそ》んだ。嫌悪と快感とがごちゃまぜになったような、ひどく居心地の悪い気分にとらわれて、私は思わず「汚い」と母を罵《ののし》った。

「どうして？」母は穏やかな顔つきで私を見上げた。

「人の爪なんか触って。汚いじゃない」

「家族の爪じゃないの。律子の爪も直美や明美の爪もお父さんの爪も、みんな同じよ。汚くなんかないわ」

「おじさんの爪は別よ」

私が言ったその言葉をどのように受け取ったのか。母は困惑したように微笑んだ。微笑むと母の顔は泣いているように見え、そのいじらしいような表情がいっそう、なまめかしく感じられた。

私は自分でも制御できないほど苛立《いらだ》たしい気持ちにかりたてられて、茶の間から飛び出した。

トイレにでも立ったのか、再び茶の間に戻って来ようとしていた叔父と廊下の角でぶつかったのは、その直後だった。

叔父は背が高かった。私の頭は叔父の胸にすら届かず、ぶつかった時、叔父は「おっと、危ない」と言いながら、私の身体をふわりと抱きくるんだ。

私の鼻は叔父の身体に押しつけられた。叔父の身体には、いつも叔父がつけていた甘ったるい整髪料の匂いがしみついていた。それは父の匂いでも母の匂いでも祖母の匂いでもない、紛れもない叔父の匂い、叔父からしか嗅《か》ぎ取ることのできない男の匂いだった。

「カワウソくん。いったい何を急いでるんだい？」

叔父は歌うように、あやすようにそう言い、笑いながら私の頭を撫《な》でた。

何かが激しく渦を巻きながらこみあげてきた。私はもがくようにして、叔父から身体を離した。自分でも気がつかないうちに、目に涙がたまっていた。

叔父は私を見下ろすと、かすかに眉《まゆ》をひそめた。「ごめん。どこか痛くした？」

ううん、と私は頭を横に振った。ますます涙があふれてきた。叔父の顔がぼやけて見えた。

私はまだ十一歳。叔父は二十八歳だった。私は、自分が叔父からは永遠に一人前の女として愛されないこと、私の叔父に対する気持ちが、滑稽《こっけい》なほど一方通行であることを知っていた。

それは何も、私が初潮もみていないほどのほんの子供で、親子ほど年の離れた叔父の愛の対象になるはずがない、と思っていたからではない。血がつながった叔父への愛が禁断の愛である、と自分に言い聞かせていたからでもない。理由はもっと他にある。

　叔父が愛していたのは、私の知る限り、母一人だけだったのだ。

　年が明け、春になっても、叔父は相変わらず家でぶらぶらする生活を続けていた。業を煮やしたのか、あるいは虫の居所が悪かったのか、一度だけ、父が本気で怒り、働く気がないのなら、出て行ってもらおう、と言い出したことがある。そのあまりの剣幕に、私ははらはらしたのだが、叔父は、すまない、と素直にあやまり、兄貴の気持ちはよくわかる、僕が悪かった、と言って荷物をまとめ始めた。

　真っ先に止めたのは祖母だった。日頃は叔父のだらしなさを悪く言ってばかりいた祖母も、実のところ、息子がいつまでも傍にいてくれる、という状態が、まんざら不満でもなかったらしい。まあ、いいから、いいから、と祖母はたしなめ、アメリカではとんだ災難にあってきたんだし、本人もあちらでの生活ぶりについては反省している、気持ちのまとまりがつくまで、こういう状態が続くのも大目に見てやらねば仕方がない……そんな意味のことを言って、父を説得した。

　その晩、父は叔父と差し向かいで遅くまで酒を飲んでいた。兄弟の間で何が話し合われたのか、わからない。翌日、私が学校から帰ってみると、母が「お父さんからお許しが出たのよ」とほっとしたように言った。「晴夫おじさんは、しばらくここにいるんですって。そしてね、今年の夏から、お父さんの会社に勤めるんですって。約束したんだって」

そう、と私は言った。どんな顔をすればいいのか、わからなかった。叔父《おじ》が出て行ってしまうかもしれない、もう一緒に暮らせなくなるのかもしれない……そう案じて、前の晩、私はよく眠っていなかった。

「律子、嬉《うれ》しい？」母はそう聞いた。

私は黙っていた。母は微笑ましげに私を見ると、「律子は晴夫おじさんのことが大好きだものねえ」と独り言のようにつぶやいた。

「お母さんもでしょ」

私がそう言うと、母はちょっとびっくりしたように目を瞬《しばたた》かせ、そうね、とだけ短く言って、また穏やかに微笑んだ。

私はそのころ、毎週土曜日にピアノを習っていた。娘たちはいずれはピアニストに、と父が勝手に夢見て、半ば強制的に習わせられていたのだが、私はまだしも、双子の妹たちはピアノが大嫌いだった。練習もせず、さぼってばかりいたので、そのうち父は諦《あきら》めたらしい。おとなしくレッスンを続けていたのは私だけだった。

夏からまじめに勤め始める、と叔父が父と約束を交わしたという日の翌日。前ぶれもなく、叔父がピアノ教師の家まで私を迎えに来た。

別段、外が暗くなっていたわけでもない。嵐が近づいていたわけでもない。それどころか雲一つなく晴れわたった明るい春の日だったから、どなたかおうちの方が迎えにみえてるわよ、とピアノ教師に告げられた時は、家で何かあったのだろうか、と不安にかられた。

慌てて玄関に走って行くと、開け放されたままの引き戸の向こうに叔父が立ち、ぼんやり空を眺めている姿が目に入った。叔父は普段着のズボンに下駄《げた》……というくだけた装いで、大学生のように若々しく見えた。

叔父よりも少し年下で独身だった女性ピアノ教師は、私が叔父を紹介すると、愚かしいほど頰を真っ赤に染めた。「まあ、律子さんのおじさままでいらっしゃいましたの。ちっとも存じ上げずに失礼致しました」

そつなく挨拶《あいさつ》を交わすどころか、叔父は旧知の人間と話す時のようにざっくばらんな冗談を飛ばした。ピアノ教師の頰はますます上気し始めた。

肩を並べて外に出るなり、私は「どうしたの?」と聞いた。「びっくりした。おじさんが迎えに来てくれるなんて、思わなかったから」

「ゆうべ、お父さんと飲んで、ちょっと二日酔い気味でね。酔いざましにと思って散歩してたら、りっちゃんのピアノの日だったこと思い出してさ。それで寄ってみたんだ」

「ピアノの先生ったら変だったよね」

「どうして？」

「おじさんのこと見て、真っ赤になったりして」

ははっ、と叔父が笑い、お猿のお尻《しり》も真っ赤っか……とおかしな節をつけて歌い出したので、私も笑った。

桜が終わったばかりのころで、あたりはほかほかと暖かく、ちょっと息を弾ませると汗ばむほどの陽気だった。叔父がひきずる、カラコロという下駄の音が耳に優しかった。

多摩川《たまがわ》に寄って行こう、と叔父が言い出し、私たちはピアノ教師の家から歩いて五分ほどのところにある多摩川の土手を登った。春の夕暮れ時の風が、土手に群れ咲くすみれやタンポポの花を揺らしていた。

ゆうべはりっちゃんのお父さんに、怒られてばっかりいたよ……叔父はそう言って笑った。「りっちゃんのお父さんは怖いからな。まじめだし、頑固だし。でもさ、いいお父さんだよね。すぐ怒鳴るし、荒っぽいことも言うけど、根は優しくって頭もいい。僕にはかなわない相手だよ」

「喧嘩《けんか》したら負ける？」私は聞いた。

口では負けるさ、と叔父は言った。「でも、つかみ合いの喧嘩だったら、多分、僕のほうが勝つな。僕は力があるからね」

「でも、おじさん、ナイフで刺されたよね。あの時は、負けちゃったんでしょ」

「うん。そうだけど、あの時だって相手が武器を持ってなかったら、勝ってたと思うよ」

「じゃあ、動物にも勝てる？」

「勝てるさ」

「ライオンでも？」

「もちろん」

「ゴジラが襲ってきても？」

「簡単だよ」

すごい、スーパーマンみたい、と私は言い、叔父に身体をぶつけて笑った。叔父も笑った。

叔父は土手の上に腰をおろした。私も隣に座った。川べりで遊んでいる少年たちの姿が遠くに見えた。

「人生は不思議だね」叔父はぽつりと言った。「もしも僕がりっちゃんのお母さんと結婚していたら、りっちゃんみたいないい子は生まれなかっただろうと思うよ。りっちゃんみたいな素敵な子は、お父さんとお母さんの間にしかできなかったんだ、多分」

何を言われているのか、よく意味がつかめなかった。私は黙っていた。

叔父は足もとに生えていたタンポポを摘み、目の前でくるくる回した。「兄貴が……」と言いかけて、叔父は「お父さんが」と言い直した。「お父さんがお母さんと婚約した時はさ、僕はまだ高校生だったんだ。お母さんを初めて見た時、なんて素敵な人なんだろう、って思ったよ。うちは男の子ばかりの兄弟だったからね。きみのお母さんみたいな姉貴ができると思うと嬉しかったな。ほんとにきみのお母さんは素敵だった」

おじさん、と私は言った。「おじさんは、ほんとはうちのお母さんのこと、好きなんでしょ」

「そりゃあ、好きだよ。大好きだ」

叔父があまりに明るく、あまりにあっけらかんとした言い方で答えたので、私は拍子抜けした。聞いてはならないこと、聞くべきではないことを聞いてしまったのは、叔父がその時、ちっとも深刻ぶった顔を見せなかったからかもしれない。

「おじさんが結婚したいのは、お母さんなんでしょ」

叔父は、手にしたタンポポの花びらを不器用な手つきでちぎり始めた。草野球をしている少年たちの歓声が響いてきた。暖かい風が吹きつけ、叔父の髪の毛をやわらかく乱した。

「私、知ってるもの」私はこましゃくれた子供のように顎《あご》を前に突き出した。「おじさんはお母さんと結婚したいんだわ。でも、お母さんはお父さんと結婚してるから、おじさんとは結婚できないのよね」

叔父の横顔からは表情が読み取れなかったが、それもわずかの間だけだった。ふいに叔父は手にしたタンポポの花を宙に向かって勢いよく放り投げると、信じられないほど晴れやかな顔をして私を見た。

「僕が今、誰を奥さんにしたいと思ってるか、知ってる？」

「……うちのお母さんでしょ？」

いいや、と叔父はいたずらっぽく笑って、大きく拡げた手で弧を描きながら、人さし指を私のほうに伸ばしてきた。

「さあて、皆の衆、寄ってらっしゃい、見てらっしゃい。木所晴夫が奥さんにしたいのは誰だろう。はい、正解はこちら。この子だよ、この子」

人さし指が私の額を軽く突《つっ》いた。私は脹《ふく》れっ面をした。

「嘘ばっかり」

「ほんとだってば」

「私はまだ小学六年生なのに」

「そうだったっけ」

「冗談ばっかし。おじさんなんて嫌い」

カワウソくん……叔父《おじ》はふざけた口調で私の肩を抱き、強く揺すった。「カワウソくんが大きくなるまで待ってるよ。ずっとずっと待ってる。な?」

最後の「な?」という言葉が、風の中に流れていった。それは最初で最後の、叔父と交わした実現不可能な、それゆえにいっそう切ない密《ひそ》かな約束であった。


叔父が何故、死を選んだのか、正確なところは未《いま》だにわからない。

母のことが好きで、好きになればなるほど、父の存在が重くのしかかり、かといってどうすることもできず、破れかぶれになり、苦しんだあげく、ひと思いに死んでやれ、と思うに至ったのか。

俳優になるという夢も、映画の道に進む、という決意も、何もかもがうやむやな中で葬り去られ、生きていることに何の目的も持てなくなってしまったのか。

あるいはまた、食べたり、飲んだり、眠ったりすることと同じように、日常の営みの中で、ごく自然にその瞬間を迎えたというだけのことだったのだろうか。

父は、叔父が母に憧《あこが》れていたこと、しかもそれが、父と母が結婚する以前から変わらぬものであったことについて、まるで気づいていない様子だった。気づいていたとしたら、父はいくらなんでも、帰国した叔父を居候させることはなかっただろう。父は根っから単純な人間だった。人の心の裏を読み取ろうとする前に、自分が見たこと、聞いたことだけを素直に受け入れる種類の人間だった。

叔父の母に対する気持ちに気づいていたのは、私とそして、おそらくは母自身だけだったろうと思う。

母は叔父の死後、泣いてばかりいた。叔父が使っていた二階の端の四畳半の、遺品を片づけ終えたがらんとした畳の上に、よく母はぽつねんと一人で座っていたものだ。エプロンで顔を被《おお》い、肩を震わせ、洟《はな》をすすりあげては、またエプロンで顔を被う。声をかけようと思うのだが、とてもそんなことができる雰囲気ではない。どうしようか、と迷っていると、気配に気づいて母が私のほうを振り返る。

真っ赤な目をしているくせに、母はとりつくろうようにして笑顔を作り、「あら、律子だったの」と言って、そそくさと立ち上がる。「ちょっとね、おじさんのお部屋のカーテンを洗濯しとこうと思ってね」

私は母の涙を見ないようにしていた。見るのが辛《つら》かった。母の涙を見ると、私まで泣きたくなった。泣いたあげく、叔父のことがどれだけ好きだったか、どれだけ叔父に抱きしめられたいと願い、どれだけ叔父に愛されたいと願っていたか、身悶《みもだ》えしながら母に訴えてしまいそうで怖かった。

叔父の納骨が済んだ翌日から再開された家の増築工事は、七月末に完成した。

一階の洋間に置いてあった勉強机を二階に運んでもらってから、私は新しく作りつけた本棚に教科書や参考書を並べ、父にねだって買ってもらったベッドのまわりにぬいぐるみを置いたり、淡いピンク色の壁を飾りつけたりし始めた。夏休みの長い一日をそんなふうに部屋を整えながら過ごしていると、叔父を失った悲しみをいくらか紛らわせることができた。

階段を上がってすぐ左横が私の部屋。その隣が納戸。納戸からL字型に突き出しているのが双子の妹たちの部屋で、廊下に面した窓を開けるとそのまま、庭が見下ろせる広いベランダに出られるようになっていた。

母は庭の朝顔を鉢に植え替え、ベランダに並べてくれた。手すりに蔓《つる》を巻きつけた朝顔は、毎日、大輪の花を咲かせた。妹たちは、朝顔の花で押し花を作るのを楽しみにしていた。

暑い夏だった。家中の窓という窓を開け放っていても、むっとする外の草いきれが入ってくるばかりで、いっこうに涼しくならない。早朝から暗くなるまで、庭の木という木にへばりついた油蟬《あぶらぜみ》が飽きもせずに鳴き続け、その声は聞き慣れた何かのモーター音のように、いつしか耳になじんでいった。

あの日、双子の妹たちは学校のプールに行って留守だった。私は前の晩、寝冷えをしたらしく、少し風邪気味だったため、二階の自分の部屋で、ベッドに寝転がりながら漫画を読んでいた。

ちょうどお昼どきだったと思う。そうめんを茹《ゆ》でようとしていた祖母は、薬味のネギがなくなっている、と言い、近くの八百屋に出かけて行った。

二階のベランダでは、母が洗濯物を干していた。私の部屋のドアは開け放されており、廊下越しにベランダを動き回っている母の姿を見ることができた。

庭では相変わらず油蟬が鳴いていた。うるさいほどだったはずなのに、単調な鳴き声の中には妙に研ぎ澄まされたような静けさがあった。

誰かが階段を上がって来る気配があった。初めは祖母が帰って来たのだろう、と思った。双子だったら、もっとドタドタと大きな足音をたてるはずだった。祖母は、息切れしないようにゆっくり階段を上がって来る。薬味のネギを買って来た祖母が、母を呼ぶために二階に上がって来たのかもしれない。そう思った。

だが、まもなく私は、その気配が祖母のものではないことに気づいた。足音は、祖母がいつもたてる足音よりもさらに静かで、そのくせ、どこか重たい感じがし、規則正しいわりには何かをためらってでもいるかのような、妙な軋《きし》み音を伴っていた。

私はベッドの上に起き上がった。はずみで、手にしていた漫画本が床に転がり落ちた。油蟬がひときわ大きく鳴き出した。外は賑《にぎ》やかすぎるほど賑やかだったのに、奇妙なほどあたりの静けさが増し、そのせいか、ベランダを飛び交う蜂の羽音まで聞き取れた。

足音は階段を上がりきって、廊下づたいに私の部屋のドアの傍まで来ていた。それまで全身にかいていた汗が、一挙に凍りついたような感じがした。私は身動きひとつせずにドアを見つめた。

その時すでに、私にはわかっていた。叔父が来ていること。叔父が増築した二階を見に帰って来たのだということ。

自分にその種の能力があることを知った最初の体験だったのだが、まだその時の私は、それが何なのか、理解していなかった。私はただ、これから目にするであろうものを思い描き、いくらかの恐怖と共に、沈みこむような悲しさと懐かしさを覚えただけであった。

開け放されたドアの向こうで、一瞬、真っ白な光が渦を巻いた。それは本当に、巨大な光の渦巻きで、じっと見ていることができないほど強い反射を起こし、目がくらくらするほどだったが、それでも不思議なことに、そこから視線をはずすことができない。私は光の渦巻きを見つめ続け、渦巻きの中心に何か淡い影のようなものができて、それが次第に人の形をとり、明らかに叔父だとわかるまで輪郭が明瞭《めいりょう》になっていくのを信じられない思いで見つめていた。

腰が抜けるほど恐ろしいと思っているのに、一方で嬉《うれ》しくて、懐かしくて胸がいっぱいになった。声が出ず、身体も動かせない。言葉を交わすことは不可能なのだ、とどこかでわかっていた。私は眼球だけ動かして、叔父の動きを見守った。

真っ白な光に包まれた叔父は、部屋の中にゆっくりと入って来た。叔父の顔ははっきりしなかった。溶けた蠟《ろう》のようにとらえどころがなく、濁った水のようにも見えた。

それなのに、叔父の私に対する気持ちだけは伝わってくる。その気持ちは言葉にならない。言葉を超えてしまっている。

それはたとえて言えば、慈しみに近いものだった。親が子に覚えるような、飼い主がペットに覚えるような、あの、誰もが理解できる深い慈しみ……。叔父が生前、私に対して抱いてくれていた気持ちが、そっくりそのまま、異様なほど素直に私の中に伝わってくるのだった。

おじさん、と声にならない声をあげ、手をのばそうとした時だった。ふいに、私に背を向けて部屋を出て行ったと思ったら、次の瞬間、叔父はもうベランダにいた。日ざかりの中、母はせっせと洗濯物を干している。父の靴下や私のブラウス、妹たちの下着などを両手で持って、ぴんぴんと皺《しわ》を伸ばしては、ゆっくりと物干し竿《ざお》にかけていく。朝顔の花めがけてやって来る蜜蜂《みつばち》が、母の足もとにまとわりついている。

叔父は母のすぐ傍にいる。ちょっと手を動かせば、届くほど近くにいるというのに、母は気づかない。

母に対する叔父《おじ》の気持ちが私に伝わってくる。愛、情熱、憧《あこが》れ、いとおしさ、切なさ、無念さ……それらすべてをひっくるめたもの。その気持ちが強まって濃厚なゼリーの塊のようになり、行き場を失って悲しげに浮遊している様子が私にはわかる。

きらめく光の中で、叔父の輪郭がもやもやとぼやけていき、淡いヴェールのようになった。そしてそれは、生身の母の身体をためらいがちに素通りし、名残り惜しげに、むせ返る夏の大気の中へと、ゆっくり吸い込まれるようにして消えていった。

母がつと私のほうを振り返った。魔法がとけたように、硬直していた私の身体が楽になった。

「暑いわねえ」母はにっこり微笑んだ。「そろそろ、お昼にしようか。おばあちゃん、帰って来た？」

私は黙っていた。黙ったまま、首を横に振った。あふれる光の中で、まぶしそうに目を細めていた母は、私が泣いていることに気づかないようだった。

油蟬の鳴き声に、ツクツクボウシの鳴き声が重なった。玄関の引き戸が開き、祖母が帰って来た気配がした。

あ、帰って来たみたいね、と母は言い、空になった洗濯かごを小脇に抱えながら、はずむような足取りで階段を下りて行った。

花《はな》車《ぐるま》

あの夏、私の耳は人体の一部ではなかった。精巧な集音マイク、ミニチュア化されたパラボラアンテナ……そんな感じだった。

一つおいた隣の部屋のあらゆる物音を聞き逃すまいと耳をそばだて、息をひそめながら過ぎていく時間の何と長かったことだろう。わざわざそんなことをしなくたって、時はいつも通りに過ぎていき、やがて妹たちの勉強部屋からあの人が出てくることはわかりきっていた。勉強が終わったころを見計らって、母はお茶菓子を用意し、あの人を茶の間に招く。妹たちと母に囲まれながら、あの人は茶の間で羊羹《ようかん》やらシュークリームやらどら焼きなどを食べ、雑談をして過ごす。そうすることが習慣になっていたのだから、その時間になっておもむろに茶の間に出向けば、あの人に会えることもわかっていた。

だが、そうとわかっていても、その時が来るのをのんびり待ってなどいられなかった。毎週、土曜日の午後二時から四時まで。あの人が双子の妹たちに国語と英語を教えている間中、私の耳はあの人の気配だけを追い続ける機械と化した。

私の部屋と双子の妹たちの部屋の間には、納戸があった。小さな納戸ではあったが、そのせいで一部屋おいた向こう側の部屋の話し声まではさすがに聞き取れなかった。

私は壁やドアに耳を押しつけ、気配を探し続けた。人の動きまわる気配、ぼそぼそというかすかな話し声、教科書を床に落とした音、椅子をガタンとひいた時の音……。

勉強を教わっている間、妹たちは無口だったから、聞こえてくるのはあの人の声の気配だけだった。とても低い声だった。何を言っているのかはわからない。ぼそぼそとした喋《しゃべ》り声が飽きもせずに続くだけで、それはまるで、ガラス窓の外から間断なく聞こえてくる蜂の羽音のような感じがした。

時として、時間をもてあまし、ベッドに寝ころがって本を読み始めることもあった。しかし、活字を追っていられるのはほんの数秒の間だけだった。

気がつくと、私は本を放り出し、手鏡を持ってきて顔を覗《のぞ》いている。そして、美人に生まれなかったことを嘆く。母のような色白の美人から、何故、私のような色黒の、日焼けした子猿のような娘が生まれたのか不思議だった。もう少しましな顔に生まれついていたら、あの人も私を一人前に扱ってくれただろうに、などと考えた。

そうこうするうちに、やがて待ちに待った「さ、今日はこれまで」という、あの人のいくらか大きな声が聞こえてくる。不思議なことに、その言葉だけははっきりと聞き取れる。心臓がコトンと音をたてて鳴る。私はベッドから飛び降りる。慌ただしく髪の毛を整え、服装を点検し、胸をおさえて深呼吸をする。双子の妹たちが、がやがやと騒ぎながら階段を下りていく音がする。あの人の足音がそれに続く。一階の茶の間が賑《にぎ》わう。母の声が遠くに聞こえる。たっぷり百数えるまで待ってから、そっと部屋を出て、階段を下りる。そして、さも偶然、通りかかったようなふりをしながら、わざとはすっぱな歩き方で縁側づたいに茶の間に向かう。

コップに冷たい麦茶を注ぎ入れながら、母が私を振り返る。「あんたも先生と一緒におやつにしない？」

縁先で風鈴が鳴る。あの人が私を見て微笑む。そして低い声ではにかんだように言う。「こんにちは」

こんにちは、と私も言う。胸の中に、温かな漣《さざなみ》のようなものが拡がる。

おずおずと私は座布団に座る。あの人に対する私の気持ちに勘づいていた双子が、わざとらしく、からかうようなくすくす笑いを続ける。

週に一度の至福の時……昭和四十四年、双子の妹は十四歳、私は都立高校に通う十七歳だった。

まだ中学二年になったばかりだった双子の妹、直美と明美に、何としてでも家庭教師をつけようと父が熱心に言い出したのも、今から考えればうなずける。妹たちの成績は、姉の私ですら呆《あき》れるほど下がっていく一方だった。

担任の教師は、「なんだか夢見がちなところのおありになるお子さんたちで」と言っていたようだが、私に言わせると、それは親の手前、取りつくろった言い方にすぎない。現実の双子は、落ちつきがなく、集中力に欠けた、勉強嫌いの少女に過ぎなかった。

時あたかも、学園闘争の嵐が全国に吹き荒れていたころである。全国の主要大学のうち三分の二以上の大学で闘争が激化していたような時代に、父が家庭教師として選んできたのは東京《とうきょう》大学の学生だった。

東大の安田《やすだ》講堂にたてこもった全共闘の学生たちが、機動隊と激しい攻防戦を繰返し、ついに陥落したのがその年の一月十九日。翌二十日には、東大入試の中止が決定されている。

「いや、なに。今度、来てくれる先生は東大生でもきちんとした人でね」と父は言った。「ゲバルト学生なんかじゃないんだよ。あんないかがわしい学生運動には、まるで興味がないらしい」

その言い方が、言いわけがましく聞こえたのは私だけではなかったと思う。父には昔から、無邪気で的はずれな権威主義があった。父にかかれば、大学は東大が一番で、職業は医者と弁護士、政治家が一番だった。たとえ家庭教師に雇った学生が東大全共闘の一員で、安田講堂陥落の際に逮捕された人物であったとしても、彼が東大生であるのなら、父は喜んで採用していたかもしれない。

学生の名は、本宮敏彦《もとみやとしひこ》といった。岩手県盛岡《もりおか》市出身。文学部仏文科の三年生の、二十一歳。天然のウェーブがついた髪の毛を肩まで伸ばし、いつ見ても白いワイシャツに黒いズボン、というまるで洒落《しゃれ》っ気のないいでたちだったが、それが妙に似合っている人でもあった。

骨格がしっかりしていて、上半身など逞《たくま》しさを感じさせるほどだったのに、顔に肉がつきにくい体質だったのだろう、頬だけがこけ、笑うと口の両側に年寄りじみた皺《しわ》が寄った。切れ長の澄んだ目はいつもどこか眩《まぶ》しげで、そこには憂い、諦《あきら》め、寂しさ、人恋しさのようなものが感じられた。

「もの静かな、いい青年だな」双子相手に最初の授業を終えた日、お礼に、とビールをごちそうした父は、敏彦が帰ってからそうつぶやいた。

双子は口々に、「カッコいいじゃん」と言い、父から「勉強を教わる先生のことをそんなふうに言うもんじゃない」とたしなめられた。

ついでに律子の勉強も見てもらうか、と父が言い出したので、私は鼻先でせせら笑った。大学で学べるものは何もない、したがって進学するつもりは毛頭なく、高校を出たらすぐに家を出て働く……それが当時の私の考えだった。父は信じていなかったと思う。私自身、そうは考えてみるものの、自分がどうなっていくのか、見当もつかなかった。自分で言い出した手前、前言をひるがえすわけにはいかなかっただけのことである。

五月のゴールデンウィークが明けたころから、妹たちの授業は毎週、土曜日に行われることになった。彼がやって来る日、私は家にいることもあれば、いないこともあった。

家にいれば、妹たちの授業が終わった後、敏彦を囲んでみんなでおやつを一緒に食べた。初めて紹介された時から、私は敏彦のことが気にいっていた。他の人だったら、わざわざ茶の間でみんなでおやつを食べることなど煩わしい、と思っただろう。私には初めから、敏彦に対して、潜在的に憧《あこが》れのような気持ちがあったのかもしれない。

敏彦は、私のことを早くから「りっちゃん」と呼んでくれていた。彼と双子たちとは年が離れ過ぎていた。かといって、母を相手にどうでもいいような世間話を交わすのは億劫《おっくう》だったのだろう。彼は、私がおやつの時間に同席するのをありがたく思っている様子だった。

茶の間の食卓を囲みながら、敏彦は私相手に、ぽつりぽつりといろいろな質問をした。最近、どんな本を読んだ？　作家では誰が好き？　映画は何を見た？　芝居を見に行ったりはしないの？

本は少しは読んでいたし、映画を見に行くこともたまにあったが、芝居に行った経験はなかった。私がそう答えると、彼は「へえ」と言った。「見かけによらないね」

「どうしてですか」

「当世風に、芝居小屋にたむろしてるのが似合いそうな感じがしたんだけど。そうか、わかった。りっちゃんは高校生活動家だったんだな」

「まさか」と私は笑う。「うちの高校でもこの間、ロックアウトになって、機動隊が導入されましたけど。私は別に何もしてません」

嘘、と双子がくすくす笑いながら言う。「お姉ちゃん、デモに出たって言ってたじゃない」

「出てないわよ。デモの隊列の脇を歩いてただけよ」

「脇を歩いて何してたの？」

「別に」私は敏彦を見て苦笑する。

敏彦は私の苦笑に穏やかな笑みを返しただけで、そのことについては何も質問してこなかった。

今の高校生がどんな本を読んでいるのか知りたい、と言い出した敏彦を私の部屋に案内したこともある。私の本棚は粗末なもので、中学校時代に父に無理やり買わされた世界文学全集に交じって、数冊の翻訳小説や文庫本が並んでいるばかりだった。

「ほう、サルトルを読んでるな」敏彦は『嘔吐《おうと》』を手に取りながら言った。

本当は読んでなどいなかった。高校の同級生に借りて、読まずにいるうちに、そこにそんな本があることすら忘れているありさまだった。

それでも私は読んでいるふりを装った。そればかりか、やっぱりフランス文学が一番好きです、などと言った。

敏彦は夥《おびただ》しい数の作家の名をあげ、小説の話を始めた。全員がフランスの作家だった。私が知っていた名もあれば、知らなかった名もあった。アラン・ロブ＝グリエ、ル・クレジオ、アンドレ・ブルトン、ボリス・ヴィアン、バタイユ、ロラン・バルト……。

映画の話がそれに続いた。彼はゴダールが好きだと言った。きみは？　と聞かれたので、私もゴダールは好き、と言った。『気狂《きち》いピエロ』はクラスの誰かが持っていたパンフレットでしか見たことがなかったが、ジャン＝ポール・ベルモンドは嫌いではなかった。そのため、なんとかうまく話を合わせることができ、ほっとした。

今にしてみれば、敏彦は典型的な知的スノッブだったのだろうと思う。彼は文学にかぶれ、映画にかぶれ、芝居にかぶれた学生であった。自分の作り上げた世界の中でだけ遊び続ける、青くさいディレッタントだった。

小説や映画について何か一つ質問すると、機関銃のように答えを返してきて、とどまるところを知らなかった。あの時代、そういう学生は大勢いたに違いない。だが、私にとってみれば、初めて出会った人種だった。珍しかった。圧倒された。

土曜日の夕方、授業を終えた敏彦と茶の間で甘いものを少し食べるひとときが、私には楽しみに思えるようになった。金曜の夜になると、そわそわし始める自分が不思議だった。土曜の午後、誰かと約束をしていたとしても、四時前には切り上げて、家に戻るように心がけた。

一度だけ、間に合わなかったことがある。友達とついつい話しこんでしまい、家に帰ったのは五時近くになっていた。息を切らせて玄関のドアを開けると、母を相手にいとまの挨拶《あいさつ》をしている敏彦と鉢合わせになった。

彼は私を見て微笑みかけ、「おかえり」と言った。「すごく急いでるんだね。誰かから電話でもかかってくるの？」

いえ、別に、と私は言った。

敏彦は落ちついた仕草で母に「それでは」と頭を下げ、私に向かって軽く手を振った。

「じゃあね、りっちゃん、さよなら」

その晩、私は不機嫌になった。ささいなことで双子にあたりちらし、しまいに双子が泣き出して、父からひどく叱られたことを覚えている。

親しい友達が芝居をやってる、見に行かないか……敏彦から、そう誘われたのは、七月だったと思う。

アンダーグラウンド（地下室）で上演される芝居……アングラ劇が全盛のころだった。彼の〝親しい友達〟が、小さなアングラ劇団に所属する団員で、七月末から八月にかけての一週間、渋谷のはずれにある古いビルの地下を借り切り、新作を上演することになっている、という話だった。

一緒に行くんだったら、切符の手配をしてあげるよ、と敏彦に言われ、私はすぐにその話に飛びついた。彼と一緒に出かけることができるのなら、どこへだって行くつもりでいた。

開演は午後六時。土曜日の夕方、授業を終えてから、一緒に家を出て渋谷まで行けば充分、間に合う、と彼は言った。

当日の土曜日、双子の授業を終えた彼は、「はい、これ」と言って私にチケットを手渡した。代金を支払おうとすると、彼はやんわりと断った。来てくれるだけでいいんだ、観客が一人でも増えれば、彼女も喜ぶから……そう言われ、私は、彼が言うところの〃親しい友達〃というのが女性であることを初めて知った。

彼女の名は白井佐和子《しらいさわこ》。富山生まれで、敏彦よりも一つ年上の二十二歳。祐天寺《ゆうてんじ》だか中目黒《なかめぐろ》だかにある小さなスナックで働いている人で、敏彦とは彼女が出演していた芝居を通じて知り合ったのだという。

渋谷に向かう電車の中で、敏彦は熱心に芝居についての話を続けた。途中、何度も「佐和子が」「佐和子もさ」という言葉が繰り返された。

いやでも彼と佐和子の関係がはっきりしてきた。敏彦に女友達の一人や二人、いないほうがおかしい、と思っていたものの、名前を呼び捨てにして語り続ける彼の口調には、身内に対する深い情のようなものが感じられた。

「その佐和子さんって人、先生の恋人だったんですね」私はからかい口調でそう聞いた。

彼は照れる素振りは見せなかった。それどころか、急に生《き》まじめな表情を作ると、妙に堅苦しい口調で付け加えた。「結婚するつもりだよ」

説明のつかない、甘酸っぱい憤りのようなものがこみ上げた。へえ、そうなの、よかったじゃない……彼が私と同年齢の男だったら、そう言っていたに違いない。ちょっとでも羨《うらや》ましく思えること、思い通りにいかないことに直面すると、すぐにすねてしまう小娘……それが私だった。

だが、私は必死になって自分を取りつくろった。そうしなければ、深い自己嫌悪にかられて、しばらく敏彦とも顔を合わせることができなくなるだろう、と思ったからだ。

私は大げさな仕草で両手を打ち、うわあ、すごい、と騒ぎたてた。「素敵！　すごく早い結婚なんですね」

通路をはさんで前に座っていた乗客が、ちらりと視線を動かした。私はかまわずに、さらに大きな声を出した。「学生結婚なんてカッコいい！」

「別にカッコよくなんかないよ」彼は少し怒ったような口ぶりでそう言うと、私を見てふいに深刻げな表情を作った。「ご両親には内緒だよ」

「え？」

「この話だよ。あんまり歓迎されるような話じゃないからさ」

「どういう意味？」

彼は前に向き直り、両腕と両足を同時に組んだ。「妊娠しちゃったんだ」

うなずこうか、黙っていようか、迷った。ほんのわずかの間だけだったが、沈黙が拡がった。電車が駅に着き、乗降客が車内にあふれ、また退いていった。

「彼女は絶対に堕《お》ろさない、って頑張ってる。僕もできれば、中絶なんかさせたくない。だったら……」そこまで言うと、彼はゆっくりと私を見た。冗談を言いたがっている時のように、微笑みが彼の顔中に拡がっていくのがわかった。「結婚するしかないだろう？」

詮索《せんさく》したがっているように思われるのはいやだった。しばらくの間、私は素っ気なさを装いながら、黙っていた。

「芝居がはねたら、紹介するよ」ぽつりと彼が言った。「きみも気にいると思うよ。やさしい女だから」

私はうなずき、微笑み、姿勢を正して「ぜひ」と言った。

その晩、上演された芝居は、私の理解をはるかに超えた内容のものだった。いや、内容があったのかどうかすら、疑わしい。

薄暗いと言うよりも、ほとんど暗闇に近い空間で、幾人もの顔を真っ白に塗った役者たちが踊ったり、笑ったり、絶叫したり、泣いたりする。タイトルは『夢魔境』。観客席と舞台との境目がなく、時折、足もとのバランスをくずした役者が平気で観客席に倒れこんでくる。

ほら、あれが佐和子だよ、と途中で敏彦から教えられたが、識別できなかった。佐和子は、白塗りの人間たちの間に交ざって、性別も名前もない、ただの人形のようにしか見えなかった。むろん、妊娠していることもわからなかった。たとえ彼女の腹部が妊婦特有の大きさになってせり出していたとしても、あの闇の中では誰ひとりとして、気づかなかったに違いない。

二時間以上はあったかと思われる長い芝居が終わると、敏彦は私を喫茶店に誘った。シャンデリアやミラーボール、夥しい数のホンコンフラワーなどで飾りたてられた、けばけばしい感じのする店だった。

佐和子が現れるまで、彼は今しがた見てきたばかりの芝居について、感想を語り続けた。私の知らない人の名前や作家の名前、戯曲のタイトルが飛び交った。話に夢中になりながら次から次へと煙草を吸い、十本入りショートホープの箱が空になると、彼はビールを二つ注文した。

私が「飲めません」と言うと、彼はあっさり「だったら僕が飲むよ」と言った。

佐和子が喫茶店に飛び込んで来たのは、十時を過ぎてからである。いくらなんでもこんなに遅くまで連れ回したら叱られる……私の両親のことを案じた敏彦が、少し遅くなるが必ず自宅まで送り届けます、と母あてに公衆電話をかけに行き、戻って来た直後のことだった。

「うわあ、遅くなっちゃった。ごめんごめん。みんなで反省会やってたら、ちょっと喧嘩《けんか》になっちゃって。ううん、私じゃないのよ。私は見てただけ。でも、そういう時に人を待たせてる、なんて、言えなくて。ほんとにごめん。お腹すいたでしょう？あら、なんにも食べてないの？　私、ぺこぺこ。何か注文しましょうよ。それともラーメンでも食べに行く？」

初めて見た佐和子は、私に何か途方もなく柔らかいもの……たとえて言えばマシュマロとか、白い羽根まくらとか、産毛に包まれた小鳥のヒナとか、そういったものを連想させた。化粧を落とし、まったくの素顔だったはずなのに、彼女は信じられないほど色が白く、ふっくらとしていて、笑みをたたえた目もとが優しい、たおやかな感じのする美人だった。

「暑いからラーメンを食べる気分じゃないな」敏彦がそう言うと、佐和子は「そうね」とうなずき、私を見た。「じゃあ、やっぱりここで何か食べましょうか。何がいい？　ナポリタン？　カニピラフ？　好きなもの頼んでね。今日は私がおごるから」

私と敏彦はスパゲッティ・ナポリタンを注文し、佐和子はカニピラフを注文した。ここのピラフには味噌汁《みそしる》がついてくるのよ、と彼女は嬉《うれ》しそうに言った。

長く伸ばした髪の毛にペイズリー柄のターバンを巻きつけた佐和子は、改まった様子で私を見るなり「よろしくね」と目を細めた。

「敏彦さんがあなたのこと、いつも褒めてたわ。家庭教師をやってる家には、可愛い高校生がいるんだ、って。ほんとに可愛いのね。律子さん……だったかしら。今日は来てくれてありがとう。楽しんでもらえた？」

とっても、と私は言った。よかった、と彼女は微笑んだ。吸い込まれるように優しい微笑みで、一瞬、私はそこに楚々《そそ》とした小さな美しい野の花を見たように思った。

佐和子はその時、インクで染めあげたような色の更紗《さらさ》のロングスカートに、大きく胸の開いた白の袖《そで》なしブラウス、といういでたちだった。いくら目をこらして見ても、彼女の腹部に目立ったふくらみはなかった。腹部よりもむしろ、首に下げた幾重ものガラス玉のネックレスのほうが目立ち、さらにネックレスよりも、その小さな顔、美しいつややかな素肌のほうが目立っていた。

その晩、家まで送ってくれた敏彦に私は「佐和子さんって、すごくきれいな人なんですね」と言った。

そうかな、と敏彦は言い、その日初めて照れたように笑った。

「赤ちゃんが生まれるのはいつ？」

「来年の二月」

「じゃあ、来年はもう、先生はお父さんなんだ」

「参るよね、こんなはずじゃなかったのに」そう言って、彼は首すじを撫《な》でた。「まだ両親には何も言ってないんだ。いったい、どうなるんだろうね」

家に帰ってから、家族が寝静まったころを見計らって家庭医学書を開いてみた。出産予定日から逆算して、その日会った佐和子が妊娠何ヶ月だったのか、知りたくなったからである。

だが、医学書を読んでいるうちに、私の頭は別のことでいっぱいになった。敏彦が双子の家庭教師としてわが家を訪れるようになったのは四月初旬。となれば、そのころ佐和子はまだ妊娠していなかったことになる。敏彦との間に子を成したのはその直後だ。

そう考えると、がっかりするような、それでいてやみくもに胸を焦がしてくる妙な興奮にかきたてられるような、そんなとりとめもない気持ちにかられ、自分が怖くなるほどであった。

夏休みに入っても、双子の家庭教師は続けられることになった。敏彦が、僕はこの夏は帰省しません、ずっと東京にいます、と言ったからである。

双子はがっかりしていた。夏休みはプールや遊園地、花火大会など、予定が山積みだったらしい。

遊んでばっかりいないで、しっかり勉強しなくちゃだめじゃないの、と私が言うと、双子は目を丸くし、ふざけた顔を作って言った。「そりゃあお姉ちゃんはいいよね。本宮先生に会えるんだから」

「どういう意味よ」

「わあ、赤くなってる。赤くなってる」

母はにこにこしながら、私たち姉妹の会話を聞いていた。もともと子供の友達づきあいに難癖をつけたり、必要以上に心配したりする人ではなかった。私が敏彦に対して特別な気持ちを抱いていたとしても、それは思春期によくある憧《あこが》れに過ぎない、とわかっていたのだろう。

私は母に聞こえるよう、双子に向かって言った。「本宮先生のことは尊敬してるのよ。それだけよ。それがどうしていけないのよ」

「別にいけないなんて言ってないじゃん」と直美。

「そうだよ。言ってないもん」と明美。

じゃあ、なんなのよ、と私が目をむくと、双子はそろってダンスをする猿のように、あたりをぐるぐる走り回り、「木所律子の好きな人、それは本宮先生、敏彦先生」とけたたましく笑いながら、つまらない即興の歌を歌い出すのだった。

初めて敏彦の部屋に誘われたのは、八月も末になってからだったと思う。

双子の家庭教師を終えた後、茶の間でカップ入りのバニラアイスクリームを食べながら、敏彦はそっと私の腕を突《つつ》いた。「佐和子がね、芝居を見に来てくれたお礼に、腕によりをかけてりっちゃんに何か御馳走《ごちそう》を作りたい、って言ってるんだけど」

ちょうど近所の人が回覧板を届けに来たところだったので、母は玄関先で立ち話をしていた。双子は台所で、紅茶をいれているところだった。茶の間には私と敏彦以外、誰もいなかった。

「どうする?」敏彦は口早に聞いた。「味のほうは保証の限りではないけどね。よかったらおいでよ」

「先生のアパートに？」

うん、と敏彦はうなずいた。「明日《あした》は日曜で、佐和子も店が休みなんだ。五時でどう？　駅まで迎えに行くから」

私が目を輝かせていると、彼は人さし指を立てて唇にあてがい、「内緒だよ」と言って軽く片目をつぶってみせた。「僕の部屋に行くなんてことが、ご両親に知れたら、やっぱりまずいだろうからね」

敏彦と佐和子とは、一緒に暮らしているわけではなかった。二人が出会った時、すでに佐和子にはルームメイトがいた。スケッチブックに官能的な裸婦像を描き、一枚ずつ安物の額縁に入れて街頭で売っている、フーテンまがいの娘だった。

誰かと一緒に暮らせば、経済的負担が半々になる。まして、定職にありついているルームメイトは貴重である。頼むからしばらくの間、出て行かないでほしい、とその娘に懇願され、佐和子は部屋を出ることを諦《あきら》めた。

あのフーテン娘は佐和子の稼ぎを利用してるだけなんだ、と敏彦はことあるごとに言っていたものである。私も話を聞いてそう思った。どう考えても、街頭で絵を売るだけでは生活できない。スナックで働く佐和子の収入がなかったら、四畳半一間とはいえ、アパートと名のつく部屋は借りることすらできなかったはずである。

だが、佐和子は意に介していない様子だった。佐和子はそういう人間だった。善意のかたまり。お人好《ひとよ》し。人のためになることなら、わが身を捧《ささ》げて惜しまない。損をするとわかっているようなことでも、率先して奉仕の精神を働かせる。

昔、一緒に上野《うえの》に行った時、物乞《ものご》いがいたんだ、とある時、敏彦は私に言った。佐和子はさ、僕の財布を開けさせて、自分の財布の中身と合わせると、いくらになるか計算してさ、合わせて百円札が六枚ばかりあったんだけど、佐和子は何と、そのうち五枚を気前よくめぐんでやった。

だって、その人、本当にひもじそうだったのよ、と佐和子は説明した。大まじめな口調だった。身体中、垢《あか》だらけで、おまけに皮膚病にかかってて、がりがりに痩《や》せてるの、あの時、お金をあげなかったら、死んじゃってたかもしれないわ。

せっかくのデートだったのに、おかげで帰りの電車賃しか残らなかった……敏彦はそう付け加え、呆《あき》れたように笑った。

親に「友達の家で宿題を片づけて来る」と嘘を言い、約束通り私は翌日の日曜日、夕方五時に、私鉄沿線の小さな駅に降り立った。夕立が来そうな気配で、あたりは薄暗く、湿った埃《ほこり》の匂いが町を満たしていた。

駅まで迎えに来てくれたのは、敏彦一人だった。彼は「ネギを買い忘れてね」と言った。「佐和子に頼まれたんだ。雨が降りそうだけど、ちょっと寄って行くよ」

私たちは駅の近くにあるマーケットに入った。昔ながらの小さな商店を寄せ集めて作ったようなマーケットだった。八百屋、肉屋、魚屋……と扱う商品によって、個別に店が並んでいる。

「りっちゃんにあやまらなくちゃいけなくなった」彼は賑《にぎ》わっている八百屋の店先で、束になった長ネギを手にしながら言った。

「え？　何？」

「腕によりをかけて、って佐和子が言ってたのにね。嘘じゃなかったんだよ。ほんとに張り切ってたんだよ」

「……佐和子さんがどうかしたんですか」

威勢のいい掛け声をかけている店の男に長ネギを差し出すと、敏彦はズボンのポケットに手を入れ、小銭を取り出した。「佐和子のやつ、今朝からちょっと具合が悪くなっちゃってさ。だから、予定してた料理ができなくなったんだ」

彼が小銭を手渡すと、同時に新聞紙にくるまれた長ネギが戻ってきた。私たちは再び、肩を並べてマーケットを出た。今にも雨が降り出しそうで、道行く人は急ぎ足だった。

「だから、今日はすき焼きにした。嫌いじゃないよね」

私はそれに答えずに聞いた。「つわり……ですか」

「よくわからない。佐和子はこれまでほとんど、つわりはなかったんだけどね。だから、平気で芝居もやってたし、飛んだりはねたりしてたし。こないだの大きな演《だ》し物が終わって、一息ついたもんだから、安心して、かえってつわりの症状が出ちゃったのかもしれない」

そうですね、と私は言った。それしか言いようがなかった。

佐和子の具合の悪い時に、敏彦の部屋を訪ねるのは気がひけた。ちょっと寄って、挨拶《あいさつ》だけしてすぐに帰ろう、そうしたほうがいいのかもしれない、いや、そうすべきだ、などと考えた。

だが、行ってみると、佐和子は思っていたよりも元気そうで、顔色もよかった。

「いらっしゃい！　さあ、どうぞどうぞ。暑かったでしょう？　でも、もうじき一雨くるわよ。そうしたら、少し涼しくなるわ」

腹の中の赤ん坊の分まで、みなぎる精気をもてあまし、じっとしていられない、と言わんばかりに彼女はいそいそと私にスリッパを勧めた。真新しい黄色いスリッパで、爪先《つまさき》部分にヒヨコの顔がプリントされてあった。

六畳一間に小さな台所がついている部屋には、亀甲《きっこう》模様の薄い絨毯《じゅうたん》が敷かれていた。

窓辺に、食卓と勉強机を兼ねているらしい小さなテーブルと椅子。壁に面してスチール製の本棚が二つ。襖《ふすま》を取りはずしたままになっている押入れに、畳まれた二組の布団が見えた。

　パラパラと石つぶてが投げつけられるような音が響いたと思ったら、ふいに雨が降り出した。烈しい雨だった。風が出てきて、どこかの家の風鈴が狂ったように鳴り始めた。稲妻が光り、遠くで雷鳴が轟《とどろ》いた。

「ほうら、降り出した」と佐和子は言った。「ね、敏彦さん。こういうの、何て言うんだっけ」

「何？」

「例えばね、今みたいに家に着いた途端、雨が降り出して、ああ、危ないところだった、濡《ぬ》れなくてすんだ、ってほっとした時、使う言葉よ」

「間一髪？」

　そう、それ、と佐和子は言い、さも可笑《おか》しそうに身体を揺すってくすくす笑った。

　まもなく部屋の中央に、折りたたみ式の丸テーブルが用意された。台所からガスホースを引っ張って来て、コンロにつないだのは敏彦だった。座布団はなかった。私たちはテーブルを囲んで腰を下ろした。

　敏彦がビールの栓を抜いた。佐和子は「ほんのちょっとね」と言い、彼の酌を受けた。私の目の前には、バヤリースのオレンジジュースの瓶があったが、ジュースをコップに注いでくれたのは敏彦ではなく佐和子だった。

私たちは乾杯のまねごとをした。佐和子は終始、にこにこしていた。

野菜が多くて、肉の少ないすき焼きだった。肉はスジ肉で、噛《か》み切れないほど硬かった。だが、鍋《なべ》の中には佐和子の味があった。佐和子のぬくもり、佐和子の優しさ、佐和子の愛情があった。

「ほんとにごめんね、りっちゃん」と佐和子は言った。「ついさっきまで、どうにも気持ちが悪くてね。お芋の煮っころがしとか、カレー味のコロッケとか、いろんなもの作ってあげようと思って楽しみにしてたのよ。私、お料理大好きだから。でも、できなくなっちゃった」

そんなこと、ちっとも、と私は言った。「もう気分は治ったんですか」

「変なのよ。もうすぐりっちゃんが来る、っていう時間になったら、とたんに元気になったの。気の持ちようなのかもしれないわねえ」

佐和子はその日、派手な柄のムウムウを着ていた。ぶかぶかの服なので、妊婦であるということはわからなかったが、彼女がいとおしげに腹に手をあてるたびに、生地の奥のかすかな隆起、新しい命の鼓動を伝えるやわらかさが、傍《はた》からもはっきりと見てとれた。

鍋がぐつぐつと煮える音に、雨の音が重なった。窓から吹き込んでくる湿った風が、卓上の湯気を大きくゆらめかせた。

「りっちゃんにあのこと、教えてあげれば？」敏彦が箸《はし》を休め、煙草に火をつけながら言った。

佐和子は目を細めて小首を傾げ、優雅に笑った。「だって、まだ決まったわけじゃ……」

「何の話ですか」私は佐和子の顔を覗《のぞ》き込んだ。

「ううん、大したことないの。ちょっとね、お芝居の話があっただけ」

「佐和子が主役に抜擢《ばってき》されそうなんだ」敏彦が言った。「劇団が来年の四月に予定してる芝居なんだけどね、初めて佐和子に白羽の矢が立つことになるかもしれない」

「どうなるかわかんないのよ。もしかするとそうなるかもしれない、っていうだけのこと」佐和子は照れくさそうに顔を赤らめ、その必要もないのに、鍋の中に大量のシラタキを放り込むと、思い出したように勢いよく私のほうを振り返った。

「それよりもっとすごいことがあるのよ。その四月からのお芝居にね、敏彦さんのオリジナル脚本が正式に採用されたの。それはそれは、とっても素敵な脚本なのよ。ね？　敏彦さん」

今度は敏彦が照れくさそうに煙草を灰皿で押しつぶし、「採用された、ってわけでもないさ」と言った。「プロの劇作家の人との共同脚本にしてもらうことが決まっただけなんだよ」

「でも、『花車伝説《はなぐるま》』っていうタイトルは、敏彦さんが考えたタイトルがそのまま採用されたじゃないの」

「まあね」

「敏彦さんたらね、私をイメージして書いてくれたのよ」佐和子はしみじみとそう言うと、鍋の中のものを菜箸でつつき回し、口をすぼめて微笑んだ。「それだけでもとっても嬉《うれ》しかった。だから私、主役になれなくてもいいの。充分、満足なの」

硬くていつまでも飲みこめずにいた牛肉をやっとの思いで飲みくだし、私は二人の顔を交互に見つめた。二人とも私のほうは見ておらず、それぞれ幸福な物思いに耽《ふけ》った様子でぼんやりしていた。

佐和子がふと私を見た。「四月って言えば、ちょうどお花の季節でしょ？　タイトル通り、舞台がお花で埋め尽くされる予定なの。見ごたえがあると思うわ。私が主役になるならないは別にして、敏彦さんの脚本なんだもの。ぜひ見に来てね」

「絶対、行きます」私は大きくうなずいた。

「佐和子の役はね、花車に乗った人形なんだよ」敏彦が言った。

佐和子がくすくす笑った。「頭の悪いお人形なんでしょ？」

「気のいい人形さ。花車はトロッコみたいに舞台を所狭しと移動できる仕掛けになってる。行く先々で、気のいい人形は花車の中で、花に埋もれながら、ぶつぶつ、独り言を言い続けるんだ」

「四月公演なら、なんとか間に合うのよ」佐和子が腹部をやわらかく撫《な》でながら言った。「予定日は二月五日なの。公演まで丸二ヶ月あるでしょう？　もし主役をやらせてもらえるんだったら、セリフは赤ちゃんを生む前に全部、覚えておけるし。それに私、身体だけは丈夫だから、二ヶ月もあればすっかり元通りになれる自信があるの」

「佐和子の役は、最初から最後まで花車の中で寝てればいいだけだからね。ちょうど狭いお風呂《ふろ》に身体を沈めてさ、天井を仰いでる時みたいに、両手と両足だけブラブラさせて外に出して……」敏彦は、そう言いながら箸で鍋の中のシラタキをつまみ、器に移さずにそのまま口に運んだ。「歩き回ったり、飛んだりはねたりする必要がないし、もちろん裸になる必要もない。最初から最後まで、じっと寝てればいいだけ。出産した翌日だって、やろうと思えばできなくはない」

「佐和子さんが妊娠したのを知ってから、書いた脚本なんですか」私は聞いた。

「いや、違う。去年の暮れに書き始めて、第一稿ができあがったのが今年の三月。時期といい、役柄といい、まるで彼女の出産がわかってたみたいな内容になっちゃって、自分でもおかしいけどね」

「ほんとのことを知ったら、みんな驚くでしょうね」佐和子はくすくす笑った。「私が妊娠してるなんてこと、誰も知らないんだから」

「僕たちはさしずめ、詐欺師ってところだな」敏彦も笑みを浮かべた。

ほんとにね、と佐和子は目を細めてうなずくと、敏彦のために器に生卵を割ってやった。生卵をかきまぜる音が、室内に軽やかに響いた。いつのまにか、雨はあがったようだった。

「女優になるのが夢だったし、今でもそう思ってるのよ。だから、妊娠を隠してまで、こんなこと続けてるんだけど」彼女はしんみりとつぶやくように言った。

「でもねえ、本当のところ、どうなのか、このごろ自分でもよくわからなくなることがあって。もう少しで私、ママになるんだな、って考えると、お芝居を続けるよりも、子供を立派に育てていくことのほうが大事なのかもしれない、って思ったりもして。変ね」

敏彦は黙っていた。スチール製の本棚に寄りかかり、両膝《りょうひざ》を立てて煙草を吸っていた彼の目は、窓の外の、遠くに光る稲妻だけを見ているようだった。

その晩、私を駅まで送って来てくれた敏彦と佐和子は、改札口の手前で私に「じゃあね、さよなら」と手を振った。その手が下ろされるや否や、まるで待っていたかのようにふわりとつなぎ合わされたのを私は視界の片隅で確認した。

改札口を抜けて立ち止まり、振り返った。雨あがりの舗道を、寄り添いながら遠ざかって行く二人の後ろ姿が見えた。街灯の明かりを受け、長々と舗道に落ちた二人の影は、どこかほっそりと侘《わび》しげだった。


その日からちょうど一ヶ月後。佐和子が正式に『花車伝説』の主役に抜擢された。佐和子はすでに妊娠六ヶ月目に入っていたが、体質なのか、裸にならない限り、腹部はほとんど目立たず、その時点においても、劇団のスタッフ、団員たち、誰ひとりとして、彼女の妊娠の事実には気づいていない、という話だった。

一緒にすき焼きを食べた日、彼女を悩ませたつわりのような症状も、二度と起こることはなかった。身体にぴったりとした服さえ着なければ、腹部のふくらみはいくらでもごまかすことができた。『花車伝説』の彼女の役柄は、敏彦が言っていた通り、花車の中で仰向《あおむ》けになっているだけでよく、身につけるものも、だらしなく着付けた絣《かすり》の着物に、ゆるく三尺帯を締めるだけ、という設定だった。たとえ臨月になってから本稽古《ほんげいこ》が行われることになったとしても、とりあえずはなんとかうまくごまかせそうだ、ということだった。

「でも、ちゃんとした本稽古が始まるのは、三月に入ってからの予定になってるんだよ」敏彦はいたずらっぽく笑って、私にそう教えた。「そのころにはもう、佐和子は出産を終えて、復帰してる。どう？　全然、問題はないだろう？」

　私は聞いた。「でも、陣痛が始まったらどうするんですか？　お稽古がなくたって、みんなと一緒にいる時に、突然、お腹が痛くなったりしたら、劇団の人に気づかれるに決まってるわ」

「出産予定日の十日前から、あらかじめ休みを取ることにしてるんだ。僕との結婚の報告に郷里の富山に帰る、とか何とか理由をつけてね。無事に生まれたら、郷里でひどい風邪をひいた、ってごまかしてさ。その間に体力を取り戻して、東京にやっと帰って来ました、って顔をして、さりげなく復帰するわけだ」

「佐和子さんがお稽古に出てる間、赤ちゃんの面倒は誰がみるの？　先生だってお稽古には参加するんでしょう？」

「富山の彼女のお母さんが来てくれることになってる。了解ずみなんだ」

「なぁんだ。じゃあ、ほんとに問題ないですね」

「そう。まったく問題ない」

　今、思い返すと、かなり大胆な会話だったと思う。舞台で主役を務める女優が、最後まで妊娠出産を隠し通しながら、稽古を続けようというわけである。敏彦の説明を聞いて、本当に心底、何の問題もなさそうだ、と思った私も私なら、普通ではない状態の身体のことを何ら深く考えず、赤ん坊も主役も欲しい、として、無茶なやり方を選んだ佐和子や敏彦も精神的に未熟だったとしか言いようがない。時代がそうさせたのか。あるいはまた、私たちが若すぎたせいか。あのころ、敏彦や佐和子がたてた計画は、無邪気でいたずらっぽい、楽しい心躍る計画でしかなかった。彼らにとって、女が妊娠し出産するというプロセスは、口から取り込んだ食物が、時を経れば必ず肛門《こうもん》から排泄《はいせつ》されるという、人体の普遍の原則にも似て、非常に単純なメカニズムにのっとったものでしかなかった。

彼らはあくまでも、妊娠出産を情緒的にしかとらえていなかった。妊娠し、出産するということが、時として命を落とすほど危険な綱渡りにもなるという事実は、彼らにとって遠い外国から聞こえてくる、意味不明なおどし文句のようなものでしかなかった。

子を宿した女の身体を、どれほど大切に扱うべきか、彼らは知らなかった。知らなすぎたのだ。

十一月も半ばを過ぎたある土曜日の午後。いつも家庭教師の時間に遅れることのなかった敏彦は、二時半になっても三時近くなっても現れなかった。

前の晩から冷たい雨が降り続いていたが、いっこうにやむ気配はなく、ストーブをたかずにはいられないほど寒い日だった。双子は勉強をサボることができる、と喜んだ。敏彦はそれまで、連絡もせずに遅れて来たことは一度もなかった。訝《いぶか》る思いは次第に形を変えていき、私の中には漠然とした不安が拡がっていった。

敏彦のアパートに電話はなかった。緊急の連絡は、近くに住む大家が取り次いでくれていたようだが、その大家の電話番号を知っていたのは父だけだった。その日、父は仕事で地方に出かけており、留守だった。お父さんとは夜にならないと連絡がつかないのよ、と母は言った。

四時半ころ、電話が鳴った。私が受話器を取った。間違い電話だった。急ぎの用でどこかの会社にかけたつもりだったらしい中年の男は、私が「違います」と言うと、返事もせずに切ってしまった。

六時少し前に、また電話が鳴った。双子の直美あてに友達からかかってきた電話だった。「先生から連絡があるかもしれないから、すぐに切って」と母が言ったので、直美は数秒で電話を切った。

敏彦本人から電話がかかってきたのは、それからさらに一時間ほどたってからである。ちょうど、母が電話機のすぐ傍にいた。私よりも早く、母が受話器を取った。

母は「まあ」と言ったきり、絶句した。視線が泳ぎ、私をとらえたが、私が受話器を奪い取ろうとして手を差し出すと、母は強くそれを拒んだ。

その後、ほとんど言葉を発さないまま、母は眉《まゆ》をひそめ、うなずき、「わかりました。お気を落とさないように」と重々しく言ってから受話器を戻した。

「大切なお友達が亡くなったんですって」母は目を伏せながら言った。「ゆうべ遅く、階段から落ちて。発見されたのが遅かったらしいの。病院に運ばれたけど、だめだったんですって。お気の毒に」

並んでテレビを見ていた双子は、顔を見合わせ、口をとざした。

私は目をむいて母を見つめた。「友達って誰？」

「知らない」と母は言った。「来週と再来週、家庭教師はお休みさせてください、って。もちろんよね。ショックだったんでしょう。先生の声、掠《かす》れてたわ」

白井佐和子は前の日の深夜、スナックの仕事を終えてから一人で劇団の事務所に行った。劇団は老朽化した細長い、三階建てのビルの二階と三階を借りていた。二階が事務所、三階が稽古場だった。

佐和子が行った時、事務所には誰もおらず、鍵《かぎ》がかけられていたようだ。一方、三階の稽古場は、そんな遅い時間だというのに賑《にぎ》やかな笑い声で満ちていた。佐和子はまっすぐ三階まで上がって行き、声をかけた。

「誰か事務所の鍵、持ってない？」……佐和子はそう聞いたそうである。居合わせたのは、新人の団員ばかりで、鍵を持っている人間はいなかった。

「じゃあ、仕方ないわね」と佐和子は言った。「忘れ物しちゃったの。ついでだから仕事の帰りに取りに来てみたんだけど。雨の中、わざわざ来て損しちゃった」

団員たちは佐和子にビールを勧めた。佐和子は、『花車伝説』の公演が終わるまで、お酒は断つことにしたの、と言い、にこやかに稽古場のドアを閉めて帰って行った。

その時、すでに外は雨が降りしきっていた。雨で濡《ぬ》れていた靴が、すべりやすくなっていたのかもしれない。あるいは何か物思いに耽《ふけ》っていたせいで、階段を一段、踏みはずしてしまったのかもしれない。佐和子は二階から一階まで、急な階段を真っ逆様に転落した。

一階の入口付近の床に叩《たた》きつけられた時、意識はすでになかったようである。入口にはガラスのはまったドアがついていた。佐和子が横たわっている姿が、外の通りを行き交う人の目に触れることはなかった。

三階の稽古場にいた団員たちは、佐和子の悲鳴にまったく気がつかなかった。酒を飲み、話に興じていた彼らが、始発電車に乗るつもりで、やっと帰り支度を始めたのは早朝四時半をまわったころである。

先に階段を駆け下りた十九歳の若者が、床に倒れている佐和子を発見した。佐和子の下半身はぎらぎらと光る血にまみれていた。

佐和子は救急車で病院に運ばれた。ショックで子宮から大出血したようだった。落ちてすぐに病院に運ばれていれば、少なくとも佐和子だけは助かったはずである。だが、発見が遅れたことが致命的だった。大量の血を失い、赤ん坊もろとも、佐和子の命も失われた。……私はそのように聞いている。

敏彦がふいに、私の家に挨拶《あいさつ》にやって来たのは、佐和子が死んでから二週間ほどたった日曜日の夜だった。

おあがりください、と母がいくら勧めても、彼は玄関先に立ったままだった。父が出て行って、ともかくあがってください、ここでは話ができない、と言ったのだが、それでも彼は「すぐに帰らなければならないので」と言い張り、頑として靴を脱ごうとしなかった。

実は、先日亡くなったのは僕の婚約者でした、来春、結婚する予定でした、彼女は僕の子供を妊娠していました、この先当分、心の整理がつきそうにありません、家庭教師の仕事を続けていける自信もなくなりました、直美さんと明美さんにこんな状態で勉強を教えるわけにもいかず、思いきって辞めさせていただいたほうがいいのではないかと考え、こうやって伺いました……やつれ果て、青ざめ、着ているくたびれたトレンチコートよりももっと色を失った唇を震わせながら、彼はそう言い、深々と頭を下げた。

父も母もさすがに言葉を失っている様子だった。双子が、何事か、という顔つきで出て来た。母はそっと双子を追い払った。

まもなく父が何かあたりさわりのないことを言い始め、それを合図にしたかのように、母も同じようにあたりさわりのない慰めの言葉を口にした。敏彦は下げた頭をいっこうに上げようともせず、「勝手を言いまして申し訳ありません」と低い声で繰り返した。

もう誰も、彼を引き止めようとはしなかった。大人同士の挨拶が交わされた。帰りがけに、ドアのノブを握りながら、彼はつと私のほうを見た。忘れかけていた相手に挨拶をすることを急に思い出した時のような、作りものめいた笑みが、唇の端に浮かんだ。

ドアが開き、彼は外に出て行った。玄関灯の照らしだす淡い光が、彼の身体を包みこんだ。ドアが閉じられた。足音が遠ざかり、まもなく何も聞こえなくなった。

両親が何かぼそぼそと話し始めた。双子が飛び出して来て、何の話だったのか、聞きたがった。父は憮然《ぶぜん》とした顔つきで奥に引っ込んで行った。

いてもたってもいられなくなり、私はサンダルをつっかけてドアに突進した。どこに行くの、と母が大声で聞いた。答えなかった。

敏彦の姿はすでに見えなかった。私は迷わずに駅に向かって走り出した。駅までは歩いて十二、三分。走れば七、八分で着く。

寒さは感じなかった。むしろ全身が汗ばんですらいた。

しばらく走ると、公園が見えてきた。ブランコとすべり台が一つずつあるだけの、小さな児童公園だった。

公園の中央にそびえている大きな銀杏《いちょう》の木は完全に色づき、すでに葉を落とし始めていた。木の幹のあたりに人影が見えた。敏彦だった。

敏彦は木にもたれ、片方の手をコートのポケットに入れたまま、煙草を吸いながら空を見上げていた。公園内に他に人はいなかった。

私は中に入って行った。公衆トイレの脇にある水銀灯の明かりが、水飲み場の蛇口にあたってきらりと光った。

敏彦が静かに振り向いた。驚いた様子はなかった。彼はまっすぐに私を見つめ、そこに何か懐かしいものでも見つけたかのように、瞬《まばた》きを繰り返し、ほんの少し微笑んだ。

私は彼に近づき、彼と向かい合った。吐く息が白く顔にまとわりついた。そんなふうにしている自分が半分怖く、半分切なかった。こみあげてくるものがあった。唇が震えるのがわかった。

彼は吸っていた煙草を地面に落とし、靴先で踏みつぶした。次の瞬間、私は彼の腕の中にいた。トレンチコートのがさがさという音が耳に響いた。コートにしみついていた冬の匂い、煙草の匂いが私をくるみこんだ。

「りっちゃん」と彼は私の名を囁《ささや》いた。「佐和子は死んじゃったよ。僕はどうすればいいんだろう。わからないんだ。もう何もわからない」

慰めようがなかった。励ましようもなかった。心臓だけが烈しい鼓動を繰り返していた。彼が私に何を求めているのか、どう応《こた》えてやればいいのか、自分が怖いのか、嬉《うれ》しいのかすらわからなくなり、私は途方に暮れた。

敏彦はいきなり、苦しげに喘《あえ》ぐと、私の身体を強く締めつけた。痛い、と痛くもないのに私はかすかに声をあげた。だが彼は何も言わなかった。荒い呼吸が続いた。

私の首すじ、耳のあたりに彼の唇が押しつけられた。熱い吐息が頬にかかった。それまで経験したことのない甘美な漣《さざなみ》のようなものが、身体中を駆け抜けていくのがわかった。

気がつくと私は彼と唇を合わせていた。生まれて初めての接吻《せっぷん》だった。私の口は震えていて、歯の根が合わなくなり、時折、敏彦の歯とぶつかって乾いた音をたてた。

彼は私にではなく、死んだ佐和子さんにキスをしているつもりなのだろう、と思った。そう考えると侮辱されているような気もしたが、それでもいい、という思いのほうが強かった。

唇が離れた。離れた瞬間、彼はもう一度、私を強く抱きしめた。彼の両手が私の背中にくいこんだ。

耳元で「ごめんよ」と囁き、彼は突然、動かなくなった。泣いているようだった。

翌年の四月初め。高校三年になったばかりの私に、敏彦から封書が届いた。中には『花車伝説』の入場チケットが一枚、同封されていた。佐和子はいなくなりましたが、芝居は予定通り上演されます、よかったら友達と一緒に見に来てください、上演期間中、僕は毎日、劇場に行ってます……手紙には短くそう書かれてあった。

都内の桜が満開になった土曜日の夕方、私は『花車伝説』が上演されている渋谷の小さな劇場に向かった。一人で見たかったので、誰も誘わなかった。余ったチケットはクラスの芝居好きの男の子に譲ってやった。

開演は午後六時からだった。客の入りはよくもなく悪くもなかった。私と同様、一人で来ている学生ふうの人間もいれば、勤め帰りと思われるOLふうの娘、背中まで髪の毛を伸ばしたミュージシャンふうのカップル……と客層は様々だった。

舞台に緞帳《どんちょう》はなく、花道が客席のほうに長く延びていた。花道にはレールが敷かれてあった。

予算の関係上、生花を使うわけにはいかなくなったのだろう、舞台には所狭しと造花が並べられていた。かつて佐和子が言っていたように、「舞台が花で埋め尽くされる」といった状態ではなかったが、ライトを浴びると造花が活《い》き活きと輝いて見え、まさに春先の花畑を見ているような印象があった。

私が座った席は、花道に面した席だった。芝居が始まるとすぐに、劇場の廊下側の扉が開き、そこから女を乗せた花車がトロッコのように花道のレールをすべって来るなり、私の目の前を通り過ぎた。

花車の中も造花でいっぱいだった。チューリップ、カーネーション、バラ、菊、グラジオラス……ありふれた花ばかりで、そのまとまりのない色彩が、何か狂気のようなものを連想させた。

花車の中に入っていたのは、佐和子と似たような年齢の若い女だった。肩までのおかっぱ頭のかつらをかぶり、人形めいた化粧をしている。色あせた絣《かすり》の着物を着て、赤い三尺帯を締めている。尻《しり》だけを花車の底に沈めて、両手両足を外に出し、ぶらぶらさせている。

舞台に向かった花道のレールの先端で、花車がぴたりと止まると、女は喋《しゃべ》り出した。ぜんまい仕掛けの人形さながら、聞き取れないほどの早口だった。

スポットライトは花車だけを照らし出していた。音楽が流れ始めた。スローバラードのような、静かできれいな曲だった。花車の中の人形は相変わらず、あらぬ方向に視線を投げたまま喋り続けていた。

舞台には他に役者は登場していなかった。客席の観客は、全員、花車を注視していた。花車の中の人形役の女優が、けらけら笑いながら手足をばたつかせてみせたからだ。

その時、ライトが届かない舞台の隅に、私はふと人影をみとめた。ああ、と私は密《ひそ》かにため息をついた。人影は次第に形をとり、かと思うと、淡い墨絵のようにぼやけ、消えてしまうかと思えば、再び力を得たようにまた輪郭をはっきりさせた。

胸が熱くなった。佐和子さんだ、と私は思った。佐和子さんが来ている。佐和子さんが舞台にいて、こちらを見ている。

佐和子は舞台の隅のほうに佇《たたず》み、私のほうを見て穏やかに微笑んでいた。その腕の中には赤ん坊とおぼしき、おくるみにくるまれた小さな塊があった。

佐和子は赤ん坊の顔を覗《のぞ》き込み、頬ずりをし、再び私のほうを見た。歓迎、喜び、懐かしさ……そんな気持ちがひしひしと伝わってきた。ほんの少しだけ、残念そうな、無念そうな思いがその中に混じってはいたものの、悲しみとか後悔とか寂しさのようなものは、一切感じられなかった。

それは、生前、自分の身に起こったことすべてを淡々と受け入れ、嘆くことなく自分の死を認めた死者が、改めて静かに過去を振り返る時のような気持ちだった。同時にそこには、敏彦に対する深い情愛、姉のような母のような穏やかな気持ちも含まれていた。

私はそっとそれを受け止めた。佐和子の気持ちは、私の中をぐるりと一巡し、私自身の思い出と溶け合って消えていった。

瞬きを一度し、深く息を吸って、佐和子のほうに目を向けた。佐和子はもう見えなかった。

二時間に及ぶ芝居を見終わり、客席の外に出ると、敏彦が私を呼び止めた。ずっと舞台裏にいたんだ、と彼は言った。りっちゃんが来てくれてたことは知ってたよ、ありがとう、どうだった？

「最高でした」と私は言った。本心だった。

佐和子が現れた話はしなかった。したところで信じてはもらえなかっただろう。

敏彦は元気そうだった。相変わらず頬がこけ、やつれてはいたが、あの銀杏の木の下で抱き合った時に比べれば、いくらか顔色がよくなったように見えた。

「お茶でも、って誘いたいところだけど」彼は私の腕を取るようにして、劇場の外に通じる狭い階段を上がりながら言った。「これから反省会があるんだよ。だから誘えない」

いいんです、と私は言った。会えただけでもよかった……そう言おうとしたのだが、恥ずかしくて言えなかった。

私たちが立っていたのは、劇場前の舗道だった。舗道には数本の桜の木が並んでいた。私たちのまわりを芝居帰りの客たちが行き交い、夜桜を見上げては笑いさざめきながら通り過ぎて行った。

「またね、りっちゃん。いい芝居が書けたら、知らせるよ。元気でね」

「先生も」

私はその時、敏彦の後ろを花車に乗った佐和子がゆっくりと通り過ぎていくのを見た。花車は文字通り、花でいっぱいだった。佐和子はおかっぱ頭にし、絣の着物を着て、胸に赤ん坊を抱いていた。幸福そうに微笑んではいたが、佐和子は敏彦のほうは見なかった。彼女はすでに、あちらの世界にいるのだった。あちらの世界にいて、死者の静寂を受け入れているのだった。

敏彦は私の視線に気づき、怪訝《けげん》な顔をして後ろを振り向いた。彼の目には何も映らないようだった。

再び私のほうに向き直ると、彼は唇を舐《な》め、姿勢を正した。しばらくの間、何か言いたそうにしていたが、言葉を飲み込むようにしてごくりと喉《のど》を鳴らすと、彼は長い髪を揺すって空を仰いだ。

「もう春だね」

その言葉を待っていたかのように、暖かな夜風が吹き過ぎ、無数の桜の花びらがはらはらと舗道に舞いおりた。

降りしきる花びらの中、花車は遠ざかり、闇に溶け、やがて何も見えなくなった。

慕《ぼ》情《じょう》

とりたてて虚弱児だったわけではないが、幼いころ、私はよく風邪をひいて食べたものを戻した。胸のあたりがむかむかする、と思う間もなく、貧血を起こした時のように周囲の現実感が遠のき、気がつくと胃がひっくり返っている。

祖母はいつも、吐いた私のことよりも、戻したものの始末のほうが気になるらしく、大騒ぎして誰かに古新聞と雑巾《ぞうきん》を持って来させた。そして、眉間《みけん》に皺《しわ》を寄せながら、怒ったような顔をして畳の上を拭《ふ》き始める。気持ち悪いのなら、早く言わなきゃだめじゃないの、ほらごらん、こんなに汚して、と叱られるのだが、まだ胸のむかむかが治っていない私は黙ってじっとしている他はない。

朝食べたごはんが全然消化してない、これじゃ気持ち悪くなるのは当たり前だ、と祖母に言われ、思わず自分の吐いたものに目をやれば、ますます気持ちが悪くなってきて、またこみあげてくる。

祖母は大げさに騒ぎたて、「洗面器を持って来て。早く！　早くしないと間に合わないよ」と叫ぶ。その声に刺激され、私は本当に間に合わずに、またもや、同じ場所でげえげえやってしまう。

申し訳なさと惨めさとでいっぱいになり、私がつい涙ぐめば、祖母はそこで初めて思い出したように、私の額に手をあて、ああら、この子ったら、変だと思ったら、やっぱりね、ひどい熱、などと、他人事《ひとごと》のようにあっけらかんと言うのだった。

風邪をひくと、決まって私は家中で一番日当たりのいい、広々とした縁側のついた十畳の和室に寝かされた。医者の往診を頼んだ時、恥ずかしくないように、と祖母が見栄《みえ》を張ったためだった。

ふだん、特別な来客があった時にしか使わない部屋なので、家具はひとつも置いていない。片隅に古くなった朱鷺色《ときいろ》の衣桁《いこう》が一つだけ、ぽつんと置かれてあるのがかえって怖く、深夜、そこに白い着物を着た幽霊が立っているように見えてしまったこともある。朝、あたりが明るくなってからおそるおそる確かめてみると、衣桁には、前日母が脱いだ割烹着《かっぽうぎ》が一枚、掛けられていただけだった。

部屋の真ん中に敷かれた布団の中で、白い障子に映る庭の木々の影を眺めながらうとうとし、ふと目を覚ますと、傍に母が座って繕いものなどをしている。石油ストーブの上にやかんがかけられ、やかんからは始終、音もなく湯気が上がっていて、その適度な湿りけが心地よい。お姉ちゃんの風邪がうつるから、と部屋に入ることを禁じられている双子の妹たちの声も聞こえず、あたりは静まり返っている。

私が軽く身動きすると、母は仕事の手を休めて私を見つめ、「どう？」と聞く。うん、と答えるものの、身体の状態をどう説明すればいいのか、わからない。母の手が伸びてきて、火照ったような私の頬に触れる。額にあてがわれた氷嚢《ひょうのう》の中で、氷がじゃりじゃりと音をたてる。

少し熱、下がったかな、と言い、母は微笑む。何か少し食べる？　と優しく聞かれ、別に食べたくもないのに、母に甘えてみたくなって、またしても、うん、と答える。

「おばあちゃんが、蜜柑《みかん》の缶詰買って来てくれたの。律子、蜜柑の缶詰が大好きでしょ。食べてみる？」

私は大きくうなずく。母は台所に行き、開けたばかりの缶詰の蜜柑をガラスの小鉢に入れて持って来る。

シロップと共に、ぷりぷりとした歯ざわりの蜜柑がスプーンで私の口に運ばれる。冷たく甘いシロップが、喉を流れていく。

お腹も減ってはおらず、むしろ、これ以上食べたらまた吐いてしまうかもしれないと思うのに、私は母が運んでくれるスプーンに向かって小鳥のヒナのように、大きな口を開け続ける。

唇の端からこぼれたシロップを母がタオルで拭《ぬぐ》ってくれる。思うように拭ってもらにせがむ。

「うう」と動物のように唸《うな》って、もっと丁寧に拭ってくれるようにえないと、私は、
赤ちゃんみたい、と母はからかい、歌うようにしてつけ加える。木所律子さんは、いったい幾つになったんでしたっけ？　もう小学生のお姉さんだったんじゃないんですか。

母の笑顔が私を救う。ずっと熱が下がらないのではないか、床に臥《ふ》したまま、このまま起き上がれなくなるのではないか、もう二度と、友達と外で元気よく遊ぶことができなくなるのではないか……そんな不安を母が吹き飛ばしてくれる。

お母さん、と何度も呼んでみたくなる。どこにも行かないで、ずっとここにいて、などと言ってみたくなる。

だが、照れくさくて言葉が出てこない。わけのわからない涙ばかりがこみあげてきて、そんな時、私はわざと不機嫌そうな顔を作り、母から顔をそむけるなり、「眠い」などと言ってしまうのだった。

昭和五十年十月末、大学卒業を翌年に控えていた私は、久しぶりにひどい風邪をひいて寝込んだ。

扁桃腺《へんとうせん》が赤く腫《は》れ上がり、口の中全体がひりひりして、食べ物を飲み込む時はもち

ろんのこと、唾《つば》を飲んだだけでも痛みが走った。喉《のど》の奥からもれてくる息は、腐った魚のように生臭かった。

熱は人を小馬鹿にしたように上がり続け、三十九度を超えるなり、それきり下がらなくなった。仰《あお》向《む》けに寝ていると、それだけで天井がぐるぐる回った。

市販の風邪薬を飲み、暖かくして寝ていれば二、三日で治るだろうとタカをくくっていたのだが、いっこうによくならない。心配した母が近所の内科医に往診を頼んだのは、臥せってから三日後のことだった。

双子の妹たちが、怪しげなアイスキャンディ売りから買ったキャンディを食べ、そろって下痢が止まらなくなった時も、私が裏庭の柿の木から落ちた時も、三姉妹そろって蜂に刺されてしまった時も、いつも真っ先に診てくれた老医師である。昔から、禿《は》げ上がった頭を脂でてらてらと光らせていて、妹たちは陰で密《ひそ》かに、「海坊主先生」と呼んでいた。

その海坊主先生は、あーん、と言って私の口を開けさせた後、「りっちゃん、幾つになった？」と聞いた。

二十三です、と詰まったような声で答えると、海坊主先生は、「そんなになったか。そろそろお嫁に行ってもおかしくない年頃だな」と言って豪快に笑った。「扁桃腺が苺《いちご》みたいに赤く盛り上がってる。子供のころ、りっちゃんがしょっちゅうやってた扁桃腺炎とおんなじだよ。二十三にもなって、こんなに子供みたいに扁桃腺を腫らす人も珍しい」

きっと精神年齢が低いんです、と軽口をたたこうとしたのだが、喉が塞《ふさ》がってしまって言えなかった。

海坊主先生は、ベッドに寝たままの私の腕に注射をし、母が用意したお茶をうまそうに飲み干して、菓子皿に載せた豆大福もぺろりと平らげ、ああうまい、りっちゃんのお母さんが出してくれるお菓子はいつもうまいな、と大声を上げると、じゃあ、りっちゃん、おとなしく寝てるんだよ、と言いながら白衣を翻して部屋を出て行った。

海坊主先生を玄関先まで見送りに行き、また二階の私の部屋まで戻って来た母が、あたりのものを片付けながら、さりげなさを装うようにして聞いた。

「律子、少し痩《や》せた？」

「どうして？」

「さっき先生がね、帰りぎわに、りっちゃん、ちょっと痩せたんじゃないか、って。何かあったのか、って。お母さんは、ちっとも気がつかなかったけど、そう言われてみれば確かにそうだわ。顔がほっそりしたものね」

かなわぬ恋をしているせいだ、とは言えなかった。私は力なく笑った。「別に何もないわ」

「だったらいいけど」

「熱で衰弱してるから、痩せたみたいに見えるのよ」

そうね、と母はうなずき、私を見おろして微笑んだ。「りんごをすりおろしてあげようか。口の中がさっぱりするわ」

「いらない」

「じゃあ、くず湯は？」

ううん、いい、と私は言った。

往診してくれた医師に、痩せた、と言われたせいなのか、それとも、そのことに母が少なからず反応し、心配そうな表情をしてみせたせいなのか、その時、説明のつかない感情がふいに私の中を駆けめぐった。

その日、母は薄茶色のプリーツスカートにフリルのついていない簡素な白いエプロン、白いブラウス、紺色のカーディガンという装いだった。身をよじらせて甘えたいような、それでいて、一人になりたいような、何か心もとない、じっとしていられないような気持ちに駆りたてられ、私は思わず唇を嚙《か》んだ。

お母さん、と私は部屋から出て行こうとしていた母を呼び止めた。

母はドアの手前で立ち止まり、カーディガンの裾《すそ》をわずかに揺らしながら、「何？」と私を振り返った。

ゆるくパーマがかけられた母の髪の毛がわずかにほつれ、風に吹かれた時のようになっているのがいかにも自然で美しかった。その昔、幼かったころ、甘えて鼻をすりよせるたびに、母のうなじから立ちのぼった甘い化粧水の香りが思い出された。熱いものがこみあげてきた。私は母に訴えてみたかった。訴えて、聞いてもらって、黙ってうなずいてほしかった。

好きな人がいるということ、その人は結婚しているということ、いくら好きでも、どうにもならないのだということ……。そしてまた、自分のこと、将来のこと、不安と期待と悲しみがないまぜになったような、不思議な気持ち……。

「何よ、律子。変ね。どうかした?」母はからかうように私を覗《のぞ》きこんだ。

私は聞いた。「昔みたいにしてもいい?」

「昔みたいに? 何のこと?」

「一階の和室に布団を敷いてほしいの。子供のころ、風邪をひくといつもそうしてたでしょ」

「どうしたの、突然」

「わかんない。ただ、そうしてみたくなっただけ」

言った途端、ふいに抑えがきかなくなって、瞳《ひとみ》に涙が浮かんだ。

母はしばらく黙って私を見ていたが、やがて柔らかな笑顔を作ると、いいわ、そうしなさい、と言った。

扁桃腺炎になって寝込む前日の夜、私が家に帰ったのは午前二時を回っていた。二、三日前から風邪気味だったのが、その日は朝からひどく喉が痛んで、熱も出ていた。遅くまで飲み歩くことはおろか、仕事に出ることすらおぼつかない状態であったのは確かである。だが、たとえ四十度の熱があったとしても、私はあの晩、その時間まで家に戻らなかったに違いない。

その日は、私が時々、仕事を引き受けていたアルバイトの契約が切れる日だった。会社の人たちがバイト学生を集めて送別会をやってくれるから、帰るのは遅くなる、と私はあらかじめ出がけに母に嘘をついた。

都内にある大手リサーチ会社の広報部が、不定期に仕事を委託する学生アルバイトを募集しているのを人づてに聞き、応募して採用されたのがその年の五月。不定期とはいえ、一応、正式に一定期間の雇用契約書を交わして、その期間内には最低でも週に一度は仕事を引き受けなければならない、という条件がついていた。金曜日か土曜日、いずれか一日、好きな曜日を選べるということだった。私は土曜日を選択し、五月から十月末までの五ケ月間の契約を結んだ。

仕事は、主婦層のモニターを集めて行われる新製品の試食会の準備、案内係、後片づけといった、単純なものだった。私の他にも、同じ仕事をする大学生が数人いた。

広報部の係長で、試食会の責任者だった塚本伸也《つかもとしんや》とは、契約を交わした五月の時点からずっと一緒に仕事をしてきた。密《ひそ》かに意識するようになったのは、三回目の試食会で、新製品のカレーのテストを行った時からだった。

借り切った公民館の厨房《ちゅうぼう》で、カレーを作っていた私のところにやって来るなり、塚本は「うまそうだな」と鍋《なべ》の中を覗きこんだ。「僕はね、これでもカレー作りの名人なんだよ。一人でルウから作るんだ」

「すごいですね。私はインスタントのルウしか使えません」

「簡単だよ。豚でも牛でも野菜でも、なんでもあるものをぶっこんで、ぐつぐつ煮込むんだ。シンヤカレーっていう名前をつけてね、女房や子供たちに食わせてやるんだけど、正直なところ、あんまり評判はよくない」

「シンヤカレー？　夜遅く食べるカレーなんですか」

「違うよ。僕の名前が伸也だからさ」

塚本は笑いながら、宙に漢字をなぞってみせた。それは、かつて私が深く関わったことのある男友達の名と同じだった。

私は大げさに「わあ」と言って目を見開いてみせた。「昔の私のボーイフレンドと同じ名前なんですね。字まで同じ」

「へえ、そう。昔っていつの？」

「高三のころからつきあい始めて、一緒に浪人して別々の大学に入って……」

「で、別れたんだ」

私はうなずいた。

「飽きたの？」

「そうじゃありませんけど」

塚本はいたずらっぽく笑った。「あててみようか。別れた原因は、きみに新しく好きな男ができた。違う？」

図星だった。私は黙っていた。

「そうかあ。きみは恋多き女だったんだ。知らなかったなあ」

「そんなことありません」

「今、ボーイフレンドはいるの？」

「いないんです」

「じゃあ、別れた伸也君の次の男とも別れちゃったってわけ？」

「ええ、まあ……」

「ほうらみろ。やっぱり恋多き女じゃないか」

「からかわないでください」そう言いながら、私が塚本を軽く睨《にら》みつけると、塚本は

「うーん、恋多き女は、やっぱりすごい色気だ。くらくらする」と芝居がかった口調で言い、ふざけて天を仰いでみせた。

私が小学校六年になった年、父の一番下の弟にあたる叔父《おじ》が亡くなった。木所晴夫という名だった。

叔父は亡くなる前日、能登にある海辺の旅館から電話をかけてきた。電話に出たのは私だった。

叔父は少し酒に酔っているようだった。受話器の奥から、波の音が聞こえてきて、叔父はどことなく様子がおかしかった。

いつものようにふざけた話を繰り返した後で、「りっちゃん」と叔父はふいに私の名を呼び、僕はね、と言った。「きみのことが大好きなんだよ。ほんとに大好きなんだ」と。

その翌日、叔父は旅館の部屋で首を吊《つ》った。遺書はなかった。

塚本は、私の大好きだった叔父にどこか似ていた。喋《しゃべ》り方も、ふざけ方も、目を細めてからかうように人を見つめる癖も、うねり狂う嵐のような感情を必死でこらえているような横顔も、何もかも。

塚本とはそれ以来、仕事帰りに誘われて、喫茶店でホットドッグとコーヒーを御馳《ごち》走《そう》になったり、ラーメンを食べに行ったりするようになった。

だが、つきあいはその程度だった。簡単な食事がすめば、塚本は私と一緒に電車に乗り、私が降りる駅まで送って来る。そして、おやすみ、りっちゃん、また来週会おうな、と言って、自分はまた反対方向の電車に乗り換え、帰って行った。

自宅に電話をかけてきたことは一度もなかった。夏休みに家族で北海道に来ています、というそっけない文章が書かれた絵葉書が届いた時以外、手紙が送られてきたこともなかった。

ラベンダーの花畑の写真がついた絵葉書だった。私はそれを勉強机の脇の壁にピンで留め、飽かず眺めた。

十月初旬、私の就職先が内定した。和紙を中心に製造する老舗《しにせ》の製紙会社だった。翌週、アルバイトの契約が切れる、という時になって、塚本が、最後の夜は食事を一緒にしよう、と誘ってくれた。「おしゃれしておいで。きみの就職先が決まったお祝いに、僕が奢《おご》ってあげるから」

いいんですか、と、どぎまぎしながら聞き返した。塚本は「二人きりのお祝い会だよ」と言って、意味ありげに片目をつぶってみせた。

塚本は、六本木《ろっぽんぎ》にあるフランス料理店を予約してくれていた。正式なフランス料理など食べたことがない、と言って逃げ腰になる私に、彼は、マナーなんてどうでもいいさ、うまいものをうまいと思って食べるのが一番、と言い、わざとラーメンでもすするようにしてスープを飲み出したので、私は大笑いした。

食事を終えてから、ホテルのバーに飲みに行った。バーを出てから、まだ帰したくない、と言われ、もう一軒、塚本の行きつけの店だというスナックのようなところに連れて行かれた。

スナックの初老の女主人は、私を見るなり「こんな若いお嬢さんを口説いたの？　塚ちゃんもなかなかやるわねえ」とからかった。

塚本は女主人の見ている前で、私の肩を抱き寄せた。「大好きなんだ、この子。惚《ほ》れてるんだ。いい子だろう？　うちに本物の嫁さんがいなかったら、今すぐ嫁さんにしたいくらいだよ」

酔っているのは明らかだった。塚本さん、酔ってるでしょ、と私が聞くと、うん、酔ってる、と彼は屈託なく答えた。

終電に間に合わなくなる、とわかってから、私は家に電話をかけた。電話に出てきた母に、塚本さんが送ってくれるって言ってるから、心配しないで、と伝えた。

母にはそれまでに何度も、塚本のことをそれとなく話して聞かせていた。三十五歳、息子と娘が一人ずつ。奥さんの写真を見せてもらったんだけど、すごい美人なのよ、女優さんみたいなの……そう教えた。だが、塚本が死んだ叔父に似ている話はしなかった。

母はにこにこしながら、私の話を聞いていた。あんまり楽しそうに聞いてくれるので、思わず、塚本さんのことが好きになったの、どうすればいい？　と聞いてしまいそうになったほどだった。

スナックを出た時、雨が降り出した。すでに時刻は午前一時を過ぎていた。タクシーはなかなか拾えず、塚本は私が雨に濡《ぬ》れないよう、脱いだ背広を頭からかぶせてくれた。背広には、かすかな煙草の匂いと共に、塚本の整髪料の香りがしみついていた。やっとつかまえることのできたタクシーに乗りこむと、塚本は冗談ばかり連発し始めた。そのころすでに、熱が上がり、悪寒もしていたのだが、私は元気を装って笑い続けた。笑いながら、これが最後なんだ、多分、もう二度と塚本が自分を誘ってくれることはないだろう、と考えた。考えるそばから、悪寒が烈しくなり、気持ちの奥底に墨のような闇が流れた。

私の家の門の近くでタクシーが停まると、塚本はふと口を閉ざし、私をまじまじと見つめた。

彼は低い声で言った。「また会えればいいね」

酒の匂いのする吐息が、ふわりと私の頬にまとわりついた。彼の目は焦点を失いかけていた。酔いが回っているようだった。

雨足が強くなっていた。街灯の青白い光が、雨滴の流れる窓ガラスを通して、塚本の顔にまだら模様を作っていた。

あの、と私は言った。「会いたくなったら、会社に電話してもいいですか」

塚本はにっこりと微笑んだ。死んだ叔父によく似た笑顔が私の目の前にあった。

「りっちゃんからの電話だったら、いつでもどこにでも飛んで行くよ」

冗談なのか、本気なのか、わからなかった。しばらく私たちは見つめ合った。心臓が張り裂けそうにどきどきしていた。フロントガラスを動きまわるワイパーの音だけが、やけに大きく聞こえた。

塚本は何もしなかった。握手もキスも抱擁も何も。酔ったふりをして、私にしなだれかかろうとする素振りすら見せなかった。本当に酔っていたのかもしれなかった。あるいはまた、そんなことをしようなどと、夢にも思っていなかったのかもしれなかった。

彼は車から先に降り、私が降りるのを待って、再び一人で中に乗り込んだ。タクシーの運転手は私と塚本とを遮断するかのようにして、無情にも自動ドアを閉じてしまった。

塚本は急いで手動式の窓を開けると、「おうちの人たちに、遅くまで引き止めて申し訳なかった、って伝えといて」と言った。少し呂律《ろれつ》が回らなかった。「おやすみ、りっちゃん。楽しかったよ。とっても楽しかった」

おやすみなさい、と私も言った。

雨の中、タクシーが走り去って行くのを見送った。車の赤いテールランプが濡れた路面を静かに遠ざかり、角を曲がって見えなくなるまで、私は同じ場所に佇《たたず》んでいた。

雨の音だけがしていた。冷たく、肌の奥深くまでしみいるような雨だった。

ひどいめまいがして、足もとがふらついた。酔いのせいではない、熱のせいだった。

家に帰り、部屋の石油ストーブをつけ、服を着たままベッドにもぐりこんだ。熱で全身が小刻みに震えた。ひどい熱だ、と思いながら、熱などどうでもいいような気がした。

震えながら、私は塚本のことを考えた。塚本は別れ際にキスをしてくれる、こめかみのあたりか、さもなければ額の真ん中に……つい数時間前まで、無邪気に私はそう信じていた。夢見ていた。そんな自分が滑稽《こっけい》だった。

朦朧《もうろう》とした意識の中で、夢ともうつつともつかぬ幻の声を聴いた。りっちゃん、とその声は言った。りっちゃん、りっちゃん、大好きだよ……。

塚本の声に違いない、と思っていたのに、りっちゃん、という呼びかけは、次第に「カワウソくん」に変わっていった。カワウソくん、カワウソくん、大好きだよ……。

叔父はあだ名をつける名人だった。私は時々、叔父から「カワウソくん」と呼ばれていた。私ははっとして目を開け、闇の中で頭を起こした。

おじさん？

そう言ったつもりだったのだが、腫《は》れあがった喉《のど》は小さなゴムまりを飲みこんだかのように膨れていて、空気のもれる音がしただけだった。


一階の和室に床をとってもらったせいなのか、それとも海坊主先生が打ってくれた一本の注射が劇的に効いたからなのか、大量の汗をかいた後で熱は徐々に下がり始め、食欲も出てきた。

あれは、海坊主先生が来てくれた日の翌々日のことだった。昼食に母が作ってくれた卵入りのおかゆを残さず食べ、短いまどろみから覚めた私は、布団の傍に母が座り、編物をしているのに気づいた。

紺色の太い毛糸が規則正しい編み棒の動きの中で、少しずつ編まれていく。編み棒と編み棒が交差するたびに、コツコツという乾いた小さな音がはじける。懐かしいような、切ないような気持ちの中に漂いながら、私はしばらくの間、ぼんやり母の姿を見ていた。

「いやだ、起きてたの？　ちっとも知らなかった」母は私の視線に気づくと、びっくりしたように笑った。私も笑顔を作った。

静かな晩秋の午後だった。和室の障子に、縁側まで伸びてくる日の光が木もれ日を作って揺れているのが見えた。

祖母が自室でラジオを聴いているらしく、山口百恵《やまぐちももえ》の歌声がかすかに風に乗って聞こえてきた。耳をすませてみた。歌は『ひと夏《なつ》の経験《けいけん》』だった。

共に山口百恵の大ファンで、仲良くそろって短大の家政科に進んだ双子の妹たちは、出かけているのか、気配はなかった。

「早く編んじゃわないとね。あっという間に寒くなるから」母は毛糸を編み続けながら言った。

「誰のセーター？」

「お父さんの。頼まれたのよ。釣りに行く時に着る、手編みのセーターが欲しいんですって。手編みだと、あったかさが違うんだって」

娘たちにはもちろんのこと、母は父にも優しかった。あらゆる人を受け入れ、包みこみ、目を細めて見守りながら静かに子守歌を歌い続けるようなところが、母にはあった。

「昔とおんなじね」私は言った。

「ん？　何が？」

「私が熱を出すと、こうやってお母さん、いつも布団の傍で何か編んだり、靴下の穴をかがったりしてた」

母は編物をする手を休めずに、私を見つめ、穏やかに微笑んだ。その年、四十七の誕生日を迎え、いくらか頭に白いものが目立つようになってはいたものの、母のたおやかさ、静かにたゆたう澄んだ水のような美しさは、昔とひとつも変わっていなかった。

母を見ていて、またしても私は死んだ叔父《おじ》のことを思い出した。

叔父は密《ひそ》かに母を愛していた。それは欲望にかられるような愛ではなく、また、誰かを不幸にするような愛でもない。叔父の母に対する愛情はもっと深く、静かに凪《な》いでいて、決して実ることがないとわかっていてなお、しみじみと燃え続ける、そんな愛だった。

何故、突然、そんな話を母に聞かせたくなったのか、わからない。聞かせるつもりはなかった。生涯、私はそんな話を母にも誰にも、するつもりはなかったのだ。

だが、気がつくと私は口を開いていた。「不思議な話、教えてあげようか」

「不思議な話？　なあに、それ」

「……ずっと昔の話なの。お母さんにもお父さんにも黙ってたこと」

「何なの？　早く教えて」

私は横になったまま軽く息を吸い、「あのね」と言った。「私、おじさんと会ったの」

母は編み棒を膝《ひざ》に置き、肩がこったのか、片手を肩にあてて、ぐるりと首をまわしてから私のほうを見た。「おじさんって、どのおじさん？」

「晴夫おじさんよ」

「晴夫おじさん？　晴夫さんだったら、この家でしばらく、私たちと一緒に暮らしてたんだもの。会ったのは当たり前でしょう？」母はくすくす笑った。「律子ったら変なこと言うのね。大丈夫？」

「死んでから会ったのよ」

母は肩をもんでいた手をそっと下ろした。二度ほど大きく瞬《まばた》きをすると、母は私をまっすぐに見つめた。「どういうこと？」

「おじさんが能登で死んだ後のことよ。東京オリンピックの年だったでしょ。私は小学六年生だったわ。覚えてる？　おじさんが死んだ年に、二階の子供部屋を増築したじゃない。夏休みのね、天気のいい暑い日で、お母さんは二階のベランダに出て、洗濯物を干してたわ。私は自分の部屋にいて、おばあちゃんは八百屋さんに出かけてた。お昼のそうめんの薬味にするネギを買いに」

母が黙っていたので、私は先を続けた。油蟬《あぶらぜみ》が降るように鳴き続けている中、叔父が静かに階段を上がって二階にやって来たこと、私の部屋のドアは開いており、そのドアの手前まで来た叔父が、あやふやな輪郭ながら、生前の姿をみせてくれたこと、叔父の身体が白い光に包まれていたこと、そして、叔父はベランダで洗濯物を干していた母の傍に行き、ひとしきり母を懐かしむと、やがてむせ返る夏の大気の中に、吸い込まれるようにして消えていったこと……。

「今まで誰にも言ったことがないんだけど」と私は枕に頬を押しつけたまま言った。「私には、そういう不思議な力があるみたい」

「死んだ人と……」と母は言い、言葉を飲みこむようにしてから静かに続けた。「……会えるのね？」

私はうなずいた。

「死んだ人が律子に会いたがるの？」

「そういうわけじゃないの。ただ、死んだ人の正直な気持ちが私にわかるの。伝わってくるの。それだけ」

そう、と母は言った。「すごいのね」

私は瞬きを繰り返しながら母を見た。母はもの静かなまなざしで私を見ていた。

「じゃあ、私が死んでも、律子と会えるってことね。何か伝えたいことがあったら、そうできるのね」

「お母さんなら、多分、いつでも会えるわ。会いたい時に」

「それなら、死ぬのも怖くないわ」母はふっと笑った。「よかった。ちっとも怖くない」

そうね、と私は言った。耳の下でソバ殻の枕が、がさごそ鳴った。「死んだ人って、どうしてみんな、あんなに優しい気持ちでいるのかしら。みんな優しいのよ。静かで、ゆったりしてて……なんて言うのか、いろんなこと全部を受け入れてるの」

母はゆっくりうなずいた。「なんだか信じられない。夢のような話ね。でも、わかるような気もするわ」

私は母を見据え、わざといたずらっぽく笑ってみせた。「おじさんはね、お母さんのこと、ほんとに好きだったのよ。死んだ後でお母さんに会いに来た時のおじさんの気持ち、全部、私に伝わってきた。お母さんに教えてあげたかったくらい」

「……どんな気持ちだったの？」

「誰よりも憧《あこが》れてて、誰よりも大事で、誰よりも愛してる、っていう気持ちよ」

母は気の毒なほど狼狽《ろうばい》し、うっすらと頬を赤らめたが、何も聞かなかったかのようにして、再び編み棒を動かし始めた。

祖母がラジオを消したのか、祖母の部屋は静かになった。遠くの空をヘリコプターが飛んで行く音がした。庭の木で、ひとしきり賑《にぎ》やかに雀が囀《さえず》った。

「ねえ、お母さん」と私は言った。「お母さんは妻子ある人を好きになったことある？」

「そんなこと、あるわけないでしょ」

「じゃあ、その逆は？」

「逆？」

「結婚してるお母さんが、独身の男の人を好きになったってこと」

母は編物の手を休めなかったが、伏し目がちなその端整な白い顔に、束の間、刷毛《はけ》ではいたような赤みがさしたのがわかった。

「お父さんと結婚して、もう二十五年にもなるのよ」母はつぶやくように言った。「忘れたわ」

「忘れられるもの？」

母は小首を傾げながら微笑み、私から目をそらせたまま、「何を言わせたいの」と言ったきり、幸福そうな沈黙の中に逃げこんだ。


私の知る限り、母は丈夫な人だった。たまに風邪をひくことはあっても、寝込むことは稀《まれ》だったし、双子の妹たちを出産した時以来、入院したこともない。肩がこったり、軽い頭痛がしたり、ということはよくあるようだったが、それもごくふつうの人が経験するような日常的な不調にすぎず、ともかく母が昼日中ぐったりと寝床に横たわっている、という姿を私も妹たちも生まれてから一度も見たことはなかったはずである。

母の様子が急におかしくなったのは、私が扁桃腺炎《へんとうせんえん》で寝込んでから半月ほどたった、十一月半ばの小寒い日のことだった。

夕方になって、外出から帰った私を迎えに玄関に走り出て来たのは、双子の妹のうちの一人、直美だった。

「お母さんが変なのよ」と直美は眉《まゆ》をひそめながら言った。「お昼を食べた後、身体がだるい、って言って布団を敷いて横になったんだけど、さっき測ったら、すごい熱なの」

私の扁桃腺炎が治りかけたころから、今度は母が風邪をひき、喉《のど》が痛くて咳《せき》が出る、と言いつつトローチを舐《な》めたり、咳止めシロップを飲んだりしていた。熱も微熱程度でたいしたことはなく、海坊主先生にも診てもらわずに、ごくふつうに生活していた。

少しだるそうに、茶の間の柱に寄りかかり、ぐったりしているのを見かけたことはあるが、だるいの？　と聞くと、ううん、別に、と笑顔を見せた。その後も、いつもと変わらない様子だったので、風邪はすっかり治ったものと思いこんでいた。

父と母が寝室に使っていた和室に入って行くと、母は布団から顔を出し、私を見るなり、弱々しい声で「おかえり」と言った。ひどく顔色が悪く、身体中が小刻みに震えていて、息を吸うたびに掛け布団にプリントされていた朱色の牡丹《ぼたん》の花も一緒に震えた。

「風邪だろうかね」と居合わせた祖母が聞いた。声に不安げな響きがあり、思わず「うん」と応《こた》えたものの、まるで自信はなかった。私はなんだか怖くなった。

　額に手をあててみた。母は、「律子の手、冷たくて気持ちいい」と言ったが、額はスイッチを切ったばかりのアイロンのように熱く感じられた。

　父はその三日ほど前から、仕事関係者と一緒にヨーロッパ旅行に出発しており、不在だった。ざわざわと不安が押し寄せてきた。私は思わず双子の妹、直美と明美と互いに顔を見合わせた。

「海坊主先生にさっき、電話したのよ」明美が言った。「でも午後から出かけてて、いないの。六時半過ぎじゃないと、戻らないんだって」

　直美がべそをかきそうな顔をしながら、「まだあと二時間半もある」と言った。「大丈夫かな。救急車呼んだほうがいいんじゃないかな」

　大げさねえ、と母は布団の中で言った。くぐもったような声だった。「ただの風邪よ」

　だが、誰もがただの風邪だとは思っていなかった。おそらくは、母本人ですら。

　母の呼吸はひどく荒かった。じっと寝ているのに、百メートルを全力疾走した後のように、はあはあと口で息をするのが苦しそうだった。

　祖母が氷囊《ひょうのう》を作ってきて、母の額にあてた。熱が高いせいか、氷囊の中の氷がどんどん溶けていくのがわかった。

眠ったのか、意識を失いかけているのか、時折、眉をひそめたままじっとしている。大丈夫？ と問いかけると、わずかに目を開け、だるい、と言った。「手も足も、全部もげてしまったみたい。変ね」

夕食の仕度をしようとは誰も言い出さなかった。晩秋の外はとっぷりと暮れていたが、雨戸をたてようとする者もいなかった。

六時半きっかりに、明美が海坊主先生の診療所に電話をした。まだ帰っていない、と言われた。

七時になり、七時十五分になった。もう待てない、と思った。祖母と私と妹たちは、タクシーを呼んで母を病院に連れて行こう、と決め、立ち上がった。外に車が停まる音がし、慌ただしげに玄関のチャイムが鳴らされたのは、その時だった。

白衣を着ていない海坊主先生が、「やあ、すまんすまん」と言いながら、どかどかと玄関を上がって来た。小寒い夜の空気と共に、先生が小脇に抱えた黒い診療鞄《かばん》の、真新しい革の匂いがぷんとあたりに漂って、何故かそれは不吉な感じがした。

母は、木綿の白いネグリジェを着ていた。先生は私たちの見守る中、ネグリジェの胸を開け、聴診器をあてがった。乳房が見えた。白くて豊かなのだが、どこか慎ましい感じのする、母のものと呼ぶにふさわしい乳房だった。

「肺炎を起こしてるな」先生は重々しく言った。「少しチアノーゼもでてる」

「チア……なんですって？」祖母が聞き返した。

「唇や爪が青黒くなってきてるでしょう？　肺に炎症があるせいで、身体に血液がうまくまわらなくなってるんですよ。ずいぶん、我慢してたみたいだなあ。症状はもっと前からあったはずだよ」

「我慢強い人ですから」祖母が言った。哀れむような言い方が悲しかった。

私は膝《ひざ》を乗り出した。「先生、私の扁桃腺炎が母にうつったんですか。肺炎はそのせいなんじゃないですか」

「今はなんとも言えないな。菌の検査をしてみないとわからないよ。ありふれた病気だから、きちんと治療を受ければ心配はいらないが、どっちみちここまできたら、入院してもらったほうがいいね。今日、お父さんは？」

「出張なんです、海外に」私が震える声でそう応えると、先生は、その場の雰囲気を変えようとするかのように、よっしゃ、と掛け声をかけながら立ち上がり、今すぐ僕の車でお母さんを病院に運んであげよう、と大声で言った。

人生にはどうやら、天の時、というものがあるらしい。

そうなるにふさわしい一瞬……いかなる計算を働かせようと、決して人為的に生まれることのない神秘の一瞬が、人には時折、訪れる。あらかじめ負っている運命、静かに受け入れるべき定めは、人知れず天体の動きに連動するかのようにして一極に集中し、まさに天の時としか言いようのない一瞬を生み出してくれるのである。

その晩、海坊主先生の車で母を運びこんだ病院で、私は三年前に別れた伸也とばったり会ったのだった。

自宅から少し離れた、住宅地の真ん中にある中規模の総合病院だった。そこの内科医長と海坊主先生は、旧知の仲という話だった。

病院に到着するころ、細かい針のような霧雨が降り出した。湿度ばかりが高く、気温は下がって冷えこんでいるというのに、空気はどこか、べとべととしていた。

母は急患として扱われ、すぐに救急治療室に運びこまれた。私と祖母が同行し、担当医にこれまでの病状を伝えた。呼吸困難に陥っていた母は、ただちに酸素吸入のマスクをつけられた。そんな恰好《かっこう》をして仰《あお》向けに寝ている母は、母であって母ではない、別の人間のように見えた。

家族はロビーで待っているように、と言われ、私たちは母を医師に任せて治療室を出た。疲れたのか、待合ロビーの椅子にぐったりと座りこんでしまった祖母に、私は自動販売機でオレンジジュースを買って来て手渡した。双子は、入院に必要な手荷物をまとめ、後からタクシーで来ることになっていた。

旅先にいる父に知らせる必要があった。その日、父がどの国のどのホテルにいるのか、知っているのは母だけだった。私は、家にいて入院準備をしている双子に電話をかけ、父の会社の人間の自宅の電話番号が書かれたアドレス帳を探して持って来てほしい、と頼んだ。会社の誰かに聞けば、父の居場所はすぐにわかるはずだった。

公衆電話は待合ロビーの片隅にあった。電話をかけ終え、財布を片手に落ちつかない気持ちでロビーを横切ろうとした時だった。目の前を通りかかった若い男に、りっちゃん、と声をかけられ、私は虚を衝《つ》かれたような思いで立ち止まった。

　会うのは三年ぶりだった。肩のあたりまで伸ばしていた髪の毛は短くなっていて、そのせいか伸也は、別れた時よりも、少し大人びた顔つきになっているように見えた。

「どうしてここに」と二人同時に声を発し、一呼吸おいてからまた、「お見舞い？」と同時に聞いてしまったものだから、私たちは互いに顔を見合わせて、短く笑い合った。

「おやじがヘルニアの手術を受けたんだ」伸也は言い、照れくさそうに鼻の下をこすった。「たかが脱腸なのに、死ぬの生きるの、って大騒ぎでさ。おまけに、おふくろから、たまには見舞ってやれ、ってうるさく言われて、ちょっと寄ったところ」

「手術は？　うまくいったの？」

「もちろんさ。ぴんぴんしてる」

よかった、と私は言った。予備校帰りに立ち寄った伸也の家で、時々、ばったり顔を合わせることのあった伸也の父親が思い出された。お邪魔します、と言うたびに、ろくに顔も見ないまま、やあ、いらっしゃい、と言うのが口癖だった。名前を呼んでくれたことが一度もなく、あなたの家には私以外にも女の子がしょっちゅう遊びに来てるんじゃないの、と伸也に問いただして、つまらない口げんかに発展したことがある。

「……久しぶりね」私は言った。

ああ、と伸也は言い、眩《まぶ》しそうな目で私を見た。「誰か病気なの?」

私はうなずき、母の突然の発病について、話し始めた。話しながら、少し喉《のど》が詰まった。自分のせいだ、と思った。私さえ、扁桃腺炎《へんとうせんえん》にならなければ……。私があの晩、風邪をおしてまで塚本と遅くまで飲み歩かなければ……。母に看病させ、母に甘え、母に風邪をうつさなければ……。

視界がかすみ、待合ロビーの蛍光灯の青白い明かりが揺らいで見えた。伸也に気づかれないよう、私は目をそらせた。

「どうした」伸也が低い声で聞いた。

なんでもない、と私は言い、目を伏せたまま唇を噛《か》んだ。「母がこんなふうになるの、初めてだから。動転しちゃって」

「わかるよ。何か手伝うことある？」

「まだ詳しいことが何もわからないの。でも平気。大丈夫よ。ごめんね。しばらくぶりだっていうのに、こんな話になっちゃって」

「いいよ。どんな話をしようが、りっちゃんに会えたんだから、それだけでも嬉《うれ》しいよ」

私は洟《はな》をすすり、笑顔を作った。「就職、決まった？」

「決まった」

彼は私も知っている大手石油会社の名を挙げ、ジーンズのポケットに両手の親指を差し込むと、天井を見上げながら「なんだか変だね」と言った。

「何が？」

「……二度と会えないと思ってたから」

私が曖昧《あいまい》にうなずき返すと、伸也もまた、うなずいた。

「今夜はお母さんの付添い？」

「多分、そうなると思う」

「……また様子を見に来ようか」

「ありがとう。でも心配しないで」

「何か運ぶものがあるんだったら、言ってくれよ。僕、免許とって車を買ったんだ。

中古のポンコツだけど。りっちゃんの家との往復、いくらでもやってやるよ」

私は微笑み返した。拒絶するような微笑みにしかならなかったのが、自分でもいやになった。「ほんとに無理しないで。今はいい薬もたくさんあるし、簡単に命をとられるような病気じゃない、って、往診してくれた先生が言ってて……だから……」

伸也は唇を真一文字に結び、怖いほどゆっくりと瞬《まばた》きをしながら、私を見下ろした。

私はふと口を閉ざした。

「迷惑？」と伸也は聞いた。聞き取れないほど、その声は掠《かす》れていた。「僕が来ると、迷惑かな」

私たちの傍を、赤ん坊を抱いた若い母親が血相を変えて走り抜けて行った。赤ん坊は薄桃色のおくるみの中で、異様な泣き声をあげていた。どこからか走り出て来た看護師が、その母親を手招きし、母子は急患用の診察室の中に吸い込まれていった。

私は伸也を見上げ、首を横に振った。「迷惑なわけ、ないじゃない」

「じゃあ、また来る」

うん、と私はうなずいた。「来て」

言った途端、ふいに鼻の奥が熱くなった。

看護師は、まだ何も知らせに来なかった。待合ロビーに人影はなく、伸也が病院の玄関を出て行く足音が遠のくと、あたりは急に静まり返った。私は祖母のところに戻り、隣に腰を下ろした。

祖母が聞いた。「誰だったんだい？　今喋《しゃべ》ってた人」

「伸也よ。お父さんがヘルニアで入院してるんだって。お母さんのこと教えたら、びっくりしてた」

「伸也？」

「いやだ。遠藤《えんどう》伸也君。私のボーイフレンドだった人じゃない。忘れたの？　おばあちゃん」

ああ、と祖母は言い、そうだったね、とうなずいた。

「おばあちゃん、彼と私がつきあうの、嫌ってたのよね」

「髪の毛が長かったから、いやだったのよ。でも、いい男になったみたいだね、あの子も。髪の毛、ちゃんと短くしたたし」

「就職、決まったんだって」

「どこに？」

私が彼の就職先を教えると、祖母は「へえ、そう。案外、優秀な子だったんだねえ」と言い、青白い蛍光灯の下で、場違いなほど相好をくずした。

母はひと通りの処置を受けてから、病室に運ばれた。細菌性の肺炎だということだった。

病室は二人部屋だったが、隣のベッドは空いていた。窓は大きく、庭園灯に照らされた病院の中庭が見下ろせた。雨はまだ、降り続いているようだった。

身のまわりのものを持ってやって来た双子の妹たちが、タオルだの小さな置き時計だの洗面用具だのをサイドテーブルの上に並べ、することがなくなると、今度は、「お母さん、かわいそう」と言い、二人そろって涙を浮かべた。私たちは長い間黙ったまま、母の腕にとりつけられた点滴の管から、音もなく輸液剤が落ち続ける様子を見守っていた。

病院の公衆電話を使って、旅先の父の居所を知っている会社の人間に連絡をとってみた。まだ帰宅しておらず、後で私たちの家に電話をかけてもらうことになり、その時のために、誰かが家に戻っている必要が出てきた。

疲労の色を見せ始めた祖母が、先に帰ってる、と言ってタクシーを呼び、戻って行った。小一時間ほどしてから、双子もまた、いったん引きあげて行った。双子は、母がいつもの母らしくなく、静かに横たわって目を閉じているのを見ているのが、耐えられない様子だった。

だが、私は帰るつもりはなかった。母に風邪をうつしたのは自分だ、という思いがあった。自分が抱え込んだかなわぬ恋のせいで、母は病に倒れた、そうに違いない、と思うと、いたたまれなかった。

付添いの必要はない、と看護師から言われていたのを無理に頼みこんだ。海坊主先生の口添えも功を奏したようだった。私は一人、病室にとどまることを許された。

ベッドの足元には、鼠色をしたビニール製のソファーが一脚、置かれてあった。看護師は私に特別に患者用の毛布を貸してくれた。私は毛布の中に身を横たえ、ドアのすりガラスからもれてくる廊下の光が病室の闇をやわらげ、母の寝姿の輪郭をぼんやりとにじませているのを見守りつつ、夜を過ごした。

うとうと眠っていたのか、それとも、ぼんやりと物思いに沈んでいただけなのか、そのあたりのことははっきり覚えていない。ソファーに身を横たえてから、どれくらいの時間がたったのかもわからなかった。

何か、あたりの空気がかすかに蠢《うごめ》いたような気配を感じ、私は目を開けた。

闇に慣れた目に最初に映し出されたのは、カーテンの隙間からもれてくる、中庭の庭園灯の光だった。薄く、淡く、月明かりよりも静かな光だった。母の寝ているベッドの掛け布団の上に、光はまっすぐにさしこんでいた。そしてそれは青白い一筋の線のようになって、まもなく布団の仄白《ほのじろ》さの中に溶けていった。

母のベッド脇にある丸椅子に、人が座っていた。初めは黒い影のようにも見えたし、透明でやわらかい、巨大なゼリーのようにも見えた。だが、それは確かに人間の形をしていた。しかも男の……。

あ、という声が喉《のど》の奥にこみあげた。だが、声にはならなかった。声を発する前に、瞬時にして私は、その黒い影が懐かしい生前の叔父《おじ》の姿に変わり、まるで生きている人間のように、活《い》き活きとした表情を浮かべるのを間近にとらえていた。

自分の唇が大きく震えるのがわかった。小鼻が、ひくひくと、子兎のそれのように、開いたり閉じたりするのがわかった。泣きたいほど嬉《うれ》しいのに、涙がこみあげてくる気配はなく、にもかかわらず目が潤んで、胸の奥から迸《ほとばし》った熱いものが、まっすぐに身体をかけのぼっていくのが感じられた。

――心配したよ、と叔父は言った。

いや、〝言った〟のではない。その言葉通りの気持ちが私に伝わって来ただけなのだが、それは私の意識の中にしみわたり、即座に明瞭《めいりよう》な音声と化したのだった。

――でもよかった。お母さんはすぐ元気になる。大したことはないよ。

会いたかった、おじさん、と私は言った。声は掠れ、喉がひりひりと痛み、焦がれる思いが熱く胸に拡がった。「会いたかった。会いたかった。ものすごく会いたかった」

叔父の端整な口もとに、やわらかな笑みが浮かんだ。それは昔のままの叔父だった。私や妹たちをからかっている時の叔父。ふざけて冗談ばかり言っている時の叔父。庭の落ち葉を掃いている母を、縁側に座ってじっと見るともなく見ている時の叔父……。叔父は目を細めて私を見つめると、わずかに首を傾けながら、眠っている母を見下ろした。

叔父は何も言わなくなった。叔父から伝わって来るのは、狂おしいほどの愛情だった。狂おしいのだが、どこかに透明感があり、烈しいのに、静まり返っている。それは、愛する者に対して、これ以上、素直にはなれないと思われるほど素直になった時の気持ちにも似ていた。

叔父はただ、母を愛していた。まっすぐに、偽りなく、愛していた。

叔父の手が伸び、母の頰にかかったほつれ毛をそっとかき上げた。叔父の母に向けられた思いは、誰かを不幸にする愛ではなく、まして、何かを恨まねばならないような愛でもなかった。あなたが好きだ、と思う気持ちそのままの愛だった。

叔父の上半身が、わずかに傾いた。叔父は白っぽい、糊《のり》の利いたシャツのようなものを着ていた。衣《きぬ》ずれの音はしなかったが、次の瞬間、叔父の顔は母の顔のすぐ傍にあった。

叔父が目を閉じ、母の唇の端のあたりに接吻《せっぷん》をするのがわかった。情愛があふれ、はじけ、苦しくなるほどの切なさがあたりを満たした。叔父はそっと顔を上げた。

叔父はもう、私のほうは見てくれなかった。病室の仄白いような闇の中で、叔父の目は母しか見ていなかった。それでよかった。

失ったものが山のようにあるような気がしながら、それでいて、私は幸福感に満たされていた。

大好きだった人を前にして、過去も未来もなくなったような、自分が完全であると確信できるような不思議な刹那《せつな》が訪れた、と思ったら、次の瞬間、叔父の姿は視界から消え、私は深い眠りに落ちていた。


目覚めて腕時計を覗《のぞ》くと、七時過ぎになっていた。病室の外廊下を行き交う、看護師の声が聞こえた。

母はすでに目を覚ましていた。髪の毛は乱れていたが、こざっぱりとした表情をしており、気分がかなりよくなっているのは、ひと目でわかった。

母は私を見ると、照れくさそうに微笑んだ。「ごめんね、律子。大変だったでしょ」

「そうでもない」

「帰っててよかったのに。先生も心配ない、って言ってくだすったんだし」

いいの、と私は言った。「こうしたかったの」

傍に行き、母の額に触れてみた。熱はかなり下がった様子だった。

ノックの音と共に看護師が入って来た。母が検温のための体温計を腋《わき》の下にはさまれている間、私は窓のカーテンを開けた。雨はあがっていたが、外はまだ、濃い霧に包まれていて薄暗く感じられた。

熱は三十七度八分まで下がっていた。よかったですね、お薬がよく効いたみたいですね、と若い看護師に喜ばれた。

看護師が出て行ってから、私は母の耳もとで囁《ささや》いた。

「お父さんに内緒で、いいこと教えてあげようか」

「あら、なあに？」母は仰向《あおむ》けに寝たまま、嗄《しゃが》れた声で聞いた。

「ゆうべ、晴夫おじさんが来たわ。ここに。この部屋に」

母は黙っていた。黙ったまま、目を大きく見開き、天井ではない、どこか遠くの空を眺めるようにして、数回、瞬きを繰り返しただけだった。

「おじさん、昔のままだった。とっても心配してたみたい。ここの丸椅子に座って、お母さんのこと、ずっと見守ってたのよ」

私が傍の丸椅子を指さすと、母はちらりと視線を傾け、深呼吸するように息を吸った。

私は短く笑ってみせた。「それでね、ここからがお父さんには内緒のことなんだけど……おじさんたら、お母さんの唇にキスしたの。唇のはじっこに。軽く。そっと」

母は、病人とは思えないほど目を輝かせた。そして、まるで今しがた、叔父にキスされたばかりのように、唇を小さく震わせると、静かに目を閉じながら微笑み、「律子ったら」と小声で言って顔をそむけた。

主治医の回診時間まで、まだ間があった。私は洗面をすませると、自宅に電話をかけ、電話に出てきた直美に母が快方に向かっている、と伝えた。

煙草が吸いたくなり、一階ロビーに下りてみたのだが、煙草の自動販売機は見当らなかった。売店もまだ閉まっていた。

ホールでは、時間をもて余した様子の老人患者たちが黙ってテレビを眺めていた。暖房が利き過ぎているせいか、空気が生暖かく、淀《よど》んでいるように感じられた。冷たい空気が欲しくなり、私は外に出てみた。病院の正面玄関の前は、霧で視界が利かなくなっていた。

肌にべたべたとまとわりつくような霧だった。大きく息を吸うと、塩素を入れすぎたプールのようなにおいがした。

車寄せの前から正門のあたりまで、背の高い銀杏《いちょう》の木々が、並木道のように連なって延びている。ほんの少し色づき始めた銀杏の葉が乳白色の霧に染まり、そのせいか、風景の一切が、現実感を失ってしまったように見える。

外来の診察時間までまだ間があるせいか、あたりを行き交う人はいない。敷地内に入って来る車もなく、出て行く車もなかった。遠くの大通りを行き交う車の音はするのだが、それは山の向こうの、彼方《かなた》の世界の音のように聞こえる。

巨大な白い瓶の底を歩いているような感じがした。目の前には霧が拡がっているだけであり、後ろを振り向いても、同じである。まもなく、今しがた出て来たばかりの病院の建物すら、ぼんやりとした黒い塊のようにしか見えなくなった。

私のほんの数メートル前を男が一人、歩いていた。白い長袖《ながそで》のシャツを着て、黒っぽいズボンをはき、男は両手をズボンのポケットに入れたまま、いくらか前かがみになりながら、静かな足取りで歩き続けていた。

——りっちゃん。

男の声が私の意識の中に入りこんできた。叔父だった。

私の中に喜びが甦《よみがえ》った。その喜びは叔父に対する愛であり、恋であり、憧《あこが》れであり、懐かしさであるのだが、うまく伝えることができない。もどかしい思い、気ばかり焦って、行動が伴わない時のような気持ちがつのり、余計に胸を熱くさせる。

「おじさん、また会えたのね。嬉しい。お母さん、すっかりよくなったのよ。安心して」

母について、母の病について、何か言ってくるものとばかり思っていたが、その時の叔父《おじ》は、母の話はしようとしなかった。

──僕の大事な可愛いカワウソくん。きみともそろそろ、会えなくなるな。

「どうして」と私は声を荒らげた。「いやよ。こうやって、時々、会いに来てちょうだい」

──僕だって、可愛いカワウソくんとは会いたいよ。毎日だって会いたいよ。

「だったらそうして。知ってる？　私、おじさんによく似た人が好きになっちゃったのよ。似てると思えば思うほど、好きになって、でも、どうしようもなかった。辛《つら》かったし、寂しかった」

──寂しいね。でも、もう会えないよ、りっちゃん。多分だめなんだ。

「どうしてよ。わけを教えて」

──りっちゃんはね、もう大人なんだ。りっちゃんの人生に、もう僕は入れない。

「私はまだ、大人になりきれないのよ。私が大人だ、なんて、いったい誰が決めたの。そんなの嘘よ」

ははっ、と叔父は笑い声をあげた。懐かしい、昔のままの、少しかん高い、楽しげな笑い声だった。

──大人になったってことを決めたのはね、りっちゃん、きみ自身なんだよ。

霧の中に、叔父の後ろ姿が際立ってはっきりと浮かび上がった。さらさらと霧が流れていく音がした。

その音に耳を傾けながら、私は悲しみをこらえた。今一度、叔父を失う悲しみ、心細さ、切なさ……。

瞬《まばた》きをした。一秒の何分の一かの空白が生まれた。そのわずかな間に、叔父の姿は乳色の霧にのまれて、見分けがつかなくなっていた。

その時、ふいにやわらかな光があたりを包んだ。雲間から覗いた秋の澄みわたった朝の光が、霧を突き抜け、ゆっくりと幾筋もの光の線を浮き上がらせた。

光は霧を押しのけ、蹴散《けち》らし、吹き飛ばそうとでもするかのように、厚くたれこめた乳色のヴェールをかき乱し始めた。

それまで判別がつかなかった銀杏の木々が見えてきた。コンクリートの道路脇に立てられていた、進入禁止の道路標識も見えてきた。光という光が、プリズムをかいくぐったかのように霧の中で躍り始めた。

重なり合った光の筋の向こうに、こちらに向かって小走りに走って来る若い男の姿があった。男は息をはずませている。手に、車のキイのようなものをぶら下げている。男のまわりで霧がふわりと舞い上がり、かき消されていく。

男は私を見つけて立ち止まった。私も立ち止まった。胸に温かなものがこみ上げた。

「来たよ、りっちゃん。これでも早起きしたんだ。お母さん、どう？」

私は、黙っていた。声が出てこなかったのだ。

男は眉《まゆ》をひそめた。「どうしたの。え？　お母さん、もしかして……」

ううん、と私は首を横に振った。「違うの。母はもう大丈夫。よくなってる」

ふいに、怒濤《どとう》のように、あらゆる現実感が私の中に甦った。霧が晴れ、あたりはきらめく朝日に包まれた。

光がはじける路面に、乾いた羽ばたきの音と共に鳩が舞い下りた。銀杏の枝で雀が囀《さえず》り始めた。

そのすべての音、気配、風景が私の五感の中で活《い》き活きと息づき始めた。

私は咳払《せきばら》いをし、唇を軽く舐《な》め、両肩が持ち上がるほど深く息を吸うと、急《せ》きたてられるような思いにかられながら、それでもできるだけゆっくりと、伸也に向かって歩きだした。

ふしぎな話

ふしぎな話をひとつしよう。

その昔、私には好きで好きでたまらない人が一人いた。名前は上原光夫《うえはらみつお》。光夫は私の母方の親戚《しんせき》の一人であった。

私は並みはずれて、ませていたのだろうか。光夫は五つも年上である。なのに、そんな光夫のことを異性として意識するようになったのは、私が小学校にあがって間もなくのころからだった。

光夫の両親は当時、茅ヶ崎《ちがさき》の海岸沿いにある大きな古い家で民宿を営んでいた。夏休みに入ると、東京に住んでいた私たち家族は、上原の家に行き、しばらく滞在するのが習慣だった。今年もまた、光夫ちゃんの家に行く季節になったわね……母がそう言いながら、いそいそと行李《こうり》から水着を出して虫干しを始めるたびに、どれほど幸福な気持ちが私を満たしたことだろう。

もうすぐ光夫ちゃんに会える、一緒に泳ぎに行ける、一緒に浜辺で砂遊びができる、自転車の後ろに乗せてもらえる……その異様な興奮がどこからくるものなのか、わからないまま、それでも私は子供心に、自分が光夫に対して胸をときめかせていることを知っていた。

光夫は優しくて逞《たくま》しい、大らかな少年だった。陽子、陽子、と私を呼び捨てにし、いつでもいやな顔ひとつせずに相手になってくれた。海で一緒に泳いでいて大きな波がくると、私は怖くて泣いてしまう。そんな時、光夫は「陽子の弱虫」と馬鹿にしながらも、太い腕で私を抱き、守ってくれた。縁先でスイカに塩をふり、「ほら」と照れくさそうな手つきで渡してくれるのも彼なら、「陽子は痩《や》せっぽちで色が黒くて、男みたいだ」と言われ、思わず涙ぐんだ私を「ごめん。嘘だよ、嘘」と肩を抱いてあやしてくれるのも彼だった。

陽子は将来、光夫と結婚したいんだろう……そんなふうに、からかってくる大人たちも大勢いた。誰もが私の光夫に対するほのかな思いを微笑ましく見ていたように思う。むろん、光夫も私の気持ちに気づいていた。親戚一同が集まった時、「僕の将来の嫁さんは陽子だよ」と、彼が冗談めかして周囲にふれまわっていたのを耳にしたこともある。

そんな光夫が家出をし、行方がわからなくなったのは、私が中学に入学した年の春であった。高校三年になっていた彼は、進学問題で悩み続けていた様子だった。母親と烈しく言い争った日の夜中に、彼は黙って身のまわりの荷物をまとめ、家を出た。信頼していた学校の先輩のところに立ち寄って金を借りたところまではは っきりしたが、それ以後の足取りはつかめなかった。

明るくて頭もよくて真面目な子だったのに、とみんなが口をそろえたが、私は、明るくて頭もよくて真面目な光夫だったからこそ、家を出たんだろう、と思った。

光夫の親は警察に捜索願を出した。みんなが独自のやり方で光夫の居所を探し始めた。何もしなかったのは私だけである。私は、光夫が自分のところにだけは必ず連絡してくれるに違いない、と信じていたのだ。

……前置きが長くなった。本当の物語はここから始まる。

光夫からは何の連絡もなかった。手がかりが何も見つからないまま、数ヶ月が過ぎていった。

その年の夏、私たち家族は茅ヶ崎の上原の家には行かないことにした。光夫の居所がまだわかっていないというのに、遊び気分で上原の家を訪れるわけにはいかなかったからである。

ところが、八月に入ってから、突然、母の女学校時代の友達が子連れでわが家に遊びに来た。戦後すぐ、アメリカ人と結婚して渡米した人だった。その人は夫との間に女の子ばかり、三人の子をもうけており、一番上の栗色の巻き毛の女の子は私と同じ年だった。

東京は暑いから、みんなで茅ヶ崎に行こう、ということになったのは、当然の成り行きだったかもしれない。ここだけの話、私の親にとって茅ヶ崎の家は、東京で何か不都合なことが起こった時、すぐに利用できる便利な管理人付きの別荘のようなものだったのだ。

光夫もおらず、楽しいことなど何もないというのに、上原の家で日本語が片言しか喋《しゃべ》れない子供たちの相手をさせられたものだから、私は毎日、憂鬱《ゆううつ》だった。そのうえ、上原の家に行くと、光夫のことばかり思い出されてやりきれなくなった。ふとしたことで甦《よみがえ》ってくる記憶の数々は、ひどく私の胸を詰まらせた。

光夫の母親は、彼の部屋の机の上をきれいに片付け、毎朝、そこに真新しい花を飾っていた。死んだ人みたいじゃない、と私が言うと、彼女は「似たようなものよ」と言って寂しく笑った。

片言の日本語の女の子たちと私は、毎晩、大きな和室に大きな蚊帳《かや》を吊《つ》ってもらい、その中で折り重なるようにして眠った。蚊帳がよほど珍しかったらしい。彼女たちはしばらく、出たり入ったりを繰り返し、そのたびにいやというほど蚊が中に入りこんで、結局、蚊取り線香を焚《た》かなければならなくなる始末だった。

あれが起こったのは、そんな或《あ》る晩のことだった。そよとも風の吹かない、ひどく蒸し暑い夜だった覚えがある。雨戸の向こうの、庭の草むらで絶え間なく鳴き続ける虫の声が、妙に耳ざわりだった。

蚊帳の中の女の子たち三人は、全員、深い寝息をたてていた。大人たちも寝入った様子で、民宿の客が泊まっているほうの部屋からも、物音ひとつ聞こえてこなかった。家全体が、怖いほどひっそりと静かだった。

眠りにおちかけたのか、それとも、すでに眠り始めていた時だったのか。私は何かの気配を感じて、ふと枕から頭を起こした。

蚊帳の外の、縁側に面した障子は開け放されていた。縁側には雨戸の隙間を通して、月の光が仄白《ほのじろ》い影を落としていた。

その淡い影に溶けるようにして、人が立っているのが見えた。背の高い男だった。恐怖心はわかなかった。誓って言えるが、私は鳥肌もたてなかった。喉《のど》の奥で、ひっ、という短い悲鳴も発しなかった。

理由ははっきりしている。怖くなどなかったからだ。その人影が幽霊でも何でもない、光夫であることがすぐにわかったからだ。

私が布団の上に飛び起きると、光夫は唇に人さし指をあて「しーっ」と言った。覚えのある、あのいたずらっぽい微笑みが、彼の目をきらきら輝かせているのがはっきり見えた。「外で待ってるよ。すぐに出ておいで」

衣《きぬ》ずれの音と共に、足音が遠のいた。足音は廊下に出て、そのまま勝手口に向かったようだった。

光夫ちゃんが帰って来た、と私は思った。何があったか知らないが、光夫は帰って来て、今ここにいるのだ、と。

嬉《うれ》しさのせいで胸苦しくなった。私は蚊帳から飛び出し、勝手口に向かった。勝手口の扉の鍵《かぎ》は開いていた。脱ぎ捨てられていた誰かのサンダルをはき、外に出た。月明かりの中、こんもりと生えそろったヤツデの木の傍で、光夫がにこにこしながら、こちらを見ていた。

「陽子と花火、しようと思ってさ」彼は手にしていたものを宙に掲げた。「浜に出ようよ」

「今までどこにいたのよ。どうしてこんな時間に帰って来たの」

「そんなこと、どうだっていいさ」光夫は私を見て、それまで私に見せなかったような大人びた笑みを浮かべた。「行こう、陽子。浜にも誰もいない。静かな夜だよ」

「みんな心配してたのよ。警察に捜してもらって、それでもわからなかったんだもの」

「しーっ」と彼はまたもや唇に指をあてた。

「花火をやろう。な？」

彼はくるりと踵《きびす》を返すと、ふざけて駆け出した人のように、浜に向かって全速力で走り始めた。私は慌てて後を追った。

凪《な》いだ静かな夜の海だった。ざぶん、ざぶんと小さなさざ波が砂を洗う音を聞きながら、私と光夫は浜に腰をおろし、花火を始めた。

風はなかったが、潮の香りがひんやりと涼しかった。光夫は何度かマッチをすって、「見てろ」と言った。「こいつはきれいな花火だぞ。でかいんだ」

「前にもやったことがあるの？」私は、彼が手にしていた恐ろしく太い花火を見ながら聞いた。

彼はそれには応《こた》えず、「少し下がってろ」と言いながら、マッチの炎を花火の導火線に近づけた。「危ないぞ」

炎が大きくなったと思った途端、花火が巨大な火を噴いた。「あちっ！」と叫んだ彼の手から、花火の筒が離れた。砂の上に転がった花火は、勝手に火を噴き続け、ぐるぐると旋回し、右に左に烈しく動きながら色とりどりの火を放った。

「くそ。火傷《やけど》しちゃったよ」彼は痛そうに眉《まゆ》をひそめながら、私に手を見せた。近づいてくる彼の身体から、健康的な汗の匂いが漂った。右手の親指のつけ根が、赤い楕《だ》円《えん》を描いて、腫《は》れあがっているのが見えた。

「ちょっと家に戻って、薬つけてくる」彼はそう言った。引き止める間もなかった。考えてみれば、おかしな話だ。彼は夜中に私の寝ている部屋に現れ、突然、花火をやろうと言い出し、その花火で火傷をしたからと言って、勝手にいなくなってしまった。

　そのうえ、翌朝、私が大人たちに「光夫ちゃんはどこ？　どこで寝てるの？　火傷の具合はどうなった？」と聞くと、大人たちは幽霊でも見たような顔をして私を一瞥《いちべつ》し、「陽にあたりすぎて頭がおかしくなったんじゃないの」と眉をひそめたのである。

　光夫は帰ってなどいなかった。光夫の部屋には誰もおらず、どこにも光夫が戻った形跡は残されていなかった。

　私は前の晩、光夫と花火をした場所に行ってみた。そこには、あの巨大な筒状の花火の残骸《ざんがい》は何もなく、何本か光夫が燃やしたはずのマッチの軸すら見当たらなかった。


　あれから三十年。私は今、上原光夫の妻である。光夫との間に、光夫そっくりの男の子が二人。光夫は早くも五十に近い年齢になり、頭にも白いものが増えたが、いたずらっぽい笑顔だけは昔とさほど変わらない。

　今も時々、思い出したように私は夫とあのふしぎな晩の話をし合う。夫は自分があの夏、茅ヶ崎の家に戻って、私を花火に誘い出せるわけなんか、ありっこない、と言い張る。夫の言うことはもっともだった。あの家出をした年の夏、彼はずっと大阪で暮らしていた。かつて茅ヶ崎で草野球のコーチをしてくれていた男が、その後、大阪で運送会社を経営していたのを知り、そこに転がりこんで働かせてもらっていたのだ。毎日、泥のように疲れて眠っていたから、茅ヶ崎のことなど、思い出しもしなかった、と彼は言う。

本当にふしぎな話ね、と私はしみじみと彼の手を撫《な》でながら言う。彼の右手の親指のつけ根には、深い火傷の跡が残っている。彼自身、まったく覚えのない火傷の跡だそうで、その跡は年を経てもいっこうに消える気配がなく、今に至っている。

夏の雨

そよとも風の吹かない夜、ふいに何の前ぶれもなく烈しい雨が降り出した。

雨は、ざあざあと屋根や軒先を叩《たた》き続け、外界の音という音を遮断した。家は巨大な滝に飲まれたかのように、水音の中に沈みこんだ。

部屋の電燈《でんとう》は消してあるというのに、開け放した窓からは小さな蛾や羽虫が何匹も飛び込んでくる。飲みかけの麦酒《ビール》の中に、よく見るとゴミのように小さな羽虫の死骸《しがい》が浮いている。

さっきから羽虫ごと飲みこんでいたのかと思った途端、喉《のど》の奥がむず痒《がゆ》くなってきた。須磨子《すまこ》は咳払《せきばら》いをし、コップの中の麦酒を窓の外に投げ捨てた。

土埃《つちぼこり》の匂いがしている。昼間の暑さがなりをひそめ、雨をかいくぐってくる夜気が肌にひやりと冷たい。

「もう麦酒は飽きましたか」傍にいて、見るともなく須磨子の様子を見ていた男が聞いた。

男の名は蜂谷《はちや》という。須磨子の夫の秘書になったのは二年前。妻子はおらず、今は同じ敷地内にある離れに一人で暮らしている。

外に作った女のところに泊まる晩、夫は決まって蜂谷を早い時間に解放する。蜂谷が早く帰って来たのを見計らって、須磨子は離れを訪ねる。電燈を消した部屋の中で二人で酒を飲み、肌を合わせ、明け方、母屋《おもや》に戻る。そんな習慣が始まって、もう半年になる。

「ウィスキーもありますが、どうします」

須磨子はそれには応えず、ぼんやりと窓の外を見ながら言った。「聡子《さとこ》が寝たわ」

雨の中、母屋の二階にある子供部屋の明かりが、たった今、消えたところだった。母屋は闇に包まれた。玄関の明かりだけが、烈しい雨の向こうに煙って見える。

聡子は中学一年生。春に初潮を迎えたばかりで、そのせいか、ここのところ急に小生意気さを増し、蜂谷の悪口を並べたてるようになった。

ママはあの人、どう思う？　と聡子は年季の入った中年女のような顔をして、面白そうにテーブル越しに身を乗り出す。あの人、いつも鼻毛が出てるのよ。こないだなんか、鼻毛の先に鼻くそがぶら下がってたの見ちゃった。気持ち悪い！　それにね、頭が薄くなってきたもんだから、わざと髪の毛にブラシをあてないでふわふわに見せようとしてるの。いやあだ。声も変に低くていや。お化けみたいな声を出すじゃない。

わざとあんな声を出してんのよ。パパの真似してるのね、きっと。パパの声も低いから。でもさ、パパの声ってカッコいいんだよね。声だけじゃなくて、全部カッコいい。パパと並んでると、あの人、気の毒だよね。妖怪変化《ようかいへんげ》みたいに見えちゃって。

ヨウカイヘンゲ……その言葉は耳にタコができるほど聞いている。娘にとって蜂谷は、ただの醜いヨウカイヘンゲなのだ。

自分と蜂谷の仲を詮索《せんさく》しているからかもしれない、だからこそ、それほどひどい悪口を並べたてるのかもしれない、そう思ってみたこともある。だが、それだけでもなさそうだった。

夫はずば抜けて魅力的な男だった。声も、喋《しゃべ》り方も、立ち居振る舞いの一つ一つ、まなざし、性格、女の扱い方に至るまで、そのすべてが性的魅力でできあがっている男だった。

聡子は小学生の頃、作文に「私は将来、パパと結婚したい」と書いた。担任の教師には冷やかされたが、聡子は大まじめだったし、須磨子にもその気持ちは理解できた。夫を見て、夫と会話を交わして、夫に惹《ひ》かれない女はいない。須磨子は今も、そう信じている。

一方、そんな夫の傍に蜂谷がいると、蜂谷はロボット、名前のない召使、忠実な番犬、あるいはただの影にしか見えなかった。誰も蜂谷に話しかけなかった。それどころか蜂谷の存在は容易に忘れ去られた。

蜂谷は聡子の言う通り、ヨウカイヘンゲだった。醜く、何の魅力もない、ぼうっとそこに立っているだけのヨウカイヘンゲ……そう考えるたびに、倒錯した悦《よろこ》びのようなものが、ちろちろと須磨子の胸の中を這《は》いずりまわるのが不思議だった。

蜂谷が煙草をくわえ、マッチをすって火をつけた。束の間、蜂谷の顔が闇の中に浮き上がった。

「何を見てるんです」蜂谷が聞いた。

おそろしく低い声だった。お化けみたいないやな声、と聡子は形容したが、その通りの声だった。だが、須磨子はその声が嫌いではなかった。嫌いではないどころか、その声を耳にするたびに、身体の奥底で、そろりと何かが動くのを感じた。

時々考えるの、と須磨子は言い、蜂谷のくわえていた煙草をそっと抜き取って、深く吸った。「私はどうしてあなたのことが好きなんだろう、って」

「絶世の美女を妻にした男が、ふた目と見られない醜女《しこめ》に惚《ほ》れることは珍しくない。あなたの場合も同じですよ」

雨がいっとき、烈しさを増した。庭の木々の葉が雨に打たれてあちこちで裏返り、玄関灯が投げかける黄色い明かりの中、不規則に蠢《うごめ》く模様を描いた。

須磨子はじっと蜂谷を見つめた。暗がりの中で見る蜂谷は、醜さの輪郭が闇に溶けている分だけ、余計に醜く感じられた。

この醜さの中に溺《おぼ》れている自分が好きだ、と須磨子は思った。そこにあるのは、安《あん》堵《ど》、停滞、静けさ、沈黙、後退……そんなものばかりだった。いっときの情事、夫の目、世間の目を盗んだ上での関係にありがちな、刺激、秘密めいた興奮、動物的な欲情、そんなものは何ひとつなかった。

須磨子は裸の蜂谷の胸に頬をすり寄せた。どこもかしこもこの男は醜い……そう思うと、いっそういとおしさが増した。

雨の音が洪水のように迫ってきた。大声をあげないと、相手が何を言っているのか聞こえなくなるほどの豪雨だった。

須磨子は座位のまま、静かに蜂谷と交合し、その薄くなった頭を両腕で抱え、なんて醜いの、なんてみっともないの、と大声を上げ続けながら、突き上げてくるような重たい悦楽の中にふいに沈みこんだ。

年始客

元日の朝、電車とバスを乗り継いで、山間《やまあい》にある家を訪ねた。東京で舞っていた小雪は、そのあたりまで来ると本降りになっていた。

茅葺《かやぶ》き屋根の、おそろしく大きな合掌造りの家である。どこが玄関なのか、わからない。大きな水瓶《みずがめ》のある土間が見えた。土間の片隅では、毛並みの悪い茶色の犬が寝ていた。

犬がいるのなら、ここが玄関なのかもしれない、と思った。中に入って、ごめんください、と声をかけた。ひんやりと仄暗《ほのぐら》い家だった。まもなく黒光りした廊下の奥から、腰の曲がった老人がのそりと出て来た。

案内されたのは、広々とした板敷きの部屋だった。部屋のまんなかに、巨大なこたつが据えられてあった。

老人がこたつの中に足をすべらせ、背を丸めて座った。老人の脇には火鉢があり、鉄瓶からはしゅうしゅうと湯気が上がっていた。

私は老人と向かい合わせになる形で腰をおろした。薄い座布団もこたつ布団も、古くなった銘仙の着物を接《は》ぎ合わせて作られていた。こたつは充分、温まっていて、冷えきっていた足の爪先《つまさき》がかゆくなるほどだった。

柱も床も天井も壁も、置かれてある茶簞笥《ちゃだんす》も、すべて煤《すす》けて黒かった。老人はじっと背を丸めているだけで、何も喋らなかった。掛け時計の音だけがあたりを包んだ。

何故、ここに来ているのかわからなかった。見たことも聞いたこともない家だった。目の前にいる老人が誰なのかもわからなかった。わからないのに、どういうわけか、すべてわかっているような気持ちになるのが不思議だった。

老人は茶簞笥に手を伸ばし、中から干し柿の載った皿を取り出した。ちらりと私を見るなり、老人はぎこちなく微笑んだ。

「最近はこれが好きで好きで……」

そう言うと、老人は干し柿をひとつつまみ、大きく口を開けた。歯は一本もなかった。

「本当に好きで好きで……」老人は、歯茎で干し柿をちぎり、目を細めて繰り返した。

ふいに胸が騒いだ。どこかで聞いたことのある言い方だった。どこでだったろう。思い返すたびに切なくなった、あの言い方……。

老人は私を見た。その表情、その目の光に記憶があった。ああ、そうか、と私は思った。思ったとたん、熱いものがこみあげた。

大昔、私には愛した人がいた。死んでもいい、と本気で思った恋はあれが最初で最後だった。

彼に離婚歴があり、年が離れ過ぎているというので、結婚は周囲から猛反対された。反対されればされるほど、私は彼にのめりこんだ。

彼は会うたびに私を抱き寄せ、「きみが好きで好きで……」と言った。後の言葉は続かなかった。その続かない言葉にこそ、私は酔った。

彼の車で遠出した時、事故にあった。彼は死に、私だけ奇跡的に助かった。

「あなたなのね」と私はこみあげる思いの中で言った。老人は眉《まゆ》を八の字にし、淋《さび》しげに微笑むだけで答えなかった。

私は座ったまま、老人に向かって手を伸ばした。伸ばしても伸ばしても届かない。こたつの上の距離は永遠である。

遠くから獅子舞《ししまい》の笛の音が聞こえる。家はしんしんと降りしきる雪に閉ざされている。それにしても何故、彼はこんなに年を取ってしまったのだろうか。

私の疑問に答えるように、かつて私が愛した人は、ふいに目に涙をため、悲しそうに首を横に振った。

「あの時死んだのはね、あんたのほうだったんだ」

旅路

寝台はいささか硬いような感じもするが、悪くはない。わたしは仰向《あおむ》けに寝ている。着ているものはシルクのように柔らかく、すべすべと肌触りがいい。

あたりには荘厳な美しい合唱曲が低く流れている。しばらくの間、耳をすませ、わたしは密《ひそ》かにためいきをつく。懐かしい曲である。若い頃、ナツオとよく一緒に聴いた。当時のナツオが好んで聴いていた曲だった。バッハのミサ曲ロ短調。確かそうだった気がする。

あの頃、ナツオの下宿に行くたびに、彼は古びたステレオを使ってこの曲を流してくれた。わたしたちは差し向かいになってインスタントコーヒーを飲み、音楽を聴きながらたばこを吸った。

いろいろな話をした。よく笑った。わたしはナツオが大好きだった。四十二年間生きてきて、人並みに恋を何度か繰り返し、結婚もしたが、ナツオほど好きになった男は、ひとりもいなかった。

或《あ》る雨の日の午後のこと。そろそろ帰る、と言ってナツオの部屋を出ようとしたわたしはナツオに腕をつかまれた。

何？　とわたしは聞いた。ナツオはやおらわたしを抱き寄せ、耳元で、大好きなんだ、と囁《ささや》いた。

ナツオの匂いがした。秋の日の干し草のような匂い……わたしは、くすぐったい、と言い、身をよじらせながら笑った。ナツオも笑った。

雨の音が強くなった。わたしたちは息苦しいような視線を交わし合いながらも、そのままからだを離した。わたしとナツオが触れ合ったのは、それが最初で最後だった。

かすかなざわめきが聞こえる。衣《きぬ》ずれの音、床の上をそっとすべるような足音が続いている。ミサ曲が静かに流れている。

たくさんの人間が集まっているような気配がする。蜂の羽音のような低いざわめきが続く。震える息づかい、しのび泣きのような気配も伝わってくる。

誰かがそっとわたしの寝ている傍に来て、一本の白い薔薇《ばら》を差し出した。泣き腫《は》らした目をしている女だった。

ミッコちゃん、と呼びかけようとして喉《のど》が詰まった。声が出ない。

ミッコちゃんは一つ年下で、わたしの従妹《いとこ》にあたる。幼い頃から姉妹同然に親しくしてきた。そのミッコちゃんが泣いている。わたしを見て、わなわなと唇を震わせ、片手で口を被《おお》っている。

ミッコちゃんがいなくなると、次に男が現れた。わたしの中に温かなものが流れていく。懐かしい顔、懐かしい表情……ナツオである。

大学を卒業してから、数回会った。互いに結婚してからも、たまに会い、勤め先の近くで待ち合わせてお茶を飲んだ。

結婚したかったのは、他の誰でもない、きみだったんだよ、とナツオは言った。感傷に過ぎない言葉だったとしても、嬉《うれ》しかった。おじいさんとおばあさんになったら、キスしようね、とわたしは言った。そうしよう、とナツオは力強くうなずいた。

そのナツオが今、白薔薇の花をわたしの寝台の傍らに並べ、じっと立ちすくんだまま
わたしの顔を見おろしている。ナツオの手が伸びてくる。その手が静かにわたしの頬を撫《な》でる。優しい手である。

ナツオの目から涙があふれた。どうして泣くの、とわたしは聞く。だがナツオの耳には届かない。

ナツオは黒いスーツを着ている。ネクタイも黒い。ミサ曲が続いている。すすり泣きの声が高まる。ふと見ると、わたしのからだはあふれ返るばかりの白い薔薇の花に囲まれている。

ああそうだったのか、とわたしは沈みこむような気持ちで思い返す。わたしは死ん

で柩《ひつぎ》に納められ、教会では今、わたしの告別式が行われているのである。

ナツオの指先がわたしの唇に触れた。彼の人さし指と中指が、わたしの唇の輪郭をそっとなぞった。

ナツオ、と声をあげようとしたその時、わたしは我に返った。

窓の外で雨の音が聞こえる。わたしはナツオの胸に頰を埋《うず》め、じっとしている。

ナツオの匂いがする。干し草のような乾いた匂いである。大好きだよ、大好きなんだ……ナツオはわたしの耳元で、そう繰り返している。わたしは小刻みにうなずき、いっそう強くナツオの胸に顔をおしつける。いとおしさがこみ上げる。

部屋の中にバッハのミサ曲が流れている。軒先で雨音が強まった。細く開けた窓からは土埃《つちぼこり》の匂いが入って来る。

いつからこの繰り返しが始まったのか、わからない。わたしもナツオも大学を卒業し、就職して結婚する。結婚してからも、わたしとナツオは何度か会う。ナツオとの間に何も起こらぬまま、やがて柩の中のわたしが、ナツオの指先を唇に感じるその瞬間まで、わたしはわたしの人生を繰り返していくのである。そしてまた、あの幸福だった二十歳《はたち》の頃の、雨の日の午後に舞い戻り、再びわたしは同じ旅を何度も何度も……。

声

女の部屋は屋根裏にある。

屋根裏に向かう黒光りした階段は、傾斜がきつい。今日のように汁けの多い食べ物を載せた盆を手に、一段一段、階段を上がるのは骨が折れる。足元にばかり気を取られていると、盆の上の味噌汁《みそしる》がこぼれてしまう。こぼれないように盆ばかり見つめていると、危うく足を踏み外しそうになる。

三度三度の食事を運ぶのに厄介であることは事実だが、男は階段を作り替えようとは思っていない。屋根裏部屋にユニット式のバストイレを作らせた時のことを思い起こすと、今でも男の背筋に戦慄《せんりつ》が走る。

女を屋根裏から下ろし、一旦《いったん》、母屋《おもや》に監禁してから業者を呼んだ。黙っていなさい、決して声を出してはいけない、出したらどうなるか、わかっているね、と何度も繰り返し言い聞かせたというのに、女は声を出そうとした。叫び声ではない。しきりと呼びかけ、誘いこむ、発情した雌猫のような甘ったるい声だった。

近くに工事に来た外部の人間がいると知れば、女はまた、あの甘い声で彼らを誘惑しようとするだろう。誘惑して、引き寄せて、錠前屋を呼んで来るよう頼みこみ、扉の鍵《かぎ》を開けてほしい、外に出たいの、出たいのよう、もう何年も出ていないのよう、とよがるように訴えてみせるだろう。

女の従順さが偽物であることを男は知り抜いている。いつだって女はここから出たいと思っているのである。おまえはここでしか生きていけないからだになってしまったんだ、と男が言い、女も可愛い声でそれに応《こた》えて、そうね、そうかもしれません、と言うのだが、それが大嘘であることも知っていた。

時に男は、女の容姿を執拗《しつよう》に罵《ののし》る。おまえほど醜い女はいない、と平然と事実を告げてやる。おまえはふた目と見られない醜女《しこめ》なのであり、自分以外、おまえを愛してやれる男は生涯、現れるはずがないのだ、と。

酷《ひど》いことばかりおっしゃって、と女は言う。私はそんなに醜いですか、そんなに誰からも愛されない女ですか。

男は女のその声の、ゆるやかな土手を転がり落ちた銀の鈴が水に乗り、ころころと歌いながら春の光の中を流れていくような甘い美しさに聞き惚《ほ》れながら、うっとりとして、そうだ、と言う。おまえほど醜い女はいないいないんだ、わかっているんだろう、なあ、そうなんだろう。

酷い、酷い、と女は言う。泣きだす。そのすすり泣きの声すらも美しく、男は陶然として目を閉じる。女が欲しくなる。欲しくて欲しくてたまらなくなる。この年甲斐《としがい》もない、獣のような欲情ぶりは何なのか、と怪訝《けげん》にすら思いながら、男は声の主を求めて闇の中、女に向かって手を伸ばす……。


もともと、そこは土間付きの納屋だった。

大昔、男の祖父が大地主だった頃は、厩《うまや》に使われていたが、その後は改装されて女中部屋となった。田舎から奉公に来ていた若い下女たちが常時、三、四人、女中頭と一緒にひしめき合うようにして寝ていたものだ。やがて戦争をはさみ、家が没落するにしたがって、奉公人も一人去り、二人去り、部屋はいつしか空になった。

それでも東京オリンピックの頃までは、納屋は何かと言うと村の人たちのために開放されていた。村で祭りが開かれれば、神輿《みこし》担ぎの若い衆の休憩所にあてがわれ、近所で災害が起これば、納屋は急ごしらえの避難所になった。

男が中学二年になった年、大きな台風があたり一帯を直撃した。隣町の川が決壊し、多くの住民が避難生活を余儀なくされた。男の母親は陣頭指揮を執り、納屋の外にプロパンガスのボンベを運ばせ、大釜《おおがま》で大量の米を炊かせた。

避難民たちのために近所の主婦が総出で握る、湯気のたった握り飯はちょうどいい具合に塩味が利いていて、いつも母屋で食べる三度の食事よりもずっと美味《うま》かった。母屋での食事をそっちのけにし、握り飯をもらい受けていたことを母に知られて、男は後で母からいやというほど尻《しり》を打たれた。

男の母親は美しい女だったが、度重なる父親の放蕩《ほうとう》に神経をかき乱され、時に気が狂ったように荒々しくなることがあった。母親は男を叱る時、いつも長火箸《ながひばし》を使った。母屋の居間の火鉢にくべてあった火箸をそのまま使うものだから、先端が赤々と燃えていることもあった。

男の尻には、五十を過ぎた今になっても、その時にできた痣《あざ》が幾筋も、青黒い網目模様と化して残されている。

男は屋根裏に続く階段を上がりきり、盆に味噌汁がこぼれていないことを確認して、おもむろにズボンのポケットから鍵を取り出した。部屋の奥で後じさりをするような気配があった。

男は女に、私が鍵を開けようとしたら扉から離れなさい、と教え聞かせていた。扉から離れ、部屋の隅に行って後ろ向きになり、決して顔をこちらに向けてはいけない、と。

女はいつも忠実に言いつけを守っていた。それは男が足掛け三年もの長い間、毎日毎日、おまえは醜い、おまえほど醜い女は見たことがない、と言い続けてきた成果であった。

鍵を外し、そっと扉を押し開けた。十畳ほどの座敷には、天井の明かり取り用の小窓以外、窓はない。部屋を照らしだす電燈《でんとう》もなく、冬の今時分の季節ともなると、午後三時を過ぎるころに早くもあたりは小暗くなって、深い闇が墨のように流れてくる。

ここに連れて来てまもなく、女が、せめて読書をさせてほしい、と懇願したので、読書用のスタンドだけは用意してやった。男が部屋に入る時には必ず明かりを消す、という条件つきだった。

女は今日もその約束を守っている。明かりを消し、闇にのまれた部屋の片隅でこちらに背を向けている。正座をし、首を大きく前に垂らしてじっと俯《うつむ》いている気配が伝わってくる。

部屋はファンヒーターで温められている。ヒーターのモーター音だけが、低く重たく響いていて、他に何も聞こえない。

「夕食だ」と男は言った。「おまえの好きな鰤《ぶり》のあら煮だよ。脂が乗って美味い。ここに置いておく。冷めないうちに食べなさい」

はい、と女が応えた。「あの……今日は雪ですか」

「今にも降りそうだ。でもまだ降り出してはいない」

「星が見たいんです。昨日の夜も見えませんでした。ずっと天窓を見上げていましたのに」

「雪空だよ。今夜も見えないだろう」

「さっき、近くで狐が鳴きました」

「そうか。気づかなかったな。そろそろ交尾の準備に入っているのかもしれない」

「交尾をすると、一度に何匹の子狐が産まれるのですか」

「どうかな。三、四匹くらいかな」

「可愛いのでしょうね」

「どうした」男は喉《のど》の奥に笑みをこめながら聞いた。「まさか赤ん坊が欲しくなったんじゃないだろうね」

「さあ」と女は言い、「どうでしょうか」と言った。

その声の艶《なま》めかしさに、男は陶然と酔った。陰茎のあたりがむずむずとし始め、それはたちまち烈しい血潮と化して全身を駆けめぐった。

さあ、と男はむず痒《がゆ》いような欲望を抑えつけながら言った。「早く食べてしまいなさい。食べ終わったら、合図をするのだよ。いいね？」

女が、はい、と言うのを耳にしながら、男は部屋を出て扉を閉め、再び鍵をかけた。

部屋の外は早くも凍《い》てつく寒さだった。それでも、ひとたび立ちのぼった焰《ほのお》はなかなか消えず、男は扉に背をあずけたまま、女が食事を終えるのを十五の少年のような気持ちで待ち続けた。

男が女と出会ったのは、地方の小さな港町だった。海のスケッチをしておきたくなって、ふらりと出た旅先の、場末のどうしようもなくうす汚い酒場に、女はいた。

発端は夏の落雷による急な停電だった。カウンターに向かって飲んでいると、爆音のような雷鳴が轟《とどろ》き、いきなり明かりが消えてあたりは漆黒の闇に包まれた。いやだねえ、停電だよ、と騒ぎながら、店の女たちが蠟燭《ろうそく》を探して右往左往し始めた。そんな女たちのだみ声に混じって、玉を転がすように美しい、甘い声が聞こえてきたのだった。

それまで店の奥に引っ込んで、何か別の仕事でもしていたものらしい。甘い声の持主は慌てたように店先に飛び出して来て、他の女たちと一緒になり、蠟燭や懐中電燈を探している様子だった。

男は闇の中で、その声だけを聞き分け、その声だけに烈しく反応している自分に気づいた。それは肉体の隅々まで滲《し》み、臓器という臓器をばらばらにし、自分自身を解体してくるような声だった。男はその声に、ふいに猛々《たけだけ》しい欲望を覚えた。

ごめんなさい、とその声が近づいて来て男に言った。ふだんの準備が悪いものですから、こんな時に蠟燭もろくに見つからなくって、お客さん、心細くないですか。

その種のサーヴィスをする店でもあった。声の主はやおら男の手を握り、着ている和服の胸元を惜しげもなく広げて、自分の乳房に触れさせた。ほうらね、こうやっていると、安心しますでしょ？　ね？

温かく豊満な、見事に張りのある乳房であった。男は女の胸元から手をはずし、烈しく女を抱き寄せた。あらいやだ、お客さん、そんなにきつくしたら、痛い、痛い。

あんたの声はなんて素晴らしいんだ、と男は女の耳に囁《ささや》いた。聞いているだけで全身がとろけそうだ。

そうですかしら。おかしなお客さん。私のこんな声の、いったいどこが……。

出よう、と男はこらえきれなくなって言った。あんたをさらって行きたくなった。さらって行くよ。な？　いいだろう？

ホテルに行くんだったら、ママに断りを入れてくださいましね。勝手に行くと、叱られるものですから。うちのお店、そういうことにとっても……。

最後まで女が言い終わらないうちに、気がつくと男は女の手を引き、店を飛び出していた。横なぐりの雨が降っていて、店の前に停めておいた車まで走っただけで、ずぶ濡《ぬ》れになった。

お客さんたら。なんだか飢えた少年みたい。慌てなくてもちゃんと気持ちよくさせてあげますのに。本当ですよ。こう見えても、私、あっちのほう、とっても上手なんです。あら、車にスケッチブックをこんなにたくさん積んで。へえ、お客さん、絵描きさんだったんですか。そうねぇ、どこかふつうの人と違う、って感じでしたものねえ。

女は呑気《のんき》に愉快そうに言った。車内灯がついていた。男はうすぼんやりとした明かりの中で女の顔を初めて見つめ、声をのんだ。

それは見てはいけない顔だった。天上の声にまったくふさわしくない、ふた目と見られないほど醜い、呪われているとしか言いようのない顔だった。

以後、この屋根裏に連れて来て以来、男は一度も女の顔を見ていない。

扉の向こうで、女が合図をする気配があった。こんこん、と軽く二度、扉を向こう側からノックしている。

男は大きく息を吸い、鍵《かぎ》を開けて中に入った。女はさっきと同様、男に背を向け、俯いている様子だったが、天窓から星の光ひとつ入って来ないせいで、実際、男の目には女の肉体の輪郭すら定かではなかった。

「こっちにおいで」

男は言い、手さぐりで布団をまさぐった。布団はもう何ヶ月も干していない。ほんの少し、すえたにおいがしているが、そのにおいの中に女の体臭が混ざっている。男の好きな体臭である。

女がやって来た。するすると衣《きぬ》ずれの音がしたかと思うと、裸になった女が布団の中に入ってきた。

「黙っていてはいけない。何度言ったらわかるんだろうね。私の前にいる時は、何か声を出していなければいけない」

「はい」

「はい、だけじゃだめだろう。何か話すんだ。なんでもいい。狐の赤ん坊の話でも雪の話でも……」

「ごめんなさい。もう話すことが何もないのです」

男は深いため息をついた。喋《しゃべ》る内容などどうでもよかった。女が、ああ、と言うだけでもよかった。その声を聞き続けることだけが男の慰めであり、男の生きるよすがであった。

「いいことを教えてあげよう」男は女をかき抱き、猛り狂う欲望の嵐に自らを投げ出しながら言った。「私は決心した」

「何をですか」

「おまえをこうして目の前にしていながら、おまえの顔を見なくてもすむためにどうすればいいのか、ずっと考えていた。声だけ心ゆくまで聞いていられるようにするためには、どうすればいいのか、ってね。私はね、決心したよ。おまえのために、自分自身の目をつぶすことにした」

「目を?」

「ああ、そうだ。見えなくさせるのだよ」

闇の中で女はつと身体をこわばらせたが、やがて、ふふ、とくぐもった声が返ってきた。「それはとってもいいお考えだわ」

「そうすれば、おまえとずっと暮らしていられる。どれほど明るい光の中にいても、おまえと向き合っていられる。おまえを前にして、明かりを恐れずにすむようになる」

「気がつきませんでした。本当にそうですのね」

「嬉《うれ》しいか」

「嬉しい? 私が?」

「そうだ。おまえも嬉しいはずだ。私の前で後ろを向いていなくても済むようになる。暗闇の中にいなくても済む」

「それはわかりますけど……ああ、やめてくださいまし。乱暴ですのね。痛いわ。お願い。もう少し、そこに触る時は優しくしてください。そんなに強くさすらないで」

「ああ、その声だ。その声なのだ」男は痛がる女をいたわろうともせずに、強引に女に押し入り、やがて果てた。

その晩遅くから雪が降り出し、朝になっても止む気配がなかった。空気は凍えるように張りつめていて、その清々《すがすが》しい静けさが男を敢然と儀式めいた気持ちに駆り立てた。

女に朝食を持って行く前に、早いところ済ませてしまおう、と男は思った。思えば簡単なことであった。鏡に向かい、両目の縁にたっぷりと、瞬間接着剤を塗るだけのことであった。

血は出ない。傷もつかない。下手をすれば、薬剤のせいで眼球そのものが腐り果て、本当に失明するかもしれないが、それだけでもう、男は永遠に女の顔を見なくても済むようになるのである。女の声だけを我が物にしながら、女を抱き続け、果てることのない悦楽の中に溺《おぼ》れていられるのである。

男は思いたって亡き父親の居室に行き、和簞笥《わだんす》の奥から、父親が何かの式典の時に着ていた和服の白襦袢《しろじゅばん》を取り出した。薄荷のような香りのする冷気の中、裸になって白襦袢を身につけ、兵児帯《へこおび》を締めると、気持ちがいっそうきりりと冴《さ》えわたったように感じられた。

顔を洗う必要があった。女のために目をつぶす、というのは大切な儀式であった。

湯をわかし、顔を洗い、汚れ、穢《けが》れを完全に消し去り、亡き父や母、この家が栄えていた頃に地元に君臨していた祖父や祖母に、黙禱《もくとう》を捧《ささ》げてから行うべきであった。

男は広々とした台所に行き、冷えきった氷のような床をしかと白足袋《たび》をはいた足で踏みしめながら、やかんに水をくんでガス台に載せた。マッチをすって火をつけなければならない種類の、旧式のガス台であった。

徳用型のマッチ箱を手に取った。男は冷たく湿った、雪の色が照り映える静かな小暗い台所で、マッチをすろうとした。

その直後、男は頸部《けいぶ》に烈しい衝撃を感じた。頭そのものが吹き飛ばされたようでもあった。弾《はじ》き飛ばされ、床に投げ出されて、背中と腰が台所の柱に打ちつけられた。流しの前のガラスが砕け、飛び散り、天井の蛍光灯がすべて吹き飛んだ。目の前を粉々になったガラスや陶器の破片が飛びかかった。何かぬるぬるしたものが男のからだを被《おお》った。視界が赤く染まった。手で触れてみると、それは頭頂部からしとどに流れ落ちてくる血であった。

台所の外の、古くなったプロパンガスのボンベが爆発したらしいことに気づいたのは、男がよろけながら外に這《は》い出た後のことだった。

銀白色の雪原に、家の屋《や》根瓦《ねがわら》の一部や、折れ曲がった板塀、湾曲した雨樋《あまどい》などが散乱しているのが見えた。男の頭から流れ落ちてくる鮮血がぼたぼたと、雪のおもてに恐ろしいような模様を描いた。

そして今、白い襦袢姿の若くない男が一人、血にまみれながら納屋に向かっている。納屋の一部も吹き飛ばされている。男は両手を差し出すようにして、納屋の戸を開け、喘《あえ》ぎながら階段を上ろうとして、ぎょっとしたように足を止める。

爆風を受けて砕かれ、使うことができなくなった階段の真上に、女が佇《たたず》んでいるのが見える。女は赤いセーターを着ているが、下半身は丸裸である。

風呂《ふろ》に入っていたのか、便所を使っていたのか。いずれにせよ、何故、女が鍵のかかった扉を開けてそこに出て来たのか、男にはわからない。女の背後にかすかに鍵のかかる扉が見え、そこも爆風で少し歪《ゆが》んでいる。爆発で屋根裏の扉の鍵が外れてしまったのかもしれない、と男は悲しい気持ちで思う。

女が泣きながら、助けを求めている。白い太股《ふともも》のあたりに、怪我をしている。赤い血がひと筋、生命の証《あかし》であるかのように、その陶器を思わせるなめらかな肌を染めている。

だが女は顔に傷を負ってはいない。女の顔は相変わらず醜くて、醜さを隠すための血にまみれてもいない。

その女の顔が、茫然《ぼうぜん》と見上げている男の目の前にある。女が口をぱくぱくと開けている。何か言っている。あの美しい声で、あの艶《なま》めかしい声で、何か言っている。

だが、男には何も聞こえない。

爆風で視力ではなく、聴力を失ってしまった男の目に、泣き叫び、欲望を刺激する声をはり上げているであろう女が、白々とした朝の雪明かりの中、無残な顔をさらしているのが見える。

風に乗り、外の雪が納屋に舞い込んでくる。男は納屋の真ん中にがっくりと膝《ひざ》をつき、顔を歪めた。とろとろと流れてくる生温かい自分自身の血がよく見える。その赤いヴェールの向こうに佇む、醜い女の顔もよく見える。

そして女の声は、本当に二度と永遠に、男の耳に届かない。

水無月の墓

道路はひどく渋滞していた。タクシーを拾ったのが三十分前。普通なら、とっくに着いているはずなのに、まだ目的地までの距離の半分も進んでいない。

運転手はさっきから何度も「雨の金曜日ですからね」と弁解がましく繰り返している。そのたびに私は、「そうね。雨の金曜日ですものね」と鸚鵡《おうむ》返《がえ》しに応《こた》える。

「それに、あちこち工事してますから」

「そうね。工事してますものね」

運転手は白い制帽を目深にかぶっていて、そのせいか、バックミラーにも顔が映らない。私の座っているところからは、びっしりと隙間なく生えた、異様に黒々としたもみあげが見えるだけである。

乗っている間に、ますます雨脚が強くなったようだった。外の景色は、プールの底から見上げる世界のようにうるんでいて、どこを見てもとりとめがない。

信号待ちで車が停まった時、運転手が前を向いたまま、「そうだ」と言った。声変わりをする前の少年のような、妙にかん高い声だった。「あっちの道から行けばいいんだ。ちょっと遠回りになるけど、あっちの道のほうがいい」

あっちって？　と私は聞き返した。その途端、ざあざあと音をたてて、横なぐりの雨が車体を叩《たた》いた。フロントガラスをワイパーが軋《きし》み音をあげながら這いずり回った。私の声は運転手に届かなかったようだった。

別に「あっち」の道から行こうが「こっち」の道から行こうが、どちらでもかまわなかった。私は仕事の打ち合わせで人に会いに行き、会社に戻る途中だった。戻って上司に簡単な経過報告をすれば、それで今日一日の仕事は終わる。渋滞のせいで、一時間やそこら帰社時間が遅れたとしても、どうということはなかった。

信号が青になると、運転手はいきなりウインカーを点滅させ、大型スーパーマーケットの角の道を左折した。傘をさして歩いている人々をはね飛ばすほどの勢いだった。

車は大通りから離れて、私の知らない道を走り始めた。静かな住宅街を通り抜けたかと思うと、庶民的な賑《にぎ》やかな商店街に出て、そこでまた渋滞に巻き込まれる。その渋滞を避けようと、近くの細い道を出たり入ったりしているうちに、どこを走っているのか見当もつかなくなった。

私は雨滴の流れる窓ガラスを通して、ぼんやり外を眺めていた。眠たいような、風呂の中でくつろいでいる時のような、ふわふわとしたいい気持ちだった。

窓の外に、ふいに見覚えのある釣り道具屋が見えてきた。あ、ここ、知ってる、と私は思った。店先にぶら下がっている大きな魚の形をした看板まで、昔のままだった。釣り道具屋の隣は、地下に下りて行くようになっているとんかつ屋。入口に紺色の暖簾《のれん》が下がっていて、暖簾の中央に、ピンク色の豚のお尻《しり》がプリントされてある。昔とちっとも変わっていない。阿久津《あくつ》と一緒に、何度か入った。私も彼も、注文するのはいつもヒレカツ定食だった。好んで座った席も覚えている。一番奥の、左の壁ぎわ。そこに座ると、落ち着けた。テーブルの片側を囲むようにして、背の高いカポックの鉢植えが置かれてあったからだ。

私は昔、とんかつ屋のはす向かいにあったビルの地下、〈ブーベ〉という名の薄暗いバーでアルバイトしていた。かれこれ二十数年前。まだ美大に通っていたころの話だ。私はその〈ブーベ〉で阿久津と出会い、恋に堕《お》ちた。懐かしい場所だった。同時に、思い出したくない場所でもあった。

出会って四年後、阿久津が事故で急死した。〈ブーベ〉の入っていたビルが、火事で焼け落ちたのはその翌年だった。焼け跡はしばらくの間、雨風にさらされていたが、その後、月極《つきぎ》めの駐車場になったと聞いている。

私は道路の反対側に視線を移した。やっぱり、と思った。三方を真新しいビルに囲まれた駐車場が見えた。車が数台、駐《と》まっているばかりで、人影はない。そこだけが谷底のように仄暗《ほのぐら》く、路面をはねる雨のしぶきが、あたりを灰色に煙らせている。

火事の後、私は一度もここには来なかった。来てみたいと思ったことは何度かある。だが、今さら阿久津のことを思い出してみても仕方がない、阿久津は死んだのだし、〈ブーベ〉も焼けてしまったのだから、と考えると、来る気も失《う》せた。

無意識のうちに、この界隈《かいわい》を避ける習慣が身についてしまったのだろう。就職した小さな美術書専門の出版社は、〈ブーベ〉のあった場所からは遠く離れており、仕事関係の取引先の人間もこの近所にはいなかった。むろん、住んでいるマンションも真反対の方角にある。覚悟して近づこうとしない限り、決して足を踏み入れるような場所ではなかった。なのに、タクシーがいとも簡単に私をここに連れて来てしまった。不思議だった。

変ね、と私は声に出した。「どうしてこんなところに来てしまったんです。方角が全然別だわ」

あれっ、と運転手が言った。間延びした声だった。「違うんですか。弱ったな」

私はもう一度、行き先を告げた。わかってますよ、と運転手は言った。心なし、声が少し震えていた。「わかってるんですが、今日は雨なんです。六月の。違いますか」

どういう意味なのか、わからなかった。なんだか気味が悪かった。ここでいいわ、停めてください……そう言おうとして、車がさっきから停まっていたことに気づき、いやな気持ちになった。

運転手はメーターを覗《のぞ》きこみ、料金を告げた。私は五千円札を渡し、釣銭を受け取った。相変わらず前を向いたままの運転手のもみあげが、「どうも」と言った途端、ぴくりと動いたような気がした。


昔、そこにあったのは、古くて細長い、煤《すす》けた灰色のビルだった。狭苦しい入口から地下に通じる階段を下りて行くと、左側に〈ブーベ〉の扉が現れる。カウンター席の他に、白いコテ塗りの漆喰《しっくい》壁と天井で仕切られた円形のボックス席が三つ。ボックス席はそれぞれが完全に独立しており、雪国のかまくらを思わせた。

働いていたのは、私の他に、美恵子さんという名の中年女性が一人。店のオーナーの愛人だと噂されていた美恵子さんは、口数の少ないもの静かな人だった。

美恵子さんは店を任されていたので、私は彼女の指示に従ってさえいればよかった。水割のセットを運んだり、簡単なつまみを作ったり、汚れたグラスや灰皿を洗ったり。立ち仕事ではあったが、テーブルが満席になることはめったになかったので、空《す》いている時間には、カウンターの中で本を拡げる余裕もあった。

一応、女らしい服装を心がけてほしい、とオーナーからあらかじめ言われていたのだが、私が学校帰りにジーンズ姿のまま店に出ても、美恵子さんは黙っていた。ごくたまに美恵子さんから、ものほしげにきょろきょろしている客の相手をするようにと命じられることもあったが、私が少しでもいやな顔をすると、彼女が代わりをつとめてくれた。

阿久津が初めて〈ブーベ〉にやって来たのは、私が働き始めてから半年ほどたった頃である。梅雨らしくもなく朝から真夏のように陽射しの強い日だったが、夕方を過ぎる時分から、突然、烈しい雷雨になった。阿久津は全身びしょ濡《ぬ》れになりながら、開店直後の〈ブーベ〉に飛び込んで来たのだった。

若い男性が一緒だった。私は熱いおしぼりと乾いたタオルをボックス席まで運んだ。美大の学生さん？　と阿久津がタオルでごしごしと頭を拭《ふ》きながら私に聞いた。どうしてわかるんですか、と聞き返すと、阿久津は私がはいていたジーンズの裾《すそ》を指さして、いたずらっぽく微笑んだ。「絵の具がついてる」

阿久津は私立大学文学部で国文学を教える助教授。一緒にいた若い男は阿久津のアシスタントで、梶原《かじわら》という名の大学院生だった。

梶原が「先生、雨やどりのビールといきましょうか」と阿久津に言った。阿久津はちらりと私を見て、「君も一緒に飲もう」と言ってきた。

阿久津は大柄で、日本人離れした体型の持ち主だった。どこか生真面目で神経質な感じのする梶原よりも、私は大らかでざっくばらんな阿久津に心惹《こころひ》かれた。

カウンターに戻り、ビールの用意をしながら「お相手してきます」と美恵子さんに言うと、美恵子さんはうっそりと笑って、珍しいのね、と言いながら目を細めた。

その晩以来、阿久津は毎週金曜日の夜になると、必ず店にやって来るようになった。いつも梶原が一緒だった。二人はビールを注文し、小一時間ほど、何やら難しい本の話などしてから帰って行く。阿久津は私に会いに来てくれるのだ、そうに違いない、と私は心底うぬぼれたが、必ずしもそうではないと思える時もあり、私が彼らの相手をしなくても、いっこうにかまわない様子なのが、時として癪《しゃく》にさわった。

だが、その年の夏も終わりかけた頃、阿久津は夜遅くなってから、一人でふらりと店に現れた。梶原君がいつも僕につきまとってかなわない、今夜はうまくまいてきた、あいつがいると、きみと二人きりになれないしね……いかにも罪のない冗談話を聞かせるようにしてそう言うと、阿久津はカウンター席に陣取り、きみの仕事が終わるまで待たせてもらうよ、と笑いかけた。

その晩、仕事を終えてから私は阿久津と肩を並べて外に出た。少しお腹が減っている、と私が言うと、阿久津は嬉《うれ》しそうに、僕もだよ、と言った。

〈ブーベ〉のビルのはす向かいにとんかつ屋の暖簾を見つけた。私は、こんなに夜遅く、とんかつは重すぎますか、と聞いてみた。彼はちっともさ、と言い、私の旺盛《おうせい》な食欲を褒めてくれた。

とんかつ屋の、カポックの鉢植えに囲まれた落ち着いたテーブルで、私たちはゆっくりと時間をかけて食事をし、あれこれ互いのことを教え合った。阿久津には病気がちの妻がいて、入退院を繰り返していると聞いたのもその時だ。十二歳と八歳になる二人の娘は、同居している義母が面倒をみてくれているという。

「梶原がね、僕に言うんだ」と彼は可笑《おか》しそうに笑いながら言った。「先生が〈ブーベ〉の女子大生に首ったけだということはよくわかっています、先生が本気なら、僕が責任を持って、応援しますよ、でも本気じゃないのなら、馬鹿馬鹿しいから放っておきます、ってさ」

私が黙っていると、阿久津はぬるくなったビールを私のグラスに注ぎ足し、初めて会った時から、ずっときみのことを考えてる、と怒ったような口振りで言った。

その晩、阿久津は私のアパートにやって来た。クーラーも扇風機もない四畳半の畳の上で、布団も敷かず、私は彼と朝まで抱き合って過ごした。うとうととして目覚めた時、汗まみれになった互いの頬に、畳の目の跡がくっきりと刻まれていたことを思い出す。

毎日、ここでこうやって眠りたい、と阿久津は言い、自分の頬についた畳の目の跡を撫《な》でさすった。この次からは布団を敷きます、と私は言った。言った途端、自分が発した言葉の猥雑《わいざつ》さに気づいてぞっとしたが、阿久津は平然と受け止め、「布団があったほうがいいな」と言ってのどかに笑った。

阿久津は大学での講義の他に、私のよくわからない仕事をたくさん引き受けていた。旅行に出ることも頻繁にあったが、たいてい梶原が一緒だった。

阿久津の妻が元気な時は、夫婦同伴で旅行することもあった。そんな時は、頼みもしないのに梶原が旅先からこっそり〈ブーベ〉にいる私に電話をかけてきてくれた。先生は今日はどこそこに行った、誰それと何々を食べた、お帰りは何日の何時……。そんなことを事細かに教えてくれる。

わざわざすみません、どうもありがとう、と私が恐縮して礼を言うと、梶原は素っ気なく「どういたしまして」と言うなり、電話を切ってしまう。梶原とは何度会っても、何度話をしても、親しくなれず、それもそのはず、恩師の愛人とは親しくする義理もないのだろうと考えると、少し寂しかった。

阿久津が私のところに泊まった日の翌朝は、梶原が阿久津の車を運転して迎えに来た。本物の囲われ者になってしまったようで、そんな時、甲斐甲斐《かいがい》しく男たちのために動きまわるのはいやだったのだが、それでも私は梶原をねぎらうつもりでインスタントコーヒーをいれてやった。

コーヒーを飲んでいる間、喋《しゃべ》っているのは阿久津と梶原だけで、梶原はほとんど私とは口をきかなかった。梶原は、阿久津が手がけていた研究論文が完成するのを待ちわびていたらしく、私の部屋に来ても、その話ばかりしていた。

二人が論文の話を始めると、口をはさむ余地がなくなり、私は寂しくなって部屋の片隅で膝《ひざ》を抱え、煙草をふかし始める。そんな私に阿久津が時折、目配せしてくる。こっちにおいで、と合図を送ってくる。私が立ち上がって彼の傍に行くと、彼は私の肩を抱き寄せながら、軽く私のこめかみにキスをする。それでも梶原は、何も見なかったような顔をして、論文の話を続けた。阿久津と私が目の前で交わり始めたとしても、梶原は顔色ひとつ変えずに論文について意見を述べ続けていたに違いない。

そんなふうにして阿久津と関係を続けながら、私は大学を卒業し、就職する気もないままに、〈ブーベ〉に居残った。いろいろなことが少しずつ変わっていった。阿久津は教授に昇進した。梶原は大学院を出てから、阿久津の元で正式に働き始めた。私は薄汚れたアパートを出て、１ＬＤＫの賃貸マンションに引っ越した。

阿久津と出会ってから丸四年たった一九七七年の六月二十七日。雨の日の夜遅く、私は電話で叩《たた》き起こされた。梶原だった。先生が車を運転して帰宅途中、東名《とうめい》高速道路で事故を起こした、先生は病院に運ばれたのだが、手当ての甲斐もなく、つい今しがた、亡くなられた……梶原は恐ろしいほど淡々とした口調で、そう言った。

突然のことに動転し、私が取り乱して泣き叫ぶと、梶原はそんな私を叱りつけた。うろたえてはいけません、気をしっかり持ちなさい……低い声でそう言われると、ふいに正気が戻った。

私は嗚咽《おえつ》をこらえ、受話器を握りしめて梶原の次の言葉を待った。頼みの綱は梶原だけだった。梶原に見放されたら、おしまいであった。

こんな時に、酷なことを言うようですが、と梶原は声をひそめた。「通夜にも葬儀にも出席してはいけません。あなたのためです。通夜や葬儀に出なくても、あなたなら充分、先生の魂を見送ることができるはずですからね。最後の土壇場になって、先生のご家族との間で不必要なもめごとを起こしたら、先生も悲しみます。あなたには僕から随時、ご連絡さしあげます。心配なさらずに僕の電話を待っていてください」

梶原に言われた通り、私は通夜にも葬儀にも出席しなかった。梶原は約束通り、頻繁に電話をかけてよこし、阿久津の葬儀のもようを伝えてくれたり、納骨の時の様子を教えてくれたりした。

阿久津が鎌倉《かまくら》にある阿久津家の墓に葬られたと聞き、ほとぼりが冷めたころ、墓参に行きたいから寺の場所を教えてほしい、と頼んだのだが、梶原には「おやめになることです」と厳しく忠告された。「先生の魂はあなたのもとにありますが、先生のご遺骨はご家族のものです。けじめをおつけになるように。いつ何時、あなたが墓参に出向いたことが先生のご家族の耳に入るかわかりません」

そのうち、梶原からの連絡は途絶えた。梶原が住んでいたアパートに何度も電話をかけてみたのだが、引っ越してしまったものか、電話の持主が変わってしまい、結局、行方はわからずじまいになってしまった。

私は〈ブーベ〉をやめ、いったん、函館《はこだて》の実家に帰った。〈ブーベ〉が焼けたのは、その翌年の一月だった。美恵子さんは、火事のあった晩、一人で店の片づけをしていて煙にまかれ、焼死した。

たとえわずかにせよ、私と阿久津に関わっていたものは、すべて泡のように消えてしまったわけである。泡の消えた跡に、夥《おびただ》しい埃《ほこり》のようにして歳月だけが積もっていった。

私は〈ブーベ〉の跡地にできた月極《つきぎ》め駐車場に背を向け、歩き出した。いつのまにか、あたりが薄暗くなっており、遠くのネオンが太い雨脚を黄色く彩って、流れ落ちる油の中を歩いているような感じがした。

およそ十八年ぶりに梶原から電話がかかってきたのは、その晩のことである。お懐かしいですね、と彼は、さほど懐かしくもなさそうな硬い口振りで言った。「覚えていらっしゃいますか」

大学の卒業生名簿で私の連絡先を調べたところ、電話番号がわかったので、かけてみた、と梶原は言った。「本当にお久し振りです。お元気でいらっしゃいましたか」

偶然の一致にしては、話が因縁めいていた。乗ったタクシーが方角をあやまり、着いた先が〈ブーベ〉のあったビルの跡地だったという不思議な体験をした日の晩、まるでそれを見ていたかのように梶原から電話がかかってきたわけである。

そのことを梶原に教えたのだが、梶原は「それはそれは」と言っただけだった。素っ気ない応対の仕方は昔と変わっていないようだった。

「実はお電話してみたのは他でもありません。今年もまた、阿久津先生のご命日が近づきました。いかがでしょう。ちょっと知っている静かないい店があるのですが、先生をしのんで久方振りに食事でもしませんか」

承諾するのに一瞬のためらいもなかったのは、不思議なほどだった。これも何かの縁だろう、と私は思った。阿久津があの世から私に呼びかけたのかもしれなかった。たまには梶原と一緒に僕を思い出してくれよ……そう言っている阿久津の少年じみた笑顔が見えるようだった。

梶原は「店は少し遠いのですが」と申し訳なさそうに言った。「ですが、必ずお気に召していただけると思います。逗子《ずし》のはずれにある、水無月荘《みなづきそう》という料亭です。有名な店なので、鎌倉駅前からタクシーに乗ってそう言えば、すぐにわかります」

梶原さんは今、鎌倉にお住まいなんですか、と私が聞くと、彼は「はい」と言った。

「阿久津先生の菩提寺《ぼだいじ》が鎌倉にあるものですから」

私は梶原の言いつけを守って、これまで一度も阿久津の墓を探そうとはしなかった。そのことを告げると、梶原は「それでいいのです」と言った。「先生のお墓は私があなたの分までしっかりとお守りしてきましたから」

積もる話が山ほどありそうだったのに、急に喉《のど》が詰まったような気分になり、何を話せばいいのか、わからなくなってきた。私はちょうど一週間後に迫っていた阿久津の命日に、逗子の水無月荘で落ち合う約束をして電話を切った。

午後六時半から座敷を予約しておく、と梶原が言っていたので、私は当日、早めに東京を出た。鎌倉駅に着いたのは五時四十分ころで、いくらなんでも早すぎると思ったのだが、道は想像以上に混雑していた。タクシーが途中から細い山路に入りこんだりしたこともあり、結局、水無月荘に着いた時は、約束の時間を少し過ぎてしまっていた。

海とは反対側の、小高い山のはずれにひっそりと建っている、真新しい瀟洒《しょうしゃ》な料亭だった。水をうってある御影石を敷きつめた広い玄関ホールに立つと、煌々《こうこう》と黄色い明かりが灯《とも》された奥から和服姿の初老の女が現れて、「梶原様がお待ちでございます」と言った。

遠くで宴会でも行われているのか、かすかにざわざわとした人の話し声が伝わってきたが、玄関ホールには人の気配はなく、雨に濡《ぬ》れた檜《ひのき》の香りが馥郁《ふくいく》と漂っているばかりである。私は女に案内されて、廊下を進んだ。仄暗《ほのぐら》い廊下はよく磨かれてあり、深緑色の砂壁のところどころに、白いくちなしの花を活《い》けた竹製の一輪差しが掛かっていた。

廊下を何度も曲がり、いくつもの小階段を下りたり上ったりし続けるのだが、それでもいっこうに目指す座敷が現れない。廊下の片側にはずらりと座敷が並んでいる様子なのだが、どの部屋もひっそりとしていて、客が入っている気配はなかった。

いつのまにか雨が降り出したらしい。座敷と反対側の坪庭で、こんもりと咲いている紫陽花《あじさい》の葉が水に濡れてぎらぎらと光っている。

何ということはなしに、その紫陽花を眺めていると、女はいきなり「こちらでございます」と言って廊下に正座し、文楽人形のような堅苦しい手つきで私に襖《ふすま》を指し示した。白々とした大きな襖だった。

女が襖を開けてくれたので、中に入った。薄暗い次の間の奥の、本座敷とおぼしき広々とした和室に、地味な背広姿の男が一人、ぽつねんと背中を丸め、手酌で酒を飲んでいるのが見えた。

私よりも四つ年上のはずだったから、四十七歳になっているはずだったが、梶原にはさして老けた様子は窺《うかが》えなかった。かと言って昔のままの梶原でもない。一まわり痩《や》せたようで、その姿は、何か古くなって縮んでしまった昔の衣類を思わせた。

私をみとめると、梶原は座布団の上で正座し直し、「これはどうもお懐かしい」と言って、深々とお辞儀をした。

座敷は二十畳ほどあり、私と梶原が並んで膳《ぜん》を前にして座ると、目の前に青々とした畳の寂しい空間が拡がった。正面に障子つきの丸窓があり、その向こうは坪庭になっているらしかった。雨が玉砂利を叩《たた》く音が聞こえた。

さっき座敷まで案内してくれた初老の女がやって来て、しずしずと畳の上を歩きながら、次の間に用意されていた料理を運び始めた。ままごとのような料理ばかりで、量が少ないわりには数が多く、前菜だけでも運び終えるのにひどく時間がかかる。

梶原はしばらくの間、口をきかずにじっと女のすることを眺めていたが、やがて我に返ったように私に酒を勧めた。私は礼を言って猪口《ちょこ》を差し出し、私たちは形ばかり、阿久津を思いながら乾杯をした。猪口が重なり合って、いっとき、座が賑《にぎ》わったような気もしたが、酒を一口飲み終えると、再びあたりに侘《わび》しいような気配が漂い、丸窓の外の雨の音ばかりが耳についた。

阿久津の命日にちなんで、一緒に食事をしようと誘ってきたくせに、いつまでたっても梶原は口を開く様子がない。二人で並んでうつむきながら酒を飲み続けていても仕方がないので、私は自分から話し始めた。

今の暮らしぶりについていてかいつまんで教え、阿久津先生にあんな死に方をされてから、男の人とつきあう気がなくなりました、未《いま》だに独身でいるんです、と私が言うと、梶原は、僕もですよ、とうつむいたまま短く笑った。

「それにしても、すばらしいお店ですね。こんなに立派な料亭に来たのは初めてです」

「先生が好みそうな店です。先生はこういう純和風の建物がことのほか、お好きだった」

ええ、と私はうなずいた。「先生のご家族は皆さん、お元気ですか」

「どうでしょう。僕はあれからおつきあいをしていないものですから」

「先生が亡くなってから、すぐに引っ越されたみたいですね」

「いろいろと」と言い、梶原はさらに背を丸めて膳の上にうつむいた。黄色い電灯の明かりが膳の上に黒々とした影を作った。「いろいろとやらなくちゃいけないことがありましたから」

「お仕事は今、何をなさってるんですか」

「即答できればいいんですが」

「は？」

「いろいろとね。あれやこれや、やってます」

「お独りだと自由でしょう。私もですが」

ははは、と梶原は泣きそうな声で笑った。

女がまた、料理を運んで来た。梶原の膳の上の、まったく手をつけていない料理を脇によせ、さらに新しい料理を載せていく。口で息をするのが癖なのか、近くに女が寄って来るたびに、すうすうという空気がもれるような音が聞こえた。

「こんなことを言うと、今さらのように聞こえるかもしれませんけど」私は女が部屋を出て行くのを目で追いながら言った。「十八年前の今日は、ショックでした。死んでしまいたいとさえ思いました。かろうじて理性をつなぎとめて下さったのは、梶原さんです。改めて御礼を申し上げます。梶原さんがいなかったら、私は先生の奥様に会いに行って、馬鹿なことを口走ったりしていたかもしれません」

「男の狡《ずる》さだと思わないでいただきたい。先生も僕も、先生のご家族をまきこみながらあなたとの関係を続けることには反対でした。それとこれとは別だったんです。うまく言えませんが……」

わかります、と私は言った。「それくらいのこと、わかっていなかったら、先生とは続けられませんでしたから」

「車で事故を起こされる直前まで、先生は僕相手にあなたの話をしていました。先生は誰にも言えないあなたの話をしたいがために、僕を助手として雇い続けてくれていたようなものですよ。困ったものだ」梶原は喉の奥で小さく笑った。

雨の音が烈しくなった。次の間に控えているはずの女は、ことりとも音をたてない。

「本気なんだ、どうしたらいいのか、わからないよ、梶原君……先生はあの晩、そうおっしゃった。恋する少年みたいに苦しそうだった。その直後でしたよ。反対車線からダンプカーが先生の車目がけて飛び込んで来たのは」

私は横に座っている梶原を見た。梶原は相変わらず膳の上に深く頭《こうべ》を垂れていた。

「見てきたようなお話をなさるんですね」私は作り笑いを浮かべながら言った。「まるで梶原さんがその場にいらしたみたいな……」

梶原は静かに姿勢を起こすと、正面を向いた。白茶けたような顔からは表情が失われていた。

「いたんです」と彼は言った。「私はあの晩、先生の運転する車の助手席に座っていたんです」

部屋の電灯が暗くなったように思われた。胸のあたりに重しを載せられたように、息苦しさがつのった。座布団の上で後じさろうとするのだが、身体が動かない。

「先生の運転する車で事故にあい、命を奪われたのなら本望というものです」梶原はそう言うなり、すっと音もなく立ち上がった。足で畳をこするような音が続いたと思ったら、梶原は隣の座敷に続く襖を静かに開け放った。

待って、と私は腰を浮かせた。悲鳴のような大声を出したつもりだったのだが、声は掠《かす》れていて、自分の耳にすら届かない。

給仕の女もどこかに行ってしまったのか、次の間はひっそりとしていた。見ると、ついさっきまで梶原が座っていた座布団には、人が座った跡がくっきりと残っていた。膳の上の飲みかけの酒もそのままなのだが、まるで梶原が今もそこにいて頭を垂れているかのように、膳のまわりに黒ずんだ影が落ちている。

私は立ち上がり、梶原が出ていった襖の外に向かって駆け出した。隣の座敷は暗闇の中に沈んでいた。私たちがいた座敷と同じ広さ、同じ造りで、やはり壁に障子のはまった丸窓がついている。

梶原さん、と私は声に出して呼んでみた。丸窓の外の雨の音が、私の声に合わせるかのようにして烈しくなった。私はその部屋の襖も開け放った。次の部屋もやはり同じ広さの座敷だった。

恐ろしくなって、さらに足を速めた。開けても開けても、襖の隣には同じ広さの座敷が連なっていた。

座敷は次第に闇にのまれていき、隣の座敷との境目にある襖の白さが、ぼんやりとした輪郭を見せているばかりである。息が切れた。誰かいませんか、と私は大声をあげた。私が何か言うたびに、丸窓の外で雨が滝のように烈しい音をたて、地面を打った。

汗が全身から噴き出しているというのに、爪先《つまさき》だけが氷のように冷えている。私は総毛立つような気持ちにかられ、立ち止まった。

振り返ると、今しがたまで、私が梶原と話をしていた座敷が遥《はる》か遠くに見えた。まわりが闇に埋もれているせいで、そこだけが照明を浴びた舞台のようにくっきりと明るい。

その四角く切り取られた黄色い明かりの中に、人影が見えた。梶原ではない、別の男だ。座布団に座り、寂しげに背を丸めて、手酌で酒を飲んでいる。

どこかでふいに、鉄板に砂粒をばらまいたような烈しい雨の音がした。人影がゆるりと力なくこちらを向いた。

先生、と私はつぶやいた。

やまざくら

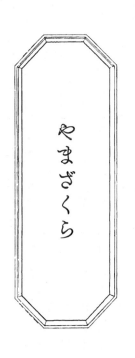

新しくできた地下鉄に乗り、五つ目の駅で降りた。

東京は久しぶりだ。確か二年ぶり。戻りたいと思ったことはないが、それでも懐かしく思い出すことはよくあった。先生と一緒に食事をした贅沢《ぜいたく》なフランス料理店や、高層ホテルの最上階にあるバー、そこから眺めた大都会の美しい夜景……。

先生はいろいろな店を知っていた。隠れ家のような路地裏の一軒家に連れて行かれ、そこが有名な京料理の店と知った時は驚いた。竹林を模した庭には本物の鹿《しし》おどしがあって、あたりには風雅な音が響いていた。

またあんなふうに先生と会いたい、会って食事をしてお酒を飲んで、その後で先生から「今夜はきみのところに行く」と言われ、嬉《うれ》しさのあまり、変にぞんざいな口調で「いいですけど」と応《こた》える、その一瞬の幸福を味わいたい。何度、そんなふうに思ったか知れない。

だが、私は東京には来なかった。先生に会ってはならない。会ってしまったら、また、その時からあの苦しみが繰り返される。そういうことをいやというほど、知っていたからだった。

できたばかりの地下鉄の構内はぎらぎらしていた。白熱灯の照明が明るすぎる。何もこんなに明るくする必要はないのに、と思う。明るすぎるせいで、ベンチの下に濃い影ができている。墨汁の色にも似た影である。

雨の金曜日。夕方のラッシュの時間帯にさしかかろうという時だったが、乗降客の数は思いがけず少なかった。自分のはいている靴の音だけが、周囲にカツカツと大きく響きわたって気味が悪い。

まだ五月の半ばだというのに、梅雨どきのように蒸し暑かった。私は傘とバッグをベンチの上に置き、着ていた灰色の薄手のコートを脱いだ。

喪服の衿《えり》に、黒い小さなコサージュがついている。家を出た時からずっと着ていたコートのせいで、コサージュが潰《つぶ》れていないかどうか確かめた。大丈夫。潰れていない。

バッグの中からハンカチを取り出し、額に浮いた汗をぬぐった。香典袋の水引がずれているのに気づき、取り出して整えた。

包んだのは三万円。多すぎるのか少なすぎるのか、わからない。どうせ、私が今頃、姿を現したということだけで、口さがない人々が後で何かこそこそ噂するに決まっていた。香典袋の中身のことも言われるに違いないのだから、よくよく考えるべきだったのだが、郷里の母に聞いても役に立つ答えを返してくれなかった。

母は未《いま》だに私が先生とつきあったことを根にもっている。あの男があんたに手を出しさえしなければ、今頃、あんたは誰かと結婚し、幸せに暮らしていただろうに、と言うのが母の口癖である。

母の気持ちはわからなくもない。私が親だったら、やっぱり同じことを言ったかもしれない。娘の人生を弄《もてあそ》んだとして、相手の男を憎んだかもしれない。

コートを腕にかけ、傘とバッグを手にして改札口に向かった。構内の大きなデジタル時計が五時五十五分を示している。

急ぐ必要はなかった。新しくできたこの地下鉄の駅で降りてから、歩いて十分ほど。通夜は六時からである。あまりにぴったりの時刻に行くのも気が引けるから、これくらいでちょうどいい。

急な知らせであったことは確かだし、それなりに驚いたことも事実である。だが、先生の妻の死は充分、予測できていた。私が東京を引き払い、郷里に戻ってしばらくたった頃、先生の妻が病に臥《ふ》したことを風の便りに聞いた。それがたちの悪い血液の病気であることも知っていた。

私は医者ではないけれど、長い間、外科医でもある先生のもとで働いてきた人間である。そのくらいの察しはついた。

先生の妻の名はまやという。島本まや。可愛い名前だ。その名の通り、まやは可愛い人だった。栗鼠《りす》を思わせる小さな顔に、少年のように刈り上げにしたヘアスタイルがよく似合っていた。

ピアスが好きで、ピアスだけは驚くほどたくさん持っていた。小さな米粒のようなピアスもあれば、つけているだけで耳元がきらきらする宝石のようなピアスもあったし、糸のようにだらりと垂れ下がるピアスもあった。そのどれもが、まやに似合った。

スカートはめったにはかず、腰の線が目立つぴったりとしたジーンズにシャツ、というういでたちでいることが多かった。首の細い、華奢《きゃしゃ》な体格なのに、胸だけは豊かだった。そのせいか、ピアス以外、何の装飾品もつけていないというのに、まやには常に女の匂いが漂っていた。

「涼子《りょうこ》さん」と、初めからまやは私のことを姓ではなく、名前で呼んだ。少しかすれた声で、静かにそう呼んだ。

「涼子さん、その服すてき。見とれちゃう」「どうってことないの。いいの。全然。彼は彼。私は私」「恋かな。恋よね。仕方がない」「雨。切ないの、胸が」「悪い女。私のことよ。でも好き。夢中」……。

まやがふだん口にする言葉は、単語の連なりであることが多かった。ぷつんぷつんと途切れるような言葉が並べられるだけ。言葉と言葉をつなぐものは徹底的に省かれる。言葉の練習をしている幼児のようにも見える。

初対面の人間は、誰もがまやの喋《しゃべ》り方に違和感を抱いた。よりによって、島本病院の院長先生の奥さんが、あんな頭の弱そうな人だったとはね、と私に向かって呆《あき》れたように言った人もいる。

私もそう思っていた時期があった。幼い頃に何かの重い病気にかかったのだろうか、と訝《いぶか》ったことさえある。そのせいで脳の言語中枢が未発達になったまま、大人になった人なのかもしれない、と。

だが、しばらくたつと、まやの喋り方は一種の個性であることがわかるようになった。まやはそういう喋り方をするよう生まれついただけだったし、そんな喋り方をするまやと、まやの持っている雰囲気とは、いつもぴったり合っていて、まやの魅力にもなっていたのだった。

先生がまやを見そめ、プロポーズした時のことはよく知っている。先生は当時、三十歳。まやは二十二歳。かれこれ十三年くらい前の話だ。変な子だ、と思った瞬間、先生はまやに恋をしていたそうで、おかしなことに、私は何度、その話を先生から聞かされてもやきもちは焼かなかった。そうだろうな、と思っただけだ。

とはいえ、先生はすぐに恋をする。恋といっても、私に言わせればいっときの肉欲のようなものにすぎないのだが、先生はそれが恋だと信じている。

病院の仕事、外科医としての仕事の他に、先生はテレビにも出たし、講演もやった。本も書いたし、雑誌のインタビューや有名人たちとの対談も引き受けた。美男とは言えないが、ラグビー選手みたいにがっしりとした体格をしており、その大きな身体に不釣り合いな童顔と、人の気をそらさぬ喋り口調が女にもてた。

病院のナースの半分に手をつけた、という噂も嘘ではないらしい。確かめたわけではないから、はっきりしないが、私もその噂は本当だと信じてきた。地方に講演などの仕事に行くと、接待を受けた先の飲み屋のママにまで手をつけてしまうような人である。全国津々浦々、先生のことを慕って、先生が来るのを待ち望んでいた女がいったい何人いたことか。

院長秘書として私が先生のところで働くようになったのは六年前。初めのうちは、そんな先生が不潔に思えて、とんでもないところに来てしまった、と後悔していた。地方のホテルに女を誘いこんだ先生と、朝になって何事もなかったような顔をして向き合いながら朝食の席につき、帰りの飛行機の出発時刻の話などするのは馬鹿げていた。

だが、先生は不思議なことに私には手を出してこなかった。深夜、院長室に二人きりでいる時も、乗物の中でも、仕事先のホテルでも、手を出すどころか、興味さえないといった素振りをしてみせて、拍子抜けしたこともある。

初めて肌を合わせた時、先生は私に腕枕をしながらしみじみと言ったものだ。「涼子を初めて見た時、恋をしてはならないと思ったんだ。へたをすれば本気になるかもしれない、と思った。本気の恋はね、つらいもんだよ。気軽な恋がいい。それだけでいいと思ってた。だから、きみを遠ざけていた」

口から出まかせを言って、それをいかにも本当らしく思わせるのが先生の特技だった。先生が他の女たちに似たような台詞《せりふ》を吐き、女たちが目を輝かせたのを私は何度も見ている。

だから、先生にそんなふうに言われても、易々《やすやす》と信じるわけにはいかなかった。そうだったんですか、と私はぼんやりした口調で言った。

信じないの、と先生は私の頰に手をあてがいながら聞き返した。「僕が嘘を言ってると思ってるんだね」

「いいえ、ちっとも」と私は言い、微笑み返した。「先生にそんなふうに思われて、光栄です」

「僕のこと、嫌いじゃないよね」

「好きです。大好きです」

先生は上半身を起こし、私の顔、首、髪の毛にキスをした。私が目を閉じたままでいると、先生は次に猛々《たけだけ》しいような手つきで私の乳房を愛撫《あいぶ》し始め、ほらごらん、僕はもうきみに夢中だ、と囁《ささや》くなり、再び私の上に乗って来た。

あれは京都で先生の講演会が開かれ、その後、主催者側の接待を受けた日のことだった。ふだんなら、食事の後、先生が喜びそうな店が何軒も用意されていて、私も不承不承、同行することになるのだが、その晩は違っていた。主催者が女性ばかりの団体だったため、そのあたりの事情が飲みこめていなかったのかもしれない。食事の後、まだ九時をまわった時分だというのに、そこで解散になり、私と先生は、さっさと車でホテルまで送り返されてしまったのである。

「まいったな。まだこんな時間だよ」と先生は苦笑いした。「今夜はきみにつきあってもらおうかな。いいだろう？」

「喜んで」と私は言った。

祇園《ぎおん》の花見小路《はなみこうじ》にある、紅殻格子《ベンガラごうし》の旧《ふる》いお茶屋バーで冷酒を飲み、私たちは話をした。

きみは不思議な人だね、と先生は言った。

「どうしてですか」

「仕事をしていると、いつもコンクリートみたいにぶ厚い壁を作ってるっていうのに、僕にはそのコンクリートが透けて見えるんだよ。透けて見えるその奥には、飾り気のないきみがいる。豊満で、みずみずしくて、実に女らしいきみがね。だからかもしれない。ずっときみが気になっていた。気になってはいても、どこかでその気持ちをセーブしてきた。きみに突進していくのはね、何故か、怖かったんだ。きみは僕にとってどこか、神々しかった」

先生はそう言い、言っている言葉の強さとは裏腹に柔らかな目で私を見た。

私が慌てて目をそらすと、先生は小さく笑って、スツールの上で軽く私の腰を抱き寄せる仕草をした。そして言った。「こんなことをしてはいけないのかな。いやがられるのかな」

「先生の大勢の恋人たちに恨まれます」

「恋人？　誰？」

「たくさん、いらっしゃるじゃないですか」

「確かにね。そういう時期もあった。でも全部、昔の話だよ。なんだかそういう生き方も疲れてきた」

「先生らしくもない」

「灯台もと暗し、っていう言葉がある」

「え？」

「僕にはずっときみがいた。そのことを最初から知っていたはずなのに、僕は自分の中で勝手にシャッターをおろしていたんだ」

私は鼻白んだ。笑いたくもなった。誰にでも似たような台詞を吐くのだろう、こうやってこの人は女を口説くのだろう、と思った。だが、そう思いながらも、確かにそこには一片の真実が含まれているのではないか、と思う自分がいた。

お茶屋バーを出てから、先生は私を散歩に誘った。どこをどう歩いたのかわからない。ぼんやりと灯《とも》された京の明かりが、雨上がりの道に滲《にじ》んでいた。疏水沿いの小径《こみち》に入ったあたりで、先生は私の肩を抱いた。

小柄な私は先生の腕の中にすっぽりと収まった。先生の着ている薄手のシープスキンのジャケットの香りがした。

五月だった。瑞々《みずみず》しい緑を湛《たた》えた柳の枝が噴水のように垂れている一角まで行くと、先生はつと立ち止まり、私の耳元に唇を寄せた。

「くすぐったい」と私は言い、身体をくねらせながら笑ってみせた。

だが先生は何も言わず、その場で私を抱き寄せると、唇を重ねてきた。風が吹き、柳の枝が揺れた。疏水の音が大きくなり、滴るような水の香りがした。

私は固く閉じていた唇をおずおずと開いた。たちまち、口の中に蜜《みつ》の味が拡がった。先生のなめらかな舌の動きに気が遠くなりかけた。細胞という細胞が先生に向かって開け放たれていくのを感じた。

その晩、ホテルに戻ってから私たちは肌を合わせたのである。

唐突な出来事、と言えばそうだったかもしれない。だが私にとってあれは、自然な流れのひとつだった。狂おしいような思いで自分が先生に扉を開き、開いても開いてもまだ足りずに、肉体の奥の奥、自分ですら見えなかった部分まで先生に晒《さら》したくなったのは、あの晩からだった。


まやの通夜に出て、自分は泣くのだろうか、と私は改札口を出ながら思った。もし泣いたとしたら、まわりの人はどう思うのだろう。第一、そんな席で先生と再会して、いったいどんな顔をすればいいのだろう。

そもそも、先生は妻であるまやを失って、どんな思いでいるのか。先生は涙を見せるだろうか。泣いている先生を見ながら、自分はどう思うのだろう。あれほど苦しんだあげく、けじめをつけたつもりなのに、再び焔《ほのお》が燃え盛ってしまうのか。やっぱり来ないほうがよかったのだろうか。

わからないことだらけだったが、考えても無駄だった。まやの通夜に出席するために、今朝になって大急ぎで仕度をし、上京してきた。今さら引き返すわけにはいかない。

立場上、まやの通夜には出ないほうがいいことは充分、承知している。だが、死んだのはまやだった。他ならぬ、あのまやだった。私はまやを裏切っていたかもしれないが、まやは最後まで私を頼りにしてくれていた。その恩返しに、私はまやに最後の最後まで、自分が先生と深い関係にあることを打ち明けずにきた。

もしかするとまやは気づいていたのかもしれない、とも考える。気づいていて黙っていただけなのかもしれない、と。

だが、私は私なりにまやの苦しみを共有してきたつもりだ。まやが夫以外の男と恋におちたことを知って、自分の罪の意識が薄れたことは確かである。それでも私は心底、真剣になってまやの話を聞いたし、助言もした。まやは私だけを頼りにしていた。そんなまやと、どうして最後の別れの挨拶《あいさつ》を済ませずにいられるだろう。

構内の、地上に向かうエスカレーターに乗った。驚くほど長いエスカレーターだ。脇の壁には、小振りの広告パネルが等間隔に貼られている。ホテルの広告、レストランの広告、宝石店の広告……。

パネルに白熱灯の光があたって弾《はじ》けている。ひどく眩《まぶ》しい。息苦しくなるほどだ。そんな中、エスカレーターは音もなくするすると上がって行く。一瞬、そこがどこなのか、わからなくなる。現実感が薄れ、めまいがしてくる。

私の前には数人の客がいたが、後ろを振り向くと誰もいなかった。明かりを受けて、ぎらぎらとした光を放つ階段だけが動いている。大昔、夢で見たような光景である。

こんな駅ができるなんて思いもよらなかった。あの頃、このあたりは「東京の真ん中の過疎地」などと言われ、先生のようにどこに行くにも車を使える人は別だが、庶民はバスを乗り継がなければJRの駅までも行けなかったものだ。

私が当時、一人住まいをしていたマンションから島本病院までは、バスやJRを乗り継いで小一時間かかった。先生は時々、自分の車を差し向けてくれようとしたが、私は断固として断った。

先生の運転手は口がかたい男だったが、それでも万一ということもある。先生があちこちの女のところに立ち寄ったり、女と小旅行に出たりすることは見て見ぬふりができたとしても、相手が私となれば話は別になる。

何かのきっかけで病院の誰かに私のことを聞かれ、うっかり口をすべらせないとも限らない。それがまやの耳に入ったら、と思うと怖かった。

もしそういうことになったら、まやはどんな反応をしただろう、と今も考えることがある。

いいのよ、私だって同じ、おあいこ、気にしないで……そんなふうに、いつものあの、単語を並べる口調で言っただろうか。そして、その後で少し面白そうに「島本がね。そう。彼がね。涼子さんのことをね。そう」などと繰り返して、微笑んだろうか。

それ以外のまやは想像ができない。眉《まゆ》をつり上げ、私のところに駆けこんできて、

「何なの。いったい、何なの。あなた、私を裏切ってたのね」などと怒鳴ったり、ヒステリーを起こしてそのへんにあるものを壁にぶつけたり、そうでなければ、うちひしがれたようにうつむいて、私に対する呪いの言葉を吐き続けるまやなど、到底、思い浮かばない。

まやはきっと、楽しそうに笑いさえしたかもしれない。ほっとした、などと言ったかもしれない。そればかりか、私の手を取り、島本をよろしくね、とまで言ってきたかもしれない。

まやの恋人は島本病院の勤務医で、内科担当の相沢《あいざわ》という男だった。先生と結婚してから先生の度重なる浮気に呆《あき》れ果て、離婚するか、別居するか、という段になって、独身の相沢が熱心にまやに気持ちを打ち明け、まやも心を動かされたということだった。

何故、まやが私を道ならぬ恋の悩みの相談相手に選んだのか、よくわからないところがある。まやにとって、私はもっとも先生の身近にいる人物であり、同時に危険な人物でもあったはずなのだ。何か私に打ち明ければ、先生にそのまま報告されないとも限らない。

それなのに、まやは私は選んだ。いつも、しかつめらしい服装をして、ブラウスのボタンをきっちりと全部留め、有能な秘書として生きる以外、人生に何の目的もない、といった顔をしていた私は、まやにとって珍しい人種に見えたのかもしれない。

男もののように堅苦しいデザインのジャケットスーツの下には、いつだって並みの女以上の欲望があふれ、滴っていた。なのに私は、ひとたびスーツを着て先生の傍で仕事をし始めると、性の匂いを断ち切ったサイボーグ人間のようにふるまうことができた。

世間の俗事には無関心のまま、ひとりで淡々と生きている……私はまやの目に、そんなふうに映ったに違いない。まやが私のことを打ち明け話の相手に選んだのは、或《あ》る意味で自然だったのだろう。

初めてまやが私のところに来て、よかったらお茶でもいかが、と誘ったのは三年前の冬……私が先生のもとから去って郷里に帰る一年前のことだった。

初めから打ち明け話をするつもりで誘ったのではないことはわかっている。まやはただ、何となく人恋しくなって、たまたま院長室から出て来た私とばったり会い、ちょっと誘ってみたくなっただけなのだ。

島本病院はベッド数二十の個人病院である。救急指定病院でもあり、専門は外科だが、内科と皮膚科も併設している。

先生の父親で先代の院長だった人が脳卒中で急死し、長男である先生が急遽《きゅうきょ》、院長の座についたのは三十七の時だった。戦後まもなく建てられたという建物は、美しい洋館造りで、高名な建築士に設計してもらったものだと聞いている。

先生とまやの住居は、同じ敷地内の一角にある。そこもまた、どっしりとした洋館造りになっており、古めかしい木の扉にはライオンの顔をかたどった真鍮《しんちゅう》のノッカーがついていた。

まやは私を自宅の応接室に招き入れ、手伝いの中年女に紅茶とケーキを運ばせてから、「ブランデー、いれる？」と聞いた。

「紅茶にですか？　いえ、私は……」

「いいじゃない。涼子さん、飲めるんでしょ。私、知ってる。すごく飲める、って。島本に聞いた」

まやは無邪気に笑いかけ、酒瓶が並ぶキャビネットからブランデーを取り出し、なみなみと私のカップに注いだ。

「あ、そんなに」と私が言うと、まやは「いいの、いいの」と言い、また笑った。

しばらくの間、他愛のない世間話が続いた。まやはルビー色のピアスをつけ、ジーンズにたっぷりとした白のアンゴラのセーターを着ていた。セーターの豊かな胸元には、時折、二つの硬そうな乳首が浮いて見えた。

「雪、降りそう」とまやは、会話が途絶えた時、ぼんやりと窓の外に目を移しながらつぶやいた。「こういう天気、いいような悪いような。なんか、切ない。涼子さんは?」

「そうですね」と私はあたりさわりなく言い、食べ終えたケーキのフォークを小皿に戻した。

「あたしね、今、恋をしてる」

唐突な言い方だったので、私は無反応のままでいた。先生の妻が、あろうことか先生の秘書を前にして恋の告白をしている。そんな馬鹿な、と思うと同時に、もしそれが真実なら、自分が先生と交わしている性愛の一切合切も瞬時にして罪の意識から解放される、とも考えた。

だが、私は黙っていた。何かの魂胆があって、まやがそんなことをつぶやいたのかもしれない、と疑ったからだ。

その頃、私と先生の間柄については誰も気づいている様子はなかった。仕事柄、私が先生と昼夜を分かたず行動を共にしていたとしても、誰も疑うはずもない。それでも私は細心の注意をはらっていたし、先生は相変わらずの遊び人と思われていたから、たまに私のマンションに来て先生が一泊して行っても、先生の不在を怪しむ者など一人もいなかった。

とはいえ、妻であるまやは気づいていたのかもしれない、と私は考えた。だからこんなふうに、誘導尋問のようにして何かを探り出そうとしているのかもしれない、と。

「本気の恋、したことある？　涼子さん」とまやは聞いた。

さあ、どうでしょう、と私は曖昧《あいまい》に言った。「そういうこととは縁遠い人間ですから」

「きれいな人なのに、涼子さん。すごく美人。どうして」

「ちっともです。それに仕事が忙しくて、なかなか」

「でも、出会っちゃう、ってことあるし」とまやは言い、私ではない、窓の向こうの遠い景色を眺める目をした。「あたし、出会っちゃった。苦しくてたまらない。うまくいってないからじゃないの。うまくいきすぎて、でも、何か、怖い。悪い女。そう思う」

「悪いだなんて、そんな」と私は言った。「恋にいい悪い、なんてこと、ないと思います。人を好きになる気持ちは誰も止められませんから」

まやはふと私を見た。「そう？」

「ええ。たとえ恋愛禁止令なんていう法律ができたとしても、人はやっぱり誰かを好きになるものだと思うし、そういう時は、死刑になってもいいから、自分の気持ちを全うしたいと思うものじゃないでしょうか」

うん、とまやは言った。「それは確か。島本にね、対抗してるわけじゃないんだ。あの人、病気だもの。女の人、いなけりゃ生きていけない人。それでもいい、って思って……結婚は結婚だし……そうでしょ？　でも、人を好きになると、やっぱりいけない。あたし、島本に罪の意識、感じる」

「人間ですから」と私は言った。「それは仕方ないと思います」

「相手、わかる？」

私は静かに首を横に振った。そこまで打ち明けてもらう必要はない、と思った。やめさせようと思えばそうすることもできた。だが、私が聞く耳を持たないという表情を作ってみせる前に、まやはぽろりと相手の名を口にしたのだった。

「相沢先生」

私は黙ったままうなずいた。意外だとは思わなかった。相沢は線の細い感じのする、翳《かげ》りのある男だった。先生とは真反対の性格で、発展家の要素のかけらもなかった。相沢とまや。まやの少女のような部分に相沢が惹《ひ》かれ、まやの折れそうなほど細い腰を抱き、そこだけが成熟した女の香りを放っている豊かな胸に顔を埋《うず》めている様が想像できた。それはそれで似合いだと思った。

「どう？」

「どう、って？」

「どう思う？」

「お似合いだと思います」

親友に秘密を打ち明けた直後の女子高校生のような輝きが、まやの顔に拡がった。

「ほんと？」

「はい。とっても」

「よかった」

まやは私よりも三つ年下だったが、私に対して敬語は初めから使わなかった。私は私で、最後までまやに対しては敬語を使っていた。言葉づかいの問題ではなく、それが私とまやの関係だった。

私はまやに勧められて二杯目の紅茶を飲み、先生との仕事があったのでいとまを告げた。外に出ると、小雪が舞い始めていた。島本病院の重厚な建物が、灰色の大気の中に白々と浮かんで見えた。

帰りがけ、「このことは誰にも言いませんからご安心を」と私は言った。

まやはそんなことは初めからわかっている、とでも言いたげにうなずき、またね、と言った。「また来て。待ってる」

是非、と私も言った。

一礼して玄関を出てから、もう一度振り返った。まやは玄関先のうすぐらい一角に佇《たたず》んだまま、私に向かって手を振った。一匹の痩《や》せた白い兎が立っているように見えた。

その日予定されていた手術を終えて、そろそろ先生が出てくる時刻だった。病院内の院長室に入ろうとした時、廊下でばったり相沢に出くわした。白衣姿の、ひょろりと背の高い相沢は、私を見てかすかに会釈をした。

思いつめたような眼差《まなざ》しの奥に、私は相沢の苦悩を見た。そしてそれは、自分自身の罪の意識を和らげ、私はほんのいっとき、救われたような思いにかられたのだった。

地上に出ると、もやもやとした霧雨が降りしきっていた。湿度が高く、傘をさしていても全身が油の飛沫《しぶき》でも浴びたようにべたついてしまう。

時間から言っても、まだ明るさを残していてもいいような夕暮れどきだというのに、雨のせいか、あたりはとっぷりと暮れている。車道をひっきりなしに車が行き交い、そのライトが黒ずんだ路面を照らし続けて、それがやけにくっきりと際立って見える。

変わってしまった、と私は周囲の風景を見ながら溜《た》め息をついた。知らないビルがたくさん建っている。昔、よく飲物を買いに行ったコンビニはまだあるが、その隣にあったはずの電機屋はなくなっていて、細長い六階建てのマンションに変わっている。

マンションのどの窓からも明かりはもれていない。影にのまれた廃屋のように見えるのだが、取りこみ忘れた洗濯物が白くうす闇の中に浮き上がっているところを見ると、住人はいるらしい。

たった二年なのに、と私は思う。たった二年の間、別の土地に行っていただけなのに、これほどいろいろなものが変わってしまうのだから、都会というところは恐ろしい。

しばらく車道に沿って歩き、交差点を渡って右に曲がろうとして信号待ちになった。私の横に男が立っている。よく覚えていないが、さっきから同じ道を同じ方向に向かって歩いていた男だ。もしかすると、同じ地下鉄に乗っていたのかもしれない。

男は黒い傘をさし、黒いスーツを着ていた。いや、これはスーツじゃない、喪服だ、と思った途端、私は傘の蔭《かげ》になっている男の横顔を眺めまわして、胸はずむような、それでいて切ないような思いにかられた。

「相沢先生」私は声に出して言った。「相沢先生ですよね?」

「あれっ」と相沢は言い、私をしげしげと見下ろすと、「あなたは」と言い添えた。

「もしかして院長先生の秘書だった……」

「お久しぶりです」私は頭を下げた。「まやさんのこと、知らせを受けて駆けつけました。本当に何て申し上げればいいのか……」

相沢がどんな気持ちでまやの死を受け止めたのか、想像するにあまりある。私は話の接《つ》ぎ穂が見つからなくて途方に暮れた。おつらかったでしょう、とか、大変だったでしょう、とか、お悲しみでしょう、といったありふれた言葉は不用意に口にするべきてではなかったし、そのつもりもなかった。

どれほどこの人は今、地獄の底を見ているかと思うと、その思いが私にも伝わってきて、私まで泣きだしそうになった。

横断歩道の信号はなかなか青にならない。私と相沢の前の車道を何台もの車が走り抜けて行く。濡《ぬ》れたアスファルトの路面が、鏡のように光っている。

何故なのか、わからない。ふいに私は一本の桜の木を思い出した。あまり花をつけていない、寒々しいような山桜の木。今日のようなこんな霧雨が降っていて、自分がその木を見上げている。その時の寂しい気持ちが甦《よみがえ》り、本当に泣きそうになる。

あれはいつのことだったか。先生と別れねばならない、別れなくては何も始まらない、と決心して、ふらふらと目的もなしに歩き続けていた二年前の春だったか。

「お元気でしたか」相沢が前を向いたまま聞いた。その声は掠《かす》れていて、路面にあたるタイヤの音でかき消されそうになっている。

「なんとか」と私は答えた。「郷里に帰って、母と二人暮らしをしています」

相沢先生は、と聞き返そうとしてその言葉を飲みこんだ。まやは死んだのだ。相沢が元気でいられるはずがなかった。

相沢はそんな私の気持ちを見透かしたように話題を変えた。「何かで読んだことがあります。あちらのほうは、東京よりもひと月遅れで桜が咲くとか」

「ええ」

「ソメイヨシノもいいですが、山桜も風情があっていいですね。あなたはよく知っているでしょうが」

「相沢先生こそ、よくご存じで」

「そりゃあ、もう」

信号がやっと青になった。私と相沢は、傘を並べて歩き出した。

桜の話など、どうでもよかった。何故、こんな時に山桜の話などしているのだろう、と自分でも不思議に思ったが、かといって、今さらまやのことに詳しく触れようとするのも大人げない。まして相沢の今の心境を聞くのはあまりにも酷《ひど》すぎる。ちょうどいい話題かもしれない、と思い、私はしばらくの間、山桜の話を続けた。

「山道を歩いていると、ばったり出会うんです。山桜っていうのは、そういうものなんです。きれいですよ。ずっと歩いて行くと、突然、桜が現れて、あらっ、と思うんです。ちょうど新緑の頃でしょう？　木々が黄緑色に染まってて、そこにね、ふわっと、うす桃色の絵の具を刷毛《はけ》ではいたみたいに桜が咲いてて……」

「いいですね」

「あたりには誰もいないし、静かで、風の音しか聞こえなくて。時々ね、花びらがはらはら散ってくるんです。それも風に舞っているんじゃなくてね、ただ、はらはらと落ちてくるだけ」

「山桜は巨木になる。そうでしたよね」

「ええ。でも大きいのに楚々《そそ》とした感じがする」

「だからいいんですよ」

「ほんとうに」

話しているうちに、島本病院が見えてきた。懐かしさに胸が熱くなる。変わっていない。ちっとも変わっていない。

灰色のコテ塗りの壁に青銅色の屋根。二階建てだが、屋根裏部屋がついているので三階建てのように見える。

先生の資料を探すために屋根裏部屋に行った時、あとから先生も上がって来て、そこで先生に後ろから抱きすくめられたこともあった。ちょうどこんな雨の日だった、と私は思い出した。

記憶が混乱しているが、あれは確か、先生が新しく入ったナースと関係をもってしまった時のことだ。愛くるしい顔をしたナースだった。マスミ、という名前だったことを覚えている。

よほど嬉《うれ》しかったのか、マスミはナース仲間の誰彼かまわず、それとなく先生との関係を匂わせて、病院全体の噂になり、そのことがやがて私の耳にも届いたのだった。

私は事実を知って、先生に「こちらでのお仕事、辞めさせていただきます」と宣言した。先生は気の毒になるほどうろたえて、その後、私が資料探しに屋根裏部屋に上がったのを追いかけて来るなり、私を後ろから抱きしめてきた。

違う、違うんだ、と先生は言った。「僕にはきみしかいない。ほんとだよ」

この人はやっぱり、と私は思った。病気なのだ、と。女と見れば、見境なく関係をもとうとしてしまう病気。一人の女を愛し続けることなど、到底できない人だったのだ、と。

そう思いながらも私は先生から離れられない自分を感じていた。どんなに手ひどく裏切られても、先生から一言、きみだけだ、と言われれば、そのたびごとにそうなのか、と思ってしまう。

愚かなこと、と知りながら、それでも私は先生にしがみついていた。そして、あの頃から少しずつ、私は自分で掘った蟻地獄の中に落ちていったのだった。

霧雨がいつのまにか雨に変わった。傘を打つ雨の音が、砂の流れるような音に聞こえる。

病院の出入口とは別の、自宅に向かう門扉に、忌中と書かれた大きな紙が貼られている。紙は早くも雨に濡れ、墨文字が流れそうになっている。

喪服姿の男たちが数人、弔問客が乗ってきたとおぼしき車の誘導をしている。玄関灯や庭園灯、明かりという明かりがすべて灯《とも》されていて、その他にも葬儀社が設《しつら》えたものらしい煌々《こうこう》と明るいライトが、そぼ降る雨を映し出している。いたるところに光があふれているというのに、それが届かないところは闇に沈んでいる。そこだけが黒々とした空洞のように見える。

相沢には悪いが、この人と一緒でよかった、と私は思った。見知った顔と出くわしても、相沢と一緒なら、誰も話しかけてはこないだろう。おやおや、あの二人、そろって奥様のお通夜に現れて……と思われて、後でひそひそと噂話のタネになるかもしれないが、正面きって嫌味を言われることもないだろう。悲劇の主人公が舞台に現れたからといって、わざわざ石を投げつける観客はいないはずだ。

私と先生の顚末《てんまつ》など、相沢とまやのいきさつに比べれば、大したことはなかった。先生はマスミと関係を持った後も、次から次へと新しい女と「恋」をし続けた。そしてそのたびに、私に向かって「きみだけだよ」と言った。言われた私は、先生の言葉を毛筋ほども信じていないというのに、恋しく思うあまり、その場をしのぐようにして再び先生に抱かれた。

そんな関係に疲れ果て、秘書の仕事を辞めて逃げるように郷里に帰った。私の場合はせいぜい、それだけで済んだが、相沢とまやは気の毒な結末を迎えた。まやとの関係が人に知られ、相沢は先生にそのことで詰問された。もともと物事をつきつめて考える性格だったのだろう、相沢は深い苦悩の底に沈みこんだ。

家を飛び出して相沢先生と暮らす、とまでまやは宣言したようだが、結局、そうはしなかった。そのころからまやは体調を崩すことが多くなり、具合が悪いことも手伝って、相沢との関係も次第に疎遠なものになっていった。

相沢は島本病院を辞め、姿を消した。以後、相沢の行方は杳《よう》としてわからなくなった。

「気をしっかりお持ちになってくださいね」と私は隣にいる相沢に向かって囁《ささや》いた。

相沢が急に黙りこみ、青い顔をして立ち止まってしまったからだ。

「まやさん、相沢先生が来てくだすって、喜んでると思います。先生だって、まやさんに最後のお別れをしにいらしたんでしょうし」

「山桜」と相沢は前を向いたまま、つぶやいた。瓶の中で喋《しゃべ》っているような声である。

何を言っているのかわからない。何故、山桜の話ばかり続けるのか。他に話すことはないのか。山桜なんて、どうだっていいではないか。相沢は黒い傘の中で表情を失っている。

さあ、と私は相沢を促した。「お焼香、させていただきましょう」

相沢の顔が、ぴくりと一瞬、痙攣《けいれん》した。痙攣した途端、唇が大きく動いてへの字を結んだ。鬼のような形相だ、と思い、少し怖くなった。

先生には大勢の仕事関係の知人がいる。テレビ関係者、出版関係者、医者仲間……私が先生の仕事で顔を合わせたことのある人間もいるはずだったが、皆、うつむきがちになっているのでそれぞれの顔は判別できない。

あたりの闇が濃くなってきた。それにも増して、灯されている明かりという明かりがぎらぎらしてきて、闇の縁をなぞっているように見えるのが薄気味悪い。

弔問客の数はどんどん増えている。雨の音が聞こえる。人々の話し声はほとんど聞こえない。玉砂利の上をにじるような靴音ばかりが響く。

私と相沢は後ろから押されるようにして、通夜が行われている部屋に入った。

洋館造りの家に和室はない。まやの亡骸《なきがら》は一階の居間に安置されている。居間と隣室の間の仕切りは取り外され、正面に祭壇が設えてあって、その右横に遺族の席がある。

先生、と私は胸の内でつぶやく。先生は今、祭壇にもっとも近い席にうつむきながら坐《すわ》っている。喪服に身を包み、少しだけやつれたような印象だが、あまり変わっていない。

先生の隣には私の知らない顔が並んでいる。先生の両親は亡くなっているから、おそらくは先生の親族である。

読経《どきょう》を終えた僧侶《そうりょ》が、先生に何か話しかけている。先生はつと顔を上げる。涙の跡は見えない。きっと先生はずいぶん前から、まやの死を覚悟していたのだ。

まやが相沢と関係をもち、騒動になった時も、先生はまやと離婚しようとは言い出さなかったと聞いている。愛情のためか、それとも世間体がそうさせたのかはわからない。先生は妙に合理的なところのある男だったから、案外、後者だったのかもしれない。

焼香客の列が延々と続いている。私と相沢は並んでその列の最後尾についた。

すすり泣きの声が聞こえる。誰が泣いているのか、あまりに人が多いので聞き分けられない。衣擦《きぬず》れの音が響きわたる。線香の香りがあたりを充《み》たしている。

それにしても立派な祭壇だ。百合《ゆり》、蘭、白いカーネーション……祭壇は花に囲まれている。その中で遺影の中のまやが微笑んでいる。耳朶《みみたぶ》には銀色の星形をしたピアスをはめている。いつ撮影したものなのか。私が知っている元気だった頃のまやと寸分も変わらない。

来ましたよ、と私はまやの遺影に向かって胸の中で囁きかける。遠いところからやって来ました。まやさんにも私にもいろいろあったけれど、こうして最後にお別れができてよかったと思っています……。

腕に黒い腕章を巻いた葬儀社の男が、整然と続く焼香客の列を手早く仕切っている。さあ、どうぞ、はい、お次。そう小声で言っているのが聞こえてくる。

焼香を終えた客のうち半分は、会場内に置かれた椅子に腰をおろし、静かに祭壇を見つめている。残る半分は、どこに行くのか、そのまま外に出て行く。時折、ハンカチで目尻《めじり》を拭《ぬぐ》う者、隣にいる人と何事か囁き合っている者……様々である。

あ、忘れた、と私は思った。香典袋を係の人に渡していない。せっかく持って来たというのに、何ということだ。入口近くに香典受付があったに違いないのだが、どうして気がつかなかったのか。

焼香を終えたら、帰りがけに受付に置いてこよう、と思った。相沢もまた、香典を渡しそびれたはずだから、一緒にそうすればいい。そのことを伝えるために私は後ろを振り返った。

さっきまで私の後ろに並んでいたはずの相沢の姿がなかった。どこに行ったのか、あたりを見まわしても、見つからない。

胸の奥がざわざわしてくる。山桜……と私は思う。思ったそばから、何故、と訝《いぶか》る。相沢ばかりか、私まで山桜にこだわっている。

脳裏に山桜の光景が拡がる。今日のような雨が降りしきっている。その中に一本の山桜の木がある。花は満開なのだが、花の数が少なく、まばらなので、美しいのにひどくうら寂しい印象を受ける。

振り払っても振り払っても、その光景は頭の奥に甦《よみがえ》ってくる。まるで見たくもない映像を目の前に突きつけられているようでもある。

いやな気持ちになってきた。気分が悪い。こんな場所で気分を悪くしてまわりの人に迷惑をかけてはならない、と思えば思うほど、ますます気持ちが悪くなってくる。

焼香の列はどんどん前に進んでいって、ついに私の番がきた。前に進み出て、私は先生に向かい、深々とお辞儀をした。先生が私をみとめてくれたかどうかはわからない。再び頭を上げた時、先生はうつむいていたから、私を見つけて、驚くあまり目をそらしてしまったのかもしれない。

一言、言葉を交わしたかった。先生、と呼びかけたかった。だが、私はこらえにらえた。先生とはもう、接触をもってはならなかった。あんなに辛《つら》い思いをして別れたのだ。今になってまた、先生に近づいて、優しい言葉の一つでもかけられたら、私はどうなってしまうかわからない。

手を伸ばせば届くほど近くに先生がいる。そのことを強く意識しつつ、私は焼香をした。手を合わせ、まやさん、とまた心の中で呼びかけた。お互い、こんなふうになってしまいましたね。

こんなふう？

自分で自分が何を言っているのかわからない。もう一度、遺族席に向かって礼をする。先生はまだうつむいている。私と目を合わせたくないのかもしれない。ひと目、見てくれてもいいのに、と私は悲しく思う。

走り寄って行って、先生、と呼びかけながらその首に手をまわし、その胸に顔を埋《うず》めたくなる衝動にかられた。生涯でただ一度、愛した人だった。忘れることなどできない男だった。

だが、私は死にものぐるいでそんな気持ちを戒めた。終わったことだった。何もかもが終わって、片がつき、一切が封印されて、もう二度と戻ってこないのだった。めまいがする。泣いたつもりもないのに、頬に冷たいものが流れている。私は指先でそれを拭う。ぬくもりのない、氷水のような涙が私の指先を伝って流れ落ちる。

人ごみをかき分けて、私は通夜の会場の外に出た。さっきまでさしていた傘がどこにいったのかわからない。傘立ての中を見回してみたものの、どれがどれやらわからなくなっていて、脇に立っていた係の人間も放心したようにそっぽを向いている。

相沢の姿を探した。どこにもいない。香典を渡そうと思っていた受付にも、人の姿はなくなっていて、その分、会場のほうが無言のうちに賑《にぎ》わっている。

焼香を終えて出て来た客たちが、傘をさしたまま、庭先で煙草を吸っている。その中にも相沢の姿はない。

仕方がない、と私は思った。帰ろう。帰らなければ。ここにいてもどうしようもないのだ。先生はもう、遠い人。私はもう、ここにはいられない。いてはならない。

とぼとぼと雨にうたれながら門扉に向かって歩いた。門の前に一台のタクシーが停まっている。遅れて到着した通夜の客が、慌ただしく運転手に料金を支払っているところだった。

喪服姿の女だった。髪の毛をきれいに結い上げ、厚化粧をしている。商売女のように見える。先生と何か関わりのあった女かもしれない、とふと思う。

女が黒いフリルのついた傘をさし、車から降りて来た。私の横を通り過ぎ、通夜の会場に向かって急ぎ足で歩き始めた。

タクシーのドアはまだ開いている。運転手はボードのようなものを手に、何かを書きこんでいる。

よかった、と私は思った。これに乗ってしまおう。そうすれば、雨にあたりながら地下鉄の駅まで戻る必要がなくなる。帰り道、知っている人と鉢合わせする心配もなくなる。

開いたままのドアから顔を差し入れ、「いいですか」と私は聞いた。「乗りたいんですけど」

白い制帽をかぶった運転手は黙ったまま答えない。恰好《かっこう》がきちんとしているわりには感じが悪い、と思ったが、都会にはこういう無愛想な運転手は掃いて捨てるほどいる。聞こえているのに聞こえないふりをするのだ。

私はシートに身をすべらせた。その直後、自動ドアがばたんと音をたてて閉まった。危ない、と思った。客が乗ったかどうか確かめもせずに、ドアを閉める。とんでもない運転手だ。

その時だった。窓の外に、タクシーに向かって歩いて来る一団が見えた。島本病院のナースたちのグループである。この車に乗り込もうとしている。運転手が、「空車」の表示を出したままにしているからだ。冗談じゃない。いやな人たちと会ってしまった。すぐに車を出してほしいのに、運転手はまだ何かぐずぐずしている。

一団が車のすぐ傍まで来た。その中の一人とガラス越しに目が合った。

ああ、と私は思った。それは忘れもしない女だった。先生と関係をもち、自慢げにあたりに吹聴《ふいちょう》していた、あの愛くるしい顔をしたマスミという名のナースだった。目をそらそうと思うのだが、首が固まったように動かない。首ばかりではなく、身体全体の自由がきかない。

マスミがガラスの向こう側で、私のほうを指さした。顔に恐怖の色が広がり、両目が見開かれた。今にも後ろ向きに卒倒しそうになっている。私を指さしているその人さし指が、ぶるぶると烈しく震えている。

まわりのナースたちが、驚いたように彼女を支えている。彼女の視線をたどるようにして、皆が私を見つめてくる。だが、誰も私に気づかない。全員、不思議そうな顔をしている。マスミだけが、わなわな震えながら私を見ている。早く、と私は声を出した。早く、車を出してください。だが、運転手は黙っている。彼の背中が硬直するのがわかった。バックミラーの中に運転手の目が映った。私と運転手の視線が交わった。

その直後、「わーっ」という大声が車内に響きわたった。運転手はドアを開けるなり、雨の中に飛び出して行った。

開け放されたままのドアの向こうから、雨の音が聞こえてくる。ざあざあとした吹き降りになっている。

私は沈みこむような気持ちになりながら、そうだった、と思う。やっぱりそうだったのだ。変だと思っていた。

先生に別れを告げ、郷里に戻ってしばらくしてから、新緑の頃、一人で山に分け入った。雨の日の午後だった。ひょいと出会った美しい山桜の木を眺めながら、ここにしよう、と心に決めた。そして近くにあった楡《にれ》の木の太い枝に紐《ひも》を渡し、私は縊《くび》れた。

私がこの世の最後に目にしたのは、山桜の花だった。

動かなくなっていた身体が、今度は急速に溶けだしていく。まるで全身がゼリーになってしまったみたいだ。

私は相沢のことも思い出した。あれはいつだったか。そう。私が郷里に帰って間もなく。相沢先生が田舎町の宿の鴨居にネクタイをかけ、縊死《いし》した、という知らせを受けた。遺書が残されていて、それはまやあてになっていた、ということだった。

雨の中、マスミの悲鳴が細く長く響きわたっている。運転手は車の外の、電信柱のあたりに身を屈《かが》め、子供のように両手で顔を被《おお》っている。

通夜が行われている先生の家から、たくさんの人間が飛び出して来た。先生はいるだろうか、と私は次第にかすんでくる目をこらしてそちらのほうを窺《うかが》った。

いない、いない、いない……。

悲しみが黒い塊になって私を押しつぶす。気持ちがさらに沈みこんでいく。沈みこみ、闇の底に落ちていって、何もかもがわからなくなっていく。

私は溶けて消えていく自分を感じながら、先生、とつぶやいた。

低い、男のような声になっていた。

著者あとがき

かつて私の書斎には、幻想怪奇小説と、その関連書だけを並べた特別の書棚があった。ホームセンターで買ってきて組み立てただけの、黒くてうすっぺらい安物の書棚だったが、それは私にとって特別の場所だった。

仕事の合間に、集めた作品を飽かず眺め、取り出しては再読した。この世とあの世の、あわいのような空間を漂うひとときは至福だった。

そんな私を面白がって、その書棚を「幻想怪奇棚」と命名したのは、亡き夫（＝作家・藤田《ふじた》宜永《よしなが》）だった。小説の好みはほぼ全面的に一致していたというのに、彼は私が愛してやまない幻想怪奇のジャンルにだけは無関心だった。嫌いなのではなく、ただ単に興味がなかったのだ。

時を経て、予期せぬ暖炉の煙突火災が発生し、自宅が全焼するという災難に見舞われた。多くの蔵書と共に、大切にしていた幻想怪奇棚も燃え落ちた。

その翌年、私の父が逝き、数年後、続くようにして母が逝った。さらに時は流れ流れて、近しい友人や仲間たちが相次いで逝き、様々な出来事があった果てに、今度は夫が病に倒れた。一年十ヶ月の闘病を経て、彼は還らぬ人となった。

愛するものの死は、たとえようもない地獄の悲しみ、苦しみであり、絶望である。二度と這い上がることのできない、虚無の底に突き落とされたも同然になる。

短期間のうちに何度も、そうした感覚を味わってきた私は、以前にも増して、生と死が同一線上にあることを強く意識するようになった。生と死は決して別々のものではなく、たとえて言えば一枚のコインの裏おもて……絡まり合って螺旋状に連なり続ける一本の糸のようなものではないか、と。

死者たちは常に私たちと共にいる。時に互いが気づかぬまま、すれ違っている。おそらくは、時間軸がほんの少し歪んだところで。


このたび、拙作のよき理解者でもある文芸評論家の東雅夫《ひがしまさお》氏が、これまで私の傑作選に編まれなかった作品の中から、新たに選び抜いたものを上下二巻のアンソロジーとして刊行する運びとなった。

上巻である本書『ふしぎな話』のゲラが手元に届き、通して読んだ時のこと。それこそ「ふしぎな」符合に気づいて、全身が粟立った。

私は今年、『神よ憐れみたまえ』と題した書き下ろし長編小説を上梓した。百々子《ももこ》という名の少女が、両親を何ものかに殺害された後、辿ることになった波乱の人生を描いたものだが、彼女の原型を作者は、かれこれ二十五年ほど前に産み落としていたのである。

本書の中の三つの短編、「恋慕」「花車」「慕情」に登場する律子《りつこ》、そして、その叔父にあたる男……がそれである。遥か昔、『律子慕情』と題した連作短編の主人公として創造した人物が、長い歳月を経て新たな生命を吹き込まれ、別の物語の中に姿を現した。そうわかったとたん、大げさではなく全身に鳥肌が立った。

長く小説を書いていると、自分が過去に書いた作品（とりわけ短編）の詳細を忘れてしまうことがよくある。作者は完全に律子の物語を忘れていた。書いたのは自分なのだから、意識の底に眠っていたのだろうが、そうだったとしても、書き下ろし長編を構想している時も執筆中も、私は律子のことなど思い出しもしなかった。ただの一度も。

東雅夫氏がこの傑作選の中に取り上げてくれなかったら、律子という少女が、四半世紀のちに別の物語の中に甦ったことに気づかぬままでいたかもしれない。

いずれにしても、これまた「ふしぎな話」である。

二〇二一年神無月

小池真理子

解説

東《ひがし》 雅《まさ》夫《お》（アンソロジスト／文芸評論家）

角川ホラー文庫から、小池真理子のホラー・アンソロジーが上梓《じょうし》されるのは、これが二度目となる。一度目は〈小池真理子怪奇幻想傑作選〉と銘打たれた『懐かしい家』と『青い夜の底』の二分冊。もとは出版芸術社から『くちづけ』と題され一巻本で出ていた、ミステリー評論家・新保《しんぽ》博久《ひろひさ》さん入魂の編纂による力作アンソロジーだった（文庫化にあたり一部増補改編あり）。にも拘らず、屋上に屋《おく》を架すことを怖れず、二度目のアンソロジー編纂の話を快諾したのは、それなりに（私なりに）勝算あってのことだった。今回は小説だけでなくエッセイも収録（扉のスタイルで区別した）。

俎上《そじょう》にのぼせる候補作品の豊富さ、多彩さは、申すまでもないこと。多年にわたる作者の、怪奇幻想分野における弛《たゆ》みなき研鑽の賜物《たまもの》である。

だがしかし……これまで各社から出ている、小池作品のアンソロジーや作品集を通覧していると、肝心要《かんじんかなめ》のあの作品が、どうしたことか、ストンと抜け落ちているではないか。私自身、初読の際から愛してやまない、あの愛らしき連作が！

「ミミ」も凄い、「命日」も絶品だ、「康平の背中」も恐ろしい……けれども、小池真理子という作家の特質を、こと、怪奇幻想やホラー短篇の角度から追いかけようとするとき、断じて看過できないのは……そう、『律子慕情』と名づけられた連作集（単行本初刊は集英社から一九九八年一月）なのである。

この、一見すると五木寛之《いつきひろゆき》作品かと見紛うばかりのタイトル、怪奇とも幻想ともホラーともさっぱり縁のなさそうな、（これまた作者の得意分野である）恋愛小説めいたタイトルを冠されたこの連作について、作者自身はかつて、次のように述べたことがある（「文庫版あとがき」より）。ちょっと長くなるが、まとめて引用しておこう。


戦後の貧しさから完全に解放されてはいたが、豊かさに向けて暴走し始める一歩手前の、今から思えばのどかな時代であった。大人は子供に媚《こ》びなかったし、子供は大人におもねらなかった。子供には子供の世界があった。子供の目というものが厳然としてあり、半人前扱いしながらも、大人はそれを見守る余裕を持っていた。

当時の記憶をあれこれと弄《もてあそ》んで楽しんでいた時、ふいに〝律子さん〟の物語が浮かんできた。律子さんを作者である私と同じ世代の人間に設定し、律子さんの成長物語を通して、戦後昭和の、今はすでに失われてしまった優しい風景を描こう……

そう思った。

それから二年あまり。一人のどこにでもいそうな女の子の、昭和という時代を背景にした甘酸っぱい成長物語は、ここに無事、完結し、文庫化されるに至った。

言うまでもないことだが、これは律子さんの持っている特殊な能力をテーマにした物語ではない。生と死は常にひっそりと手をつなぎ合っていて、その連鎖する時間の果てしない流れの中で、人は悲しんだり、悩んだり、迷ったりしながらも、恋をし、愛し、夢を見続ける、そして、それぞれの命を育みつつ、自らもまた死に向かって静かに泳いでいるのだ……そんなことを書いてみたかった。読者に伝わっていれば、こんなに嬉しいことはない。

一人の作家が一生のうちに書き残せる作品の中で、産み落とした瞬間に元気な産声をあげてくれる主人公というのは、数えるほどしかないはずである。私にとって律子さんは、その数少ない一人になった。誰の中にも生きているはずの律子さんが、より多くの読者と共にいつまでも元気でいてくれることを祈りつつ……。

二〇〇〇年秋　軽井沢にて。

〈律子さんの成長物語を通して、戦後昭和の、今はすでに失われてしまった優しい風景を描こう〉……これだよ、これ！　こういうのを、読みたかったのだ、私は。

失われてしまった優しい風景……その切なる思いは、バブルの無残な崩壊と、さらに無残なコロナ禍（および不条理きわまるオリパラ騒動）を経た令和の現在、より痛切に感ぜられる気がしてならない。

〈私は昭和二十七年生まれ。昭和三十四年に小学校に入学し、東京オリンピックが開催された翌年に卒業した〉――同じ文章の冒頭で、小池さんはそう記している。ちなみに私は、昭和三十三年生まれ、小池さんとは六歳違いである。

昭和の子供……というと、あの澁澤龍彦《しぶさわたつひこ》さんが盟友の松山俊太郎《まつやましゅんたろう》さんと、いつも酔余のあまり高唱されたという「昭和、昭和、昭和の子供よ、僕たちは！」の逸話が想起されるけれども、それは戦前の話。私たち、ギリギリで東京オリンピックに間に合った戦後世代にとって、慕わしい昭和の風景といえば、円谷《つぶらや》プロ制作の特撮ドラマ『ウルトラQ』や『ウルトラマン』に繰りかえし登場する、大きな土管の横たわる造成途中の原っぱであり、そこでカネゴンやガヴァドンたちと共に大らかに躍動する子供たちの姿であった。戦時中の暗い影を振りはらい、高度経済成長の豊かさを日本中が追い求めていた、愚直だが夢のある時代だった。

ちなみに、アンバランス・ゾーンを標榜していた初期の〈ウルトラ〉シリーズと『律子慕情』には、重要な共通点がある。

〈超自然〉という要素だ。律子は、親しい〈死者〉たち――何らかの原因で、幽明界《さかい》を異《こと》にすることとなった人たちの存在を、敏感に感知する能力を有している。けれども彼女は、そのことを声高に公言したりはしない。作者自身が右の文中で、〈これは律子さんの持っている特殊な能力をテーマにした物語ではない〉と言明しているとおり。連作中の最後の最後に至って（「慕情」参照）、彼女が深い信頼を寄せる母親にだけ、ごくひかえめに、そのことを告白するだけだ。

長らく怪奇幻想文学の類に親しんできたけれども、これほどまでに抑制の効いた超自然小説の例を、内外を問わず、私は他に知らないのである。

ひかえめだから、薄味……ということでは断じてない。むしろ、ひかえめに、言葉を選んで語られるからこそ、律子と大切な死者たちとの視えない絆は、より濃厚に哀切に、読む者の心に沁み入らずにはおかない。

そしてそれこそが、この連作の大いなる読みどころでもあるように思う。

本当なら、連作丸ごと収録したいところだけれどそうもいかないので、断腸の思いで、冒頭と掉尾《ちょうび》を飾る「恋慕」と「慕情」の両篇（この二つの物語は、そのタイトルが暗示するとおり、きわめて緊密な関係にある）、そして時代に特有な匂いを濃厚に留めた「花車」を収めることにした（再録を御快諾いただいた集英社文庫の御担当者に御礼申し上げます）。

とはいえ、いきなり『律子慕情』連作から入るのでは、いささか面喰らう読者もいるかもしれない。ここはオードブルとして、〈慕わしき死者〉について記された、作者の名エッセイ三篇から、ゆるゆると読み始めていただきたい。いずれも、その核心には〈母〉の存在があることは自明だろう。作者にとって、母親こそは、最も慕わしく、にもかかわらず、どこか不可解な謎めいた存在であるかのようだ。

さて、本書で私がアピールしたいと考えた、もう一つのポイントは、当代における掌篇《しょうへん》小説の並外れた書き手としての小池真理子である。本書には、この分野の代表作のひとつといってよいだろう『午後のロマネスク』から、五篇を採録した。同書に付された「短いあとがきにかえて」から引用する。

川端康成《かわばたやすなり》の作品集に『掌の小説』と題された一冊がある。掌《てのひら》にのってしまうほど、ささやかな短い小説、という意味合いの、いわば超短編小説ばかりを百編以上集めたものであり、私の愛読書でもある。

それにしても、「掌」という言葉は、いかにも美しい。掌には何をのせるのだろう。手のり文鳥《ぶんちょう》、色とりどりのキャンディ、降りしきる雪のかけら、乾いた砂、海辺の貝殻《かいがら》、生まれたばかりの子猫……。

のせるものは、目立たない小さなものばかりだが、いとおしいもの、密《ひそ》かに心惹《ひ》かれるものばかりであるような気がするのは私だけか。

これは、自らの掌篇作品の一ルーツを、川端の〈掌の小説〉に由来する、と明かすと同時に、見事な掌篇小説論にもなっているという、まことに素敵な一文である。特に後半の〈掌に何をのせる?〉という童話風の問いかけは、そのまま、本書に五つのサンプルを提示してみた、小池作品のエッセンスへと昇華される趣があろう。

もう一人の〈律子さん〉の物語である「ふしぎな話」から、夏目《なつめ》漱石《そうせき》の「夢十夜」を連想せしめる不気味な諸篇を経て、まさに川端風の残酷な恋のゆくたてを描いた「声」まで……真理子が見る冥《くら》い夢の精華を、読者は目の当たりする心地にとらわれることだろう。

ホラー・アンソロジーとしての本書を締めくくるために、とりわけ怖ろしい、二つの物語を最後に用意した。作者が当該分野に開眼する契機となった傑作短篇集『水無月の墓』の表題作と、『夜は満ちる』から抜いた極めつきの「やまざくら」だ。

どちらも、作者にとって一種のオブセッションになっているとおぼしい〈タクシー幽霊〉の卓抜なるバリエーションだが、読み進めるうちに魂の凍りつくような戦《おのの》きにとらわれること必定《ひつじょう》——美しくなければ、それは怪談ではない、という言葉を証《あか》し立てるかのような逸品であると思われる。願わくは、桜舞い散る午後の日に……。

※本書は角川ホラー文庫オリジナルアンソロジーです。

収録作品出典一覧

「霊の話」――『闇夜の国から二人で舟を出す』（新潮文庫　2008年）

「死者と生者をつなぐ糸」――『感傷的な午後の珈琲』
（河出文庫　2019年）

「現世と異界――その往復」――『短篇セレクション　幻想篇　命日』
（集英社文庫　2002年）

「恋慕」――『律子慕情』（集英社文庫　2016年）

「花車」――同上

「慕情」――同上

「ふしぎな話」――『午後のロマネスク』（祥伝社文庫　2003年）

「夏の雨」――同上

「年始客」――同上

「旅路」――同上

「声」――同上

「水無月の墓」――『水無月の墓』（集英社文庫　2017年）

「やまざくら」――『夜は満ちる』（集英社文庫　2017年）

ふしぎな話《はなし》　小池真理子怪奇譚傑作選《こいけまりこかいきたんけつさくせん》
小池真理子《こいけまりこ》　東《ひがし》 雅夫《まさお》＝編

角川ホラー文庫　22925

令和３年11月25日　初版発行
令和６年11月25日　再版発行

発行者——山下直久
発　行——株式会社KADOKAWA
〒102-8177　東京都千代田区富士見2-13-3
電話 0570-002-301（ナビダイヤル）
印刷所——株式会社KADOKAWA
製本所——株式会社KADOKAWA
装幀者——田島照久

●お問い合わせ
https://www.kadokawa.co.jp/（「お問い合わせ」へお進みください）
※内容によっては、お答えできない場合があります。
※サポートは日本国内のみとさせていただきます。
※Japanese text only

ISBN978-4-04-111522-0　C0193

角川文庫発刊に際して

角川源義

第二次世界大戦の敗北は、軍事力の敗北であった以上に、私たちの若い文化力の敗退であった。私たちの文化が戦争に対して如何に無力であり、単なるあだ花に過ぎなかったかを、私たちは身を以て体験し痛感した。西洋近代文化の摂取にとって、明治以後八十年の歳月は決して短かすぎたとは言えない。にもかかわらず、近代文化の伝統を確立し、自由な批判と柔軟な良識に富む文化層として自らを形成することに私たちは失敗して来た。そしてこれは、各層への文化の普及滲透を任務とする出版人の責任でもあった。

一九四五年以来、私たちは再び振出しに戻り、第一歩から踏み出すことを余儀なくされた。これは大きな不幸ではあるが、反面、これまでの混沌・未熟・歪曲の中にあった我が国の文化に秩序と確たる基礎を齎らすためには絶好の機会でもある。角川書店は、このような祖国の文化的危機にあたり、微力をも顧みず再建の礎石たるべき抱負と決意とをもって出発したが、ここに創立以来の念願を果すべく角川文庫を発刊する。これまで刊行されたあらゆる全集叢書文庫類の長所と短所とを検討し、古今東西の不朽の典籍を、良心的編集のもとに、廉価に、そして書架にふさわしい美本として、多くのひとびとに提供しようとする。しかし私たちは徒らに百科全書的な知識のジレッタントを作ることを目的とせず、あくまで祖国の文化に秩序と再建への道を示し、この文庫を角川書店の栄ある事業として、今後永久に継続発展せしめ、学芸と教養との殿堂として大成せんことを期したい。多くの読書子の愛情ある忠言と支持とによって、この希望と抱負とを完遂せしめられんことを願う。

一九四九年五月三日

最強出涸らし皇子の暗躍帝位争い7

無能を演じるSSランク皇子は皇位継承戦を影から支配する

タンバ

角川スニーカー文庫

22730

Contents

目次

第一章　要人集結

007

―

第二章　式典開催

089

―

第三章　英雄皇子

205

―

エピローグ

315

口絵・本文イラスト：夕薙

デザイン：atd inc.

皇族紹介

皇帝

† ヨハネス・レークス・アードラー

† ヴィルヘルム・レークス・アードラー

第一皇子。三年前に27歳で亡くなった皇太子。存命中は理想の皇太子として帝国中の期待を一身に受けており、その人気と実力から帝位争い自体が発生しなかった傑物。ヴィルヘルムの死が帝位争いの引き金となった。

† リーゼロッテ・レークス・アードラー

第一皇女。25歳。

東部国境守備軍を束ねる帝国元帥。皇族最強の姫将軍として周辺諸国から恐れられる。帝位争いには関与せず、誰が皇帝になっても元帥として仕えると宣言している。

† エリク・レークス・アードラー

第二皇子。28歳。
外務大臣を務める次期皇帝最有力候補の皇子。
文官を支持基盤とする。冷徹でリアリスト。

† ザンドラ・レークス・アードラー

第二皇女。22歳。
禁術について研究している。魔導師を支持基盤とする。
性格は皇族の中でも最も残忍。

† ゴードン・レークス・アードラー

第三皇子。26歳。
将軍職につく武闘派皇子。
武官を支持基盤とする。単純で直情的。

† トラウゴット・レークス・アードラー

第四皇子。25歳。
ダサい眼鏡が特徴の太った皇子。
文才がないのに文豪を目指している趣味人。

† 先々代皇帝 グスタフ・レークス・アードラー

アルノルトの曾祖父にあたる、先々代皇帝。皇帝位を息子に譲ったあと、古代魔法の研究に没頭し、その果てに帝都を混乱に陥れた“乱帝”。

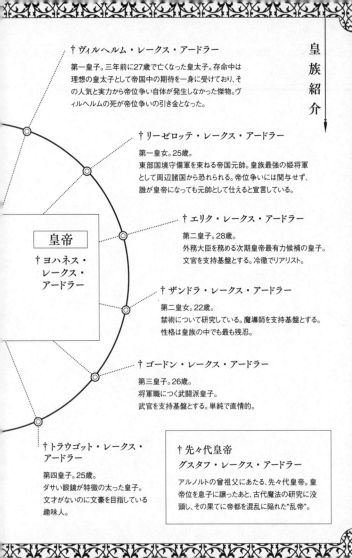

† アムスベルグ勇爵家

五百年ほど前に大陸を震撼《しんかん》させた魔王を討伐した勇者の血筋。帝国貴族の中で最も上位の存在であり、皇帝にしか膝を折らない。勇爵家の中でも才あるものだけが、伝説の聖剣・極光《アウローラ》を召喚できる。帝国を守護することを自らの役割とし、基本的に政治には参加していない。

† ルーペルト・レークス・アードラー

第十皇子。10歳。
まだ幼く、帝位争いには参加していない。性格は気弱。

† クリスタ・レークス・アードラー

第三皇女。12歳。
ほとんど感情を表に出さず、アルやレオといった特定の人間にしか懐かない。

アードラシア帝国の皇帝。十三人の子供たちに帝位を争わせ、勝ち抜いた皇子に皇帝位を譲ろうとしている。広大な帝国を統治し、隙あらば領土を拡大してきた名君。

† ヘンリック・レークス・アードラー

第九皇子。16歳。
アルノルトを見下しており、レオナルトにはライバル心を燃やしている。

† レオナルト・レークス・アードラー

第八皇子。18歳。

† アルノルト・レークス・アードラー

第七皇子。18歳。

† コンラート・レークス・アードラー

第六皇子。21歳。
ゴードンの同母弟。直情的なゴードンの弟にも拘らず、性格はアルノルトに似ている。

† カルロス・レークス・アードラー

第五皇子。23歳。
優秀と評されたことも、無能と評されたこともない平凡な皇子。
しかし能力に反して夢見がちで英雄願望を持ち合わせている。

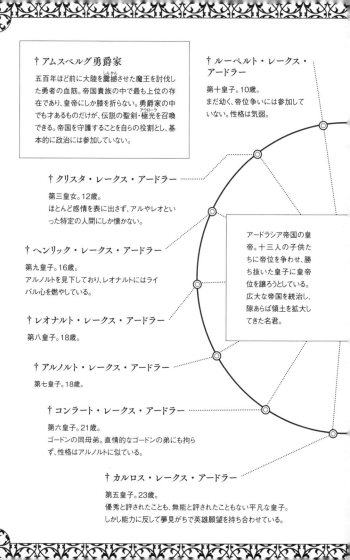

第一章　要人集結

Episode 1

1

「ギルド本部からの返答はどうだ？」

「随時調査を進める、とのことです」

セバスの言葉に俺は舌打ちをして、椅子に体重を預けた。

先日の悪魔の一件を冒険者ギルドには報告した。その上で、ギルド本部の上層部には緊急事態と念を押したのだが、その返答がこれだ。

とはいえ、予想通りでもある。

「生温《なまぬる》い対応だ。前線に出たことのない、職員上がりの上層部なだけはあるな」

「組織の運営にはそういう人間も必要ですからな。とはいえ、現場の声を拾わないというのは、問題ですな」

ＳＳ級冒険者はギルド内において別格の存在だ。そのＳＳ級冒険者が緊急事態と伝えたのに、随時調査などと言うのはどうかしている。

悪魔は一度、大陸の人類を追い詰めている。その再来は絶対に阻止しなければいけない。

そのための冒険者ギルドであり、ＳＳ級冒険者だ。悪魔の侵攻以降、幾度か悪魔が召喚されたことはある。そのたびに冒険者ギルドは迅速に処理してきた。

だが、悪魔の侵攻からすでに五百年。危機感が薄れるのは仕方ないともいえる。しかし、そういう時こそ、敵は動く。

「独自に動くか……」

「いつもならそうするところですが、今は皇子としてやることがあります。後回しにせざるをえません」

式典まであと十日ほど。帝国中をあげて式典へと動いている。残念なことに俺は皇子ゆえにやることが多い。式典以外にも問題はあるしな。

俺はかすかに窓へ視線をやりながら、レティシアのことを思い出す。彼女は何かを隠している。それを調べる必要がある。だからこそ、俺はあまり大々的に動けない。

「エゴール翁《おう》に頼んでも、あの人は調査に向いていない。ほかの三人に至っては、素直に頼みを聞くとは思えん。困ったもんだ」

「ＳＳ級冒険者が素直に動くなら、ギルド本部もすぐに命じるでしょうな」

「問題児どもめ……」

「お忘れなく、その一人であるということを」

「俺は他の四人とは違う」

言いながら俺は椅子から立ち上がる。今日も父上からの呼び出しだ。

レオに押し付けようにも、レティシアの接待役だ。俺が動くしかない。面倒事じゃなければいいんだがな。

2

「ろ、ロリフが帝国に来るですと!?」

「エルフです」

呆《あき》れすぎて頭痛がしてきた。俺の目の前にいるのは皇族一の変人、第四皇子トラウゴット。

俺の話を聞いたトラウ兄さんは興奮のあまり幼いエルフの絵を描き始めてしまった。

「ロリフ！　あー！　ロリフ!!　どうしてあなたはロリフなの!?」

上手《うま》いのが気に食わんが、どうしてこんな話をしているかというと、数時間前に遡る。

■■■

「エルフの里から要人が？」

「そうだ。王国に使者を送ったところ、エルフの里にも使者を送ってはどうだと言われてな。

駄目元で送ったところ、是非という答えが返ってきた」

　玉座の間にて俺は父上からそんな話をされていた。

　エルフの里は大陸西部に広がる大森林の中にある。強力な結界を張ってあり、基本的には外界と交流はしない。

　だから駄目元ということなんだろうが、まさか色よい返事が返ってくるとはな。

「意外ですね」

「長老の孫娘が人間社会に興味があるそうです。おそらくその影響でしょう」

　父上の隣にいたフランツが説明する。その顔はあまり嬉《うれ》しそうではない。要人が増えれば、それだけ問題も増える。それを懸念しているんだろう。

「エルフの長老の孫娘って、それはエルフの王女が来るということですか？」

「そういうことだな」

　エルフの隠れ里の長老ということは、エルフの指導者ということだ。その血縁とあらば王族として対応することになる。

「それをなぜ俺に？」

「エルフの接待役となれば事を荒立てない皇族が望ましい。お前はそういう意味ではうってつけではないか？」

「まぁたしかに面倒事は嫌いですからね。しかしエルフの里から要人が来るなんて滅多《めった》にない機会です。俺でいいんですか？」

「他の者は癖がありすぎる。失礼があってはいかんからな。ただな……一つ問題がある」

「でしょうね。俺も問題だと思います。俺にはもう、接待する要人がいます」

「そうです。一応、仙姫殿には話してみたのですが、どうしてもアルノルト殿下がよいと言っておられます……」

困ったようにフランツが告げる。だが、本当に困るのは俺だ。

「はぁ……ではどうするんです？」

「申し訳ないのですが……両方というのは可能でしょうか？」

「俺にストレスで死ねと？」

「申し訳ありません……」

フランツが父上を横目で見ながら、ほら見たことかと言わんばかりの表情を浮かべる。

それを見て父上が顔をしかめる。オリヒメだけでも苦労するのに、それに加えてエルフの王女なんて相手をしてられるか。

「それならばお前の代わりに誰が適役だ？」

「帝位争いの中心にいる三人を除くならばトラウ兄さんなんてどうです？」

「トラウは……皇族一の変人だぞ？」

「エルフなら大丈夫では？　守備範囲は狭い人ですし」

可愛《かわい》ければ正義。トラウ兄さんはそういう考えの人だが、基本的に十代中盤くらいまでが好みであり、それ以上は興味の対象から外れる。

最も興味がそそられるのは十代前半の美少女。人類の財産と言って語り始めるくらいには好きだ。だからそこらへんの年代の少女を近づけなきゃ平気ともいえる。

「トラウ兄さんは真面目にやれば大抵のことができますし、皇后陛下の息子でもあります。格という点でもエルフの要人を迎えるに足る人物かと」

「しかし……あやつが年齢で人を判断してると思うか？」

「まぁ間違いなく見た目でしょうね」

年齢も大事だが、小さくて可愛い女の子が好きなのであって、多少見た目と年齢がずれていても気にはしないだろう。そういうところは何気に懐が深い。

「長老の孫娘の年齢はよくわからん。外見的に幼ければ最悪の人選になりかねんぞ」

「そうですね……否定はできません」

「ですが、アルノルト皇子に二人分の働きを求めるのも現実的ではありません」

「それもそうか。アルノルト。とりあえずトラウにこの話をしてみろ。その反応次第で決めるとしよう」

「わかりました」

■■■

ということがあったわけで、トラウ兄さんにこの話をしたのだが。

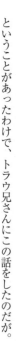

「ああ！　神よ！　なんたる幸運！　自分にロリフを接待する役割を与えてくださるなんて!!」

事故だな、これは。想像以上にトラウ兄さんはロリエルフ、つまり幼いエルフが好きなようだ。成長したエルフが来れば問題ないが、万が一幼いエルフが来たら大事故だ。その場で接待役を変えなきゃいけないし、そうなったらトラウ兄さんは抵抗するだろう。

やっぱりこの人選はないな。

「トラウ兄さん。あくまでそういう話があるというだけですよ？　トラウ兄さんに決まったわけじゃ」

「帝位争いに関わる三人を除外すれば自分が格という点では一番！　デュフフ。もらったも同然でありますよ！」

「……」

妙に聡《さと》い。元々ふざけているだけで馬鹿じゃないからな。すべての状況を把握したうえで、一番自分の勝率が高いと見越してやがる。

「決めるのは父上ですし。もしかしたら仙姫の接待役になるかもしれませんよ？」

「それはそれでいいですなぁ。あのケモミミをずっと見ていられるなんて……ドゥフフ」

「……ちっ」

これも駄目か。トラウ兄さんは使えないな。

いまだに興奮状態のトラウ兄さんを見ながらそう判断し、俺はため息を吐《つ》いて部屋を出る。

しかしまいった。トラウ兄さんにエルフもオリヒメも任せられないとなると本格的に俺が忙しくなりかねない。なんとか避けなければ。そう思いつつ、俺は自分の部屋へと戻る。

「おかえりなさいませ。おや？　お悩み事ですかな？」

部屋にはフィーネとセバス、そしてジークがいた。

ぐったりしているあたり、ジークはクリスタとリタのおもちゃにされたあとだろうな。

「ああ、盛大な悩みだよ」

「どんなお悩みですか？」

紅茶を淹《い》れてくれたフィーネに礼を言いつつ、俺は簡単に説明する。

「式典にはエルフの王女も参加することになった。適役が見つからない場合、俺はオリヒメとそのエルフの王女、二人の接待をさせられかねない」

「エロフだと⁉」

「エルフだ……」

どうしてこう、耳の悪い奴《やつ》が多いんだ？

ぐったりしていたのに急に元気を取り戻したジークがノリノリで話に加わってくる。

「ボンキュッボンのエロフが来るのか⁉」

「エルフだって言ってるだろ！　だいたい体型までわかるか！　年齢すらわかんないんだぞ！」

「でもエルフって全員綺麗《きれい》だろ？　どんな美女エロフが来るのかなぁ」

想像してぐへへへという汚い笑いを漏らすジークを見て、俺は頭を抱える。

どうして俺の周りにはふざけた奴が多いんだろうか。

「どうしましょう……本当に綺麗なエルフさんが来たら、ジークさんはお城の外に行ってもらわないといけませんし……」

「フィーネ嬢!? それは追放っていうんだぞ!? 嫌だ！ 俺はここを動かないぞ!!」

椅子に腕を巻き付け、ジークは絶対に動かない宣言をする。

すると部屋をノックする音が聞こえてきた。

「やぁ兄さん、実はさ」

「エルフだ」

「え？ あ、そうだね。その話をしようと思ってたんだけど……」

先手を取ってエルフと告げるとレオは困惑した表情を浮かべる。

よかった。俺の弟はまともだったか。

「すまん、侮った」

「えっと、話が摑《つか》めないけど……まぁいいや。エルフの里から要人が来るって話だよね？ それで接待役を探してるって」

「そうだ。誰か適任者を見つけないと俺が苦労する」

「うん、それなんだけどクリスタじゃ駄目なのかな？」

「クリスタ？ まぁ問題はないだろうけど、父上はクリスタや末弟を使う気はないぞ？」

十五歳以下の皇族は子供扱いだ。そのためクリスタと末弟は父上の頭の中にはない。

子供が接待役では相手を舐《な》めているともとられかねないし、失礼があっても困る。

「そこなんだけど、フィーネさんとセットならいいんじゃないかな？　フィーネさんは蒼鷗姫《ブラウ・メーヴェ》という称号を持つ皇帝陛下のお気に入り。それはよく知られているし、皇族に準じるといっても過言じゃない。だからフィーネさんにクリスタのフォローをお願いすればいいと思うんだ」

「レオ……お前は天才だ」

盲点だった。皇族という括《くく》りで探していたから適役が見つからなかったが、ようは相手にとって失礼がないなら誰でもいいんだ。

クリスタとそのフォロー役でフィーネ。エルフ側も皇帝のお気に入りの娘たちなら文句は言わないだろう。完璧だ。なにより同性というのが完璧だ。

「それで行こう」

「いーやーだー!!　エロフの傍《そば》にいたい!!」

「それ以上わめいたら城の外に捨てるぞ？」

「人をペットみたいに言うな!!」

抗議とばかりに俺の足にしがみついてきたジークをひっぺがし、ソファーに投げつける。

その後、レオの提案は受け入れられて、エルフの要人の接待役はクリスタとフィーネに決まった。それが発表されたあと、トラウ兄さんが涙を流しながら床を殴っていたが、まぁ仕方ないことだろう。

過ぎた愛は危険だからな。とりあえずこうして一つの問題は解決したのだった。

3

いろいろと問題を片付け、部屋に戻る途中。俺はレティシアと廊下でばったり会った。

「アルノルト様。お疲れ様です」

「これはレティシア。よく疲れているってわかりましたね？」

「顔に書いてありますよ」

クスクスと笑いながら、レティシアは隣にいる護衛の女騎士に同意を求める。気心知れた仲なのだろう。騎士もかすかに笑いながら頷《うなず》く。

レティシアの護衛というなら、彼女も鷲獅子《グリフォン》騎士なのだろう。王国の精鋭中の精鋭。相手がよほどの手練《てだ》れでもないかぎり、レティシアの護衛は完璧ということだ。

その護衛を突破できるような大物は、そもそも気づかれずに城へ入ることも不可能。つまり、レティシアの安全は保障されている。

それなのに胸のざわつきは消えない。レティシアが何かを隠しており、その何かはきっと大事に繋《つな》がると俺の直感が告げているからだ。

セバスが調べているが、今のところ情報は何もない。あるのは嫌な予感というだけ。それでも俺の嫌な予感は外れない。

「これでも皇子ですからね。式典が近づくとやることが増えるんですよ。要人も続々と到着しますしね」

「早く到着してお邪魔でしたか？」

式典の要人が早く来ることは珍しい。レティシアのようなケースは特例だ。王国の聖女が帝国に長期滞在するというのは、帝国と王国との関係性が良好であると示すことになる。そういう益があるから許されている。それだけレティシアが大物ということだ。

「レオが取られるのは困ってますよ。仕事を押し付けられないので」

「まあ、ではもう少しお借りしますね。レオナルト様が私の接待役でいるうちは、アルノルト様も働くということですから」

笑いながらレティシアは告げる。その笑みに邪気はない。彼女が帝国に何かを企《たくら》んでいるということはない。ただ、彼女の周りに潜む影があるというだけだ。

調べなければいけない。レティシアが話さないのは何か理由があるからだ。話してくれたら楽だが、レティシアは芯の強い女性だ。話さないと決めれば、それを貫き通す強さを持っている。

「大事な弟なんです。よろしくお願いしますよ」

おどけた様子を見せたあと、俺はレティシアの横を通り過ぎる。そこでレティシアにだけ聞こえるよう、告げる。

「聖女レティシア。あなたが何を隠しているかはわかりませんが、どうかレオを悲しませないでいただきたい」

「アルノルト様……」

少しだけレティシアの瞳が揺れた。それを見て、俺は彼女が何か隠していることを確信しつつ、一礼してその場を後にしたのだった。

4

次の日。俺はまた父上に呼び出された。しかし、今日はレオやエリクも呼び出されている。

「皇帝陛下。今回はどのような用件でしょうか？」

エリクが代表して質問する。この三人が呼ばれるというのは、なかなか珍しい。

それに対して父上は険しい顔で答えた。

「……少々面倒なことになってな」

「また面倒事ですか……いい加減、面倒事のたびに俺に押し付けようとするのは」

「コルニクス藩国から要人がやってきます」

その名をフランツが口にした瞬間、俺は一瞬頭が真っ白になった。それだけありえない国の名前が飛び出してきたからだ。

俺、レオ、そしてエリクは黙り込み、険しい表情を浮かべて父上を見る。

父上はそれを軽く目を細めながら受け止めた。

「正気ですか？」

それはエリクの声とは思えないほど感情のこもった声だった。

こもる感情は怒り。そしてそれはレオも負けてはいない。

「コルニクス藩国は……三年前にヴィルヘルム兄上を殺した国ですよ⁉」

「その通りです！　宗主国であるイーグレット連合王国ならまだしも！　謝罪もせず、一部家臣の暴走ということで片付けたあの国を歓迎するおつもりか⁉　父上‼　奴らはヴィルヘルムの命を奪ったのですぞ‼」

激情が玉座の間を包む。それだけ長兄の死、そしてそれに関わった国への恨みは重い。

コルニクス藩国は帝国の北にある国だ。かつては独立国だったが、島国国家であるイーグレット連合王国に敗れてからはその属国となっている。とはいえ、半独立国という存在でわりと自由に動き回る。

そのコルニクス藩国との国境で起きた戦闘で、皇太子だった俺たちの長兄、ヴィルヘルムは命を落とした。それに対して、コルニクス藩国は家臣の暴走であったと説明し、一部の家臣の首を差し出すだけで済ませた。

もちろん帝国はブチ切れた。滅ぼしてしまえという意見も多かったが、有望すぎる皇太子の死は父上を悲しませて反撃の気力を無くさせた。

それとは別に父上は藩国とは関係ないところで暗殺が起きたと考えていた。その調査に時間を費やし、結局は反撃の機会を逃したともいえる。だからこの問題はまだ解決していないんだ。

多くの者にとって藩国は皇太子の仇《かたき》となっている。

いつもは穏やかなレオですら、家臣にすべてを擦《なす》り付けて問題を終わらせようとする藩国の対応には激怒していた。その怒りがぶり返したようだな。

「もう――過去のことだ。我々は前を向かねばならん。向こうから友好を結びたいと言ってきたのだ。手を払いのけては無礼に当たる」

「ですが！」

レオはまだ納得いかない風だったが、父上の目を見て黙り込む。父上だってすべて納得しているわけじゃない。そんな目だった。

「ではその接待役を俺にさせたいということですか？」

「頼めるか？　連合王国からも要人は来る。それはゴードンに任せるつもりだ」

「……少し考えても構いませんか？」

「いいだろう。自分にできないと思うなら断っても構わん」

父上はそう言うと俺たちを下がらせた。そして俺とレオは無言で城の廊下を歩いていく。

「……断ったほうがいいよ」

「そう思うか？」

ようやく口を開いたレオに対して俺は苦笑する。いまだに仏頂面だ。珍しいことだな。

「やりたくないんでしょ？」

「やりたくないわけじゃない。時間をもらったのは周りが納得するか知りたかったからだ」

「周り？」

「一番はらわたが煮えくり返ってるのは俺たちじゃない。きっとトラウ兄さんだろうからな。トラウ兄さんがいいなら俺は引き受ける」

実の弟であるトラウ兄さんは長兄が亡くなった日、初めて怒りを露《あら》わにした。

自分が軍を率いて藩国を攻めるとまで言ったほどだ。

この問題はトラウ兄さんの意見を聞かないと決められない。

「俺は大丈夫だ。怒りがないわけじゃない。だけど、父上だって怒りを飲み込んでる。トラウ兄さんも飲み込むっていうなら俺だって飲み込む。だからお前はこの問題は忘れろ」

「でも……」

「お前は自分のことに集中しろ。この問題は俺が預かった」

そう言って俺はレオを引きさがらせたのだった。

5

「というわけです」

トラウ兄さんの下へ行き、俺は事情を説明する。

激怒して父上のところに乗り込むくらいまでは想定していたのだが、トラウ兄さんはいたって冷静だ。話が藩国の事でも俺のほうを見ず、いつもどおり机に向かっている。

「うーむ、なかなか秀逸な文が思いつかないでありますよ」

「トラウ兄さん……話聞いてました？」

「聞いていたでありますよ。ただ自分に聞いてくる理由がわからなかっただけで」

「……怒らないんですか？」

不思議に思って聞き返す。どうもトラウ兄さんには怒りの感情が見えなかったからだ。

実際、トラウ兄さんは頷いた。

「怒るような時期はもう過ぎた。そういうことでありますよ」

「過去には拘《こだわ》らないと？」

「拘りますぞ」

どっちだ……。やっぱりトラウ兄さんは変人だ。何を考えているのか理解できん。

そんな風に思っているとトラウ兄さんが俺のほうに向き直る。

「アルノルト。藩国が我が兄、ヴィルヘルムを殺したと考えているでありますか？」

「……要因の一つだとは思っています」

「同意でありますよ。しかし彼らは利用された程度でしょう。北部の視察に向かった長兄の傍には限られた側近しかいなかった。最も守備の薄いときに戦いが起き、長兄は流れ矢によって命を落とした……あのヴィルヘルムが流れ矢程度でやられると？　よほど調子が悪かったか……薬でも盛られなければありえない話でしょう」

ふざけているだけで馬鹿ではない。それがトラウ兄さんへの評価であるわけだが、今日ほどそれを実感したことはない。真っすぐにこちらを見つめる瞳には凄《すご》みすら感じられる。

やはりこの人は皇太子ヴィルヘルムの弟だ。あの人の背中を子供のときから見て育ったこの人の目には多くのことが映っているんだろう。

「暗殺だったと？　あれほど捜査したのにそれらしき形跡は見つかりませんでしたよ？」

「見つかるようなヘマはしないでしょう。皇太子の暗殺を試みて、成功させるような者です。こちらの捜査方法もしっかり把握しているはずでしょうからな」

「……長兄を殺したのは、長兄はもちろん、帝国をよく知る人物と言いたいんですか？」

「関わっていることは間違いないでしょうな。しかし、それを見つけるのは自分の仕事ではないでありますよ」

そう言ってトラウ兄さんは窓から外を見る。そこから見えるのは活気ある城下町の様子だ。

「皇族は帝国を支え、繁栄させるためにある。長兄はそういう考えの下に生きてきた。ならば結果的に帝国が繁栄したのであれば、長兄の死も無駄ではなかったと言えるでありますよ」

「……それでいいんですか？」

「……弟として兄を失ったのは辛《つら》いであります。良き皇帝になると信じて疑わなかった。けれど……息子を失った我らが父上のほうが辛いでしょう。その父上が帝国のために藩国を招くというなら受け入れるのも親孝行というもの」

「……わかりました。では藩国の接待役は」

俺が引き受けます。そう俺が言おうとしたとき、トラウ兄さんが手で俺の言葉を遮った。

そして。

「自分が引き受けるでありますよ。それが一番でしょう」

「本気ですか⁉」

「本気も本気、大真面目でありますよ。向こうが友好を結びたいというなら、はねのけるのは無礼に当たる。最上級の歓迎をしなければ過去は乗り越えられない。皇太子と同じ母から生まれた自分が接待役になるのが誠意を示す方法でしょう。それに嫌なことを弟に押し付けるのはあまり良いことではないでありますし」

「わりと押し付けられている気が……それに向こうはむしろやりにくいかと」

「承知の上でありますよ。しかし、関係改善を本気で望んでいるならそれくらいは乗り越えてもらわないと」

そう言ってトラウ兄さんは皇族一の巨体を揺らしながら椅子から立ち上がる。

子供の頃、大きな熊みたいだと思ったもんだが、その印象は間違っていない。

この人は熊だ。なにせ今も目の奥には強い光が宿っている。

「もしも関係改善が嘘《うそ》だと言うなら……自分が代価を払わせてみせるでありますよ」

「トラウ兄さん……」

「でも……ロリ可愛《かわい》い子が来たら信念を曲げてしまうかもしれないであります……」

「そこはブレないんですね……」

どうでもいいことで苦悩してみせるトラウ兄さんに呆《あき》れつつ、俺は部屋の扉を開ける。

トラウ兄さんが藩国の接待役を引き受けるというなら、それを父上に報告しなければいけない。父上としてもトラウ兄さんが引き受けてくれるなら任せるだろう。

こう見えて美少女以外に弱点はないからな。

「アルノルト」

部屋を出て廊下を並んで歩いているとトラウ兄さんが唐突に俺の名前を呼んだ。

隣のトラウ兄さんを見るといつになく真剣な顔をしていた。

「なんでしょうか？」

「レオナルトに警戒するように言っておくでありますよ。この式典は無事には終わらないはず」

「どういう意味です？」

「帝国にやってくるのは親帝国の要人ばかりであります。他国が何かを仕掛けるならばこの時が狙い目でありましょう」

「攻め込んでくると？　帝国に？」

「ないとは言えないということですよ。それを危惧してか、リーゼロッテ女史は父上の要請を拒絶して国境に張り付いている。最前線にいる彼女には何か感じるものがあるのでしょう」

「……レオにも伝えておきます」

「……とはいえ外ばかり警戒していていいものか。まぁこればかりは自分にはどうしようもないことですが」

意味深な言葉をつぶやいたあとにトラウ兄さんは歩く足を速める。

その歩く速さに合わせつつ、俺はずっと疑問だったことを聞いてみた。

「トラウ兄さんは……どうして皇帝の座を狙わないんです？」

「……我が兄ヴィルヘルムは理想の皇太子だった。だから自分は自分が好きなことをやっていたでありますよ。そして……なんの助けもしてあげられなかった。どれほど悔やんでも悔やみきれないでありますよ。どれほど無念だったことか。だから後を継ぐことを考えたことも……一瞬くらいはあったのでありますよ」

「一瞬ですか……」

「すぐに立ち消えた思いであります。自分はヴィルヘルム以上の皇帝にはなれない。ヴィルヘルムが命を落として帝位争いが始まった以上、次の皇帝はヴィルヘルム以上でなければならない。自分は兄を超えられないであります」

だからとつぶやき、トラウ兄さんは玉座の間の近くで足を止めた。

そして深呼吸をして俺のことを、いや俺の後ろにいる人物を見ながら告げた。

「アルノルトとレオナルトには期待しているでありますよ。二人でならきっとヴィルヘルム以上の皇帝になれるはず。ほかの三人とは違う」

「……それはレオナルトの側につくという宣言でいいか？　トラウゴット」

振り返るとそこにはエリクが立っていた。トラウ兄さんとエリクの視線が交差する。

「受け取り方は任せるでありますよ。エリク」

「私ではヴィルヘルムを超えられないと、そう言うか？」

「以前なら違ったでしょうが、今は無理だと思っているでありますよ。ヴィルヘルムと切磋琢《せっさたく》磨《ま》していたエリクならば帝位争いを激化させないように振る舞ったはず。他の二人のようにエリク、あなたも変わったでありますよ」

「私が動けば帝位争いはより混迷を極める。それは帝国の弱体化に繫《つな》がる。なぜそれがわからん？」

「それが変わったと言っているでありますよ。帝国を弱体化させず、かつ家族で無駄な血を流さないようにする。それくらいはやってのけて当然のはず。我が兄ヴィルヘルムを超えるというなら。それだけの力があなたにはあった」

「非現実的だな。私のやり方が一番被害を抑えるやり方だ」

「理想にしがみつけと言っているわけではないのですよ。ただ理想を追おうともしない者は認めないと言っているだけであります。よりよいものを求めない者には明日はない」

トラウ兄さんはそう言うと踵《きびす》を返す。それと同時にエリクも踵を返した。

大きな背中を見せながらトラウ兄さんはそのまま俺に告げる。

「アルノルト……一人ではエリクには勝てないでありますよ。だからレオナルトと協力するのであります。自分のように優秀な兄弟にすべてを押し付けてはいけない」

「……はい。肝に銘じておきます」

「では行ってくるでありますよ」

「え？　ちょっ！」

そう言ってトラウ兄さんはいきなり走り出した。呼び止めようとしたが、その前にトラウ兄さんは玉座の間の扉を勢いよく開いてしまっていた。

「父上！　藩国の接待役ですが！　このトラウゴットが！」

「やかましいわ!!　会議中に入ってくるでない!!」

「ひぃぃぃぃぃ!?!?　申し訳ありません!!」

言わんこっちゃないと思いつつ、俺は頭を押さえて半泣きで玉座の間から逃走してきたトラウ兄さんの下へ向かったのだった。

6

「ではアルバトロ公国の要人への接待役は第六皇子コンラートに、ロンディネ公国の要人への接待役は第九皇子ヘンリックに任せることとする。第七皇子アルノルトは引き続き、ミヅホ仙国の仙姫殿の接待役だ。よいな？」

玉座の間にて父上がそう告げた。

俺を含めた三人の皇子が静かに頭を下げる。父上の決定は絶対だ。異論なんて挟む余地はない。そもそもこの場に集められた皇子たちは帝位争いにおいて脇役だ。脇役らしく割り当てられた国も小国ばかり。

俺たちでも事足りる格の国ということだ。まぁミヅホに関してはオリヒメの意向によって俺を選んでるだけだが。

「こちらの招待に応じない国もいくつかあったが、主要な国はほとんど来る。どれも重要な国ばかりだ。くれぐれも国の規模で判断することのないように。横柄な態度など取ってみろ？　皇子の地位をはく奪するぞ」

父上が目を細めて俺たちに向けて忠告する。

それに対して答えるのは第九皇子ヘンリックだった。

「お任せください。皇帝陛下。帝国の皇族として恥ずかしくない振る舞いを約束いたします」

「ワシが心配しているのはお前なのだがな……」

父上が呆れたようにつぶやく。

第九皇子ヘンリックは十六歳の皇子だ。中途半端な長さの緑髪が特徴的な皇子であり、その母は第五妃ズーザン、その姉は第二皇女ザンドラだ。

二人とはかなり距離を置いていたこともあり、わずかな謹慎だけで許された。

その性格は母譲りというか、姉譲りというべきか。皇族としてのプライドが高く、他者に厳しい。父上が横柄な態度を取りそうだと思うのもわかる。

接待役の意味をおそらく理解していない。たぶん出迎えてやるとか思っているんだろうな。

今も自分が心配の種だと言われて、ムッとした表情をしている。侮られたと感じているんだろう。父上の言葉にそんな反応をしている時点で、不安要素ですと公言しているようなもんだ。

「お言葉ですが皇帝陛下。心配すべきなのはアルノルトでは？」

そう言ってヘンリックは俺に標的を移してきた。

俺はその言動にため息を吐く。こいつは昔から俺を目の敵にしているし、レオには激しいライバル心を燃やしてきた。庶民の血が入っている俺たちが自分より上だというのは許せないらしい。だからこいつは俺たちを兄扱いしない。

正直、面倒だ。

「はいはい。気をつけるよ」

適当に受け流すとヘンリックが俺を睨《にら》みつける。この反応も気に入らないんだろう。でもまともに相手しても睨まれるし、どっちにしても一緒だ。

「いやー若者は元気だねー。おじさんついていけないっす」

「二十歳《はたち》の若造が何を言っておる……」

「もう二十一ですって。お父上。十代の若者と比べたらおじさんっすよ」

そんな爺《じじ》臭いことを言うのは第六皇子コンラート。

赤い短髪と顔に張り付いている軽い笑みが特徴の皇子だ。これでも母は第四妃、兄はゴードン。武人として育てられたはずだが、このとおり俺並みにやる気がない。

軽い笑みに軽い口調。完全に突然変異だろうな。もしくは父上の血が強かったというべきか。

俺との違いは怒られない程度には最低限のことをするところか。

「というわけで退出してもいいっすか？　若者に挟まれると疲れるんで」

「はぁ……お前といいアルノルトといい、どうしてそう適当なのだ？」

「お父上に似たんっすよ」

そう言ってコンラートは父上の許可も待たずに踵を返す。

そして振り返らずに告げる。

「ご安心を。接待役はちゃんとやりますから」

「そこは心配しておらん。まったく……お前たちも下がれ」

そう言って父上は俺とヘンリックを下げた。

玉座の間を出た俺はすぐに自分の部屋に帰ろうとするが、ヘンリックが呼び止める。

「待て、アルノルト」

「なんだ？　ヘンリック」

「呼び捨てにするな！　立場を弁《わきま》えろ！　出涸《でが》らし皇子！」

そう言ってヘンリックが怒りを露《あら》わにした。

立場を弁えろときたか。この場であれば年長の俺に敬意を払うべきなのはヘンリックのはずなんだがな。

「僕とお前が同格なんて思うなよ？　僕の下には姉上の勢力がそのまま引き継がれている。僕はこれから帝位争いに参戦するんだ！」

「そうかい。じゃあ頑張れ」

さきほどと同じように俺は受け流して歩き出す。

たしかにヘンリックの下にはザンドラの勢力が引き継がれた。とはいえ、その勢力は全盛期の六割程度。残る四割のうち、半分はエリクにつき、もう半分は帝位争いから手を引いた。

偉そうにするのは結構だが、第四勢力というには弱小すぎる。

今から皇帝位を目指すのはほぼ不可能だろう。ましてや借り物の勢力では望みは薄い。

「待て！　馬鹿にしているだろ？　今から皇帝を目指すなんてと！」

「……悪いことは言わんからやめておけ」

そう忠告するとヘンリックは高笑いを始めた。

しばらくその高笑いはやまない。何がおかしいのか。俺には理解できなかった。だから俺はヘンリックの言葉を待つことにした。

「あっはっは!!　傑作だ！　帝位争いに参加するからといって、僕が皇帝位を望むとでも？」

「違うのか？」

「ふん、この勢力で勝てるとは思っちゃいないさ。僕は頭のいい方法をとる。各勢力に手を貸すのさ。そして帝位争いの後に確固たる地位を確保する！」

「……そんなに上手《うま》くいくか？」

「上手くいくさ。協力者もすでにいる」

そう言ってヘンリックは俺の後ろを見る。

それにつられて振り返ると、そこにはギードがいた。

「やぁアルノルト」

「……ホルツヴァート公爵家か」

「そうさ！　僕はホルツヴァート公爵家の協力を得た！　これでお前たちには万に一つも勝ち目はないぞ！　僕は決してお前たちには協力しないからだ！」

「残念だったな。アルノルト。あのときに僕の誘いを受けておけばこんなことにはならなかったのに！」

似た者同士、波長が合うんだろうか。

同時に高笑いが始まる。どちらもプライドが高く、他者を見下すことで自尊心を満たすタイプだ。悪いことだとは言わない。人間は大なり小なりそういう性質を併せ持つ。

とはいえ、こいつらのは度が過ぎているが。

「じゃあお手並み拝見だな。自分が思ったとおりに帝位争いを進められるといいな」

そう言い残して俺はギードの横を通り過ぎようとする。

だが、ギードが俺の腕を摑《つか》む。

「まだ何か？」

「慈悲だ。アルノルト。ここで頭《こうべ》を垂れてみじめに情けなく謝罪しろ。そうすればヘンリック殿下にお前とレオナルトの勢力に協力してくれと頼んでやってもいい」

「はは、それはいいな。謝ってみろ、アルノルト！」

二人の耳障りな声は頭まで響いてくる。

まったく、ふざけた奴《やつ》らだ。ここで俺が謝ったところで何も変わらない。

ヘンリックは俺たちの生まれから嫌っている。それがある限り、ヘンリックは俺たちには協力しない。たとえギードが頼んだところで、だ。

それがわかっているから俺は静かにギードの手を払う。

「悪いがもう簡単には情けない姿を晒《さら》せないんだ。レオの評判に傷がつくからな」

「今更レオナルトの評判を気にするのか！　笑わせる！　すでにお前はレオナルトの汚点だよ！　お前のような兄を持って、レオナルトは本当に不幸だよ！」

そうギードが告げた瞬間。強烈な殺気が廊下に満ちた。

そちらを見るまでもない。ここまで殺気を放つ奴なんて数えるほどしかいない。

「ほかに言い残すことはあるかしら？　ギード」

「え、エルナ……!?」

こちらに向かって歩いてきたエルナがそう凄《すご》むとギードは腰を抜かして後ずさる。

そんなギードからヘンリックに視線が移される。さすがのヘンリックもエルナの殺気の前では何も言えないらしい。怯《ひる》んだように一歩後ずさる。

「エルナ。あまり脅かすな」

「失礼ね。脅しじゃないわ」

そう言ってエルナは右手を剣にかける。

まさかそんなことをするとは思ってなかったギードが悲鳴をあげるが、ヘンリックはそれすらも脅しと踏んだようだ。

「ふ、ふん！　できるものならやってみろ！　皇族に剣を向けるということがどれほどの重罪か知らないわけじゃないだろ！」

「そうですね。ヘンリック皇子。なら皇族の行く手を阻むことが重罪だというのもご存じでは？」

「そ、それは……僕が許可したからいいんだ！」

ギードのことを示したエルナに対してヘンリックはそんな屁理屈《へりくつ》で応じた。

まったく相手にするだけ無駄。そう思って俺はエルナの手を引いてその場を去ろうとする。

だが、その前に廊下に声が響いた。

「――なら僕が許可する。斬っていいよ。エルナ」

「よかったわ。こっちも許可が出た」

「はぁ……」

嬉々《きき》としてエルナが剣を抜こうとする。俺は呆《あき》れつつもその手を押さえて、許可を与えた人物を見た。

「煽《あお》るなよ、レオ」

「仕掛けられたならやり返す。兄さんの方針でしょ？」

そう言って歩くレオの後ろには多くの貴族が付き従っていた。

それはすべてレオの支持者である貴族たちだ。会議の後といったところか。その数が今のレオの勢力を物語っている。

そんな支持者たちを引き連れたレオは真っすぐヘンリックを見る。

「ヘンリック。君が立ちふさがるというなら容赦はしない」

「くっ……！　庶民の血筋が偉そうに！　貴様らなんてエリク兄上の相手ではない！　僕が協力すれば絶対に勝ち目はないんだぞ！」

「勝ち目のない戦いなんて何度も通ってきた。今更その程度で怯むほど僕らは弱くない。困難な道だなんて初めから承知の上で参戦しているんだ。その道を突破してこそ、誰もが認める皇帝になれる。半端な覚悟で僕らの邪魔をしないほうがいい」

　そう言ってレオはヘンリックに忠告する。それは最後通告でもある。

　これが最後の引き際だ。しかしヘンリックは顔を歪《ゆが》めてレオに張り合うことを選んだ。

「僕だって半端な覚悟で参戦なんてしないさ！　死ぬ覚悟くらいできている！」

「それが半端な覚悟だって言ってるんだ。僕らは死にたくなくて、死なせたくないから戦ってるんだ！　これ以上、無駄な流血はごめんだ。退《ひ》け！　ヘンリック！」

「退かない！　僕は認めない！　お前たちなんて僕は認めない!!」

　そう言ってヘンリックはその場から走り去ってしまった。

　残されたギードは気づかれないように逃げようとするが、レオはそんなギードを呼び止める。

「ギード・フォン・ホルツヴァート」

「は、はい!?」

「お父上に伝えておいてくれ。これ以上、帝位争いをかき乱さないでほしいと」

「りょ、了解しました！」

「それと……兄さんへの接し方は改めたほうがいい。僕やエルナは兄さんが馬鹿にされるとつい剣に手が行ってしまうからね」

「ひっ……！」

ギードは恐怖に歪んだ表情のままその場を立ち去る。それを見届けたあと、俺はレオのほうを向く。

「わざと威圧的に振る舞ったな？」

「ヘンリックは僕らを敵対視してるからね。どうせ敵になるなら少しは怖がらせておこうかと思ってね」

そう言ってレオが軽く舌を出す。茶目《ちゃめ》っ気《け》のあるそのしぐさを見て、俺はため息を吐く。

帝位争いが始まった当初は、こういう芸当はできなかった。成長といえば成長なんだろうが、なんだかやり方が俺に似てきた気がする。

「複雑そうね？」

「純粋な弟が毒されてしまった気がしてな」

「毒した人間が何言ってるのよ」

エルナにそう突っ込まれて俺は顔をしかめる。弟の成長を喜ぶべきか、それとも嘆くべきか。

そんなことを思いつつ、俺はレオとその支持者たちと別れた。

いよいよ式典が近づいてきた。

何事もなければいいが……きっとそれは叶《かな》わない夢なのだろうな。

そんなことを思いながら俺は自分の部屋へ戻るのだった。

7

父上の即位二十五周年を祝う式典。前夜祭は式典三日前から続き、式典自体も三日間続く。それに参加するために帝都には各国の要人が集まりつつあった。

そのピークが今日になりそうだ。すでに皇国の要人は来ている。そして、もう一人。

「おお!?　見ろ！　アルノルト！」

「見えるわけないだろ……」

城のバルコニーにて手すりに手をかけながら外を見ていた俺だったが、暇を持て余したオリヒメが後ろから乗ってきたことで視界がとんでもなく制限されてしまった。

ぶっちゃけ、下しか見えん。

「なんと!?　小さな竜に人が乗っているぞ!?　あれが噂《うわさ》に聞く竜騎士か！」

「連合王国ご自慢の竜騎士団か」

なんとかオリヒメを横にずらして上を見る。不満そうにオリヒメは抵抗するが、気にしてはいられない。

空には十数騎の竜騎士が飛んでいた。彼らが跨《またが》るのは飛竜。竜の亜種ではあるが、連合王国はそれを乗りこなす技術を持っている。その飛竜に跨る竜騎士たちは藩国を征服したときに大活躍し、王国と戦争状態になったときも主戦力として活躍した。

そんな竜騎士を率いるのは赤い飛竜に乗った男。帝剣城の正門近くに着地したその男は華麗に飛竜から飛び降りると、出迎えに出てきたゴードンと固く握手をした。

「何者だ？」

「ウィリアム・ヴァン・ドラモンド。連合王国の第二王子だ。通称は竜王子。見ての通り竜騎士だ」

「王族なのに竜に乗るのか。危ない奴め。常識がないとみえる」

「お前にだけは言われたくないだろうよ」

「なにおう⁉」

オリヒメが俺の言葉に怒り、制裁とばかりにまた後ろからのしかかってくる。正直重い。

「どうだ⁉　まいったか⁉」

「はいはい。まいったまいった」

「むー、いまいち反省の色が見えん気が……」

そうは言いつつオリヒメは俺の上からどいて隣に移動する。

そうこうしているうちにウィリアムはゴードンとともに城へと入っていった。

「妙に仲がよさそうだったが……はっ⁉　あの王子は男が好みか⁉」

「絶対、本人の前で言うなよ？　頼むから俺のいる前でも言うな。即座に外交問題だ。いいか、あの二人が仲がいいのは友人同士だからだ」

「友人同士とな？　帝国と連合王国は同盟国というわけではあるまい？」

「そうだが、ゴードンは半年ほど連合王国に留学してたことがある。そのときに知り合ったそうだ。どちらも武人だから意気投合できたんだろう。年も近いそうだし」

「ふむ、そうだったのか。さすがに趣味が悪すぎると思ったが、安心したぞ」

「そもそも最初にそういう発想が思い浮かぶのがおかしいだろ……」

　オリヒメの発想に呆れつつ、俺は城の中へと戻ったのだった。

■■■

「あとはエルフの要人だけか」

「はい、まだエルフの里から要人の方は到着しないようですね。私もクリスタ殿下も待っているのですが……」

　すでに皇国と藩国。そして南部の二つの公国からは要人が到着している。

　皇国は大臣を務める皇子が来て、藩国は藩王の息子が来た。到着したときはピリついたがトラウ兄さんが友好的に接したため、そういう空気感は深刻にならずに済んだ。

　二つの公国からは公王の子供たちがやってきた。アルバトロ公国から来たのは双子の姉弟、エヴァとジュリオだ。ロンディネ公国は公子がやってきた。

　残る主要な要人はエルフの里の要人だが、いかんせんエルフは秘密主義のため、里を出たということしかこちらには伝わっていない。

　四方に人を遣わして情報収集をしているが、今どこにいるのかわからないというのが現状だ。

「そうか。まぁ気長に待つしかないだろうな。エルフは人間よりもはるかに長生きのせいか、急ぐってことをあまりしない」

「はい。待つのは構わないのですが、無事にたどり着けるかどうかが心配で……」

「平気だろ。エルフの精鋭が護衛につくはずだからな」

　俺はフィーネの懸念にそう答えつつ、安心させるように笑うのだった。

■■■

　次の日の朝。城は大騒ぎだった。

「じゃあクリスタを頼むよ」

「はい。お任せください」

　そう言ってフィーネがクリスタとともに部屋を出ていく。騒ぎの理由は突然エルフの要人が現れたからだ。

　帝国は四方に人を放っていたのに、帝都に入ってくるまで存在にすら気づかなかった。

　おそらく通常の魔法ではなく、エルフ秘伝の魔法だろうな。それで隠密《おんみつ》行動をしていたんだろう。おかげでこちらはバタついているんだが、そういう配慮のなさがエルフらしいといえばエルフらしい。

俺はバルコニーに出て様子を見る。

すでにエルフの要人は馬車から降りていた。美形のエルフたちに囲まれて、青い髪の女エルフが立っていた。ほかのエルフも綺麗《きれい》だが、そのエルフは一段と美しい。

「あれがエルフの長老の孫娘か」

スレンダーな体つきの大人っぽい女性だ。トラウ兄さんとジークの好みからは外れている。ロリではないし、エロいわけでもない。まぁジークは綺麗なら関係ないところはあるが、優先度としては肉体的に豊満な女性を好む。

エルフだから綺麗であることは覚悟していたが、よかった。あれでどちらかの好みに偏っていたら心配事が増えていたところだ。

ただ青い髪のそのエルフを見ているとなんとも言えない違和感が湧いてくる。じっと観察しながらその違和感の正体を探ろうとするが、そんな俺に声をかける人物がいた。

「アルノルト様」

声を聞き、俺は青い髪のエルフから視線を外して後ろを振り返る。

「どうした？　セバス」

「ご報告が。ＡＡＡ級の賞金首が帝都に入ったそうです」

「……」

俺はセバスの報告に押し黙る。賞金首というのは、ギルドが設けた制度だ。文字通り、その首に賞金が掛けられているモンスターのことを指す。ただし、東部に現れた吸血鬼たちのように、人間や亜人であっても危険と判断されれば、ギルドはモンスター扱いで賞金首にする。

「レティシア関連か……」

「正確なところはわかりません。確認できたのは帝都に入ったことまでですので」

「そうか……名は？」

「呪詛《じゅそ》使いのイアン。強力な呪詛結界の使い手として、数年前にギルドの賞金首となりました」

呪詛使いか。厄介な奴《やつ》が現れたな。

呪いと魔法は似ているようで違う。呪いは系統的には古代魔法に近い。一流の呪詛使いともなれば、対象を呪い殺すことも可能だ。その危険性から、軒並み禁術とされている。

暗殺にはもってこいの人材ではあるな。

「行方を追え。検問のある帝都に入れたということは、背後に誰かいる」

「かしこまりました」

そう言ってセバスがその場から姿を消す。

ふと視線を下に戻すが、すでに青い髪のエルフの姿はない。クリスタたちと城に入ったんだろう。あの違和感を探るのもまた今度になりそうだ。

何か問題を抱える要人に、違和感のある要人。さらには賞金首。

トラウ兄さんの言う通り、この式典はただでは終わりそうにないな。

8

「さて、どうするべきでしょうか」

夜の帝都。セバスはそこを駆け巡りながら情報を探っていた。

正確には情報を持っていそうな者を探していた。聖女を暗殺するなんていう大事を決行するならば多くの準備がいる。その準備のために怪しい者たちは尻尾を出す。それらの者を辿《たど》れば、いずれイアンにたどり着く。そう踏んでいたのだ。

そしてそれは間違っていなかった。

夜の帝都で怪しい人物たちを見つけたのだ。数人でなにやら話をしており、その動きは明らかに素人ではない。セバスでなければ気づかれていたかもしれない。

しかしセバスは完全に闇に溶け込み、存在を悟らせない。

話し合いを終えたのか、彼らは散り散りになっていく。捕まえるのは簡単だが、現場で動いているということは彼らは下っ端。

その裏にある計画が聖女暗殺でなかったとしても、これだけの猛者を下っ端として使う者は放置しておけない。

裏にいる人物を探るためにセバスは彼らを泳がせることに決めた。

「追跡といきましょうか」

そうセバスが決断したとき。

散り散りにその場を離れようとしていた彼らを〝矢〟が襲った。

「なんだ⁉」

「ぐわぁ⁉」

手練《てだ》れと思われる彼らがまったく反応できずに倒れていく。

残ったのは味方が盾となって守った男だけ。そんな男の前に矢を放ったと思われる人物が姿を現した。

「お、お前は⁉」

「わたくしを知っているということはやはり──〝組織〟の者ですわね」

その人物は朱色の仮面を被《かぶ》っていた。口調と体形から女性だろうことは想像できた。

しかしセバスが驚いたのはそこではなかった。

彼女は男に弓を向ける。しかし、その弓には矢がなかった。

「ま、魔弓に朱色の仮面……義賊・朱月の騎士《ヴァーミリオン》か……！」

魔弓。魔法を弓で放つ技術であり、特殊な才能が必要ではあるが通常の方法で放つ魔法よりも数段上の威力を出すことができる。

それを使う義賊が藩国には存在した。圧政を良しとする貴族を中心に襲撃し、民から巻き上げた金を取り返したり、不正を公の下に晒《さら》したりと動く義賊。その名は〝朱月の騎士《ヴァーミリオン》〟。

同じ仮面を被る者としてシルバーと繋《つな》げる者もいる。片方は希少な古代魔法の使い手であり、片方は貴重な魔弓の使い手だからだ。

いい迷惑だとアルが漏らしていたのを思い出し、セバスは深く同意した。藩国の義賊がなぜここにいるのか。疑問を抱きつつ、セバスはスッとナイフを取り出した。彼女の注意を引き、男を逃がそうと考えたのだ。

ここで捕まえたところで有力な情報は得られない。それは暗殺者として長く闇の世界にいたセバスの経験から来る推察だった。しかし彼女にはそこまでの推察はできなかった。

「吐きなさいですわ。藩国を中心に活動していた組織がなぜ帝国に？　何をする気ですの？」

「ふん、何の話だ？」

「とぼけても無駄ですわ。藩国での拠点を一つ壊滅させたときに、帝国で何かする気だという計画書を発見したんですわ。言い逃れはできませんわよ」

そう言ってヴァーミリオンは男に弓を引く。それに合わせてセバスがナイフを投げようとする。しかし、その瞬間。セバスに向かって数発の魔法の矢が飛んできた。

「っ⁉」

セバスは驚きつつもナイフを的確に投げつけて迎撃する。ヴァーミリオンに魔法の矢を放った形跡はない。おそらくさきほど放っていた矢がまだ残っており、セバスの動きに自動で反応したのだろう。

状況を分析しつつ、セバスは状況のまずさに思わず舌打ちをしそうになる。

「何者ですわ⁉」

そう言ってヴァーミリオンは路地裏のセバスに向けて魔法の矢を放つ。セバスはそれを迎撃しようとするが、さきほどよりも数が多いため迎撃しきれずに避《よ》ける羽目になる。

しかし、魔法の矢はセバスに向かって方向を変えると再度向かってきた。

それを今度は確実に迎撃したが、その間にヴァーミリオンは路地裏に侵入してきた。

それを見てセバスは覚悟を決めた。予定とは違うが男とヴァーミリオンを引き離すことには成功した。セバスならば逃げた方向さえ限定できれば探すこともできる。数少ない情報への糸口をここで潰す愚は犯せない。

「護衛がいたのは意外でしたですわ」

「私も藩国の義賊がいたことは意外でした……ですがここで消えていただく」

そう言ってセバスは連続でナイフを投げる。

それをヴァーミリオンは事も無げに弓で叩《たた》き落《お》とすと、お返しとばかりに魔法の矢を放つ。

セバスは黒い短刀を持ち、それを弾《はじ》き、掻《か》い潜《くぐ》りながらヴァーミリオンの懐にもぐりこんだ。

ヴァーミリオンは敵でもないが、味方でもない。ここで戦うのはデメリットもある。しかし予想外の乱入者を放置すれば、さまざまな歯車が狂いかねない。

かつてソニアに盤面を狂わされたように、予想外の人物はアルの障害となる。

殺さないまでもここで退場させる気でセバスは戦闘に臨んでいた。

「ふん‼」

セバスが放った短刀の一撃をヴァーミリオンは弓で受け止めるが、予想外に力強い一撃によってヴァーミリオンの体勢が崩れた。

その隙を逃さずにセバスは完全に密着して、距離をゼロにした。

「これで魔弓は使えませんな」

「失礼しちゃいますですわ。接近戦も得意ですわよ？」

そう言うとヴァーミリオンはセバスの腕を巻き込むようにして放り投げる。

耐えれば腕を折られる。そう判断してセバスは自分から飛んで威力を軽減しにかかる。

「!?」

「距離がなくても弓を撃つくらい造作もないですわ」

だが、そう言ってヴァーミリオンはセバスが空中に浮いた瞬間に腕を放し、そのまま流れるような動作で弓を引く。

わずかな隙間しかないにもかかわらず射撃の体勢に持ち込んだのだ。そして放たれた矢はセバスに迫る。それをセバスは空中で無理やり体をひねることでかろうじて躱《かわ》してみせた。

「まるで曲芸師ですわ！」

「いえいえ、そちらには負けますな」

そう言いつつ、セバスは距離を取る。

暗殺者だったセバスにとって、正面きっての戦いは本来の土俵ではない。とはいえ、大抵の相手には後れをとらない自信がセバスにはあった。しかし、そのセバスをしてヴァーミリオンは強いと認めざるをえなかった。

義賊というだけあって、ヴァーミリオンはセバスを殺そうとは考えていないようであったし、何より周りの建物に配慮して矢の威力を落としていた。

それでようやく互角といったところ。正面きっての戦いでは勝ち目はない。

しかしヴァーミリオンの実力を考えれば足止めは不十分。

すでに男は逃げ去っているが、本気で追えばまだまだ追いつく距離だ。もう一戦交えて、どうにか足を止めなければ。幸い、勝機はセバスのほうに転がりつつあった。

だが、唐突にヴァーミリオンが構えていた弓を下ろした。

「……どういう風の吹き回しですかな？」

「どうもあなたは組織の者ではなさそうな気がしますですわ」

「わかりませんよ？」

「組織の者は基本的に助け合ったりしませんわ」

そう言ってヴァーミリオンは屋根の上に視線を向ける。そこではジークが槍《やり》を構えて様子を見ていた。

「鋭い嬢ちゃんだな」

「まったくですな」

ジークが来たことを察し、セバスは勝機を感じたのだがヴァーミリオンはそれも見抜いていた。そして互いに深手を負う前に戦闘をやめることを選んだのだ。

「わたくしは組織を追って帝国に来ました。あなた方は帝国の方ですかですわ？」

「ややこしい喋《しゃべ》り方《かた》だな。まぁ似たようなもんだよ」

「それなら戦う理由はありませんわ」

「少しお待ちを。追うのは私に任せてもらえないでしょうか？　これでも元暗殺者ですので」

話は終わったとばかりにヴァーミリオンは男を追おうとするが、それをセバスが制止する。

少しの間、セバスとヴァーミリオンの視線が交差した。そして折れたのはヴァーミリオンのほうだった。

「……地の利があるのはそちらですし、お譲りしますですわ」

「ありがとうございます。手に入れた情報は共有します。どうすればいいですかな？」

「……明日の夜にもう一度この場所で。それと深追いは禁物ですわ。彼らの組織の名は〝魔奥公団《グリモワール》〟。大陸規模の犯罪組織ですわ」

その名にセバスは聞き覚えがあった。魔導の秘奥を目指す研究会から発展した犯罪組織であり、時代の節目に顔を出す謎多き組織だ。

それが帝国で動いている。

「なるほど。困ったものですな、あの方の嫌な予感というのも」

そう呆《あき》れたようにつぶやきつつ、セバスは一礼して承知の意思を示す。

するとヴァーミリオンは跳躍してその場を後にした。

残されたジークとセバスもそれを見送ったあと、逃げた男を追うのだった。

■■■

「――ということがありました。一応逃げた男が逃げ込んだ建物までは把握しております」

翌朝。

セバスからの報告を受けた俺は盛大に顔をしかめることになった。

「藩国の義賊がどうして帝国にいるんだ？」

「組織を追ってきたようです」

「ふん……その魔奥公団ってのはどんな組織なんだ？　昔、お前から名前を聞いたことがあるくらいだが」

「私も詳しくは知りません。元々は魔法を研究する魔導師たちの集まりと聞いていますが」

「どうしてそれで犯罪組織になるんだ？　禁術でも研究してたのか？」

「それも一つあります」

禁術は分類としては現代魔法にあたる。とはいえ、がっつり禁止されているような禁術の性質は古代魔法に近い。先人の賢者たちが危なすぎて禁止したわけだしな。

各国はそういう先人たちの教えを守って、禁術の研究を禁止している。ザンドラみたいに許可をもらって研究しているような奴《やつ》もいるものの、黙って研究してたら間違いなく捕まる。

ザンドラが魔導師たちに支持された理由はまさにそこだったわけだが、魔奥公団とかいう連中はそういう権力者を支持する方向には走らなかったらしい。

「彼らは魔法というものを極めたいと願い、そのために手段を選ばなくなった集団です。禁術の研究や魔法アイテムの蒐集《しゅうしゅう》はもちろん、研究のためには先天魔法の使い手を殺すことすら厭《いと》わない。魔導師が主体となっている犯罪組織の中では最悪でしょうな」

「各国や冒険者ギルドは対処しないのか？」

「基本は研究組織ですからな。あまり表には出てこないのです。彼らは研究対象さえあればいくらでも部屋に閉じこもっている類の人間でしょうから」

「なるほど。穴倉から出てくるタイミングで叩かないといけないってことか」

「もしくは繋がっている人間たちを捕まえるかです。そういう意味では藩国が拠点というのは納得できます。あそこは貴族の腐敗もありますし、冒険者も動きづらい国ですからな」

「帝国に迷惑をかけないなら正直どうでもいいんだが……今、問題なのはそいつらが帝国領内で何かをしようとしているということだ。聖女に関係ないとしても放ってはおけない。まぁ四宝聖具とその使い手の聖女……研究対象としては面白いだろうな」

　王国よりは帝国にいるときのほうが狙いやすいと考えるのはわからんでもない。

　王国内での聖女の警護は厳重だ。しかし、帝国での警護も甘くはない。

「近衛《このえ》騎士が護衛につくくらいは想像できると思うが、それでも狙うと思うか？」

「私なら狙いませんな。あえて狙うなら移動中ですが」

「鷲獅子《グリフォン》に乗ってる聖女を狙うってのも難しいわな」

「はい。何か仕掛けがなければ不可能でしょうな。もしも……アルノルト様が狙うとしたらどうなさいますかな？」

「俺ならか……」

セバスの質問にしばし考える。

古代魔法で強行突破なんてのは考えない。そういうことをセバスは聞いているんじゃない。シルバーとしてではなく、アルノルトとして。どれだけ厄介な犯罪組織だとしても、エルナみたいな強者を抱えるのは難しい。となるとそこそこの戦力での達成が求められる。

「うん、無理だな。だから……俺なら警備に穴を空ける。内側からな」

「つまり協力者を作るということですかな？」

「そういうことだ。外から無理なら内から。そういう観点ならこの国はうってつけだ。なにせ帝位争いの真っ最中。勢力が乱立している。条件次第じゃ協力する奴もいるだろうな。これまでの行動を見れば」

帝国内で聖女が死ねば責任問題になる。それは帝国にとってデメリットだ。普通ならやるわけがない。だが、そういう普通という考えは捨てたほうがいい。

「聖女が暗殺されるなんて現実的じゃないと思っていたんだが……ちょっと現実味を帯びてきたな」

「ご本人も何か感じておられるのでは？　そうでなければ最後などという言葉は使わないと思いますが……」

「その本人が自分のことだと言ったんだ。彼女の性格はよく知っている。自分で言ったことは変えたりしない。超頑固だからな。俺に話さないのは迷惑をかけたくないから。そう思われている時点で俺から聞き出すのは無理だ。可能性があるとするならレオだろうけど……事情を説明すれば上手《うま》くいかないのは目に見えている」

「レオナルト様の手腕に期待するしかありませんか。まぁ女性相手なら大丈夫では？」

「いつもなら天然で落とせると思うんだが……相手が相手だからな。まぁどうにかしてもらうとしよう」

これればかりは暗躍でどうにかなる問題ではない。

本人が本人の力で勝ち取ってもらわねば。

「夜になったら俺もついていく。仮面の義賊に興味があるからな」

「よろしいのですか？　姿を晒《さら》すことになりますが」

「帝国のために皇子が動いているのは変ではないだろ？」

「それはもちろんそうですが、出涸《でが》らし皇子という評判はよいのですかな？」

「他国の人間だ。しかも仮面を被《かぶ》った陰気な客人でもある。俺が真面目なところを見せても問題ないだろ？」

「完全にブーメランですが、まぁいいでしょう。此度《こたび》は全力ということですな？」

「そういうことだ。父上は帝位争いは休戦と言ったが、犯罪組織が相手なら問題ないだろ。結果的に帝位候補者たちが関わっていたとしても帝国を守るための戦いだ。許してくれるだろ」

「そうですな。しかしもしも聖女様の一件に魔奥公団が関わってない場合はどうなさいますか？　そちらを追っても聖女様の危機が回避されない場合はまずいと思いますが？」

セバスの言葉に俺はしばし考え込む。

たしかにそれが一番厄介だ。放置するという選択肢はない。だが二つが繋《つな》がっていなかった場合、片方の問題が解決しない。

戦力を分けるべきかどうか。レオの傍《そば》に戦力を置けば、それだけで聖女の護衛を強化することに繋がる。

「近衛騎士が護衛についている以上、一定以上の守りは保証されている。それを内側から掻い潜るとするなら……一人二人増員したところで無理だろう。そこもレオに任せるとしよう」

「よろしいのですか？　そのような不確かな方法で」

「ほかに手がない。それにレオならなんとかするだろ。犯罪組織まで関わっていて、大がかりな暗殺計画ならまだしも、王国周辺の裏切り者程度の暗殺ならレオがどうにかする。あいつは俺の双子の弟だ。きっとあいつも嫌な予感を覚えてるはずだからな」

双子の俺たちは互いが自分の分身のようなものだ。

能力に差があるかもしれない。性格に差があるかもしれない。

だけどそこらへんによらない感覚的なものは共通している。レティシアの言葉に俺が嫌な予感を覚えたように、レオもレティシアの様子に嫌な予感を覚えるはずだ。

それが俺たちの強みでもある。俺たちは互いのことをよく知っている。

　言葉は必要ない。

「俺は犯罪組織を追う。レオは聖女の傍にいる。それでいこう」

「かしこまりました。ジーク殿にはまた手伝ってもらいますか？」

「いや仮面の義賊を引き入れる。ジークにはクリスタたちの護衛をしてもらわないといけないからな」

　そう言って俺はニヤリと笑う。魔奥公団の連中は暗躍しているつもりだろうが、暗躍はお前たちだけのものじゃないってのを教えてやるとしよう。

9

　式典まであと三日。今日から大々的に祭りが開催され始める。

「美味である！」

「金を払ってから食え！」

　祭りといえば露店。そう言われて俺はオリヒメによって帝都の街に連れ出されていた。

　もちろんお忍びでだ。

「うむ！　我が従者よ！　払っておくがよい！」

「まったく……」

　俺は露店のモノを勝手に食ったオリヒメを注意しつつ、店主に頭を下げて料金を払う。

こういう祭りで要人がお忍びで回るというのは珍しいことじゃない。

過去にもそれを願い出た要人はけっこういる。帝都の祭りはそれだけデカいってことだ。だから帝国側でもそういう時の対応は準備している。

変装用にフードつきのコートが渡され、完璧な護衛体制で祭り巡りはなされる。コートは城が保有する魔導具だ。その効果は折り紙付き。

フードを被ればほぼ気づかれない。とはいえフードが脱げれば効果は切れるし、被る前から被った者を認識していた者には通用しない。

だから俺とオリヒメの周囲には近衛騎士が一定間隔でついて回っている。エルナは少し遠目から俺たちを見ており、ほかの騎士は祭りの客に成りすましている。

俺とオリヒメの設定は従者とお忍びのお嬢様。名前を呼ぶとバレる可能性があるため、オリヒメは俺を従者と呼ぶ。俺以外の皇子なら拒否しかねない設定だが、どうせいつも従者みたいなもんだから俺に否やはなかった。

そういう手の込んだ護衛の下、このお忍びは成立しているのだが、オリヒメにその自覚はない。

好き勝手に動いて、俺ですらついていくだけで精一杯だ。周りの近衛騎士たちは苦労しているだろうな。

「次はあっちだ！　従者よ！」

「おい！　待てって！」

「待たぬ！」

ハイテンションなオリヒメは人込みの中を器用に走っていく。

わっはっはー！　とか妙な笑い声をあげながら走っているため、どうにか追えているがそのうち見失いそうで怖い。

まぁそのためにエルナが遠くに控えているわけだが。

はぐれたらきっとエルナがオリヒメを捕まえる。そしてその時点でお忍び終了となる。正直、そのほうが楽なんだが、ずっと城の中だと暇だと騒いでいたオリヒメのストレス発散も兼ねているし、はぐれてエルナに捕まえられたらオリヒメが不機嫌になるのは目に見えている。

「ままならんなぁ……」

ここで面倒事を引き受けるか、あとで引き受けるかの違いだ。それならオリヒメの機嫌が良くなる展開のほうがまだ楽ということで、必死に俺はオリヒメを追いかけた。夜になれば仮面の義賊にも会いにいかないといけないってのに、体力を使わせてくれる困った奴だ。

そしてようやく追いついたと思ったら、オリヒメは一つの露店に釘付《くぎづ》けになっていた。

「はぁはぁ……やっと追いついたぞ……」

「我が従者よ！　妾《わらわ》はこれがやりたいぞ!!」

目をキラキラさせてオリヒメが告げた。

どんな露店だと俺は膝から手を離し、体を起こす。

するとそこにあったのは射的の露店だった。おもちゃの弓で棚に並べられた景品を射《う》って、下に落とせばその景品をもらえるという露店だ。祭りには昔からある古典的な露店といえる。

「あのなぁ……」

「やりたいやりたい!!　やりたいぞ!!」

俺が露骨に嫌な顔を見せると、オリヒメが服を摑《つか》んで子供のようにせがんでくる。上目遣いで頼んでくる姿は小動物のようでやらせてあげたい気持ちも湧いてくるが、やらせたが最後、きっと面倒なことになるのは目に見えている。

こういう露店は景品がすべて取られたら商売あがったりだ。だから景品が落とされない工夫がされている。負けず嫌いなオリヒメのことだ。絶対に夢中になって落としにかかり、しまいには駄々《だだ》をこねるに決まっている。

だから俺はため息を吐《つ》いて、オリヒメにお金を渡した。

「これを使い切ったら諦めろ。それが条件だ」

「おー!!　これだけあれば十分だぞ！　ふふん！　妾が店の景品をすべて奪ってくれよう!!」

そう言ってオリヒメが意気揚々と露店に向かっていく。

その姿は勇ましく、まるで戦場に向かう将軍のように堂々としている。

「敗走しなけりゃいいんだがなぁ……」

無謀な戦いに向かう君主を見送る臣下とはこんな気分かと思いつつ、俺はオリヒメを見守ることにした。

■■■

「うわぁぁぁぁぁぁんん!!!!　なぜだぁぁぁ!?!?」

オリヒメが頭を抱えて絶叫する。

それを見て店主はホクホク顔だ。オリヒメには結構なお金を渡したが、それをほぼ使い切ったというのにオリヒメは一つも景品をゲットできていない。

「うう……予定ではすべての景品が妾の下にあったはずなのにぃ……」

オリヒメは残り少なくなったお金を半泣きで見つめたあと、こちらをちらりと見てくる。

軍資金の増強を要請したいようだが、これ以上は増やす気はない。

「ある分でなんとかしろ」

「なぜだ……従者なのに冷たい……うぅぅ……できるのはあと一回か……」

がっくりと肩を落としたオリヒメだが、すぐに気を取り直すと新たな料金を払って再度トライする。最後の突撃をかけるといったところか。

「狙うは大将首!!」

そう言ってオリヒメはケースに入った宝石を狙う。

二つの宝石が入ったそれはこの店のおそらく目玉の一つ。そういう景品は間違いなく落ちないようになっている。だから別のを狙いにいけば一つも取れないなんてことはないんだろうが、別のところに行くという発想がないオリヒメはそればかりを狙って無残な姿を晒し続けている。

「うわぁぁぁ⁉⁉　また落ちない‼」

オリヒメが放った矢はケースにかすった。しかしケースはビクともしない。たぶん後ろに仕掛けがあるんだろうな。たぶん正面から直撃しても落ちないぞ。

そうは思っていても口は出さない。それもまた祭りの醍醐味《だいごみ》だし、かつてどこぞの幼馴染《おさななじみ》が不正だとわめいて揉《も》め事《ごと》に巻き込まれて以来、祭りで露店にケチをつけることはしないと決めている。

「終わったなら行くぞ」

「うわーん‼　妾はあれがほーしーいー‼」

オリヒメが両手を振り回して我儘《わがまま》を言う。露店にあるモノだし、どうせ大した品じゃない。

だがオリヒメは気に入ってしまったらしい。どうしても欲しいらしく駄々をこねる。

金がないわけじゃないが、一度甘い顔を見せるとまた駄々をこねる。そもそもほぼ間違いなくあれは取れないしな。

お金を渡したところで時間とお金の無駄だ。

そんな風に思っているとスッとオリヒメの横に女性が現れた。

年は俺と同じくらいだろうか。亜麻色の髪を三つ編みにしており、琥珀色《こはくいろ》の瞳をしている。

特徴的なのは分厚い眼鏡。その眼鏡のせいでひどく野暮《やぼ》ったく見える。

「どれが欲しいんですの？」

「うー……あれ」

オリヒメが聞かれた質問に対して、宝石の入ったケースを指さす。

それを聞き、女性はニッコリと笑うと店主にお金を払っておもちゃの弓を構えた。

「弓が原因ではありませんわね」

そう小さくつぶやき、何度か引く動作をしたあと、女性はスッと目を細めて景品に狙いを定めた。

そしておもちゃの矢が放たれる。

オリヒメが放ったときとはまったく軌道が違う。オリヒメの場合はすぐに失速したのに、女性が放った矢は糸を引くように景品に向かっていく。

だが、その矢はオリヒメが求めるケースの横にある景品に当たってしまう。しかも中央に当たらなかったため、景品が勢いよく回転していた。

一瞬、店主がホッとしたように息をつく。だが、回転していた景品が横にあるケースに当たり、ケースは後ろではなく前に落ちた。

きっと後ろには支えがあったが、前に倒れることは想定してなかったんだろう。

「はい。それはいただきますですわ」

「ちょっ！　今のはなしだ！　後ろに落とすゲームだぞ！」

女性の神技で落とされたケースを抱えて、店主がそう叫ぶ。まさかそんな屁理屈《へりくつ》を言われると思ってなかったのか、女性が困ったように眉をひそめる。

さすがにこれ以上は困らせられないか。

俺はゆっくりと前に出ると露店の中に入り、店主に顔を寄せる。

「おい、俺の顔に見覚えはないか？」

「はぁ？　見覚えなんて……え……？」

フードを少しずらし、俺は店主にだけ見えるように顔を見せた。つい最近、レオと一緒に顔を見せたばかりだからな。店主もすぐに気づいたらしい。

「あ、あ、あなたは……！　お、お、おう」

「ストップだ。俺の連れが欲しがっている。もらってもいいな？　それなら不正については目を瞑《つぶ》ってやる」

そう脅しをかけると店主は黙って何度も頷《うなず》き、ぎこちない動作で女性にケースを渡した。

いきなり店主の態度が変わったことに女性は首を傾《かし》げつつも、オリヒメにケースを渡した。

「はい、どうぞですわ」

「おおおお!!!!　ありがとう！　優しい人よ！　大好きだ!!」

そう言ってオリヒメは女性に抱きつき、喜びを露《あら》わにする。

しばし、女性にべったり抱きついたあと、オリヒメは満足したのか女性に向かって手を振って別れを告げる。

「さらばだ！　優しい人よ！　この恩は忘れぬぞー!!」

「恩だなんて大げさですわ」

そう言って女性は人込みの中に消えていく。それにしても神技だったな。あんな芸当、近衛《このえ》騎士でもできるかどうか。なにせおもちゃの弓だからな。

なんてことを思っていると、オリヒメが俺の腕を持ってなにやらしていた。

「なにしてる?」

「動くでない！　むむ！　意外に難しいな！」

そう言ってオリヒメはしばらく悪戦苦闘したあと、晴れ渡った顔で完成を告げた。

「うむ！　できたぞ！」

「これは……」

俺の右の手首にはケースの中に入っていた宝石がついていた。どうやらブレスレットだったようだ。正直、大した出来じゃない。

だがオリヒメはとても気に入っているようで、自分の手首にもつけている。

「どうだ！　お揃《そろ》いだぞ！」

「まったく……」

天真爛漫《てんしんらんまん》な笑みを浮かべるオリヒメは、俺とお揃いなのを何度も確認すると満足したのか、また人込みの中を走っていく。

そして俺はまたそれを追うのだった。

10

「むむっ⁉」

そろそろこの日の祭りも終わろうという頃。オリヒメがふいに顔をあげた。

その声色は明らかにいつもと違っていた。

「向こうか」

そう言ってオリヒメは一気に加速し、人込みの中を駆け抜けていく。

とてもじゃないが俺では追いつけない速度だ。

「殿下」

「俺は良い。追え」

最も俺の近くにいた近衛騎士、マルクが小さく指示を仰いでくる。

それに即座に返すと近くにいた近衛騎士たちも一瞬で移動を始めた。俺の護衛が外れた形だが、少し離れたところにエルナがいる。エルナなら状況を見極めて俺の護衛に徹するだろう。

そして離れているといってもエルナにとってはその程度は十分射程圏だ。何が来てもどうにかしてしまうだろう。

そんな風に思いつつ、俺は小走りでオリヒメを追った。

■■■

「このガキ！　邪魔するんじゃねぇ！」

俺がオリヒメに追いついたとき、そこには人だかりができていた。

ぐるりとオリヒメたちを囲う人だかり。そしてその中心にはオリヒメと露店で神技を見せた女性、そして倒れている老婆。それに対するのは二人組のゴロツキ。どちらも大柄だ。

すぐ近くには露店があった。しかし荒らされており、周辺にはその露店のモノらしい食べ物が散らばっている。

なにか揉め事があったことは容易に想像できた。

「それはこちらの台詞《せりふ》だ！　お婆《ばあ》さんに謝るがよい！」

「謝るわけねぇだろうが！　ここは俺たちの許可なしに露店を開けない場所だ！　勝手に露店を開けたそのババアが悪いんだよ！」

「そんなこと聞いていませんですわ！　お婆さんはちゃんと許可をもらっていますですわ！」

「俺たちの許可はねぇ！」

なるほど。ゴロツキどもがお金を脅し取ろうとしているのか。

自分たちの縄張りだから店を出したきゃ金を払えと。

「舐《な》めた真似《まね》をするじゃないか」

　本来なら即刻逮捕案件だ。祭りの警備は帝都守備隊が行っており、こういう輩《やから》の取り締まりは帝都の治安を守る警邏隊《けいらたい》が行っている。

　前者はレオの管轄する部隊であり、後者は法務大臣が管轄する部隊だ。しかしこの規模の祭りの細部まですべて見て回るのは、両者を合わせても人手が足りないようだ。

　チラリと見ればマルクをはじめとする近衛騎士たちがこちらを見ていた。

　俺の判断を待っているらしい。さっさと取り押さえるのは簡単だが、どうせこいつらはただのゴロツキだ。ここまで派手に動くということは誰かが裏にいる。

　それを探るのも悪くない。

　そう思って俺は人込みをかき分けて、オリヒメとゴロツキの間に割って入る。

「失礼します。うちのお嬢様が失礼いたしました」

「ああん？　なんだてめぇは？」

「こちらのお嬢様の従者です。申し訳ありません。お嬢様はこういう場所の常識は持ち合わせていなくて」

「従者よ！　何のつもりだ！」

「お嬢様は少し黙っていてください」

　後ろを振り向き、目を細めてじっと見つめる。

　余計なこと言えばわかっているな？　という意味をこめたのだが、正確にそれを理解したオリヒメは体を震わせて、神技の女性の背中に隠れた。

「本当にお嬢様が申し訳ありませんでした。どうかこれでお許しいただけませんか？」

そう言って俺はチラリと金貨の入った袋を見せつつ、そこから一枚取り出してゴロツキに渡す。大量の金貨を見て、ゴロツキたちの目が輝く。

そしてゴロツキたちは目を見合わせて、ニヤリと笑った。

金を巻き上げられると踏んだんだろうな。

「おうおう！　この程度じゃ許せねぇな！　ルール違反したのはそこのババアで、それを庇《かば》ったお前らも同罪だよな？」

「はい、ですから申し訳ありません」

「申し訳ねぇと思っているなら誠意を見せてもらわねぇとな！」

そう言ってゴロツキたちはさらに金を要求してきた。

まったく、祭りで気が大きくなっているな。好都合だが。

「でしたら、これでどうでしょうか？」

そう言って俺はさらに金貨を数枚渡す。

だが、ゴロツキたちはそれで満足しない。

「はっ！　これで誠意か？　おい、よく聞け！　俺たちの後ろにはガームリヒ男爵がついてんだ！　あの人が全部握りつぶしてくれるから、許してほしけりゃその袋ごと寄こせ！」

ガームリヒ男爵か。たしかギードの取り巻きの一人だ。

まぁあの面子《メンツ》ならこういう奴《やつ》らとの付き合いもあるだろうし、不思議じゃないだろうな。

「袋ごとすべてはちょっと……あと数枚でどうでしょうか？」

あえて俺は弱腰の姿勢を見せる。ここでさっさと捕らえて、ガームリヒ男爵に事情を聞けばそれで終わりなんだが、それで俺の評判が上がるのは困る。

後ろにいる貴族の名を吐かせて、近衛騎士に捕らえさせたと捉えられては困る。それではそれなりに好印象だ。

あくまで騒ぎを起こさないように金で解決しようとする人間だと思ってもらわねば。ベストは警邏隊が来て、こいつらを逮捕することだ。そのためにも時間を稼ぎたい。

そんな考えの下、俺はゴロツキとしばらく交渉し続ける。周りの民たちはそのうち俺に白い目を向け始める。なんとかゴロツキの機嫌を取ろうとする従者に見えてきたからだろう。

そろそろ頃合いかと思ったとき、ゴロツキたちの我慢も限界を迎えた。

「いいから寄こせって言ってるだろうが！」

そう言ってゴロツキが俺に手を伸ばす。あーあ、警邏隊が来るまで待てなかったか。

そんなことを思いつつ、俺は迫る手を見つめる。

その手が俺に触れることはなかった。

「な、に……？」

民に扮《ふん》した近衛騎士たちが一瞬でゴロツキたちに剣を向けていたからだ。

四方を近衛騎士たちに囲まれたゴロツキたちは一歩も動けずに立ちすくむ。

「お許しを、殿下。あれ以上待っていると隊長が動きかねないので」

「いいさ。それがお前たちの仕事だからな。だけど、これで問題があったことを父上に報告しなきゃいけなくなったな……面倒だ」

本音半分、演技半分でそんなことを言いながら俺はフードをとる。

一瞬、怪訝《けげん》そうな表情をゴロツキたちは浮かべる。

俺の顔にはピンと来なかったんだろう。だから俺は自己紹介をした。

「帝国第七皇子、アルノルト・レークス・アードラーだ。お前たちには出涸《でが》らし皇子といったほうがわかりやすいか？　お前たちを囲んでいるのは近衛騎士だ。抵抗してもいいが、無駄だぞ？」

「お、皇子⁉　どうしてこんなところに⁉」

「そりゃあお嬢様が行きたいって言ったからだな」

そう言いつつ、俺はクルリと振り返るとオリヒメに一礼した。

「我が帝国の民の非礼をお許しください。猊下《げいか》」

その言葉を聞き、周りの人間たちがギョッとする。

猊下と呼ばれるのは一人しかいないからだ。

「よい。こちらも迷惑をかけた」

そう言ってオリヒメがフードをとった。その瞬間、周りにいた人間たちが一斉に膝をつく。

ここが出涸らし皇子の効果というべきか。俺の正体を知ったからといって、民は跪《ひざまず》かない。

まぁ何人かは膝をついていたが、大抵の人間は頭を下げる程度だ。

それなのにオリヒメの正体を知った瞬間、これだ。順調に侮られていることを確認して、俺は苦笑する。

「アルノルト皇子。その者たちをどうする？」

「警邏隊に引き渡します」

「ならばその前にこのお婆さんに謝らせたいのだが？」

そうオリヒメが申し出る。それを受けて俺は一つ頷き、ゴロツキたちを見る。

「どうする？　謝るか？」

「あ、あ、謝ります！　謝らせてください！」

「そうか」

俺が目線でマルクに合図すると、ゴロツキたちは近衛《このえ》騎士たちに連れられ、老婆の前に跪いて頭を下げた。それを見てオリヒメが告げる。

「二度とするな。弱い者を搾取しようとすれば、いずれそれは自分に返ってくる。次は真っ当に生きるのだな」

「は、はい！　ありがとうございます！　仙姫様！」

ゴロツキたちは何度もオリヒメに頭を下げた。オリヒメが気に入らないといえば、さっさと斬首だからだ。少なくとも命だけは助かったというわけだ。

そうしている間にようやく警邏隊の者がやってきた。

彼らも騒ぎになっているのはわかったんだろう。結構な人数でやってきたようだ。

「対応は任せるぞ。騎士マルク」

「はっ。お任せください」

警邏隊への引き渡しや面倒な説明はマルクに押し付け、俺はオリヒメを連れて城に戻ることにした。

「ではな！　優しい人とお婆さん！」

「ありがとうございます！　ありがとうございます！」

老婆はしきりに頭を下げており、神技の女性もそれに合わせて頭を下げる。

だが、ふと神技の女性と視線が合った。そのとき、女性が口を開いた。

「皇子殿下……彼らの裏にいた者はどうなさるおつもりなんですの？」

「……」

オリヒメの正体を明かして、そちらの話題からは興味をそらしたつもりだったが……。

なかなかどうしてよく見ている。弓の腕といい只者《ただもの》ではなさそうだ。

「適切に対応する。俺の弟が」

「お、弟君ですの……？」

「ああ、俺はやらん。そういうのは弟の仕事なんでな。ではまたどこかで」

そう言って俺はオリヒメとともにその場を後にしたのだった。

こうも騒ぎになってはもうお忍びというわけにはいかない。

11

そして夜。城に帰ったあと、問題が起きたことを父上に報告し、加えてセバスが探り当てた情報も父上には伝えた。とはいえ、まだまだ断片的な情報だ。

もしかしたらという憶測に過ぎないため、父上もフランツも困り顔だった。

結局、セバスが情報を集めたらまた伝えますということで話はまとまった。

ようはこの一件はしばらく俺に任されたということだ。

「なかなかどうして夜の路地裏ってのは不気味だな」

「密談にはもってこいではありますな」

そんな会話をしていると後ろから気配がした。

ゆっくり振り向くと、そこには朱色の仮面を被《かぶ》った女性がいた。その手には弓を持っている。

こいつが藩国の義賊、朱月《ヴァーミリオン》の騎士か。

そんな風に思っていると、俺の顔を見た向こうが少し慌てた様子でつぶやいた。

「あ、アルノルト皇子……!?」

「ほう。ご存じだったか。さすがは藩国の義賊。俺もターゲットに入っていたかな？」

「そ、そんなことありませんですわ！」

「……ですわ？」

耳に飛んできたのはややこしい口調だった。

俺は祭りで似たような口調の女性と会っている。無理やり語尾にですわをつける人間がそう何人もいるとは思えない。どう考えても間違ったですわの使い方をしている人物といえば。

「……露店で会った神技の女性か？」

「ち、違いますわ！　弓なんて使っていませんですわ！」

「……そうか。弓は使ってないか」

「ああ……やってしまいましたですわ……」

俺は一度も弓なんて言ってない。それにすぐに気づいたヴァーミリオンは自分が墓穴を掘ったことを知り、肩を落として落ち込むのだった。

■■■

「よくまぁそれで仮面の義賊なんてやっていられたな？」

「うう……言い返せないですわ……」

俺の言葉にヴァーミリオンは項垂《うなだ》れる。

場所はセバスが用意した宿屋。本来なら路地裏で話を終えるつもりだったんだが、ヴァーミリオンの正体に触れてしまったため、場所を移すことにした。こちらのほうが安全だからな。

「はぁ……想像の斜め下を行かれるとは思わなかった」

椅子に座った俺はあまりの迂闊《うかつ》さに呆《あき》れつつ、そうヴァーミリオンに告げる。

後ろでセバスが、人のことは言えませんがねとつぶやいたが、無視した。

フィーネにバレたときのことを言っているんだろうが、皇子の部屋へ勝手に入るなんて誰が予想できるのか。ヴァーミリオンの失敗と一緒にしないでほしい。あれは回避不可能だ。

「とりあえず自己紹介から行こうか。知っていると思うが、俺はアルノルト・レークス・アードラー。帝国の皇子だ。こっちは執事のセバスチャン」

「どうぞ、セバスとお呼びください。昨日は大変失礼いたしました」

「い、いえ、こちらこそですわ……」

セバスが丁寧に頭を下げると、ヴァーミリオンも頭を下げた。

その姿を見て、朱月の騎士なんて大層な名前を想像するのは無理だろうな。とはいえ、彼女が藩国の義賊であるのは事実であるし、こちらの知らないことも知っている人物であることも事実。だから俺は彼女に包み隠さず話すことにした。

「魔奥公団《グリモワール》のことは父上には伝えたが、まだまだ情報が不確定すぎて国としては動けない。だから俺は魔奥公団が本当に帝都にいるのか、そして何を目的としているのか。それを探り当てたい。そのために力を借りたいんだが？」

「……義賊と呼ばれていようと私は賊ですわ。皇子がそんな者と協力しているなんてバレたら、藩国との関係が破綻してしまいますわよ？」

「そのことは承知の上だ。だから闇に紛れて会いにきた。まぁ俺が来たのは……いざとなれば切ることができる皇子だからだな」

「……祭りの時もですが、聞いていた人物像とだいぶ違うような気が……」

俺の説明を聞いてヴァーミリオンは困惑した様子を見せた。

そんなヴァーミリオンに対して、俺は脚を組んで答えた。

「出涸らし皇子にしてはちゃんとしすぎているか？」

「……ありていに言えばそうですわ。無能無気力の皇子という評判と、今のあなたは一致しないですわ」

「まぁそうだな。この一件はやる気を出してたな。なにせ弟が関わってるかもしれない。俺に関わりないところで起きていることなら気にしないが、俺の家族が関わってくるなら話は別だ。俺は俺の周りに危害を加えようとする奴らには容赦をしないと決めているんでな」

そう言った俺の目を見た瞬間、ヴァーミリオンは一歩後ずさった。

思わずといった感じだったんだろう。そのことにヴァーミリオン自身も驚いていた。

そんなヴァーミリオンに対してセバスが困ったような口調で告げる。

「いつもこういう風にやる気を出してくれると助かるのですがね。つまるところサボり魔ということです」

「サボり魔なんて可愛《かわい》いものではありませんですわ……能ある鷹《たか》は爪を隠すと言いますが、さすがは黄金の鷲《わし》の一族。曲者揃《くせものぞろ》いですわね」

そう言ってヴァーミリオンはゆっくりと仮面を外した。その奥にあった素顔は綺麗《きれい》な少女の顔だった。眼鏡をかけていたときはさして目立たなかったが、整った顔立ちだ。

フィーネやエルナのように人の目を強く惹《ひ》く美しさとは違う。

彼女たちがバラやアジサイのように一目で美しいとわかる花であるとするなら、目の前の少女はしっかりと見つめて良さが見えてくるユキノシタといったところか。

「私はミアと申しますわ。藩国では朱月の騎士《ヴァーミリオン》と呼ばれています。帝国に来たのは魔奥公団の支部で帝国にて何か計画があることを突き止めたからですわ」

「信用してくれたと取ってもいいかな？」

「構わないですわ。あまり貴族や王族という身分の方は好きではありませんが……あなたは別だと思いましたわ」

「理由は？」

「出涸らし皇子などと呼ばれても本気にならないのに、家族のために本気になる。きっと家族が大切なのでしょう？　私には血縁で結ばれた家族はいませんが、それとは違う絆《きずな》で結ばれた家族がいます。あなたのその気持ちが私にはわかりますわ。だからあなたを信用することにしたんですわ」

ミアの言葉に俺は苦笑する。義賊なんてやっているだけあって、判断基準も特殊だな。

だが信用してくれるというなら都合がいい。

「では手を結ぶとしよう。この一件が終わるまでは君に手出しはさせない。その代わりこちらに協力してほしい」

「わかりましたですわ。帝国側から追手を差し向けられては調査どころではありません。その代わり、そちらの情報もいただきますですわ」

そう言ってミアはこちらの情報も要求してきた。なるほど、力だけで全部解決の脳筋かと思ったけど頭も回るらしい。

わざわざセバスを夜の街で動かしていた以上、こちらにも情報があると踏んだんだろう。

「別に構わないが……後には退《ひ》けないぞ？」

「元々、仮面を被ったときから退路は断っていますわ」

「そうか……皇帝の即位二十五周年式典には各国の要人が来ている。それは知っているな？」

「もちろんですわ。あなたといたオリヒメ様もその一人ですわね？」

「ああ、そうだ。その中には王国の聖女もいる。接待役は俺の弟だ」

「……その聖女様に何かあると？」

「本人の言動が不穏だった。最後なんて言葉をむやみに使う人じゃない。それで何かあると踏んだ。彼女が身の危険を感じているなら、裏で何か企《たくら》みが進行しているかもしれない。だからセバスに不審なところがないか調べさせていたのさ」

「……聖女様が頼んだわけではないと？　よくそれで動く気になりましたわね……」

「俺の嫌な予感はよく当たるんだ」

そう言って俺は小さくため息を吐《つ》く。今回も残念なことに当たってしまった。あとはどこまでその嫌な事態が広がっていくかだが、それはこちらの努力次第で食い止められる。

「正直、聖女に何かしようとするなら内部に協力者が必要だ。だが、城には多くの人がいるし、帝位争いのせいで勢力もいくつかある。内部から探すのは難しい。繋《つな》がりのある組織から辿《たど》る以外に手はないというわけだ。これが唯一の手掛かりといってもいい」

「魔奥公団なら聖女様を襲撃しても不思議ではありませんわ。あの組織は藩国の闇を牛耳り、自分たちの研究素材を探し続ける異常者の集まりですもの」

「狙っているという証拠はないが……いるだけで害悪だ。さっさと潰すとしよう。セバスに組織の男を追わせる。それに付き合ってもらっても構わないか？」

「もちろんですわ」

「ああ、セバスの指示には従ってくれよ？　うっかりなんだから」

「う、うっかり!?」

「うっかりだろ？　口調やら出来事なんかで正体がバレたわけだし」

「な、慣れていなかっただけですわ！」

「慣れていなかったって……敵と出会ったときはどうしてたんだ？」

「遠くからドーンですわ。近づいたとしても会話なんて滅多《めった》にしませんし、逃したりもしませんもの」

「……」

弓を放つ素振りを見せながらミアはそう告げる。

なるほど。強すぎて正体を隠すとかそういう心配をするまでもなかったのか。

心配の種がまた一つ増えたな。

「ちゃんと見張ってろ」

「かしこまりました」

「ど、どういう意味ですの⁉　訂正を求めるですわ！」

「そのヘンテコな口調を直してから出直してこい」

「ヘンテコな口調⁉　お爺《じい》様直伝の淑女の口調ですわよ⁉」

「本当の淑女はそんな喋《しゃべ》り方《かた》はしない」

ガーンとショックを受けるミアを見て、俺は軽く頭痛がしてきた。

こんなんで大丈夫なんだろうか。

そんな不安を覚えつつ、その日の密談は終了したのだった。

12

次の日の夜。

俺は城を抜け出して、ミアと密談をした宿屋にいた。

「どうだ？　収穫はあったか？」

俺の問いかけにミアがすぐに頷《うなず》く。

式典はもう間近。さすがに向こうも動いたか。

「魔奥公団の幹部を見つけたですわ」

「ほう？　顔見知りなのか？」

「いいえ。私は初めて見る顔でしたですわ」

「それなのに幹部だとわかるのか？」

ミアは頷き、一枚の紙を取り出す。

そこに描かれていたのは黒い本のマーク。ただの本ではない。悪魔の羽が生えた奇怪な本のマークだった。見るからに怪しそうなマークに俺は目を細める。

「これは？」

「魔奥公団のシンボルマークですわ。幹部はこれを入れ墨として体に入れているのですわ」

「なるほど。このマークを持っている奴《やつ》を見つけたか？」

「はいですわ」

魔奥公団の幹部を見つけられたのはデカい。そいつの動きを追っていれば、自然と何をしようとしているのかがわかってくる。

式典中の帝都に犯罪組織というのは不穏極まりないが、対応できることとすれば警備を厚くすることくらいか。

父上に言ったところで捜査には乗り出さないだろう。そんな人手はないし、すでに計画が始動しているなら時すでに遅しだ。中止というのもありえない。

やれることは限られている。

「もう一つお知らせすることが」

「なんだ？」

「その幹部は帝都に潜入していた賞金首、呪詛《じゅそ》使いのイアンです」

「賞金首が魔奥公団の幹部？　元々、幹部だったのか、それとも招かれたのか。どちらにせよ、帝都に入れた理由がはっきりしたな」

点が線で繋がっていく。別々に追う必要がなくなったのは助かるな。だが、そうなるとなおさら侮れない。

賞金首の呪詛使いを使って、一体何をする気なのか。暗殺か、もしくは別のことか。敵の選択肢は多い。こちらはさまざまなことを想定しなければいけない。厄介極まりない。

「考えることが多いな。今回は」

「そのようですな。それはそうと、レオナルト様はいかがですか？」

セバスがそうレオの様子を聞いてくる。

秘密を握っているだろう聖女から何かを聞き出せそうなのはレオしかいない。

気にするのは当然だ。

「どうだかな。仲良くなってはいるだろうが、レオ次第だろうさ」

「聖女様も何か不穏な気配を感じているなら言ってくだされば力になれるのにですわ」

「彼女が話さないという時点である程度のことは予想できる」

「予想というと？」

「……聖女レティシアは王国のために戦った。王国とそこに住む民こそが彼女の守るべきものだ。たとえそれが自分を裏切ろうともな」

「王国が聖女を裏切ると？」

セバスの問いに俺は一つ頷く。

自分の問題だとレティシアが口を閉ざすというのはそういうことのはずだ。

「信じられないですわ……王国を支えるのは聖女様のはずでは……？」

「王国とて一枚岩じゃない。現在、王国を主導する派閥は聖女レティシアを中心とする親帝国派だ。だが、それとは別に反帝国派も大勢いる。そして反帝国派は親連合王国派でもある。彼らは連合王国と手を組み、帝国に対抗するべきだと主張する。だから帝国との関係を改善させ、連合王国からの侵攻を跳ね返したレティシアは邪魔で仕方ないんだ」

連合王国にとってレティシアは目の上のたんこぶだ。

レティシアという聖女がいるかぎり、連合王国は王国の領土を手に入れることはないだろう。そもそも連合王国の主要な者たちは開戦に踏み切らない。いや踏み切れない。

それほどレティシアというのは連合王国には恐れられている。トラウマに近いかもしれない。だからこそ、連合王国と親密な関係を築く上でレティシアの存在は邪魔となる。

「救国の聖女なのに……都合が悪くなれば排除しようとするだなんて……最低ですわ」

「人間なんてそんなもんさ。レティシアが戦場に立ったとき、王国はひどく弱っていた。そこからようやく巻き返すことに成功してきたわけだが、力を取り戻せば領土の拡大を視野に入れることになる。そうなると帝国と仲がいいのは困る。領土を拡大するうえで最も欲しいのは大陸中央部の領土、つまり帝国領土だからだ」

「皮肉ですな。聖女様が救い、勢力を回復させたがために聖女様が排除されようとするとは」

「まったくだ。この時期にレティシアが帝国に来たということは、親帝国派は帝国と条約を結ぼうと考えているはずだ。阻止するなら今と考え、反帝国派が動いているならレティシアの言葉も理解できる。これは確かに王国内の問題だ。ただし舞台は帝国だがな」

帝国内で聖女が暗殺されれば帝国と王国は緊張状態となる。

かねてから連合王国は大陸に領土を求めていた。藩国よりもさらに大きな領土だ。だから王国に侵攻したわけだが、王国に対して執着しているわけではない。

彼らが欲しいのは大陸の領土だ。どの国の領土でもいいというわけだ。そういうことならば王国と手を組んで帝国を攻めるのはありえる話だ。大義名分さえあれば皇国だって巻き込めるかもしれない。そうなればいくら帝国でも厳しい。

「ここからは完全に想像の話だが……帝国が劣勢に陥った場合、帝国は領土を割譲することになるだろう。加えて聖女暗殺の責任を誰かに取らせることになる。そして傍《そば》にいた接待役であるレオがその犠牲になる可能性は高い。つまり……帝位候補者たちにとっても旨《うま》い話というわけだ」

「自分の国に被害をもたらしてまで帝位が欲しいというんですの？　本末転倒ですわ」

「まったくもってその通りだが……これまでの行動からないとは言い切れない。そこらへんの事情に魔奥公団《グリモワール》が付け込んだか、もしくは王国か帝位候補者が巻き込んだか。どちらにせよ、どの陣営にも動機がある。動機があるということは可能性があるということだ」

「しかし、それぞれの目的で動いている以上、シナリオどおりには事は運ばないかと」

セバスの言葉に俺は頷く。

反帝国側は帝国を滅ぼしてしまいたいと思っているし、帝位候補者たちも王国を味方とは思っていないだろう。そうなると聖女が暗殺されるか、もしくはその少し前にそれぞれが独自の行動をとり始めてもおかしくない。

さまざまな思惑が入り乱れれば非常に読みづらくなる。

「魔奥公団が聖女に関わっているかは定かではないが……わざわざ帝国の式典に潜り込んでいる以上、よからぬことを考えていることは事実だ。結果的に関わっていなかったとしても、魔奥公団の企みを阻止すれば、それを理由に要人たちを早めに帰国させることも可能になる。これ以上、面倒なことになるのは避けられるかもしれない。さらに魔奥公団を探れ。奴らの計画が何なのか知る必要がある」

「かしこまりました。万が一、間に合わなかった場合はどうなさるおつもりですか？」

「そのときはこちらで手を打つ。来てほしくはない未来だがな」

きっと聖女が暗殺でもされたらレオはしばらく立ち直れない。

そうなれば勢力自体が揺らぐ。なにより、俺も自分を許せないだろう。

「最悪の場合は奥の手でどうにかする。だが、使いたくはない手だ。わかっているな？」

「はい。お任せください」

そう言って俺はセバスとミアに魔奥公団の件を任せて部屋を出た。

さて、どう転ぶやら。とりあえず監視すべき帝位候補者は決まった。

戦争という単語が大好きな奴ならこういう計画にも乗るだろう。

「昔はどうあれ、今はもう救いようがない馬鹿だな。ゴードン」

そうつぶやきながら俺は城へ戻ったのだった。

第二章　式典開催

Episode 2

1

朝。帝都はいつになく活気に満ち溢《み あふ》れていた。

今日は式典の一日目。開会式だ。城はいつもよりだいぶ慌ただしい。

その慌ただしさのせいで目が覚めてしまった俺は、運動がてら城を散歩していた。

「アル兄さま……？」

「クリスタ？　早いな」

後ろから声をかけられ、振り返るとそこにはクリスタがいた。

場所は城の中腹。広場があるエリアだ。

「兄さまこそ早い……なにしてるの？」

「散歩だな」

「じゃあ私たちと一緒」

「私たち？」

そう聞き返すとクリスタが静かに頷《うなず》き、広場のほうに視線を向ける。

そこでは青い髪のエルフとリタが楽しそうに歩いていた。

「エルフの姫君か。ずいぶん仲良くなったみたいだな？」

「うん。良い人」

「そうか」

クリスタが懐くのは珍しい。排他的なエルフは人間を見下す者も多い。だが、そういう人物ならクリスタが懐くこともないし、リタと楽し気に歩くこともないか。

ただ問題がある。彼女を見ているとどうにも違和感が湧いてくる。

城に来たときは結局、違和感の正体には気づけなかった。

彼女には何かがある。

そう思って彼女を注意深く観察していると、向こうがこちらの視線に気づいた。

深く一礼すると向こうも頭を下げたあと、こちらに近づいてきた。

「お初にお目にかかります。第七皇子のアルノルトと申します。エルフの姫君」

「姫君なんて言われると照れてしまいます。私はウェンディ。エルフの里より参りました」

丁寧にあいさつするウェンディからは不穏な気配は欠片《かけら》も感じられない。

親しみのある笑顔には嘘《うそ》もない。しかし違和感だけは消えない。

「アルノルト殿下はクリスタ殿下と仲がよろしいのですか？」

「うん、アル兄さまとクリスタは仲良し」

クリスタがそう言って抱きついてくる。苦笑しながらクリスタの髪を撫《な》でつつ、俺はウェンディから視線を外さない。何かあともう少しで摑《つか》めそうな気がする。

そう思っているとリタが慌てた様子で俺とウェンディの間に割って入った。

「あ、アル兄！　そろそろリタたち行かないと！」

「う、うん！　戻らないと！」

リタとクリスタの慌てようはどうもおかしい。二人はウェンディの手を引いてその場を去ろうとする。そのとき、一瞬だがウェンディの姿がブレたような気がした。

錯覚と思ってしまいそうなわずかな変化だが、俺はその手の現象を見慣れている。

「幻術か」

俺の言葉を聞き、リタとクリスタが足を止め、体を震わせた。

ビンゴか。二人とは対照的に当事者のウェンディは落ち着いた様子だった。

「さすがは帝国の皇族。どなたも良い目を持っておられますね」

「クリスタも気づきましたか」

「はい。話は部屋でも構いませんか？」

「もちろんです。何か事情がおありなのでしょうから」

そう言って俺はクリスタたちと共にウェンディの部屋へ移ったのだった。

[redacted]

「まずは欺いたことをお詫《わ》び申し上げます」

「それは構いません。気になるのはなぜ幻術を使っているのか、ということです」

俺の質問にウェンディは一つ頷き、自らにかけていた幻術を解いてみせた。

かるくウェンディの体が光り、そのあとに本当のウェンディが現れた。

スレンダーな大人の女性だったウェンディが、クリスタと変わらない背になっていた。

つまり子供ということだ。

「なるほど。子供が代表では礼を欠くということですか」

「はい。エルフの里で人間の国に行きたがる者は多くありません。その多くない中で要人を務められる身分は私しかいませんでした。しかし大国である帝国への使者として子供が向かったとなれば失礼に当たるのではという意見もあり、仕方なく幻術で姿を変えていたのです」

「先に言っていただければ対応したのですが……まぁもう仕方ないでしょうね」

嘘をついた以上は嘘を貫き通すしかない。事情が事情だし、バレたところで父上が怒るとも思えないがバレずに済むならそのほうが面倒は少ない。

チラリとクリスタとリタを見ると、二人とも怒られるのではとビクビクしていた。

そんな二人の頭に手を置く。

「秘密を守るならもっと上手《うま》くやれ。怪しかったぞ？」

「……怒らない……？」

「怒らないさ。お前は接待役だ。立派に務めを果たしてる。リタもな」

「リタは何もできてない……」

嘘がバレたことがショックだったのか、リタは肩を落としている。

護衛としての力不足は感じているんだろう。せめて秘密を守る手伝いくらいはと思っていただろうに、それを暴いてしまった。悪いことをしたな。

「姫君。この子たちをよろしくお願いします。困ったことがあれば頼ってくだされればお力になりましょう」

「陛下にお伝えしないのですか……？」

「伝えたところで対応する暇は父上にはありません。仕事を増やすよりは誤魔化《ごまか》し通したほうがよいでしょう。まぁバレたところで問題にする人ではないので、肩の力を抜いてください」

俺の言葉を聞き、ウェンディは安心したようにほっと息を吐いた。

ずっと気を張ってたんだろうな。エルフの成長はある程度のところで止まる。だが、ある程度のところまでは人間と変わらない成長速度をたどる。つまり見た目が子供のウェンディは間違いなく子供ということだ。異国の地で心細かっただろう。それでも耐えられたのはクリスタとリタが友人になったからだろうな。

「フィーネには伝えてあるのか？」

「ううん……まだ」

「じゃあフィーネには伝えておけ。問題が起きたら俺かレオに知らせろ。なんとかする。いざとなれば母上に頼めばどうにでもなる」

父上はクリスタには甘い。その母親代わりである母上にも当然ながら甘い。

クリスタが母上に頼れば、父上は間違いなく許すだろう。だが、父上が許したところで問題を大きくしようとする者もいるはずだ。エルフは嫌いだという者も帝国にはいるし、礼儀を重んじる者もいる。

そういう奴《やつ》らを黙らせるのに父上の手を煩わせるのは心苦しい。大忙しだからな。

「とはいえ、なるべくバレないように。皇族の視線にはお気をつけを。俺が気づけるということは全員に気づかれる可能性があるということです」

まぁ違和感を覚えて、それを解明しようとする者は少ないだろう。

問題なのはそこではない。ウェンディの姿がドストライクな変態がいるということだ。

「とりあえずトラウ兄さんには近づくな。いいな？」

「うん、わかった」

クリスタが真剣な顔つきで頷く。クリスタもまずいとは思っているみたいだな。

ウェンディはトラウ兄さんが求めていた〝ロリフ〟そのものだ。

あの人がウェンディを見てどんな反応をするのか。ちょっと予測できない。

「注意点はそのくらいか。では失礼します。姫君」

「あ、アルノルト殿下。その……ありがとうございます」

「礼は結構です。その分、帝国を楽しんでください。そのために来られたのでしょう？」

「はい！　私は人間や人間の国に興味があります！　お祭りも見てみたいです！」

「リタも祭り楽しみ！」

「私も」

「それはフィーネに伝えておけ。手配してくれるはずだ」

そう言い残して俺は部屋を出る。扉を閉めると壁に寄り掛かったジークがいた。

「また聖女の部屋に近づいたのか？」

「ちげーよ。お前さんの妹たちの護衛で眠いだけだ」

「そうか……悪いな。面倒事を押し付けて」

ジークにはクリスタとリタの傍《そば》にできるだけいてもらうようにしている。

たぶんその過程でウェンディの正体にも気づいていたんだろう。

バレないようにしっかり護衛してくれているようだ。

「別にいいさ。これも仕事だ。こっちはどうにかなる。そっちはどうだ？」

「順調とは言えないな。最悪、騒動が起きるかもしれない。クリスタにしろ、ウェンディにしろ、狙われる可能性は十分にある。任せたぞ？」

「はっ……誰に言ってやがる。このジーク様が護衛してんだ。傷一つ」

「あ、ジークいた」

カッコつけている最中にジークはクリスタに抱えられて部屋に連れていかれてしまう。

きっとまたおもちゃにされるんだろうなと思っていると、中から叫び声が聞こえてきた。

「いてぇぇぇぇ!!　引っ張るんじゃねぇぇ!!」

「……まぁ仕事と割り切ってもらおう」

少し同情しつつ俺はその場をあとにする。

やることはたくさんあるのだ。

2

「我が治世は二十五周年を迎えた。皆には苦労もかけてきた。良いことばかりではなかっただろう。反省すべき点はいくつもある。だが、こうして無事にこの日を迎えられた。それは支えてくれた臣下たち、そしてついてきてくれた民たちがあればこそ！　今日という日は皆のための日だ！　このような皇帝によくぞついてきてくれた！　帝国が存続し、栄え続けたことを祝い、喜び、そしてこれからの未来に希望を持って歩こう！　今日はそういう特別な日にしようではないか!!」

皇帝ヨハネスの演説により即位二十五周年を記念した式典の開会式が始まった。

それを観覧席から見ていたレティシアとレオは拍手をしながら民に視線を移す。

「皇帝陛下万歳!!」

「帝国万歳！」

「帝国よ永遠であれ!!」

熱狂ともいうべき雰囲気を見て、レティシアがふっと柔らかい笑みを浮かべた。

「よい国ですね」

「そうですね。陛下は……いえ、父上は良い国を作られた。僕もあのようにあれたらといつも思っています」

「レオナルト様ならきっとなれます」

そう言ってレティシアは笑顔を浮かべた。

お世辞ではなかった。レオならばできるとなぜか自信をもって言えた。

「……そうであればいいのですが」

「自信がありませんか？」

「そうですね……僕は自信を持てることを何もしていませんから」

「ふふ、あなたにそれを言われては多くの人が立つ瀬がないでしょうね」

「謙遜ではありません……本当に僕は何もしていないんです。人は僕を英雄と呼ぶ。けれど、英雄と呼ばれるほどのことを僕はしていない。必死に皇族としての義務を果たし、周りが助けてくれただけです」

「人に助けられるのも皇帝の素質だと思いますが？」

「そうかもしれません。幸運にも周りの人には恵まれています。ですけど、それが最も大切だとするなら……僕より優れた人がいる」

そう言ってレオは違う場所で皇帝の演説を見ているアルのほうに視線を移した。

そこにはオリヒメとウェンディがおり、クリスタやフィーネもいた。

アルは全員と打ち解けた様子で会話をしている。

得難き人を得る。その才能がアルにはあった。

「たしかにアルノルト様は素晴らしい方だと思います。あの人はきっと人を味方にする才能があるのでしょうね。私も……あの人が弟なら楽しいだろうなと思います」

「お、弟ですか？」

「弟です。私のほうが年上ですから」

ひとしきり自分のほうが年上だということを強調したレティシアは、柔らかな笑みをレオに向けた。その笑みを見て、レオは顔を赤くする。

「レオナルト様は悩まれているのですね。自分が皇帝になるべきなのか。アルノルト様のほうがふさわしいのではないかと」

「……はい」

「では断言しましょう。きっとあなたのほうが皇帝に向いています。アルノルト様は近しい人に興味を示しますが、そうでないならきっと興味を抱きません。今も傍にいる人たちに目を向けても、民には目を向けていませんから。一方、レオナルト様は国を家族と捉えることができます。民のために何ができるのか。そう考えられる人です。どちらが皇帝に向いているかははっきりしているかと」

「向いている、ですか……」

「はい。あなたは向いています。そして相応《ふさわ》しいのもレオナルト様です。皇帝とは国の象徴。皇帝は決断し、国を導く存在です。そうである以上、皇帝を目指し、国をよくしようと考える者が相応しい。アルノルト様は資質に恵まれていても、その意思に欠けます。なぜならあの人にはあなたがいるから。あなたがいる以上、アルノルト様は皇帝を目指さないでしょう。誰よりもあなたを認めているからです」

まだ足りませんか？　とレティシアが視線で問いかける。

それに対してレオは首を横に振った。勢力が弱かった頃は必死だった。やらなければ死が後ろにあったからだ。しかし勢力が大きくなり、皇帝の椅子というものがちらつき始めて、迷いが出てきた。自分でいいのかという迷いだ。

迷うほどには余裕ができたということだ。だがその迷いも払拭された。

迷うだけ無駄だったと気づけたからだ。

「大丈夫です。ありがとうございます」

「そうですか。それはよかったです」

レオがアルのほうが相応しいと感じたように、アルもレオのほうが相応しいと感じている。

そして向いているのは自分だというなら答えは決まっている。皇帝になったからといって兄弟でなくなるわけではない。互いに信頼し、今までと同じように支え合っていけばいい。

その未来がレティシアの言葉で見えた。

目の前にあった霧が晴れたような気分だった。ずっと抱いていた迷いが消え去ったのだ。

感謝しつつ、レオはもう一度、アルのほうを見る。

アルはレオのほうを見ない。

それはきっとレオを信頼しているから。そしてそれは無言のメッセージでもあった。

レオとて馬鹿ではない。ずっと傍にいたのだ。レティシアが何か抱えていることは察していた。だが、それをどうするべきか扱いかねていた。

同じことをアルが気づき、相談してくるかもと思っていた。しかしアルは何も言ってこなかった。気づかないはずはない。同じ双子なのだ。

ならば答えは一つ。

「僕に任せるってことか……」

「はい？」

「いえ……一つ答えにたどり着いただけです。レティシア」

さん付けもせず、ただ名前を呼び捨てにした。

今までにない呼ばれ方にレティシアは目を見開くが、レオはそのまま言葉を続けた。

「あなたが僕の悩みを聞いてくれたように、僕もあなたの悩みを聞きたいと思っています。もしも信頼しているというなら——僕に話していただけませんか？　あなたの悩みを」

レティシアの目を真っすぐ見つめてレオは告げる。

思いもよらなかった言葉にレティシアは言葉を失った。

「本当はずっと気づいていました。あなたが何かを抱えているのだと。けれど聞くのが怖かった。だから兄さんがその話を持ち掛けてくるまで待っていました。でも兄さんは何も言ってこなかった。きっとそれは僕に任せるということでしょう。だから聞きます。あなたが抱える悩みを僕に共有させていただけませんか？」

「レオナルト様……」

迷いのなくなったレオは真っすぐだった。その真っすぐさにレティシアは最初こそ驚いたが、今はこれがこの双子の相違点なのだろうと分析していた。

アルはこんな風に真っすぐ聞くようなことはしない。回りくどいともいえる手を使い、聞き出そうとするだろう。一方、レオは一切寄り道もせずただ真っすぐに質問してきた。

どちらが自分にとって好ましいか。レティシアは考えるまでもなく後者だと思えた。

善意に対してレティシアは弱い。そういう点でいってもレオはレティシアの説得に向いていた。レティシアは困ったように笑ったあと、小さくため息を吐《つ》いた。

喋《しゃべ》ってしまいたいと思ってしまったからだ。そう思わせる何かがレオにはあった。

喋れば巻き込むことになる。それは絶対に良いことではないとわかっていた。しかし、レティシアの口からこぼれたのはその思いとは裏腹な言葉だった。

「……国王陛下は老いられました。現在、政務の大半は第一王子殿下が取り仕切っています。そして……第一王子殿下は反帝国派と手を結びました。私を邪魔だと感じるようになったのでしょう。いずれ私は暗殺されると思います。王国はもはや私を必要としていないのですから」

「暗殺……？　王国のために尽くしたあなたを⁉」

「もちろん味方してくれる方もいます。ですが……私はこの聖杖《せいじょう》を手に取ったとき、王国にすべてを捧《ささ》げると決めました。王は国を導く者。そして次代の王が私の死を望むならば……私は受け入れます」

「そんな……そんなことって……」

「王国は変わりました。私が戦場に立ったとき、王国はひどく弱っていました。しかし今は違います。大陸三強と呼ばれるだけの力を取り戻しつつあります。そしてそれは民も同様です。民は自信を取り戻し、王国こそが大陸最強であると考え始めています。しかし現実的には王国は大陸三強の中では最も弱小と考えられており、そういう扱いを受けます。それが民の不満となりつつあるのです。そういう王国の雰囲気を感じ取ったからこそ、今までどちらの立場にもつかなかった第一王子も動いたのでしょう。私が考えを変え、帝国と事を構えることを容認すれば命は助かるでしょうが……私は帝国と戦うことが王国の未来に繋《つな》がるとは思えません。帝国は強い国です。戦うよりも手を取り、共に発展することのほうが王国のためになると思います」

「そのとおりです！　レティシア、あなたは間違っていない！　僕が力になります！」

　そうレオは語る。聖女レティシアの人気は大陸規模だ。それを支持する勢力はかなりいるはず。それを帝国が後押しすれば、第一王子も考えを変えるだろう。

そうレオは思っていたが、それに対してレティシアは悲しく微笑《ほほえ》む。

「この問題に帝国が関われれば、王国と帝国の戦争に繋がります。最悪、王国を二分する内乱になりかねません。それを容認することはできません」

「ではただ殺されるのを待つのですか……？」

「帝国に迷惑はかけません。彼らはきっと帝国内で私を暗殺し、帝国との戦争の口実にする気でしょう。しかし、式典中に私を暗殺するのは至難の業です。近衛《このえ》騎士が睨《にら》みを利かせてますからね。狙いはきっと帰路。しかし信頼できる者を連れてきています。私が暗殺可能になるのは王国領内に入ってからでしょう。ですから……この式典での時間が私の最後の時ということです。だからあなた方兄弟を指名しました。あなたたちならばきっと楽しい時間を過ごせると思ったから……」

帝国の近衛騎士団は大陸最強と言ってもいい。その護衛を突破するのは非現実的だ。

しかし、いつまでも帝国にいるわけにもいかない。

「これが私の悩みです。そしてこれは私の問題です。レオナルト様が気に病むことではありませんから……どうかそんな悲しそうな顔をしないでください」

「……王が死ねと言えば……死ぬのですか？」

「……それが国というものです。私の聖杖は強力です。民たちが王国の力に自信を持つのは、この聖杖の力もあります。私が死ねば民の熱も落ち着くでしょう。そうなれば第一王子も方向転換がしやすくなります。戦争は悲惨です。しないで済むならしないほうがいい。私が王国領内で死ねば戦争は避けやすくなる……それが私にできる王国への最後の奉仕です」

そう言い切ったレティシアの顔に迷いはなかった。

聖杖は王国の奥深くに封印されていた。国を救うためにその封印を解きに向かったときから、まともな死に方など望んではいなかった。

「私の最後の我儘《わがまま》です。どうか楽しい時間をください。レオナルト様」

そう言ってレティシアは笑う。

何を言えばレティシアの考えを変えられるのか。レオにはそれがわからなかった。生きることをレティシアは諦めている。そんな人間に何を言えばいいのか。

そして結局、言葉は見つからないまま開会式は終わり、帝都は記念式典へと移行したのだった。

3

開会式の後、レオが俺の部屋に来て、二人で話したいと言ってきた。

あまりにも深刻そうな顔つきだったので、俺はオリヒメをフィーネのところに向かわせて話を聞くことにした。

「……」

「……」

しかしレオは喋らない。いや喋れないのかもな。自分の中でも整理できていないのだろう。

「レティシアは何と言っていた？」

「……兄さん。僕は……」

レティシアの名前を聞いた瞬間、レオの顔が泣きそうに歪《ゆが》んだ。

それを見て、どういう会話がなされたのかは大体予想がついた。

「彼女はやはり命を狙われていたか……」

「兄さんは気づいていたんだね……」

「そうかもしれないと疑ってた。けれど彼女は俺には話さなかった。お前には話したんだな」

「嬉《うれ》しくないよ……彼女は自分の命を諦めてた……！」

レオは絞り出すようにそう告げると、レティシアとの会話の内容を喋り始めた。

レティシアが王国の反帝国派に狙われているということ。その反帝国派には次期国王もいるということ。国民も含めて、王国には反帝国の意識があるということ。

反抗すれば国を割るため、レティシアは自らの命を諦めているということ。最後の時を楽しませてほしいと言われたこと。レオは悔しそうに語った。

「それが彼女の決意か……」

王国に身を捧げたレティシアにとって、王国は自分のすべてだ。

何をするにも王国を最優先に彼女は考える。そんなレティシアにとって、王国が帝国との戦争に向かうのは避けなければいけない。しかし、真っ向から対立することもできない。

ならば聖杖の持ち主であり、強い王国の象徴である自分が死ぬしかない。そう思っているんだろう。

すべては王国のために。彼女らしいといえば彼女らしい。

「なにか……なにか手はないかな？　僕は彼女を救いたい！」

「立派なことだが……俺たちには関係ないことだ」

「え……？」

「彼女は王国の人間。だから王国のことを最優先で考える。俺たちは帝国の皇族。帝国のことを最優先に考える義務がある。彼女が帝国で死なないように守ることには賛成だが、その後まで関わる義理はないし、余裕もない」

「そんな……！　なら彼女に死ねというの⁉」

「そうだ。死にたいなら死ねばいい。彼女が望んでいることだ。そこに俺たちが口をはさむのは間違っている。帝国で死なれたら困るが、王国内で死ぬなら俺たちは困らない」

ドライともいえる俺の言葉を聞き、レオが一歩後ずさる。

絶望に満ちた顔を見たくないため、俺は目を閉じた。

「兄さん……彼女は友人でしょ⁉」

「友人だ。しかし家族じゃない。家族なら何をおいても助けるが、あくまで良き友人だ。王国の旗の下で生きている以上、俺たちが助ける対象ではない」

「そんな言い方！　彼女は必死に王国に尽くし、王国のために頑張ったんだ！　こんなことってないよ！」

「そうだな。言いたいことはわかる。だが、なんとかすべきなのは王国の人間だ。これは王国の問題なのだから」

「彼女は親帝国の人だ！　助けることは帝国の利益に繫がる！」

「半端な覚悟で関われば彼女の言う通り、王国が二分される。それを避けるために彼女は死のうとしているんだ……。彼女の決意を無駄にする気か？　死んでほしくないなんて言うのはこちらの勝手な都合だ」

スッと目を開けるとレオが感情がごちゃまぜになった表情を浮かべていた。

憤り、悲しみ、諦め。いろんな感情が内から湧き出て、まったく整理できてなさそうだ。

似たような表情を昔見たことがある。

「昔……お前が死にかけの猫を拾ってきたのを覚えてるか？」

「……覚えてるよ」

「あの時、母上はお前に自分の責任だと言った。〝その後〟のすべてに責任を持つなら助けてもいいと母上は言ったな。今回も一緒だ。責任が持てないなら行動はしてはいけない」

「……彼女は猫じゃない」

「そうだな。だから降りかかる責任もその比じゃない。彼女は王国の聖女。彼女を助けるということはその後にやってくる数多くの問題について責任を持つということだ。そして俺たちはその責任を持てる立場にはない。だから彼女が望むとおり、楽しい時間だけ提供してやれ」

結局、死にかけの猫は二人で世話をして寿命を迎えるまで一緒にいた。

だが、今回は二人で力を合わせても無茶《むちゃ》が過ぎる。

レオは項垂《うなだ》れて、視線を落とす。無力さを痛感しているんだろう。

「セバスが調べたかぎりじゃ、帝都に犯罪組織が潜入している。俺はこれからシルバーに動いてもらうように頼みにいく。お前は彼女の傍《そば》にいてやれ」

「……それしか、ないのかな？」

「さぁな。俺は俺らしい答えしか出せない。今言ったのは俺の答えだ」

その言葉を聞き、レオはぎこちなく笑う。

そしてわかったよと言って、レオが部屋を出て行こうとする。そのとき、扉がノックされた。

「どうぞ」

「失礼いたします。私はウェンディ様の従者、ポーラと申します」

そう言って入ってきたのは眼鏡をかけた女のエルフだった。

できる人という雰囲気を纏《まと》ったその人は、笑顔を浮かべて丁寧に頭を下げた。

「何かありましたか？」

「ウェンディ様が祭りを見てみたいと仰《おつしや》いまして。あの場にいる方では判断できなかったので、アルノルト殿下へお伺いしに参りました」

「そうか。わかった。手配する」

「ありがとうございます。それとレオナルト殿下ですね？　殿下のお噂《うわさ》はエルフの里まで聞こえてきています。お会いできて光栄です。握手をしていただけますか？」

そう言ってポーラはレオに握手を求める。

まったくもってそんな気分じゃないだろうが、レオはなんとか笑顔を浮かべて対応する。

「そんな顔でレティシアのところに行ったら悲しませるぞ？」

「わかってるよ……ちゃんとやるから」

ポーラが出て行ったあと、レオにそう言うと小声でそう返してきた。

大丈夫だろうかと思いつつ、俺はレオを見送る。

すると俺の後ろから声がしてきた。

「少々厳しいのでは？」

「一緒に助けてやるって言えばよかったか？」

音もなく現れたセバスは首を横に振る。

「そういうわけではありません。ただ追い詰めすぎではと思いまして」

「あの程度で諦めるならその程度だ。諦めたほうがいい」

「まるで諦めてほしくないかのような言いぶりですな？　レオナルト様なら違う答えにたどり着く。そんな風に思っておいでですかな？」

セバスはフッと笑いながらそんなことを言ってきた。

それに顔をしかめつつ、俺は話題を変えた。

「賞金首の男の拠点は見つけたのか？」

「はい。バレてもいません」

「そうか。なら俺がやる。ミアは待機させておけ」

「ずいぶんと積極的ですな」

「城の内部に必ず裏切り者がいる。だが、色々と見て回ったが誰かはわからん。魔奥公団《グリモワール》が唯一の手掛かりだ。失敗は許されない。最大戦力で制圧する」

「かしこまりました」

そう言ってセバスはシルバーの仮面を用意するのだった。

4

「拠点は今は誰も使っていない貴族の屋敷の地下です。魔導師の集団だけあって、強力な結界が張ってありますので、直接転移というのは止《よ》したほうがよいでしょうな」

「わかった。一応周りで待機しておいてくれ」

「かしこまりました」

「じゃあ行ってくる」

「行ってらっしゃいませ」

そう言って俺はシルバーとして転移したのだった。

転移した先はあらかじめ教えられていた貴族の屋敷。数年前に使われなくなってから、放置されていたそうだ。それが犯罪組織の拠点にされているのだから帝国の落ち度と言えなくもない。

「まぁ放棄された屋敷なんて一々把握できないから仕方ないか」

そんなことをつぶやきながら、俺は屋敷の中に入る。

そして地下室に繋《つな》がる扉を見つけた。もちろん鍵がかかってるし、結界で封じられてもいる。

だが、この程度なら無いも同然だ。

扉に手を添え、魔力を流し込む。すると扉が一瞬で爆《は》ぜた。結界も俺が送り込んだ魔力に耐え切れず、完全に消失してしまった。

「これで向こうも気づいただろうな」

地下室に繋がる階段を下りながら俺は周りの魔力濃度を上げていく。

魔導師が主導する組織とはいえ、末端にいるのは普通の人間のはず。わざわざそういう奴《やつ》らの相手をしてやる必要もない。そんな風に思っていると地下室についた。

「ほう？」

目の前にあるのは一本道。

何の変哲もないように見えるが、見えない魔力の糸が張り巡らされている。

それに引っかかれば何かが出てくるんだろうな。そんな風に思いつつ、俺は平然とその一本道を進む。すると魔力の糸が反応して、壁から矢が飛び出してきた。

「魔法と罠《わな》の連動か。さすが魔奥公団の拠点だな」

面白い仕掛けだとは思うが、面白いだけだ。発動までの時間を考えれば猛者には通用しない。

実際、俺に向かってきた矢は途中で失速して落ちてしまっている。

そのまま一本道を抜けると一気に広い空間に出た。

そこでは数十人の男たちが武器を構えて待っていた。

「来たぞ！　投げろ！」

あの罠を突破するような奴には矢が効かないと判断しているからだろう。

男たちは投げ槍《なやり》を投げてきた。その投げ槍も魔法で若干強化された代物だ。その質は軍で採用されてもおかしくないレベルだ。

とはいえ。

「これでおしまいか？」

「嘘《うそ》だろ……」

誰かがそうつぶやく。投げ込まれたすべての槍は俺の前で止まっていた。

空中で静止する槍を見て、勘のいい者は次に起こる事態を察して物陰に隠れようとする。

「なら全部まとめて返品だ」

槍がその場でクルリと反転する。そこでようやく何が起こるのか察した多数の男たちが逃げようとするが、もう遅い。

一瞬で俺の前にあった槍が射出され、男たちの体を貫いていく。

物陰に隠れた者もその遮蔽物ごと貫き、その場にいた大半が死亡、または行動不能になった。

だが、しかし。

「ほう?」

「うぉぉぉぉ!!」

一人、それなりにできそうな奴がいたか。

剣を抜いた男が俺の左から突っ込んでくる。あの槍の雨を潜《くぐ》り抜《ぬ》けた時点で、たぶん実力的にはA級冒険者クラスの力は持っている。まぁ、とはいえ。

「そんな……馬鹿な……」

「悪いな。半端な攻撃じゃ俺には触れることもできんよ」

男の渾身《こんしん》の一撃は俺の前で静止した。

ビクともしない剣を見て、男が絶望の表情を浮かべる。

「言い残すことはあるか?」

「し……」

「し?」

「し、シルバーだぁぁぁぁぁぁぁ!!!!」

「紹介ご苦労」

男を左手で吹き飛ばす。それだけで男は壁にめり込み、絶命する。

さて、今ので俺が来たということは敵全体に伝わったはず。

見る限り、この地下室はかなり広い。おそらく元からあった地下室を拡張したんだろう。

「さて、幹部を探すとするか」

つぶやき、俺は血の海と化した部屋を抜けて先に進んだのだった。

■■■

「撃て撃て!!　これ以上、中に入らせるな!!」

地下室を進んでいくと組織の構成員と思われる者たちが思い思いの反撃手段を取ってきた。

魔法を使う者もいるし、連弩《れんど》を使ってくる者もいた。

結果はどれも変わらず俺に届かないということで共通ではあったが、何人か最初に出会った強者と似たようなレベルの者がいた。それだけでこの組織の層の厚さが理解できる。

「邪魔だ」

俺の前で机を積んで、バリケードにしようとしていた奴らを見つけると、俺は右腕を振るって風圧を起こし、バリケードごとそいつらを吹き飛ばした。

こういう閉鎖空間だと何をするにもかなり手加減しないといけないから、俺からすれば不利なんだが、この陣容を見れば俺が突入してよかったな。

セバスとミアでも制圧はできたかもしれないが、きっと時間がかかるし、取り漏らす可能性も増える。

そんな風に分析していると奥から若い男が出てきた。

血のように赤い髪の粗野な男。背中には大剣を背負っている。その顔に浮かぶのは挑発的な笑み。

「まさか犯罪組織にS級冒険者が関わっているとは思わなかったぞ。イグナート」

目の前に現れた男の名前はイグナート。霊亀討伐に際して集められたS級冒険者の一人だ。

「はっ！　冒険者は何でも屋だぜ？　報酬さえ積まれればなんだってやる！　誰かさんの割り込みで思っていた以上の報酬はもらえなかったんでな。ここで稼いでるのさ。こいつらは最高だぜ？　なにせ金払いがいい。帝国と違ってな！」

そう言ってイグナートは愉快そうに笑った。

金のために動くというのは冒険者らしい考えだ。それは間違ってない。だが、冒険者ギルドは所属する冒険者に対して犯罪組織と関係を持つことは許さないと宣言している。

民のため。その唯一無二の鉄則に反するからだ。

「冒険者としての矜持《きょうじ》は捨てたか？」

「民のためってか？　さすがはSS級冒険者殿。お利口様だぜ。そんで俺の答えだが、そんなのはクソくらえだ。民が俺たちに何かしてくれんのか？　守ってやってんのに文句ばかり言いやがって。俺は大嫌いなんだよ。民も、その冒険者の鉄則を振りかざすお前みたいな奴もな！」

そう言ってイグナートは背中の剣を抜いた。

そしてその剣に魔力が流し込まれると、その刀身は炎に包まれたのだった。

「魔剣か」

「そうだ！　モンスターだろうが人間だろうがなんでも焼き斬る最高の相棒だぜ！」

叫びながらイグナートは真っすぐ俺に突っ込んでくる。

S級冒険者はただでさえ強者だし、俺は閉鎖空間じゃ全力を出せない。

誤算も誤算。大誤算だが……。

「かはっ……!?」

「――奇遇だな。俺も大嫌いだ。冒険者唯一の鉄則を破る奴がな」

イグナートは俺に近寄る前に、横殴りの攻撃を受けて壁に叩《たた》きつけられた。

なにが起こったのか理解できていないイグナートに対して俺は手招きする。

「立て、イグナート。SS級冒険者として冒険者の鉄則ってやつを叩き込んでやる」

「ざけんな！　ひ弱な魔導師風情が!!」

起き上がったイグナートは、今度はフェイントを入れながら俺に肉薄する。

そして上段から魔剣を振り下ろした。それを俺は結界で受け止める。

「受け止めたな？　余裕が消えたぜ？　シルバーさんよぉ！」

「いや、なんでも斬れる相棒とやらを試しただけだ。大したことはなかったが」

「このっ！　お前は殺す！　そしてその趣味の悪い仮面を剝《は》いでやるよ!!」

こうして帝都の地下で人知れず、SS級冒険者とS級冒険者の戦いが始まったのだった。

5

「はっはっは!!　どうした！　シルバー!!」

「ちっ！」

　イグナートはフェイントを巧みに使いながら接近戦に持ち込んでくる。それに対して俺は両手に魔力を集中させてイグナートの魔剣を弾《はじ》きつつ、距離を取ろうとしていた。

「防戦一方だな！　その程度か！　ＳＳ級ってのは！」

「喋《しゃべ》るなんて余裕だな」

　そう言いながら俺は手刀を振り下ろす。そこから発生したのはカマイタチだった。

　イグナートは咄嗟《とっさ》に魔剣で受け止めるが、その勢いに押されて大きく後ずさることになった。

「ちっ！　魔導師風情が!!」

「その魔導師風情に接近戦でようやく互角といったところじゃS級も落ちたものだな」

「この……！　その言葉！　後悔させてやる!!」

　イグナートは魔剣にさらに魔力を込める。

　すると剣を包む炎が一気に膨れ上がるが、すぐに静かに剣に纏《まと》う程度に収まった。

　不発というわけじゃないだろう。強大な炎が圧縮されたとするなら魔剣はより強化されている。

「ＳＳ級になるにはギルド本部が認めるだけの特別な戦功が必要になる。俺になくてお前にあったのは、その戦功たり得るモンスターと出会ったという一点だけだ!!」

「つまり自分はチャンスさえあればＳＳ級冒険者になり得たと？」

「そうだ！　それをこれから証明してやる!!」

そう言ってイグナートが突っ込んできた。

ただ真っすぐ突っ込んでくるだけのため、再度手刀でカマイタチを作り出す。

しかし、さきほどは受け止めたそのカマイタチをイグナートは苦も無く叩き斬って、さらに直進してきた。

「こんなもので止められるかっ!!」

「ほう？」

さすがはＳ級冒険者というべきか。なかなかにやる。

俺は正面に強固な結界を張って、イグナートの魔剣を受け止めた。最初に試しで受け止めたときとは違う。しっかりとした結界だ。

「そっちも本気じゃないってか！」

「さぁな」

俺は動きの止まったイグナートの胴体を貫こうとする。それをイグナートは体をひねって躱《かわ》すと、俺の腕を搦《から》めとるようにして投げ飛ばす。

飛ばされた俺は空中で体勢を整えて着地するが、その隙を狙ってイグナートがまた突進してくる。

徹底的に接近戦での一撃を狙ってきている。たぶん距離を空けた攻撃では俺の防御を突破できないというのと、俺に得意な距離で戦わせたくないという二つの狙いがあるはずだ。

そういうところを徹底してくるあたり、腐っても冒険者というところか。

「もらったぁぁぁ!!」

「くっ！」

俺の胸に向かって突き出された魔剣を俺は両手の平で挟み込んで受け止めた。

普通は高温の剣を摑《つか》んだら手のほうがやられるが、それを危惧して両手には魔力を集めている。だが、それでも熱さを感じるあたり、なかなかに手強《てごわ》い魔剣といえるだろう。

「もう結界を張る余裕もないか？」

「そうだな……苦手なんだよ。接近戦は」

そう言って俺はイグナートに向かって蹴りを出すが、イグナートは咄嗟に魔剣から手を離し、蹴りを避《よ》けて俺の腹部にお返しとばかりに突きを放つ。

俺はその突きで後退を余儀なくされ、魔剣からも手を離す。その魔剣が空中にあるうちにイグナートは握った。

「ぐっ……」

「魔力で強化された蹴りか。威力は十分だろうが、そんなお粗末な技術であてられるわけないだろ？」

魔力でどれほど強化しても素体となる俺自身が欠片《かけら》もセンスがないからな。

多少はましになるとはいえ、戦闘のプロとは比べるのもおこがましいレベルだ。

そんな俺の体術ではイグナートを上回ることはできない。まぁわかってたことだが。

腹部を押さえながら俺は立ち上がる。ダメージはあまりない。しかし内容では向こうのほうが上だ。そのうち良い攻撃をもらいかねない。

それがわかっているからイグナートは余裕の表情を浮かべている。

「どうした？　お得意の大魔法を使えよ！　まぁ帝都の地下で使えば、上にも被害が出るだろうけどな！」

「よくわかってるじゃないか。だから俺は大魔法を使わない」

「民のために、か。馬鹿馬鹿しいぜ！　お前がそんなこと気にしなきゃ、こんな展開にはなりはしないだろうに！　自分の命よりも民のほうが大切だってのか!?」

イグナートの問いに俺は答えない。答えるまでもない問いだったからだ。

古代魔法を使うSS級冒険者。それがシルバーであり、帝国の守護者として振る舞ってきたからこそ容認されてきた異端者だ。

それが民のためにという鉄則を破ればどうなるかなんて目に見えている。理想の冒険者でいるからこそ、シルバーは帝国に君臨することができている。

だからシルバーは帝国の民を見捨てない。たとえ自分が死のうとも。

「はっ！　理想に生きるのは勝手だが、そうしているならお前の命は長くねぇぞ!!」

そう言ってイグナートは魔剣を上段に構えた。強力な一撃を放つ気か。

「一々自分のやる技に名前はつけねぇが、その中で唯一名前をつけているのがこの技だ」

「切り札というわけか……さすがはS級冒険者。引き出しが多いな」

「その余裕……この技の後でも保てるかな！」

魔剣が大きな炎に包まれる。

その炎はこれまでイグナートが見せてきた炎の中でもとりわけ赤く強い炎だった。

煌々《こうこう》と燃え盛るそんな炎はイグナートが深呼吸するごとにどんどん小さくなっていく。イグナート自身が炎を取り込み、剣との同調率を高めているといったところか。

そしてしまいには魔剣を包む炎は消えてなくなった。しかしそれは嵐の前の静けさに近いものだろう。

「終火葬」

イグナートがつぶやいた瞬間、イグナートの姿が消え去った。

そして俺の懐にイグナートはいつの間にか潜り込んでいた。

速い。今までとは段違いだ。瞬間移動に近いそのスピードは、魔剣が生み出した炎をイグナートが取り込んだからだろう。身体能力が爆発的に増したのだ。

元々、魔剣士としてS級冒険者になったイグナートの身体能力は高いレベルにあった。それがさらに上がったのだ。

そのままイグナートは突きに移行した。その魔剣からは膨大なエネルギーが感じられた。

制限を加えられている俺では回避不能だった。元々、魔導師である俺はこんな閉鎖空間では全力を出せない。イグナートと相対していた距離は本来なら絶対に侵入させない領域だ。

いつもなら排除するか距離を取るかする。

しかしここではそれができなかった。転移魔法で仕切りなおすという手もあっただろうが、そんなことをすればせっかくの手掛かりを失う。

かといって大魔法で攻撃すれば地下室が崩壊するだろうし、地上の帝都にまで被害が出る。

だから俺は八方ふさがりと言っていい状況だった。ゆえに。

「ご苦労。そういう攻撃を待っていた」

「な、に……？」

イグナートが放った突きは俺に触れる前に結界に止められた。

それはただの結界ではない。

「俺の魔法は閉鎖空間では強すぎるんでな。手加減するのすら難しい。だからお前の攻撃を利用するのが一番楽なんだ」

「まさか……!?」

「ああ、安心しろ。俺は本気だったぞ。全力ではなかったがな」

「くっ!?」

出現した結界がどういうものか察したイグナートは俺から距離を取ろうとするが、もう遅い。

そもそもここは閉鎖空間。逃げ場なんてない。

結界の名前は反射結界。その名のとおり相手の攻撃を反射する。

イグナートの突きはため込んだエネルギーを一気に解放したが、それはすべて一度結界に吸い込まれ、イグナートに向かって改めて跳ね返された。

「ぐわぁぁぁぁあっっ!?!?」

自らの切り札をもろに浴びたイグナートだったが、とっさに魔剣を持っていた右腕で体をかばっていた。そのため、イグナートの体自体は軽いやけどで済んでいる。とはいえ、全身に広がっているため重傷といえるだろう。

そして右腕は炭化していた。ボロボロと右腕が崩れ去り、イグナートも意識を失う。

そんなイグナートを結界で捕縛すると、俺は踵《きびす》を返す。

「さて、調査の続きといくか」

さすがにイグナート以上の護衛はいないだろう。あとは幹部を逮捕するだけだ。

さっさと終わらせるとしよう。ここはストレスがたまる。そのうちストレスで、ついつい魔法を放ってしまいそうだ。

■■■

イグナートとの戦いに勝利したあと、俺はさらに地下室を進んだ。

予想どおりイグナート以上の用心棒はもうおらず、最深部までの間にあったのは散発的な抵抗だけだった。

そして俺は一つの扉の前にたどり着いた。

魔力を感じる扉だが、俺は気にせず扉を開ける。すると俺に向かって電撃が飛んできた。

しかしそれは結界によって防がれる。

「さすがは古代魔法の使い手。帝国最強の魔導師と呼ばれるだけはある。大した結界だ」

そう言って拍手をしたのは金髪をオールバックにした青年だった。

その目は紫と緑の虹彩異色《オッドアイ》だった。それだけで高い魔法の素養があることはうかがえる。

偉そうに椅子にふんぞり返り、俺を真っすぐ見つめている。

その部屋は今までとは違う部屋だった。

本で埋め尽くされたその部屋は書斎といったところか。目の前の男の私的スペースなのだろう。どこか爺《じい》さんの部屋に通じるものがある。

魔法に魅了され、魔法の研究ばかりしているという点では同類といえる。本質的には大きく差があるだろうけど。

「お前が幹部か？」

「いかにも。私の名はイアン。魔奥公団《グリモワール》の幹部だ。まぁ、最近入った身だがね」

そう言ってイアンは自分の左手にあるマークを見せる。

悪魔の羽が生えた本のマーク。ミアが言っていた幹部の証《あかし》だろうな。

虹彩異色は生まれながらにして強い魔力を持つ。それを持つということはそれだけで優秀な

「魔法の研究者たちが集まって出来上がった犯罪組織、魔奥公団。帝都の地下でこそこそと一体何をやっていた？」

魔導師ということだ。

「知らずにやってきたのか？」

「地下に蛆虫《うじむし》が湧いていると聞いてな。蛆虫が何をしているかまでは知らん」

俺の挑発にイアンは笑う。その笑みには余裕があった。

「ひどい言われようだ。我々が蛆虫か。ならば地上の人間たちは石ころかなにかか？」

「そうだな。お前たちと比べれば宝石ほどにも価値がある」

「さすがは帝国に君臨するＳＳ級冒険者だ。贔屓《ひいき》がすごい」

「どうかな。どのＳＳ級冒険者に聞いても同じ答えだと思うぞ？　これでもＳＳ級冒険者の中では優しいほうなのだがな。俺の言い方は気に食わなかったかな？」

「そうだな。人並みの感性は持ち合わせているのでね。蛆虫と同列に扱われると少しは傷つく」

「そうか。悪かったな。言い直そう。魔法に取りつかれたクズ。この帝国で何をしていた？」

イアンは今度は反応しない。しかし、ゆっくりと魔力は高まりを見せている。

顔に浮かべている余裕の表情はいまだに消えない。何か策があるんだろうな。

「どこで魔法の研究をしようと私の勝手だと思うが？」

「魔法の研究？　後ろめたいことがないならなぜ地下室にこもる？」

「人見知りでね」

「そうか。では健全な魔法の研究だと？」

「もちろん」

「……魔導師として興味本位だ。聞くだけ聞いておこう。何を研究していた？」

「とある人物の協力を得て、大魔法に挑戦しようと思っている。今まで誰もやったことのない魔法だ」

「協力か……」

この時期にわざわざ帝都に潜入して、普通の魔法を研究するわけがない。

そしてこいつらに協力するということは実験体になるということだ。喜んで協力する奴《やつ》なんてまぁいないだろう。つまり。

「協力者ではなく、被検体の間違いじゃないのか？」

「そういう言い方もできるな」

「そうか。興味本位にもう一つ。それは聖女か？」

「さすがはシルバー。耳が早いな。そうだ。彼女に協力してもらうつもりだ」

ニコリとイアンは笑った。

そこに悪意はない。自分が悪いことをしていると思っていない人間の笑みだ。

自分以外のすべては実験体くらいにしか思っていないのかもしれない。ザンドラに通じるモノを感じる。こいつらにとっては自分の目的以外はどうでもいいんだろうな。

「なるほど。詳細を話してもらえると助かるんだが？」

「そういうわけにはいかないな」

「そうか、では無理やり聞くとしよう。小細工の準備は整ったか？」

俺がそう言うとイアンが一瞬、顔をしかめる。だが、すぐに笑みに戻った

「余裕だな。わざわざ準備が整うのを待っていてくれたのか？」

「魔導師としての興味だ。非合法な手段を用い、他人を利用し続けて開発された魔法がどれほどつまらないものか興味があってな」

「ふん……そのつまらないものに貴様は敗れるのだ！」

そう言ってイアンが指を鳴らした。

その瞬間、部屋中に張り巡らされた無数の結界が発動し、俺が立っているところは魔法陣で囲われる。

その魔法陣は一つ目のような紋様をしており、それが俺を見つめて拘束する。

「私の専門は呪詛《じゅそ》。古今東西の呪詛結界を集め、研究した私の呪詛結界は対象を完全に無力化する！　それが我が新魔法・邪眼結界！　部屋に入った時点で貴様の負けは決まっていたのだ！」

「たしかに多様な結界を組み合わせているようだな」

部屋に張り巡らされた結界は二十を超えている。これだけの結界を重ね合わせ、強力な効果を俺の下にある一つ目の魔法陣に集中させているんだろう。

たしかに強力だ。しかし所詮は寄せ集め。

られる。魔法の開発を舐《な》めるな」

「ふ……ふっふっふ……さすがだ……私では

笑っていたイアンの手には手鏡のような魔導具が握られていた。それは一瞬で広がり、大きな円となってイアンを飲み込む。

転移型の魔導具。希少性の高い魔導具であり、売れば何世代にも渡って遊んで暮らせるだけの金が手に入る。そんなものをイアンごときが惜しむ素振りも見せずに使うとは。

予想外のことに俺は少し固まる。その間にイアンはそこから転移してしまった。

「偉ったか……」

言いながら俺は瞬時に転移門を開く。まさか転移するとは思っていなかったが、用心のために追跡用の魔力をイアンにつけている。

無駄に喋《しゃべ》っていたわけではない。普通の相手ならここから追跡が始まり、数日は稼げるだろうが。

「残念だったな。転移は俺も使える」

言いながら俺はイアンを追って転移したのだった。

6

転移した場所は王国と帝国の国境付近。そこにある小さな山。

「私こそが最強の呪詛使い！　相手が悪かったな！　シルバー！」

「ああ、まったくだ。相手が悪かったな」

　そう言って俺は右足を軽く上げ、そのまま一つ目を蹴る。

　それだけで俺の下にあった魔法陣は崩れ去り、部屋に張り巡らされた結界もガラスが砕

ような音とともに崩れ去っていく。

「ば、かな……」

「正直、大したものだと思う。反発しあうだろう結界を上手《うま》い具合に組み合わせ、絶妙な

ンスで一つの結界に落とし込んだんだからな。だが、そのバランスを崩せばすぐに崩れ去

実戦じゃ使い物にはならんよ」

「そんなことはわかっている……だからトラップのようにして使ったのに……なぜその結

で動ける……？」

「お前の呪詛より俺の結界のほうが強いからだろうな」

　イアンは結界内にさえ取り込めば勝てると踏んだようだが、さすがに甘い考えだ。

　仮にもこっちは帝国最強の魔導師。相手がオリヒメの結界だろうと時間さえあれ

能だ。大陸最高の結界使いでそれなのだ。イアン程度の呪詛結界なら通常どおり動ける。

　そして通常どおりに動けるなら魔力を込めて魔法陣のバランスを崩すことも容易だ。

「どれだけ多種多様な魔法を研究し、組み合わせたところで、それは新魔法とは

なものは現状の仕様を少し弄《いじ》ったのと大差ない。新魔法とは既存の物の壁を

あらかじめ転移場所が設定されていたんだろう。

周囲には馬で逃げた痕跡があった。それを空を飛んで追跡する。

すぐに俺は馬で逃げるイアンを捕捉した。

「逃げられると思ったか？」

「ふん！　こちらに策がないと思ったか！　援軍は用意している！」

イアンはそう叫ぶ。だが、イアンの言うような援軍の気配はない。

イアンも何かおかしいと感じているのか、しきりに周りを見渡している。

「なぜだ……？　どこにいる……？」

「手違いか、もしくは見捨てられたか。どちらにせよ、残念だったな」

そう言って俺はイアンを結界に閉じ込める。これで逃げられる心配はない。

そう思った時。遠くで何かが光った。

咄嗟《とっさ》に自分の周りに結界を張るが、それは俺の結界を容易《たやす》く貫通して、俺の腹を通り過ぎていく。

俺の結界を容易く貫く攻撃。そんなことができる奴は数えるほどしかいない。しかも、俺の感知が遅れた。おそらく長距離の狙撃。

それらが相手のことを教えてくれる。だが、その前に俺の思考は止まる。攻撃を受けたのは俺だけではなかったからだ。

「かはっ……」

「ちっ！」

捕らえていたイアンの胸には風穴が空いていた。すぐに治癒結界を展開するが、即死に近い怪我《けが》だ。間に合うかどうか。

そんな処置をしている間に、狙撃手が姿を現した。

「なんだ、シルバー？　治してんのか？　そいつは生死を問わない賞金首だぞ？」

気だるげな口調でそう言い放ったのは、中年の男。ぼさぼさの亜麻色の髪に、同じ色の瞳。細身だが、その姿から発せられる雰囲気は強者のそれだった。

どこにでもいる男に見えて、大陸屈指の猛者。だが、その顔は赤く、明らかに酒が入っている。そのことに俺は苛立《いらだ》ちを覚えつつ、男の名を呼んだ。

「どういうつもりだ……ジャック！」

男の名はジャック。形式上は王国に所属する冒険者だ。その階級はＳＳ級。大陸に五名しか存在しないＳＳ級冒険者の一人。

二つ名は〝放浪の弓神〟。大陸最強の弓使い。魔弓使いでもあり、その気になればまったく姿が見えない場所から標的を狙撃できる達人だ。

「見てわからねぇか？　依頼だ、依頼」

「依頼だと？　誰の依頼だ？」

「知るかよ。興味もねぇ。さっさと身柄を寄こせ。酒代が尽きてな。そいつの賞金が必要なんだ」

ＳＳ級冒険者は問題児ばかりだ。その中でもジャックは素行不良といえるだろう。酒におぼれ、基本的には依頼を受けない。受ける時は金がなくなった時。ふらりと現れ、ふらりと依頼をこなす。他人の依頼を奪うことも多々あるため、同じ冒険者の中でも嫌う者は多い。

「俺が追っていた相手だが？」

「知るか。仕留めたのは俺だ」

「ルールというものを知らないようだな？　ここはまだ帝国領内だぞ？」

「だからどうした？　てめぇだって、他国で動いてただろうが。たしか……そう、公国での海竜騒ぎだ。それと一緒だろ？」

「一緒にするな。ＳＳ級冒険者の縄張りで勝手に暴れたことはない」

「面倒くせぇな。ギルドが勝手に決めたことだろうが」

あくびをしながらジャックは告げる。帝国所属や、王国所属。それはギルド側が決めたことだ。そこを拠点とすることからの表現だが、それは縄張りの主張でもある。他の冒険者たちはあまり気にしないことだが、ＳＳ級冒険者は違う。強力すぎて、小競り合いでも大事になるからだ。だから所属を決めておく。

唯一の例外はエゴール翁《おう》のみ。本人が手柄に固執しないこと、そして他のＳＳ級冒険者たちから一目置かれていること。この二点があるからだ。

「良いように利用されたな？　こいつは帝国の記念式典で何かを企《たくら》んでいた犯罪者だ。口封じにお前は利用されたんだぞ？」

「何度も言わせるな。知るか」

一瞬、静寂が流れる。そして、同じタイミングで動いた。

ジャックは一瞬で魔法の矢を放ち、治療中のイアンを狙う。それを俺は光弾で相殺する。

一瞬、眉をひそめたジャックは、今度は俺に向かって矢を放った。それも連射で。

無数に飛んでくる矢に対して、こちらも無数の光弾で応戦する。矢と魔法がぶつかり合い、俺とジャックの間で爆発していく。

小技の打ち合いでは埒《らち》が明かないな。相手は同格のSS級冒険者。繰り出す一発一発が俺の魔法と同じだけの威力を誇っている。

どちらともなく、俺たちは距離を取った。俺は空へ上がり、ジャックは一瞬でかなり後ろまで下がった。

「最後の忠告だ。そいつを渡せ、シルバー」

「断る。重要な情報を持っているはずだからな」

「ふん、なぜそこまで拘《こだわ》る？」

「言ったはずだ。そいつは犯罪組織の一員。帝国において何かしようとしており、それについての情報を持っている。犠牲を減らすためには、そいつの情報が必要だ」

「そんなことをてめぇがやってんのか？　それは帝国の人間がすることだぞ？」

「帝国は俺の縄張りだ。犯罪組織が好き勝手やるのを見過ごせと？」

「暴れたら討伐する。それが俺たちの仕事だ。未然に犠牲を減らす？　情報を手に入れる？

はっ、笑わせる。そんなことは他の奴に任せておけ」

「お前とは本当に意見が合わないようだな」

「みたいだな？　はっきり言っておくが、俺はお前が嫌いだぜ？」

「奇遇だな。俺もだ」

互いに放つのは殺気。相手が相手だ。本気でやらなければ、怪我では済まない。

先に動いたのはジャックだった。一瞬で弓を引く速射。数は三つ。ただの矢ではない。大陸最強の弓使いが放つ強力な魔法の矢だ。数を絞った分、さきほどの矢よりも威力は上だろう。

それを俺は魔法の槍《やり》で迎撃する。数は九つ。一本の矢に対して、三つの魔法の槍がぶつかっていき、相殺されていく。だが、予想したより爆発が俺寄りだ。こっちの予想以上の威力だったということだ。ジャックの矢が。

「ふざけた魔導師だ……詠唱もなしにそんな大技を使うんじゃねぇよ」

「大技？　この程度で大技と言うのは止《よ》してもらおう」

そう言って、俺はお返しとばかりにジャックを結界で包囲した。一瞬の出来事にジャックの動きが止まる。その隙を逃さず、俺はジャックを結界で押しつぶしにかかった。

弓を引けなければ、弓使いは無力。そのセオリーに沿った攻撃だったが……。

「舐めんな！」

そう叫んで、ジャックは結界を蹴り破った。俺の結界を、だ。

大陸に何人いるだろうか？　俺の結界を予備動作もなく、破れるものが。しかもそいつは弓使いだ。剣士でも拳士でもない。

ＳＳ級冒険者は規格外の集まりだ。詠唱なしで破格の魔法を放てる俺は、魔導師の規格外。当然ながら、ジャックも規格外だ。弓すら使わず、俺の結界を破壊できる。弓使いの常識など通用しない。

それを改めて認識し、俺はゆっくりとため息を吐《つ》いた。

その間に、ジャックは強く弓を引く動作に入った。矢はないが、次第に魔力が集まり、巨大な矢を形成していく。小手先の勝負には飽きたらしい。

それに対して、俺は魔力を集めて詠唱に入った。それならば受けて立つまでだ。

《我は銀の理《ことわり》を知る者・我は真なる銀に選ばれし者・銀雷は天空より姿を現し・地上を疾駆し焼き尽くす・其《そ》の銀雷の熱は神威の象徴・其の銀雷の音は神言の鳴響・光天の滅雷・闇天《あんてん》の刃雷・銀雷よ我が手で轟《とどろ》き叫べ・銀天の意思を示さんがために――シルヴァリー・ライトニング》

霊亀のブレスと打ち合った銀雷。人に放つには過剰すぎる魔法だが、ジャックが相手では仕方ない。ＳＳ級冒険者は人類の規格外。性質的には人よりも悪魔に近い。

同じことを向こうも思っているだろう。

俺が銀雷を放ったと同時に、ジャックも巨大な光の矢を放ってきた。

互いに放った攻撃が衝突し、その余波が周囲を破壊していく。結界で守っていなければイアンはこの余波で死んでいただろう。

威力は互角。一進一退の攻防が繰り広げられるが、結局は決着がつかずに双方の攻撃が霧散していく。

風景の変わった一帯が、衝突の凄《すさ》まじさを示している。まるで竜でも暴れたかのような光景だ。人が近くに住んでいなくて、本当によかった。

「ちっ……酔いが覚めちまった。やめだ、やめだ」

ジャックは手をヒラヒラとして踵《きびす》を返す。警戒しつつ、俺は地上に降りてイアンの様子を見た。なんとか一命をとりとめたようだが、話ができるようになるまでどれほどかかるか……。

「シルバー、一つ言っておくぞ?」

「なんだ?」

「帝国が大事なのはわかるが、あまり肩入れするな。SS級冒険者が政治に関わるのはご法度だ。バランスが崩れるからな」

「言われるまでもない」

「それなら構わん。てめぇがSS級冒険者として不適格と判断されれば、ほかのSS級冒険者が始末に駆り出される。そんな面倒なことはごめんなんでな」

そう言ってジャックはその場から立ち去った。

SS級冒険者が政治に関わってはいけないのは、国の中枢に関わることでバランスを崩してしまうからだ。強力なSS級冒険者は政治にも強い影響力を持つ。肩入れしすぎれば、そのうち国同士のバランスを崩しかねない。それは大陸のバランスを崩すことに繋《つな》がる。

それを防ぐために、不適格とギルドが判断すれば危険因子として始末される。出張ってくるのはジャックのようなＳＳ級冒険者だ。

皇子という立場のＳＳ級冒険者はこれまで存在しない。俺が正体を明かせば、混乱はあれど始末という話にはならないだろう。だが、それはこちらの切り札であると同時に、弱点でもある。帝位争いがここまで進んだ以上、明かすタイミング次第ではレオが失脚しかねない。

身分が明かせず、かつ肩入れが過ぎると判断されれば処罰が下る。

「厄介なものだな……」

奴《やつ》らが相手では俺も厳しい戦いを強いられる。楽に追い返せる相手ではない。

ＳＳ級冒険者として、政治に介入する難しさを再認識しつつ、俺は帝都へと転移したのだった。

７

「情報は集まったか？」

魔奥公団《グリモワール》のアジトに戻った俺は、アジトに残されていた資料を整理していたセバスに問いかける。

俺の登場に驚いた様子もなく、セバスはいくつかの資料を俺に渡してきた。目を通し、俺は思わずため息を吐いた。

「はぁ……」

「横の方は情報を吐きましたかな？」

セバスは俺の隣で寝ているイアンに視線を向ける。状況的に何かあったことは察しているんだろう。

「いや、邪魔が入った。しばらくこいつは役に立たん」

「なるほど。では、どうされますか？」

詳しく聞いてくることはしない。それが今、重要なことではないからだ。

幸い、手元にある資料だけでもそれなりの情報になる。これだけあれば動きようはある。

「ここは任せたぞ？」

「かしこまりました」

後始末をセバスに任せ、俺は城へと転移したのだった。

■■■

式典でてんやわんやの城の中で、多くの者が俺の姿を見てギョッとしたような表情を浮かべるが、気にせずどんどん上へ登っていく。

目指すのは最上階。玉座の間だ。上へ行くごとに上級貴族や大臣たちともすれ違う。

俺の姿を見るたび皆が慌てる。何事かとオロオロとしているが、誰も後を追おうとはしない。

行き先には見当がつくが、ＳＳ級冒険者と皇帝の間に入る物好きはいないのだろう。

　そして俺は玉座の間にたどり着く。護衛につく近衛《このえ》騎士に冒険者カードを見せ、そのまま扉を開ける。すると玉座の間には先客が何人かいた。

「シルバーか。祝いの言葉を言いに来たという感じではないな？」

　父上が俺の姿を見てため息を吐く。そんな父上とは打って変わって、怒りを露《あら》わにするのはウィリアム王子と共に挨拶に来ていたゴードンだった。

「シルバー！　無礼にもほどがあるぞ！」

「確かに無礼ではあるな」

　そう言ってゴードンの言葉に乗るのはエリク。

　その横には皇国の要人もいる。皇国の大臣職についている皇子だ。外務大臣であるエリクにとっては交渉相手でもある。しかしエリクはこちらの様子をうかがっており、狙いを見極めようとしているようだった。怒りを露わにするゴードンよりは一歩引いている立ち位置だ。

　チラリとゴードンの横に目をやる。そこにいるのは竜王子と呼ばれるウィリアム王子。俺の登場にも動じていない。しっかりと観察している。さすがと言えるだろう。

　そんな二人の皇子と要人たち。この先客たちを俺はすべて無視した。

「お話がある。人払いを」

「ほう？　皇子たちには聞かせられない話か？」

「そうだ。残念ながらあなたの息子たちを俺は信用していないのでな」

「そうか……二人とも下がれ。ウィリアム王子、マルティン大臣。挨拶中にすまない。またあとで来ていただけるか？」

「父上！　要人方よりも冒険者風情を優先されるのか⁉」

ゴードンが怒りを爆発させるが、それに対する父上の反応は冷ややかなものだった。

「そう言っている。早く下がれ」

「くっ……」

きっぱりと言い切られてゴードンは黙るしかなくなった。

エリクや要人たちは口答えせず、大人しく一礼して下がっていく。ゴードンよりは大人だな。さすがに。

そして四人が立ち去り、玉座の間には父上と俺、そして父上の横に控えているフランツしかいなくなった。

「フランツも下げるか？」

「その必要はない。これは宰相にも見ていただきたいからな」

そう言って俺は魔奥公団の拠点から持ち帰ったいくつかの資料をフランツへ渡す。

「これは……？」

「出涸《でが》らし皇子に厄介な犯罪組織の拠点制圧を依頼された。帝都の地下に犯罪組織の拠点があるというのも、気持ちがいい話ではないので引き受けたわけだが、予想以上に厄介なことになっているようだ」

「そうか、アルノルトが言っていた魔奥公団は確かに帝都で動いていたか……手間をかけたな」

「まったくだ。捜査をさせるならもう少し戦力を与えたほうがよいだろう。あの皇子は最近、面倒事は真っ先に俺へ持ち込むようになっている」

そう俺が言うと父上は苦笑する。そしてフランツから資料を受け取って、それに目を通していく。すると徐々に表情が険しいものに変わっていった。

「聖女を使った魔法実験か……」

「その計画書だ」

そう、あの拠点にあったのは〝聖女をどう使うか〟。そういう資料ばかりだった。まだ手に入っていないものを必死に研究していたということだ。それはあまりにも不自然だろう。

「聖女の警備は厳重だ。にもかかわらず、奴らは誘拐の計画ではなく、その先の計画をしていた。この意味がわからないあなた方ではあるまい」

聖女の守りがいくら強固であろうと関係ない。奴らには手に入れる算段があったということだ。近衛騎士に守られたレティシアの身柄を、だ。

レティシア自身も聖杖《せいじょう》の使い手。生半可な戦力では捕らえることなどできない。しかも奴らはそれに対する準備をしている様子はなかった。聖女を拉致しようと思えば、必ず大がかりになる。どこかに綻びが出るはずなのに、その綻びが見えなかった。

つまり聖女を捕らえるのは魔奥公団ではないということだ。

「魔奥公団とは魔導の秘奥を求める研究者たちだ。聖女を欲するのもわかる。その拠点にこのような計画書しかなかったというなら、奴らに協力する者がおり、その協力者が聖女を拉致する役目を担っている。そして我々はその協力者を割り出せてはいない。だから危険だとお前は言うわけだな？　シルバー」

「ご名答だ。今すぐ聖女を王国に帰すべきだろう」

「ずいぶんと肩入れするな？　これは政治的な問題だぞ？」

「人の命が掛かっている」

「なるほど……結論を伝えよう。彼女は王国には帰さん。このまま予定通りに式典とその後の祭りまで楽しんでもらってから帰国してもらう」

「……何かあってからでは遅いのだぞ⁉」

俺の言葉に父上は深く頷《うなず》く。

わからないわけがない。この国で聖女が誘拐されるということがどんなことに繋がるのか。暗殺のほうがまだましだ。彼女の身柄が魔奥公団の手に渡れば、その研究の被害を受けるのは帝国となるだろう。内部では魔奥公団。外部からは怒れる王国。最悪のシナリオだ。

「まず一つ聞きたい。拠点内にこれしか資料がなかったのは処分されたからではないか？」

「そんな痕跡は見当たらなかった。もしもそうだとして何が変わる？　魔奥公団が聖女を狙っているという事実は変わらないし、その手段も俺たちにはわからない。危険があるから王国に帰す。それのどこが間違いだと？」

「だが、魔奥公団の拠点はお前が壊滅させたのだろう？　危険はグッと下がったと言えるのではないか？」

「……聖女に死んでほしいのか？　王国との戦争がお望みか？」

「シルバー。陛下としても取れる手段は少ないのです」

　フランツが口を挟んでくる。その顔には渋い表情が浮かんでいた。

「どういう意味だ？」

「……王国は帝国との戦争を望んでいます。この式典は皇太子殿下を失い、さまざまな事件で弱体化したと思われている帝国の健在をアピールする意味もあるのです。そこで危険だからと聖女を送り返せば、王国は帝国の弱体を確信してしまうでしょう」

「そうなれば王国は攻め込んでくる。連合王国や藩国も動くだろう。ゆえに弱気は見せられん」

「体面を気にしている場合ではないはずだ。聖女が帝国内で誘拐されれば同じことが起きるぞ？」

「ですが……王国という国はひどく弱体化します。王国内には親帝国派と反帝国派がおり、聖女の所属は親帝国派。彼女が誘拐されたとすれば、親帝国派は反帝国派の差し金と思うでしょう。一枚岩でなくなればいくらでも付け入る隙はあります」

「どうせ戦争になるならば聖女がいない王国のほうが与《くみ》しやすいと……？　今動けば救える命があるのだぞ!?」

「王国に帰したところで聖女の命は長くはない。王国は今や反帝国派が主流。彼女はいずれ暗殺されるだろう。彼女自身がそうワシに告げた。帝国との平和を願っているが、力及ばず申し訳ないと。王国に残っている彼女の支持者たちも状況は理解している。聖女の死を受け、怒りに任せて暴走することはない。王国は確実に一枚岩ではなくなる」

一枚岩でなくなればいくらでも分断できる。そう父上の目が語っていた。

そのことに俺は唇をかみしめる。言っていることはわかる。だが、それを受け入れてしまえばきっとレオが深い傷を負う。それだけは許容できない。

「シルバー。お前とワシとでは立場が違う。救えるからといって彼女を救えば、きっと彼女は殺されるか、戦争に利用されるだろう。帝国にとって最悪なのは後者だ。王国は彼女にとってすべてだ。いざとなれば彼女は帝国と敵対する道を選ぶ。それが王国のためだと納得したならば、な。そうなれば命を散らすのは我が国の兵士たちだ。ワシは皇帝。帝国のことを最優先に考えねばならん」

「……死んでくれたほうが帝国のためだと？　それがあなたの答えか？」

「そうだ。もちろん守りはする。万全の体勢でな。すでに仙姫殿に依頼して、彼女の部屋には結界を張ってある。彼女が開かなければ誰も侵入できん。お前とて短時間では難しいはずだ」

「仙姫殿の結界は確かに強固だ。俺もそれは認める。だがどのような守りにも欠点はある」

「万全は尽くしている。そのうえで彼女にもしものことがあれば、それはそれだ。フランツと共にその時のことは考えて動いている」

現実的な考えを伝えられて、俺は何も言えなかった。

冒険者の立場としても、皇子としての立場としてもこれ以上、俺には何も言う権利はなかったからだ。レオのために彼女を助けたいとは思っていた。皇子としては彼女の死を受け入れたが、シルバーとしては別だ。

助けられる命は助ける。それがシルバーの信条だ。

だが、事は国家レベルの問題だ。そうであるならば皇帝の決定は絶対となる。

「そうか……あなたの考えはわかった」

「失望したか？」

「いや……立場は理解できる」

「そうか。それは助かる。彼女が……帝国の者なら別なのだがな」

そうだ。皇子としてもそういう結論に達した。帝国に属する者にとって、王国の者を助けるのは無理がある。結局はそこに至るのだ。

もはや冒険者の立場でも彼女を救うことはできない。国家としての決定を無視してまで彼女を助ければいくらシルバーでも問題視されるだろう。これはもはや政治だからだ。

つまり……レオに期待するしかないということだ。

俺は諦めて踵《きびす》を返す。だが、すぐに立ち止まって最後の質問をした。

「皇帝陛下。聖女を狙う以上、外部の人間だけでの犯行は不可能だ。間違いなく城の中に協力者がいるだろう。目星はついているのか？」

「フランツに調査はさせている」

「……皇子たちには気をつけることだ」

「ワシの息子たちが帝国を裏切ると？　ありえん。帝位を手に入れれば帝国はその者の物だ。

自らの物を傷つける奴《やつ》がどこにおる？」

「他人の物になるくらいなら壊してしまえという破滅的な考えを持つ者もたまにはいる」

「ワシの息子はそこまで愚かではない」

そう言った父上の顔には信頼が見え隠れしていた。根本の部分で帝国を裏切らないと確信しているようだった。もちろん普通はそうだ。だが、今回の帝位争いは少し勝手が違う。

それはフランツも感じているのだろう。

父上の横でフランツは思案顔を浮かべていた。主君が信じるのは悪いことではない。もしもその信頼が外れたとしても、臣下がフォローすればいい。そして父上には名参謀がいる。

俺は俺にやれることをやるだけだ。父上のことはフランツに任せればいい。

そう判断して、俺は玉座の間を離れたのだった。

8

「レオナルト様！　こっちに行きましょう！」

帝都で行われる祭り。そこにレオとレティシアの姿があった。

だが、二人は有名人。変装なしに外出はできない。そのため、二人の服装はいつもと大きく異なっていた。

レオはシンプルに眼鏡をかけただけ。しかし、以前フィーネが使った物と同じく、それには幻術効果が付与されていた。ゆえにすれ違う人々はレオだと気づかない。

問題なのはレティシアのほうだった。フリルのついたメイド服。それを纏《まと》って、完全にメイドになり切っていた。

「あの……レティ」

「ああ、申し訳ありません。ご主人様」

外出時に決めた呼び方だ。レオはレティシアのことを、レティと呼び、レティシアはレオのことをご主人様と呼ぶ。主従という設定だからだ。

なんとも言えない感覚に、レオは顔を赤らめてそっぽを向く、それを見て、レティシアはクスクスと笑う。それがレオの気恥ずかしさを助長させていた。

なぜレティシアがメイド服を着ているのか？　それはこのメイド服に幻術効果が付与されていたからだ。あくまで試験用に作られたもので、用途は護衛の隠蔽、要人のすり替えなどだ。真面目な目的で作られたものだが、レオにとってはたまったものじゃなかった。

誰が用意したのかは察しがついた。本来なら要人用にフードつきのコートが用意されているが、それでは自然に楽しめない。そんな理由でわざわざアルが用意したのだ。面白半分で。

いつか仕返しをしようと決意しながら、レオはレティシアと共に祭りを楽しむ。

その祭りの中で、二人はとある会場の前で足を止めた。

「演劇ですね？　見ても構いませんか？」

「どうぞ」

そう言ってレオはレティシアを連れて、人だかりをかき分けて、よく見える位置まで移動する。護衛という観点では危険な行動だが、周りには近衛《このえ》騎士がいる。さらにレオも目を光らせているため、よほどのことがない限り安全と言えた。

「皆、立ち上がりなさい！」

演劇はとある少女の物語だった。窮地の祖国を救うため、伝説の杖《つえ》を手に取る少女。少女はやがて、聖女と呼ばれるようになる。

「あなたの物語のようですね？」

「少し恥ずかしいですね……」

照れたようにはにかみながら、レティシアは主役が持つ杖に注目する。それは聖杖を模した小道具だった。

「よく出来ていますね。あまり見せないのですが」

「たしかに。僕も四宝聖具の一つ、聖杖と呼ばれることくらいしか知りません」

「隠しているわけではないのですけどね。名は虹天《イーリス》。その能力は色を付与すること。各色にはそれぞれ特性があります。強化魔法を付与すると思ってくれれば、だいたい合っていますね」

「良いのですか？」

「一応、機密ではありますが、隠しても仕方ありませんから。それにわかっていても、防げません。四宝聖具というのは、そういうものです。といっても、聖剣と比べては見劣りしてしまいますが」

苦笑しながらレティシアはそう説明した。そこに垣間《かいま》見えるのは確かな自負。連合王国の猛攻をしのぎ切った事実が、その自負を支えていた。

「祖国を守るのです！　生きとし生ける者として、自らの居場所を守るのです！」

演劇はラストスパートに入った。聖杖《せいじょう》を手にした少女は、軍を率いて祖国を守るための戦いへと挑む。激しい戦闘の末、少女は勝利を手にしたのだった。

「……どうでしたか？」

「面白かったですよ。けれど、実際はあんなに煌《きら》びやかではありませんでしたが」

「そうなのですか？」

「帝国との戦争は王国の力を大きく削《そ》ぎました。そこにきての連合王国による侵攻。軍は新兵ばかりで、統率が取れておらず、王家の求心力も落ちていました。城では毎日、政治争いが繰り広げられ、名のある将軍たちは皆、遠ざけられていた。聖杖を手に取ったから戦地に赴いたのではありません。戦地に赴くために、国を一つにするために、聖杖を手に取ったのです」

「そんな裏側があったのですか……」

「戦場も綺麗《きれい》なところではありません。ご主人様ならわかると思いますが……あそこには死が渦巻いていますから。けれど、民は英雄を求める。知りたいのは現実ではないからこそ、演劇は煌びやかになるのでしょうね」

少し悲しそうにレティシアはつぶやく。煌びやかな話ばかりを聞いているから、民は勘違いをしてしまう。その勘違いの結果、レティシアは身動きが取れない状態になってしまった。

だが、だからといって英雄たちの実像を教えても仕方ない。見たくないものは見ないのが人間だからだ。

「こんな話はやめましょう。今は楽しい時間ですから」

そう言ってレティシアはレオの手を摑《つか》み、引っ張っていく。その笑顔が眩《まぶ》しくて、明るいがゆえに、レオの気持ちはどんどん沈んでいったのだった。

いずれこの笑顔が散るのだとわかっていたからだ。

9

結局、俺は城内の裏切り者の手掛かりを探し出せなかった。

そして式典一日目の夜。城では大規模なパーティーが開かれていた。各国の要人たちはもちろん、多くの貴族が招かれたそのパーティーは大いに盛り上がりを見せていた。

「フィーネ！　あちらにも珍しそうな食べ物があるぞ！」

「オリヒメ様。あんまり走ると危ないですよ」

黒いドレスを着たオリヒメが周りを見ずに走って、人とぶつかりそうになる。それをフィーネがやんわりと注意する。

フィーネは青いドレスを着ており、どちらもパーティー会場では別格の存在感を放っていた。

そんな二人の後を追い、俺はパーティー会場を移動する。本来、オリヒメの接待は俺の役目なんだが、今日一日、オリヒメの接待をしていたのはフィーネだった。だからオリヒメはフィーネと仲良くなっていた。まぁそれとは別に、オリヒメがほったらかしにされてへそを曲げているというのもあるが。

「むむっ！　これはまた珍妙な味だ！　しかし辛いな。アルノルト。妾《わらわ》は喉が渇いた」

「そこらへんにあるぞ」

「喉が渇いた」

オリヒメはジーっと俺を見つめてくる。一日中ほったらかしにしておいて、その程度の願いも聞けないのか。そんな風に目が語っていた。仕方なく、俺は近くのテーブルに置いてある果汁水を持ってきて、ため息交じりにオリヒメに渡す。

「ほらよ」

「うむ。ご苦労」

「偉そうだなぁ」

「むっ？　何か文句があるのか？　そっちがその気なら妾も一日中ほったらかしにされた文句を言ってもよいのだぞ？」

「ほったらかしって言ってもフィーネと遊んでたんだろう？」

「うむ。フィーネは大変良くしてくれたぞ。エルフの姫たちと一緒に祭りも見に行ったしな」

「ならいいだろ？」

「良くはない！　妾は悲しかった……」

しょぼーんといった様子でオリヒメが肩を落とす。

それをフィーネが苦笑しながら慰める。なんだかとても悪いことをした気分だ。まぁ祭りにまた行きたいとオリヒメは言っていたし、連れて行ってやるとも言っていた。その約束を破る形になったのは申し訳ない。

「悪かった。機嫌を直せ」

「むー……」

「今度埋め合わせをする」

「本当か？　嘘《うそ》ではないな？」

「ああ、本当だ」

「うむ！　ならば許そう！」

そう言ってオリヒメは快活な笑みを浮かべる。切り替えの早いことだ。まぁすぐに機嫌が直るのは助かる。というか、接待役を放り出したのに機嫌が悪くなった程度で済んでいる時点で感謝するべきか。

父上に報告されたら俺は大目玉だっただろう。そのときは正直に魔奥公団《グリモワール》の調査だったと言うが、手間であることは変わりない。今は時間が惜しい。何をやるにしても時間が足りない。

このパーティーの時間を使って、セバスに城の中を探らせているが果たして手掛かりが見つかるかどうか。

「見つからないだろうな……」

つぶやきながら俺は周囲を見る。パーティー会場の端ではウェンディとクリスタ、そしてリタが楽しそうに食事をしている。そこから少し視線を移すと皇国の大臣とエヴァとジュリオが話をしていた。たぶん外交に関する話だろう。

近くにはエリクとコンラートがおり、二人で何かを話していた。形式的とはいえ、コンラートはゴードンを支持している扱いだ。それがエリクと何を話しているのやら。

まぁコンラートは食えない奴だ。飄々《ひょうひょう》としており、世渡り上手な雰囲気を持つ。エリクとも仲良くしておいたほうがいいと思えば、すぐに実行する。

そんな場所から正反対のところにゴードンとウィリアム王子がいた。喋《しゃべ》る相手は藩国の要人。傍《そば》にはトラウ兄さんがいる。

トラウ兄さんの視線は離れた場所にいるクリスタのほうに注がれている。もはやさすがとしか言いようがない。

まぁそうは言っても聞き耳は立てているようで、藩国の要人もやりづらそうだ。なにか企《たくら》みについて話していたら、真っ先にトラウ兄さんが気づくだろう。あれで本気になったトラウ兄さんは厄介極まりない。出し抜くのは相当難しい。

やはり俺が心配すべきはあっちか。そう思いながら俺は会場の中央に視線を移す。

そこには白いドレスを着たレティシアがいた。清純清楚《せいそ》を体現したような純白のドレスはレティシアによく似合っており、会場中の視線を集めていた。

まさに主役といった様子だ。自然と目を惹《ひ》かれるし、その振る舞いについつい見惚《みと》れてしまう。その隣にいるのはきっちりとしたレオ。こちらも女性陣の注目を集めていた。レティシアの隣にいながら存在感を失わないのはさすがというべきか。

女性陣がため息を吐《つ》くほどにお似合いの二人だと言えた。

しかしレオのほうはどうも憂いを含んだ表情を浮かべている。近くにいる貴族の女性はそんなレオを見て、今日のレオナルト様はいつも以上に素敵！　とか言っていたが、俺からすれば不安しかない。

ふとレオと視線が合った。助けを求めるような視線だ。

仕方ない。できれば自分だけで解決してほしいんだがな。

俺は首を動かして、ついてこいと伝える。正確にその意図を察したレオは、レティシアに断りを入れて俺の後に続く。場所はバルコニー。ちょうどいいことに周りに人はいない。

「兄さん……」

「浮かない顔だな？」

「うん……ちょっとね」

そう言ってレオは視線を伏せる。

まったく、手のかかる弟だ。そう思いながら俺はレオに訊《たず》ねる。

「レオ。お前の答えは出たのか？　俺の答えじゃなく、お前自身の答えだ」

レティシアを見捨てるというのは皇子として出した俺の答えだ。

それがレティシアの望みにも適《かな》う。だが、それは俺の答えだ。レオの答えは聞いていない。

だから俺は訊ねた。そのことで悩んでいると思ったからだ。

しかし、それに対するレオの返答は早かった。

「出てるよ。僕の答えはもう」

「ん？　そこで悩んでるんじゃないのか？」

「答えも出せないようなら皇帝になる資格なんてないよ。兄さんが言うように彼女に最高の思い出をあげるべきだと思った。だからずっと、彼女のことだけを考えた。そして気づいたんだ。僕は――こんなにも彼女に生きてほしいと思ってるって」

「へぇ……それでどうするんだ？」

「……すべて解決する方法は一つ。彼女を帝国に引き抜くことだ」

「亡命か。彼女が飲むとは思えないが？」

「わかってる。だから最後の手段を使うよ」

「最後の手段？」

ある程度、予想はできる。レオならそういう答えが出せると思っていたからだ。

あえて言わなかったのはレオに気づいてほしかったからだ。そして自分で気づかないと意味がないから。

レオが自分で出した答えの延長でなければレティシアは動かない。これは感情の話だから。

「うん。僕は……レティシアを妻に迎えたい」

「そうか。いいんじゃないか？　お似合いだと思うぞ？」

レオの答えに満足しながら俺は何度も頷《うなず》く。

やっぱりレオはレオだ。悩みながらもベストな答えを導きだす。帝位争いのことを考えても、ここで人気のあるレティシアを妻に迎えるのはメリットしかない。個人的にも大局的にも完璧な一手といえる。

さすが俺の自慢の弟だ。そんな風に思っていたのだが、途端にレオが情けない表情を浮かべた。

「そ、それでね……兄さん……困ったことがあるんだ……」

「うん？　なんだ？」

「……あのさ……」

「どうした？　体調でも悪いのか？」

「体調というか、気分が悪い……実はね……プロポーズの仕方がわからなくて困ってるんだ……どうしよう……なんて言えばいい？」

縋《すが》るようにこっちを見てくるレオを見て、俺は深くため息を吐いた。

やっぱりこいつは手のかかる弟だ。

10

「ふー……疲れましたね」

「え、ええ……」

夜。パーティー会場を抜け出したレティシアとレオは城の外を歩いていた。

レティシアは楽しそうに歩いていたが、レオはそれどころではなかった。

バルコニーにおいて、アルにプロポーズの仕方がわからないと告げたレオだったが、アルには俺もわからんと返されてしまった。

「そりゃあ兄さんも経験ないかもしれないけどさ……」

弟の一生モノのピンチに対して、わからんとは何事かとレオはため息を吐いた。

子供の頃からレオにとってアルは相談役だった。困ったことがあれば相談し、その相談に対してアルはいつも為《ため》になる答えを返してくれた。

周りの大人たちとは違う視点で物事を捉えるアルは、そのときそのときで必要なことをわかっていた。だからレオはアルを頼ってきた。

しかし、今回は答えてくれなかった。答えられなかったわけじゃない。答えなかったのだとレオはわかっていた。自分で考えろということだ。

考えた結果、どうすればいいかわからないというのに、だ。会話の最後のほうにアドバイスらしきものをくれたが、詳しいアドバイスではなかった。レオは詳しいアドバイスが欲しかったのだ。あんまりだと思いつつ、レオはレティシアの後を追っていく。

たどり着いたのは鷲獅子《グリフォン》たちの小屋だった。

「ふふ……元気にしてましたか？　ブラン」

そう言ってレティシアは自らが騎乗してきた白い鷲獅子の頭を撫《な》でる。

その後ろから自分も撫でろとばかりに頭を出したのは、乗り手がいなかった黒い鷲獅子だった。

「はいはい。ノワールも元気でしたか？」

「あの……レティシア」

「はい？　なんでしょうか？」

「その、あなたの騎乗する鷲獅子は白い鷲獅子ですよね？　黒い鷲獅子はどういう理由で連れてきたのですか？」

「この子は連れてきたのではなく、ついてきたんです」

そう言ってノワールと呼ばれた黒い鷲獅子の頭を撫でながら、レティシアは苦笑する。

ついてきたという言葉にレオは怪訝《けげん》な表情を浮かべた。

鷲獅子はペルラン王国に住む幻獣種だ。人間から危害を加えないかぎりは人間を攻撃しないため、モンスターではなく貴重な動物として扱われている。賢く、勇猛であり、誇り高い鷲獅子は滅多《めった》なことでは人を主《あるじ》とは認めない。鷲獅子騎士の数が少ない理由の一つだ。

その鷲獅子がついてきたとはどういうことなのか。

「私を最初に乗せてくれた鷲獅子はこの子たちの母だったのです。その母は病気で亡くなってしまいましたが、その後、私がこの子たちの母親代わりでした。そのせいか、どちらも私に懐いてしまって……特にノワールは私以外受け付けない子で、どこに行くにもついてくるんです」

「母親代わりですか……」

「ノワールは気性も荒いですし、あまり他国には連れてきたくはなかったので最初は置いてきたんです。しかし隙を見て脱走したようで……」

「なるほど……繋《つな》がっているんですね」

「ええ、この子はどこにいても私を見つけます。私の前ではとても良い子なんですが……」

そう言ってレティシアはノワールの顎を撫でる。するとノワールは気持ちよさそうに喉を鳴らした。

たしかに見ているかぎりでは大人しそうに見える。だからといって自分も触ろうとはレオにはとても思えなかった。ノワールがレオを見る目は確実に敵を見る目だったからだ。

ここではとてもプロポーズなどできない。したら最後、この鷲獅子に嚙《か》み殺されるのではないか。そんな想像をしてしまって、レオは場所を変えることを提案する。

「れ、レティシア。あの……絶景を見たくはありませんか？」

「絶景、ですか？」

「はい。帝都を一望できる場所が……」

言いかけてレオは自分の過ちに気づく。

空を駆ける鷲獅子の背に乗るレティシアは、綺麗《きれい》な景色など見飽きているだろう。

城から帝都を一望できる場所は最高の眺めを約束してくれるが、果たしてレティシアはそこに感動を覚えるかどうか。

レオは途中で頭を抱えてしまった。そんなレオの様子にレティシアはクスリと笑う。

「絶景もいいですが、もっと行きたいところがあります。連れていってくださいますか？」

「は、はい！　喜んで！」

「では行きましょう！」

そう言ってレティシアはレオの手を取って走り出した。

■■■

「わー！　本当に隠し部屋になっているんですね！」

そう言ってはしゃいだ様子を見せるレティシアがいるのは、城にある秘密の隠し部屋だった。

そこは一般的に知られていない隠し部屋であり、城の下層にある一室の隣に存在した。

入口は歴代皇帝の肖像画の後ろにあるスイッチを押すことで現れる仕組みで、普通ではまず見つからない隠し部屋だ。

「ここに来たかったんですか？」

「はい。覚えていますか？　五年前、私がミツバ様と話をしているときにアルノルト様と二人で、隠し部屋を見つけに行くと話をしていたの」

「そういえばあの時期ですね」

五年ほど前。アルとレオは城の隠し部屋を見つけるという遊びにはまっていた。

帝剣城はその時代ごとの皇帝によっていくつも手を加えられており、知られていない秘密の部屋や通路がたくさんあった。皇帝ですら把握できていない隠し部屋を見つけ出す。それは少年の冒険心をくすぐる遊びだったのだ。

「二人の話を聞いて、私も行ってみたいと思ったのですが……さすがに立場的に言い出せず、ずっと気になっていたんです」

そう言ってレティシアは秘密の部屋を散策する。

かなり広いその部屋はシンプルだが高価な家具がそろえられており、中央には大き目のベッドが置いてあった。

「兄さんが調べたかぎりじゃ作ったのは五代前の皇帝だそうです。たぶん愛人との逢引《あいびき》に使っていたんじゃないかと」

「皇帝ならば側室に取るという手があったのでは？」

「詳しいところはわかりません。図書室で調べていて、兄さんが見つけたのは直筆の手紙ですから。文面から察するにその愛人にあてたものでしょう」

「手紙にはなんと？」

「短いものです。〝叶《かな》わぬ恋の人へ、秘密の部屋でお待ちください〟と。五代前の皇帝は生涯、側室を持たないことで知られた方だったので驚きましたよ」

「あまり褒められたことではありませんが……素敵だとも思います。こんな部屋まで作っても会いたかったんですね」

「きっと……すべてが許されるならその人と結婚したかったんでしょうね。けれど帝国のために皇帝として生きることを選んだ」

それは皇帝としては褒められるべきだ。側室を取らないことで、正室の一族とはより強い絆《きずな》で結ばれる。当時の帝国にはそれが大切だったのだろうとレオは推察していた。

しかしそれとは別に諦めきれない恋心があったのだろう。だからこの部屋を作った。

皇帝とて人間だったということだ。

「なんだか悲しいですね……」

「そうですね……」

その話を聞いたとき、レオもそう思った。

しかしアルは違った。笑ったのだ。五代前の皇帝を。馬鹿な皇帝だと。

「兄さんは言っていました。手紙が本に挟まれていたのは愛人からのアプローチだと」

「アプローチ？」

「皇帝からの秘密の手紙。本来なら即座に処分すべきところを、受け取った愛人は処分せずに本に挟んでいた。兄さんは関係が発覚することを愛人は望んでいたんだろうと」

「なんだか途端にドロドロですね……」

レティシアは困ったような表情を浮かべる。同じような表情をレオも当時は浮かべた。

アルいわく、愛人は関係が発覚したあと、責任を取って側室に取るという皇帝の器に期待したのではないかということだった。

しかし、二人の関係は結局は表には出なかった。そのときに何があったかはともかく、アルはそんな五代前の皇帝を大馬鹿者と断じた。

「愛した人を守れずして帝国が守れるものか」

「アルノルト様の言葉ですか？」

「はい。兄さんは愛した人を側室にすらできなかった当時の皇帝を徹底的に罵倒しました。当時はそこまで言うかと思いましたが……今ならよくわかります。当時の皇帝は大馬鹿者です」

皇帝は帝国にすべてを捧《ささ》げる。帝国を第一に考える。それは当然のことだ。

しかし同時に皇帝も一人の人間。どんなに頑張っても無理が出る。

そんなときに支えてくれる人が必要となる。その支えてくれる人を守るのも皇帝の仕事。度量の見せ所だ。愛人がどんな立場だったかはわからない。もしかしたら他国の人間だったのかもしれない。もしかしたら複雑な立場の人間だったのかもしれない。

しかしそれをどうにかしてしまえるのが皇帝だ。皇帝ならば、愛が芽生えた以上、側室にと迎えるくらいの甲斐性《かいしょう》を見せるべきだろう。こそこそ会うなど情けない。

秘密の部屋だけで囁《ささや》く愛にどれほど価値があるのか。

レオはスッと顔をあげて真っすぐにレティシアを見つめた。

「レティシア。あなたに言っておきたいことがあるんです。聞いていただけますか？」

「はい？　なんですか？　改まって」

レオは軽く深呼吸をした。

五代前の皇帝が大馬鹿者ならば、今の自分はそれ以下なのだろうとレオは思った。秘密の部屋だけとはいえ、五代前の皇帝は愛を告げた。しかしレオはまだ自分の胸の中にしまっている。

自分の胸の中で囁く愛にどれほど価値があるのか。

言わないことで輝く愛だって世の中にはあるだろう。しかしレオのそれは違う。

言葉にしなければ伝わらない。レオはアルとの会話を思い出す。

「わ、わからないって……兄さん、それはひどいよぉ……」

「お前のことだろうが。俺に聞くな」

「で、でも……断られるかもしれない……そしたら全部無駄になる……彼女を救えないし、両国の関係も、僕と彼女の関係も……壊れる……。僕は怖いよ……全部賭けて断られたら……」

立場があるゆえに背中に圧し掛《のか》かるものも重い。平民が平民に結婚してくれと頼むのとはわけが違う。だが、アルはいつもと変わらない雰囲気で告げた。

「やかましい。そういうのは全部賭けて言ってから考えろ。当たって砕けたら破片は拾ってやる」

「ひ、他人事《ひとごと》だと思って……」

「俺たちは双子だが、これに関しちゃ他人事だ。当たり前だろ。お前の隣に一生立つ人のことなんだから」

「兄さん……」

「とはいえ、撃沈したら俺も面倒だ。だから一つだけアドバイスしておいてやる」

そう言ってアルは最後にアドバイスを残した。

そのアドバイスを胸にレオはスッと息を吸って――告げた。

「レティシア。僕の妻になってくれませんか？」

たったそれだけのことを言うのにレオはかつてないほど勇気を使った。悪魔に挑むほうがよほど楽だったと思いつつ、レオは震える手を握り締める。

怖くて仕方なかった。断られれば多くの物を失う。

それでも言わないことのほうが多くを失う。人と人との関係を前に進ませるというのは、今の関係を捨てるということでもある。大きく前に進もうとすればするほど、捨てる物も大きくなる。だから勇気がいる。捨てることを人は恐れるからだ。

でもとレオは心の中でつぶやく。言ってから考えろとアルは言った。前に進んでから考えればいい。時間があれば、少しずつ前に進む方法もあっただろう。だが、レオには時間がなかった。

留《とど》まるか進むか。二択しかない以上、レオの選択肢は決まっていたのだ。

しかし。

「……私を救うためですね。私が帝国の皇子と結婚すれば、たしかに帝国と王国は戦争にはならないでしょう。多くの問題はあるとはいえ、私という強い王国の象徴がいなくなるため、王国の戦争への機運は薄まります。それはきっと良い手なのでしょう……ですが」

「違います」

「違う……？」

レティシアが驚いたように目を見開く。

アルは最後にアドバイスをした。それは問いかけだった。

救いたいからプロポーズするのか、愛しているからプロポーズするのか。そこははっきりしておけ。そうアルは告げた。

その問いかけに対して、レオはきっぱりと答えを持っていた。持つことができていた。

「五年前……あなたと出会ったときから好きでした。一日たりともあなたを忘れたことなどなかった。そして……今回、あなたが来て、あなたと過ごしてよくわかりました。僕はあなたを愛している。十年、二十年、その先もずっと。傍《そば》にいてくれる人はあなたがいい。あなたじゃなきゃ駄目なんだ。あなたを失うなんて考えられない。誰かがあなたを奪うなら——僕があなたを奪う。どこの誰だろうと渡しはしない」

黄金の鷲《わし》の一族。帝国の皇族、アードラー家はそう呼ばれることがある。

帝国の紋章である黄金の鷲が元々、アードラー家が掲げた家紋だったため、そう呼ばれる。

その一族は時に優雅に空を舞い、時に爪を隠しながら大陸中央部に巨大な帝国を作り上げた。

その性質は狩猟者と同様とされる。アードラーの一族は狙った獲物を逃さない。天性の皇族として、彼らは獲物を前にすれば信じられない強引さを発揮してきた。

魔王が現れ、混乱した時代にあっても強国であり続け、自国の強化をしてきた彼らを揶揄《やゆ》して敵対者たちはこう呼ぶ。

略奪者と。

11

「誰かがあなたを奪うなら――僕があなたを奪う。どこの誰だろうと渡しはしない」

普段のレオからは想像できない強引な物言いにレティシアは完全に圧されてしまっていた。

真っすぐすぎるプロポーズを受け、レティシアは顔を伏せる。

自分を助けるためのプロポーズというなら、レティシアにとっては予想できていたことだった。レオは優しい。皇族の一員ということにして自分を守ろうとしてもおかしくはない。そのくらいの認識はあった。

しかし、愛しているからプロポーズというのは予想していなかった。かつてないほどに恥ずかしさを感じて、レティシアは顔を伏せることしかできなかった。

それが照れなのだと自覚し、レティシアは顔を赤く染めた。

なにより――嬉《うれ》しいと思い、勢いのままに返事をしてしまいそうな自分が恥ずかしかった。

それはあまりにも軽率で軽薄といえた。

レオは迷惑などとは決して言わないだろうが、この申し出を受けるということは多大な迷惑をかけるということだ。

受けてはいけない。受けるわけにはいかない。そう決意してレティシアは顔をあげた。

しかし真摯に自分を見つめるレオと目が合ってしまった。その瞬間、レティシアは一瞬で顔を伏せた。

とても直視できなかった。顔がどんどん赤くなり、熱を持ち始めているのがわかった。

段々息苦しさも感じてきた。このままだと倒れてしまう。

そんな風にレティシアが思ったとき、レオが告げた。

「返事はすぐにとは言いません。祭りが終わり、帝都を発《た》つまでに返事をいただけますか？」

「……は、はい」

自分が出しているとは思えないほどか細く、弱々しい声にレティシアは驚愕《きょうがく》してしまう。

引き延ばしてどうなるというのか。どうせ断るなら今断るべきだ。そう自分を叱咤《しった》する内なる自分がいる一方、助かった、よかった、どうしようかと思ったと安堵《あんど》する内なる自分もいる。

こんなことは初めてだった。ゆえにレティシアは軽くパニックになっていた。

プロポーズされるのは初めてではなかった。

聖杖《せいじょう》を持ち、戦場を駆けたときから何人もの男がレティシアにプロポーズしてきた。

戦場で杖《つえ》を掲げる姿に惹《ひ》かれた軍人。聖女としての知名度を欲した貴族。最初期から共に戦ってきた仲間。

誰もが美しいとレティシアを賛美し、その在り方を肯定した。あなたの傍にいたいと告げた。

しかし傍にいてほしいと言ったのはレオだけだった。奪うなどと言ったのもレオだけだった。

だからどうしたと思う自分もいる。ただの言葉だと断じるのは簡単だ。

それでも拒めない自分もいた。レオが聖女としての自分を必要としたわけではないからだ。

この場において聖女という肩書は足かせにしかならない。それでもレオはプロポーズをしてくれた。それがたまらなく嬉しかった。

「突然のことで困惑したでしょうが……すべて本心です。どのような返答でも受け止めます。ご安心を」

「はい……ありがとうございます」

「ではお部屋までお送りします」

そう言ってレオは何気なく手を差し出した。

レティシアもそれを掴《つか》もうとして、すぐに躊躇《ちゅうちょ》する。さきほどまで何気なくされていた手を繋《つな》ぐという行為が今、とてつもなく恥ずかしいと感じたのだ。

手を軽くあげた状態で固まってしまったレティシアを見て、レオは苦笑しながら優しくその手を取った。

「っ!?」

「暗いですから。足元にはお気をつけを」

「は、はい……レオナルト様」

恥ずかしさで消え入りそうな声で返事することしかできない。他人の言葉でここまで動揺したのは初めてだった。そんなレティシアの手を引きながらレオはふと告げた。

「レオ」

「はい……？」

「レオと呼んでいただけませんか？　僕をそう呼ぶ人はそこまで多くはないので」

「えっと……」

「あなたにはそう呼んでほしいんです」

笑顔が強引だ。そう思いながらレティシアは目をそらしつつ頷《うなず》いた。

それだけのことだが、レオは満足そうに笑ってレティシアのエスコートを続けた。

そしてレティシアの部屋が見えてきた。部屋の前では金髪の女騎士が立っていた。

「お帰りなさいませ。レティシア様」

「カトリーヌ……遅くなってしまってごめんなさい」

「いえ、お気になさらず」

そう言ってカトリーヌと呼ばれた女騎士は頭を下げた。

レティシアはそんなカトリーヌをレオに紹介する。

「れ、レオ……その、何度か会っているとは思いますが、私の護衛隊長を務めてくれているカトリーヌです」

「よろしく、カトリーヌ」

「はい、殿下」

そう短い会話をしたあとレオはレティシアの手を放した。そして爽やかな笑顔で告げた。

「ではおやすみなさい。レティシア。また明日迎えにきます」

「は、はい……」

そのまま立ち去るレオの後ろ姿をレティシアは見つめ続けた。

そんなレティシアの横でカトリーヌが苦笑する。

「お返事はなされたのですか？」

「な、何の話です？」

「プロポーズされたのでは？」

「ど、どうしてそれを⁉」

「見ていればわかります。そのご様子では返事はまだですか」

「……待ってもらっています」

「決めるのはレティシア様ですが……身の安全を確保するならば悪い話ではありません。ただ」

「ただ？」

「帝国中の女性を敵に回すかもしれませんが」

「ううぅ……私にはもったいない方です……」

「そうでしょうか？　お似合いだと思いますが」

そんな風に笑いながらカトリーヌは部屋の扉を開ける。

そしてレティシアが部屋に入るとオリヒメの結界が発動した。

「それではおやすみなさいませ。レティシア様」

「はい。おやすみなさい。カトリーヌ」

こうしてレティシアは眠りについたのだった。

■■■

深夜。城にいるすべての人が眠りについた頃。

レティシアの部屋をノックする音が聞こえてきた。

その音で目が覚めたレティシアは目をこすりながら訊《たず》ねた。

「どなたですか……？」

「僕です」

「れ、レオ!?」

まさかこんな時間に訪ねてくるなんて。それが意味することを考え、レティシアは顔を赤く染める。しかし、すぐにその考えは消え去った。

「お伝えしなければいけないことがあります。開けていただけますか？」

真剣な口調だった。何かあったのだろうことは容易に察しがついた。

はしたない想像をした自分を罵倒しつつ、レティシアはベッドから起き上がって扉まで行く。

そして扉を開けた。

「ありがとうございます。このような夜分に申し訳ありません」

「いえ……何かありましたか？」

「はい」

そう言ってレオは周囲を警戒しながらそっと部屋に入り、扉を閉めた。

きっと暗殺に関わることだろうなと思い、レティシアは目を伏せた。

「暗殺者ですか……」

「はい。あなたが無事なら安心です。部屋にも誰もいないようですね」

「はい、ここにはあなたと私しかいません」

「そうですか」

そう言うとレオはポケットから小さな宝玉を取り出した。

それを割ると紫色の煙が噴き出る。

「な、なんですか⁉」

「安心してください。眠るだけです」

「眠る……⁉」

レティシアは咄嗟《とっさ》に口と鼻を押さえるが、すでに吸ってしまっていた。

途端、とんでもない眠気がレティシアを襲う。視界が歪《ゆが》み、足元がおぼつかなくなる。フラフラしながらレティシアはそれでもベッドのほうへ向かう。

そこには聖杖があるからだ。

だが、レオはそんなレティシアの手を引っ張り、煙のある場所まで引き戻す。

「さすがは聖女様ですね。人間の女性にしか効かないように改良したものですが、普通なら即座に眠りに落ちるはず。大した精神力です」

「あなたは……レオでは……ない……？」

「さぁ、どうでしょうか。あなたには関係ない。あなたはここで死ぬのだから」

「げん……じゅつ……」

自分の迂闊《うかつ》さをレティシアは呪った。まさかレオの姿に化けてくるとは。プロポーズのあとでまともに顔を見れないのもすぐに気づけなかった要因だ。幻術特有の違和感もしっかり観察しなければわからない。

これまで感じたどの眠気よりも重い眠気を感じながら、レティシアは自分の唇を噛《か》む。

強い力で嚙まれた唇は出血し、一瞬の痛みをレティシアにもたらす。その痛みで眠気を我慢しながらレティシアは這《は》うようにして聖杖のほうへ向かう。

だが、あともう少しというところで体が動かなくなってしまった。

「れ、お……」

最後にそうつぶやき、レティシアは眠りに落ちてしまう。

そしてレオに化けた人物はそんなレティシアを見下ろしながらつぶやく。

「あなたは何も悪くない。悪いのは王国です」

そう言って腰に差した剣を抜くのだった。

12

式典二日目の朝。

レオはレティシアの部屋へ向かっていた。

今日も祭りはある。楽しんでもらうためにはどうすればいいか。どこに連れていけばいいか。

そんなことを考えていたレオの足取りは軽かった。

だが、レティシアの部屋の前に多数の近衛《このえ》騎士の姿を見つけて、その足は止まってしまった。

「……レティシア……」

名前を呼び、レオはそのまま走り出す。

近衛騎士が制止しようとするが、それを突破して部屋の扉までたどり着く。

そこにはエルナがいた。

「レオ……」

「退《ど》くんだ、エルナ」

「悪いことは言わないわ……部屋に戻って」

「退け!!」

レオは激昂《げきこう》して、部屋に入ろうとする。

だが、エルナがそれを止める。そんな二人に向かって静かな声が投げかけられた。

「入れてやれ。見る権利はある」

「アル⁉」

「兄さん……」

アルの言葉を聞き、レオを制止するエルナの手が一瞬緩む。

その瞬間、レオは部屋の中へと入った。中には皇帝と宰相、エリクとゴードンもいた。

そして全員の視線が壁に向けられていた。

「あ、ああ……そんな……」

そこには――レティシアが剣によって壁に縫い付けられていた。

夥《おびただ》しい血が部屋中に広がり、誰がどう見ても死んでいる。そんな状況だった。

それを見て、レオの中で何かがガラガラと崩れていった。

「うぁ……ううう……うわぁぁぁぁぁぁぁぁぁぁぁぁぁぁぁぁぁ‼‼‼‼」

レオの悲痛な叫びが部屋中、城中に響き渡る。

頭を抱え、レオは叫び続ける。こんなはずはない。これは悪い夢なのだと自分に言い聞かせる。そんなレオに向かって、ゴードンが言葉を浴びせた。

「死体を見た程度で悲鳴か。見慣れているだろう。この程度の死体」

その言葉を聞き、レオは一瞬、頭が真っ白になった。

そして顔をあげる。視界にはゴードンとエリクの二人が映っていた。

ゆっくりとレオの手が剣に向かう。

「お前たちかぁぁぁぁぁぁぁぁぁぁ!!!!」

「エルナ」

「ぐっ……」

エリクとゴードンに襲い掛かろうとしたレオだが、エルナによって打撃で気絶させられた。

指示を出したアルは深く息を吐いて、さらに指示を出す。

「部屋に閉じ込めておけ」

「アル……」

エルナは一瞬、沈んだ表情を浮かべたが、アルに真っすぐ見つめられて静かに頷き、意識を失ったレオを運び出した。

「弟のご無礼をお許しください。父上、兄上方」

「無理もない。ワシですら気が滅入《めい》る」

そう言って皇帝は今の件を不問とした。

そしてアルはレティシアの死体に視線を移す。死体を観察する中で、皇帝に報告が入った。

「殺害に使用された剣は護衛隊長のものです。そして護衛隊長の行方は知れません」

「門番たちはなんと?」

「警備に当たっていたすべての者を集め、聞き取りを進めていますが、今のところ夜のうちに城を出た者はおりません」

「では城を封鎖せよ。祭りが始まればその騒ぎに乗じて逃げられる。絶対に見つけ出せ」

皇帝の指示を受け、宰相が恭しく一礼した。

そんな報告を聞きながらアルはレティシアの死体から目を離さなかった。

■■■

城が封鎖され、犯人捜しが始まった。そんな中、俺はずっとレティシアの部屋にいた。

「後悔しておられるのですかな？」

音もなく現れたセバスがそう告げる。それに対して俺は首を横に振った。

「別にしてないさ。そもそもどうしてそう思うんだ？」

「無理やりでも連れ出せばよかった。そう思っているのかと思いましたが？」

「ここまで違和感のある現場じゃなきゃそのくらいは思っただろうけどな」

「違和感ですか？」

セバスが首を傾《かし》げる。やはりな。レティシアの遺体には微《かす》かな違和感がある。しかしそれは皇族がよく観察してようやく見つけ出せるかどうかというほどの微かなものだ。

注意力のあるセバスですら気づかない。完璧な死体といえた。

だが、どうしても違和感がある。

「私にはわかりませんな」

「じゃあわかることだけ聞こう。なぜ殺したと思う？」

「帝国内で聖女が死ねば王国との戦争のキッカケになります。反帝国派としては望ましい展開では？」

「あのレティシアが信頼して連れてきた護衛隊長が裏切ったと？」

「状況証拠がそれを示しています」

「状況証拠か……オリヒメの結界はレティシアが扉を開けないかぎり破られない。つまり相手はレティシアが扉を開ける人物。たしかに護衛隊長ならそれは可能だろう。剣もその護衛隊長の物だ」

「はい。ですから」

「おかしいだろ？　帝国と王国の戦争。それを望むならレティシアの護衛隊長の犯行であってはならない。こんなものは王国側の人選ミスだ」

「たしかに……」

セバスも俺の違和感にたどり着く。死体以外にもこの現場に違和感があった。護衛隊長の仕業だと主張しているような状況証拠。それは護衛隊長が本当に反帝国派としてレティシアを殺すならば消さなければならないものだ。

それはやはり引っかかる。

「時間がなかったと片付けるのは簡単だが……壁に突き刺す暇があるなら消すべきだろう」

「無理やり考えるなら引き抜けなかったというのはどうでしょうか？」

「聖女の護衛隊長は鷲獅子《グリフォン》騎士でもある。そこまで間抜けか？　それに抵抗の様子も見えない。

無抵抗の相手を思いっきり壁まで突き刺すか？　だいたい護衛隊長なら別の凶器を用意するくらいできるだろう」

「まったくですな……そうなると護衛隊長が犯人だと決めつけるのはまずいですかな？」

「まずいなんてもんじゃない。護衛隊長の犯行ではなかったとしたら、犯人は別にいるわけだ。では濡《ぬ》れ衣《ぎぬ》を着せられた護衛隊長は？　現在、父上は濡れ衣で〝王国の護衛隊長〟を犯人として捜しているということだ。しかも城を封鎖してな。これで犯人が外に逃げていれば、追手を出すチャンスを逸したことにも繋《つな》がる。城を封鎖すれば誰も外には出られないだろうが……帝国が誇る近衛騎士も身動きが取れなくなる」

「王国からすれば……願ったりかなったりの状況ですな。それは確実に帝国のミスです」

「わざと取り逃がしたと言われてしまえば反論のしようもない。とはいえ……城を封鎖することと自体はセオリーだ。城で事件が起きれば必ず皇帝は城を封鎖する。問題なのはその滅多《めった》に起きないセオリーを敵が知っていたということだ。知っていなければこの流れにはならんしな。敵の真の狙いはこっちの足止めだ。そして帝国はその罠《わな》にはまった」

　あの時点で城を封鎖せず、追手を放つという手はない。城に犯人がいるかもしれないからだ。父上は敵の狙いがどうであれ、城を封鎖して捜索を命じるしかない。

　つまりレティシアの死体が出た時点で、この流れは必然なのだ。

　犯人は厄介な近衛騎士を足止めし、王国は戦争のキッカケを得た。

「どうされるのです？」

「帝国側の人間が犯人を見つけるしかないだろうな」

「見つけられますか？」

「見つけられるわけないだろ。手掛かりがない……だが、俺の推測が正しいなら手掛かりは見つけられるかもしれない」

「推測ですか？」

「そうだ。犯人は足止め、王国は戦争のキッカケ。それぞれ今回のことはメリットがある。だが、一つだけ得していない組織がある」

「魔奥公団《グリモワール》ですな？」

俺はセバスの言葉に頷《うなず》く。

帝都の地下で暗躍していた魔奥公団は今回、一切得をしていない。

組織の拠点を壊滅させられ、しかも研究対象とするはずだったレティシアが死んでいる。

おそらくこの事件に深く関わっているだろうに、魔奥公団には一切のリターンがない。

「奴《やつ》らは魔法に取りつかれた研究者だ。金程度じゃ動かないだろう。レティシアと同レベルの研究対象を出さなきゃ納得しないはずだ」

「四宝聖具の使い手となると、エルナ様ですかな？」

「不可能だろうな。刃を飲み込むようなもんだ。内から細切れにされる」

エルナとレティシアは違う。エルナは聖剣がなくても強いが、レティシアは聖杖《せいじょう》があるから戦場で輝くだけの存在になれる。

研究対象にするならどっちがたやすいか。比べるまでもない。

そうなると魔奥公団にはレティシアを渡すしかない。

「王国と魔奥公団は繋がっていなかったということでしょうか？」

「真相は知らんよ。だが……魔奥公団の拠点にはレティシアを手に入れたあとの資料しかなかった。そこがひどく引っかかる。処分するならすべて処分すべきだろうし、痕跡もなかった。だからあそこにあった資料がすべてだ」

「つまり……魔奥公団は聖女様を手に入れる算段があったと？」

「よそから渡されることが前提なら説明がつく。王国はこれから帝国と戦争しようって国だからな。帝国にはできるだけ弱体化してほしいだろうさ。四宝聖具の使い手を被検体にするなんて、どれほどの被害が出るかわかったもんじゃない」

「しかし、下手をすれば王国にも被害が出かねませんが？　それくらい魔奥公団は厄介な組織です」

「被害が大きくなればシルバーが出張るという予想だろうさ。万が一、帝国との戦いでシルバーが帝国に協力したら厄介だろうからな」

「そこまで考えて動くとなるとまずいのでは？　どう考えても王国一国の規模ではないかと」

「そうだな。とはいえ、それより調べなきゃならんことがある」

そう言って俺はレティシアの死体を指さす。

あそこにあるのは確実に死体だ。それは間違いない。

「魔奥公団にレティシアの身柄が渡ったとして……じゃああれはなんだ？」

「……偽物ですか？」

「偽物だろうな。この違和感は勘違いではない。必ず魔法的な何かが関わってる。だが、俺ですら微かな違和感としか捉えられない。それはなぜか？　これが間違いなく人の死体だからだ。血の匂いや臓腑《ぞうふ》の匂い。そこらへんをすべて誤魔化すのは不可能だ」

「なるほど。行方不明の護衛隊長は目の前にいたと？」

「そう考えるのが妥当だろうな。さて、そうなるとわかるな？」

「はい。アルノルト様でも手こずるほどの魔法。それはきっと慣れ親しみのないものだからでしょう。そしてそういう類のものを使う方々がいますね」

「そうだ。急遽《きゅうきょ》、帝国に来ることを承諾した奴らがいる。大陸西部の大森林は王国に近い。繋がっていてもおかしくない。〝エルフ〟を見張れ。この死体をレティシアに偽装できるのは奴らしかいない。これは〝殺人に見せかけた拉致〟だ。動きがあれば判断は任せる」

ウェンディは姿を幻術で誤魔化《ごまか》していた。

その幻術を使えば死体をレティシアに見せることができるかもしれない。というよりそれしか考えられない。ただし、ウェンディよりもよほど高度だ。

彼女じゃないか、もしくは彼女だけじゃないか。どちらにせよ、監視は必須だ。

「アルノルト様はどちらへ？」

「レオのところへ行く」

「幻術を解くのでは？」

「解けるなら解いてる。エルフの秘術は知らんからな。時間を掛ければいけるだろうが、その時間が惜しい。今の推測を父上に認めさせて、エルフに解かせるしかない」

「なるほど。そのためにレオナルト様が必要なのですね」

「俺よりもよほど発言力があるからな。俺が言っても妄想と言われるだけだ」

出涸《でが》らし皇子の推測では人は動かない。もちろん動かそうと思えば動かせるだろうが、そうなると頑張らなきゃいけない。それならレオに説明させたほうがいい。説得する時間も省けるしな。

　レティシアが生きているなら時間は大切だ。

「なるほど。日頃の行いのツケが回ってきましたな」

「うるさい。それとリンフィアを伝令に出してくれ」

「城は封鎖中ですが？」

「待っていたら間に合わないかもしれないだろ？　エルナの部隊がいるところから抜け出させろ」

「バレたら大変なことになりますが？」

「もうすでに大変なことになってる」

「それもそうですな。それでどちらに伝令を？」

「ヴィンのところだ。すべての責任は俺が取ると伝えておけ」

要人を笑顔で出迎えるのにオレはいらない。そう言ってヴィンは帝都を離れていた。

ヴィンは発想ではなく予想に長《た》けた軍師だ。幾通りものパターンを考えて動いている。そしてヴィンが備えていたのは帝都で何か荒事が起きた場合。

そのためにヴィンはとある場所で待機していた。

「なるほど。傷跡の騎士団の出番というわけですな。しかし手掛かりもなく、どうやって動かすおつもりですか？」

「ヴィンなら上手《うま》くやる。今の推測を伝えれば、相手の逃走ルートくらい割り出す。まぁしいて言うなら北だ。東部は姉上の領域だ。南部は復興のために多くの軍人や騎士が動いている。西部は王国との国境。最前線になりかねないし、王国関連なら真っ先に捜査される。誰が犯人だろうと逃げるなら北部しかない」

それも言わなくてもヴィンならすぐに同じ結論に達するだろう。

皇太子が傍《そば》に置いたその才は伊達《だて》じゃない。

「さてと……敵の罠を食い破るぞ」

「かしこまりました」

そう言ってセバスはその場から去り、俺はレオの部屋へ向かうのだった。

13

レオの部屋に行くとレオは椅子に座ってジッとしていた。

それをエルナが悲し気に見つめていた。

「アル……」

「どうだ？　様子は？」

「気づいてからずっとあの調子よ」

完全に覇気を失い、魂が抜けたような様子だ。きっちりしているレオは背を丸めることはない。しかし、今は背を丸め、小さく椅子に座っている。その視線はどこを見ているのかわからない。

「レオ……アルが来たわよ？」

「……」

エルナの言葉にレオは反応しない。

そんなレオの様子を見て、俺はため息を吐《つ》いた。完全に意気消沈だな。

仕方ないことだろう。レオはレティシアにプロポーズした。その返事がどうであれ、その時点でレオにとってレティシアは世界で最も大切な人だった。

なにがあっても守ると心に誓ったはずだ。その決意を、覚悟を。すべて粉々に砕かれた。

仕方ない。しょうがない。普通ならそういうことになるんだろう。

だが、それが許される奴と許されない奴がいる。レオは後者だ。

「いい加減にしろ。腑抜《ふぬ》けている暇がどこにある？　戦いはまだまだこれからだぞ。お前は帝位を争っているんだからな」

「……帝位なんて……どうでもいい……」

「そうか」

こちらに視線を寄こさず、レオがそうつぶやいた。

すべてどうでもいい。そんな態度だ。

だから俺は右拳を握って、思いっきりレオの顔を殴った。

「アル!?」

レオが椅子から落ちて机にぶつかる。机にあるモノが落ちて、部屋中にいろんな音が響いた。

俺は右拳から来る痛みに顔をしかめる。久々に魔法も使わず、思いっきり殴ったな。たぶんヒビくらいは入ったかな。でもそんなことはそれこそどうでもいい。

「同じことをお前のために死んだ奴らの前でも言えるか？　お前ならよりよい帝国にできると信じて命を落とした者が何人いると思っている？」

愛した人が死んだからしょうがない。大切な人が死んだからしょうがない。

そうやって許される奴と許されない奴がいる。

皇族は後者だ。とくに帝位を争う者は何があっても止まってはいけない。どれだけ絶望を感じてもそれを振り切って、這《は》い上がらなければいけない。だが、レオは倒れたまま動かない。

「やめてよ……僕は……兄さんみたいに強くないいんだ……」

「俺が強い？　勘違いだな。お前が弱いんだ」

「……大事な人が死んで……悲しむのが弱いことなの……？」

「悲しむことは弱いことじゃない。立ち止まることが弱いんだ。下向いたって何の解決にもならない。皇帝を目指す者ならどんなことがあっても〝それでも〟と言って立ち上がれ」

「……帝位なんて……興味はないんだ……僕がなるしかなくて……ならなきゃ周りを守れないから目指してただけなんだ……でも……一番守りたいと願った人が死んだ……なのに僕は〝それでも〟と周りを守ろうとしなくちゃいけないの……？」

心が折れた覇気のない声が耳に届いてくる。きっと今、レティシアが生きていると伝えても、レオは立ち上がれない。

わかっている。レオは優しいから。

立ち上がって、また誰かを失うのを怖がっている。守ろうと執着すればするほど、失ったときの絶望は大きい。しかし、立ち上がらなきゃ誰も守れない。

「失うのが怖くて……もう悲しみたくなくて……その場で蹲《うずくま》るのは人に備わる防衛本能だ。心が耐え切れないから。でもな、そのままじゃ誰も守れないぞ？　失っていくのを見ているだけだぞ？　どれだけ自分には何も残っていないのだと言い聞かせたって……人は一人じゃない」

十三歳の頃。母の病を知った。どの医者も匙《さじ》を投げるほどのモノだと。

治すためにさまざまな書物を読み耽《ふけ》った。その過程で古代魔法に傾倒した曾祖父《そうそふ》のことを知り、曾祖父を中心に調べていくうちに、古代魔法の適性がある者しか開けない秘密の部屋の存在を知った。その秘密の部屋を探し出し、そこで本に封印された曾祖父を解放し、俺は古代魔法を会得した。

過去、これほど頑張った期間があっただろうかというほど努力した。

二年近く掛けて、ある程度の古代魔法を会得し、その治癒結界で母を治療しようとした。けれど、効果はなかった。母の病に古代魔法は無力だった。母の部屋には体調を悪化させる結界が張ってあった。それを壊すことはできたが、それはそもそも体に巣くう病魔を加速させるだけ。

母は元から病人であり、それを取り除く方法を俺は持っていなかった。

死にたくなった。ろくでなしな俺でも認めてくれる母を助けるために、生涯で最も集中した期間だった。それが無意味だと突きつけられて、死にたくなった。

もう何もかもどうでもよくなった。自分の努力が無価値だと思えた。それ以上にそこまでしても母を救えぬことに絶望した。

母さえ救えればそれでよかった。いつまでも見守っていてほしかった。

部屋に閉じこもって、泣いて、自らの無力を呪った。母を救えぬ力に何の意味があるのか。

とても前を向ける気分ではなかった。それでも……俺にはレオがいた。

理由も聞かず、部屋に閉じこもった俺に食事を運んできた。他愛《たあい》のない話を扉ごしに続けた。

弟にそこまでさせて――諦めてはいけないと思えた。顔をあげなければと思えた。ここで立ち止まり続ければ、大事な家族が消えていくのを見ていることしかできないと気づけた。

それから大陸中に伝わる伝説の薬を調べた。どれもこれもあるのかないのかすら判断できない物ばかりで、正攻法じゃ絶対に手に入らない物だ。皇帝になってもきっと手に入らない。

ただ一つ可能性がある存在がいた。

その職業柄ゆえ、未知と遭遇する可能性が高い冒険者だ。その最高位であればもしかしたらと思った。伝説やら幻と呼ばれるモンスターはその希少性ゆえ、薬の材料に記載されていることも多い。

それらを討伐するだけの力が必要だったが、幸いなことにその力は得ていた。

本当はあちこちを飛び回れば効率がよかったが、当時の帝国は皇太子を失ったばかりで暗雲に包まれていた。

レオはそれを憂えていた。犯罪率もあがり、どうにかするのが皇族の役目だと言っていた。

だから俺はシルバーとして仮面を被《かぶ》り、ＳＳ級冒険者となった。帝都に君臨し、帝国を守りながら、微《かす》かな希望を探し続けた。

諦めては意味がない。顔をあげればいろんなものが見えてくる。

もしかしたらという可能性の光が見えてくる。自分は一人じゃないこともわかる。守りたい、救いたい人の大事なものも見えてくる。それを守り、救うのもその人たちのためだと気づける。

母が愛し、弟が救いたいと願う帝国を守ろうと思えた。

価値のない物に思えた古代魔法が輝いて見えた。どうでもいいと思っていたすべてが色づいて見えた。

「顔をあげろ。すべてを失ったように思えてもお前は一人じゃない。大事な物を守るために皇帝になろうと決めたんだろ？　民のことを考えられる皇帝になりたかったんだろう？　帝国で起きるすべての悲劇を否定したかったんだろう？」

「……僕は……愛していると言った人すら守れない男なんだ……そんな僕が帝国なんて守れない……僕なんかが皇帝になっちゃいけないんだ……!!　僕は皇帝に相応《ふさわ》しくなんてない！」

「なら、これから相応しくなればいい。失うのが怖くて、泣きたくないならすべてを守るしかない。どうにでもなれと思って、絶望の底に落ちた奴《やつ》は強い。もうそこに戻りたくないと思うから。きっと歴代の皇帝はそうやって強くなっていった。悲しくて、どうにもならないことも乗り越えて、もう悲しまなくていいようにすべてを守ってきたんだ」

「……僕は……!!」

「お前がなんと言おうと俺は何度も言うぞ？　顔をあげろ。俺を見ろ。お前は一人じゃない。俺たちは双子だ。生まれたときから一緒だった。お前が守れないモノは俺が守ってやる。その代わり、お前は俺の守れないモノを守れ。欠けている部分を補って、これからも進んでいくんだ。お前が立ち止まってちゃ俺も前には進めない」

「兄さん……」

ゆっくりとレオが顔をあげた。涙で濡《ぬ》れた顔はきっとあの日の俺と同じ顔だ。

痛む右手を俺はレオに差し出した。

その手にレオが手を伸ばした。しかし、途中でレオの手が止まる。だが、意を決したような表情でレオは俺の手を強く摑《つか》んだ。

「レティシアが言っていた……僕は皇帝に向いているって……彼女のためにも……僕は皇帝になるよ……それがきっと……」

「さすがレティシアだ。良いことを言う。じゃあその言葉のお礼を言ってこい」

言いながら俺はレオを引っ張って起こす。俺の言葉にレオが目を見開く。

「え……？」

「彼女は生きている。彼女の部屋にあった死体は彼女に偽装した偽物だ。これは殺人に見せかけた拉致だ」

「嘘《うそ》……だって……」

「よく見ればお前も気づけたと思うけどな。まぁ、お前に気づけないことは俺が気づいてやるよ」

そう言って俺はニヤリと笑う。だが、そんな俺の耳を横から強く引っ張る奴がいた。

「アル〜？　それってどういうこと〜？」

「痛い痛い!?　やめろ！　エルナ！」

「聖女レティシアが生きてるって知ってたの!?　知ってて、今のやり取りしたの!?　返して！兄弟愛に涙した私の感動を返して!!」

「いや！　あくまで推測だし！　そもそもレオが意気消沈してる状態で言っても意味ないだろ!?」

「真っ先に言いなさいよ！　そっちのほうが立ち直りが早いに決まってるでしょ!?　性格悪いわよ!?」

「俺なりに配慮してだな……！」

「うるさい！　回りくどいのよ！」

そう言ってエルナは俺の耳をどんどん引っ張る。

このままじゃ千切れると思ったとき、レオがつぶやいた。

「そっか……彼女は生きてるんだね……」

「俺の推測が正しければ、だけどな。しかもそれでも安心とはいえない。犯罪組織に身柄が渡っているだろうし、現在進行形で大ピンチだ」

「でも生きてる……なら助ければいい。そうだよね？」

「そのとおり。とりあえずこの推測を父上に認めさせないといけない。そのためにお前の力をだな」

「ごめん、そっちは任せていい？　僕は彼女のところに行くよ」

そう言ってレオは自分の剣を持って部屋を飛び出してしまった。

俺とエルナは茫然《ぼうぜん》としてレオを見送ってしまった。

「え？　おかしくなっちゃったの？」

「さぁな……まぁ見つけるアテがあるんだろ」

「どうやって？　愛の力とか言い出さないわよね？」

「それで見つかるならそれでもいいけどな」

「けど、もしもレオが聖女レティシアの後を追えるとして、平気なの？　必要だったんじゃないの？」

「それならそれでなんとかするさ。お前の力も借りることになると思うけどな」

「当たり前よ。城の中でいいようにやられたなんて、近衛《このえ》騎士の恥だわ。なにより……私の幼《おさな》馴染《なじみ》を苦しめた。万死に値するわ。どこに行こうと八つ裂きにしてやるわ！」

怖い怖い。今回の犯人側の奴らはレオだけじゃなくて、エルナの逆鱗《げきりん》にも触れたな。

まぁ怒っているのは二人だけじゃないが。

人の弟の想《おも》い人に危害を加えたんだ。それ相応の覚悟はしておいてもらおう。

「よし、じゃあとりあえず追うぞ」

「そうね。妄想だったら連れ戻さなきゃだし」

そう言って俺はエルナと共にレオを追ったのだった。

14

レオを追って俺とエルナは馬小屋の近くまで来た。

そこにはペルラン王国の鷲獅子《グリフォン》がいた。

鷲獅子たちがいる小屋の周りでは鷲獅子騎士たちが涙に暮れていた。そんな彼らとは打って変わって、小屋の中で異様に暴れている黒い鷲獅子がいた。

「ノワール……」

特殊な結界で覆われた小屋は鷲獅子とて壊せない。だが、今にも壊れてしまうのではないだろうかというくらい黒い鷲獅子は暴れていた。

「主人を失い……その子も悲しんでいるんです……」

近くにいた鷲獅子騎士が沈んだ表情で告げた。

自分たちと同じだと言いたげな表情だが、レオはその鷲獅子騎士の言葉を否定した。

「違う……そうだよね？　ノワール」

「クウェエエエ!!!!」

レオの言葉に同意するように前足をあげ、小屋の扉を蹴る。

激しいその行動は失意の行動というよりは怒りに近いように思えた。

ほかの鷲獅子たちは多少動揺しているようだが、この鷲獅子だけは明確に何か意思を持って暴れているように思えた。

「レオ。探せるのか？」

「わからない。けど、この子は置いていかれたのにレティシアの下まで来てしまったらしいんだ。彼女がもしも生きているなら……このノワールなら追えるはずだ」

「追えるはずって……鷲獅子に追いつける馬なんていないぞ？」

鷲獅子は飛竜よりもなお希少。人が騎乗する生き物の中では最上位に位置する。

その空を駆ける速度は飛竜をも凌駕《りょうが》する。

レティシアを追えるといっても、その鷲獅子をレオが追えないなら意味がない。だが。

「大丈夫。僕が乗る」

「は？」

「駄目だわ……やっぱり頭が……」

エルナが頭を押さえてつぶやく。まぁ言いたいことはわかる。鷲獅子に乗る鷲獅子騎士は王国ですら希少。乗り手に選ばれるにはその鷲獅子に認められなければいけない。

「なぁ、レオ。俺にはその鷲獅子が温厚そうには思えないんだが？」

「レティシア以外に懐いてないらしいよ」

「そうか……」

思わず遠い目をしてしまう。

記憶が正しいならレティシアは白い鷲獅子に乗っていた。懐かれているレティシアですら乗らないところを見れば、どれほど扱いにくいのかわかる。

騎乗者がいて、その後ろに跨《また》がるならわかる。まぁそれでも騎乗者のいる鷲獅子といない鷲獅子では速度に差が出る。しかもコントロールされていない鷲獅子はどんなルートを通るかわからない。だから乗ってコントロールするというのは良い手だろう。問題なのは言うほど簡単じやないということだ。

「ほかの鷲獅子騎士に任せたらどうだ？」

「ほかの鷲獅子に跨る騎士をこの子はきっと認めない。それにね……馬鹿だと言われるかもしれない。愚か者と言われるかもしれない。こんな状況で不謹慎だと言われるかもしれない。身勝手で、傲慢で、僕のことをエゴイストと呼ぶ人だっているかもしれない。それでも――レティシアのところに真っ先に行くのは僕でありたい。彼女にもう大丈夫だと言うのは僕でありたい……おかしいかな？」

「だいぶ変だな。そんな理由で鷲獅子に乗ろうとするのはお前くらいだろうさ。ま、たまにはいいんじゃないか。馬鹿になるのもな」

真面目なレオらしくない言い分だった。レオは自分より他者を優先してきた。帝国のため、民のため。今もレティシアのためかもしれないが、その中で自分のエゴを出した。

それを良くないことだという奴もいるだろう。だけど、俺はそれでもいいと思う。

多少は俗物であったほうが人間味もある。ましてや惚《ほ》れた相手のことだ。

我儘《わがまま》も許されてもいいはずだ。

「問題はそんな馬鹿を背中に乗せてくれるかだけどな」

「蹴られて終わると思うのだけど……」

「どうかな。時には馬鹿のほうが強いときもある」

俺がそう言うとレオはニコリと笑い、小屋の扉を開けて黒い鷲獅子の下へ向かった。

「クウェエエエ!!!!」

黒い鷲獅子はレオを見た瞬間、目を光らせて前足を高くあげてレオを蹴り飛ばそうとする。

レオなら避《よ》けようと思えば避けられただろう。ただその場合、小屋から出なくちゃいけない。

それを嫌い、レオはその攻撃を剣の鞘《さや》で真正面から受け止めた。

「怒りはわかるよ……君の大好きな主《あるじ》がいなくなったんだ……当然だよね」

ジリジリとレオの体が押されていく。体重が違う。元々のパワーが違う。単純な力比べじゃ勝ち目はないだろう。それでもレオは一歩も退《ひ》かない。

「僕は守れなかった……すべて僕の責任だ……それでもまだ間に合うかもしれない……だから君の力を貸してもらう……」

「クウェエエエ!!」

「君にとっても悪い話じゃないはずだ……レティシアを助けにいくんだ……」

どんどんレオが押されていく。エルナがたまらず剣に手をかけるが、それを俺は止めた。

誰かの助けを借りてちゃ鷲獅子はレオを認めない。これはレオと鷲獅子の問題だ。

「アル……」

「大丈夫だ。あいつは――俺の自慢の弟だ」

黒い鷲獅子は埒《らち》が明かないとみて、一度退く。そして少しだけ距離を取って、レオに向かって突撃した。小屋から吹き飛ばそうとしたのだ。

それすらレオは受け止めた。そして歯を食いしばって、踏ん張り、耐えきって叫んだ。

「僕の愛した人を助けにいくんだ……！　力を貸せ！　ノワール!!」

そう言ってレオは思いっきり黒い鷲獅子の頭に頭突きをかました。

まさか頭突きとは。レオらしからぬ野蛮な攻撃だ。とはいえ、効果はあったようだ。

黒い鷲獅子はフラフラと数歩下がる。そしてレオを睨《にら》みつけた。

だが、レオはそんな黒い鷲獅子の目を真っ向から受け止めて跳ね返した。

それは逆らうことを許さない王者の視線だった。有無すら言わせぬ眼光を見て、黒い鷲獅子はゆっくりと頭《こうべ》を垂れた。

「嘘だろ……あのノワールが……頭を下げた……？」

「誰も認めなかったのに……」

周りにいた鷲獅子騎士たちが驚きの声をあげる。

そんな騎士たちをよそに、レオはノワールを外に出してその背に跨った。そして。

「騎士たちよ！　準備しろ！　君らの主君を助けにいく！」

「さっきから話が見えません！　レティシア様は！」

「彼女は生きている！　このノワールの様子が答えだ！」

「で、ですけど……」

「わずかな可能性にかけて僕についてくるか、ここで絶望を感じて蹲《うずくま》るか。二択だ！　今、決めろ！　迷っている時間はない！」

一瞬、誰もが押し黙った。黒い鷲獅子の背に跨ってみせたレオには雰囲気があった。実力的な意味じゃない。何かやってくれるんじゃないか。この人についていけば間違いないんじゃないか。そんな頼もしさが今のレオには漂っていた。

「……お供します」

一人の鷲獅子騎士がそうつぶやき、すぐに自分の相棒である鷲獅子の下へ走って、準備を始めた。

それを見てその場にいた鷲獅子騎士たちが全員、動き出した。彼らは詳しいことは何も知らない。それでも動いたのはレオの言葉にそれだけの価値があったからだ。

「兄さん……」

「行ってこい。彼女は多くの人を救ってきた聖女だ。けれど、彼女を救う人はいない。救えるだけの力を持つ者が少ないからだ。強いから大丈夫、偉いから大丈夫。そんなのは幻想だ。助けてもらえるなら誰だって助けてもらいたいさ。だから行ってこい。そして帝国の英雄ではなく、彼女だけの英雄になってこい。できるな？」

「もちろん！」

そうレオが言った瞬間。俺たちの後ろから大勢の足音が聞こえてきた。

バレたか。現在、城は封鎖中。それは皇帝の絶対命令だ。そこから抜け出すのは皇帝の命令に逆らうということだ。たとえ、皇子といえど許されることではない。

「行け。こっちの面倒事は俺が引き受ける」

「……ごめん。いつも迷惑ばかりかけて」

「いいさ。兄貴は弟に面倒をかけられるためにいるんだからな」

「うん。ありがとう。行ってくるよ」

そう言ってレオは鷲獅子騎士たちと共に飛び上がった。

それを見て、近寄ってきた近衛騎士たちが声をあげる。

「お待ちを！　レオナルト皇子！」

「皇帝陛下のご命令に反します！」

「エルナ……一緒に怒られてくれるか？」

「まったく……困った兄弟よね。あなたたちって」

「悪いな。厄介な幼馴染で」

「そうね。厄介で世話が焼ける。でも……二人の無茶《むちゃ》は嫌いじゃないわ」

「なら悪いんだが、彼女を止めてくれ」

「――お任せを」

そう言ってエルナは一瞬で姿を消した。

そしてレオを追おうとした一人の近衛《このえ》騎士の前に立ちはだかった。

「……私の前に立ちはだかるというのがどういう意味を持つのかわかっていますか？　エルナ」

「もちろんです。ヴァイトリング騎士団長」

そう言ってエルナは蜂蜜色の長い髪を持った美女と視線を真っすぐ交わした。

その女性の名はアリーダ・フォン・ヴァイトリング。ラウレンツの姉にして、テレーゼ義姉《あね》上《うえ》の妹。帝国最強を誇る近衛騎士団を率いる近衛騎士団長兼第一騎士隊隊長。

「許せ、騎士団長。責任は俺にある」

「あなただけで責任を取れる問題ではありません。アルノルト殿下。これは皇帝陛下への反抗です」

「かもな。まぁここはひとまず俺を拘束しておいてくれ。今から追うにしても一苦労だろ？」

「……覚悟の上ですか」

「もちろん」

そう言った瞬間。俺の横に近衛騎士がいた。

エルナの傍《そば》にもいる。抵抗はしない。どうせ弁明のために父上のところに連れていかれる。

むしろ好都合だ。あとは信じてもらえるかどうかだが、そこは俺の言葉次第だろう。

さて、俺は俺の闘いを始めるとしよう。

第三章　英雄皇子

Episode 3

1

「さて——言い訳を聞こうか？　アルノルト」

　玉座の間にて父上が冷たい声でそう告げた。その横にはフランツが立っており、エリクやゴードンにコンラートやヘンリックもいた。主だった接待役は勢ぞろいだ。

　唯一姿が見えないのはトラウ兄さんだ。まったく、この中じゃ一番味方してくれそうだってのにどこにいるのやら。

「言い訳なんてありませんよ。父上」

「皇帝陛下だ、アルノルト」

「無駄ですよ！　皇帝陛下！　こいつはレオナルトを城の封鎖を破って外に出したんです！　兄上方に斬りかかろうとしたレオナルトを、です！　二人とも正気じゃない！　今すぐ投獄すべきです！　犯人である護衛隊長はまだ見つかっていませんし、その仲間かもしれない護衛の鷲獅子《グリフォン》騎士たちとともにおかしな弟を逃がしたんです！」

「城の封鎖は破ってないぞ？　ヘンリック」

強硬な態度を取るヘンリックに向かって俺は告げる。

それを聞き、ヘンリックが俺を睨みつけてきた。

「なにぃ？　ふざけたことを抜かすな！　レオナルトを城の外に出しただろうが！」

「門を開けて出て行ったわけじゃない。空から出て行ったんだ。破っちゃいない」

「そんな屁理屈《へりくつ》が通るか！」

「屁理屈じゃない。城を封鎖するのは近衛騎士団の役目だ。空から出ちゃ駄目とも言われてないし、空も封鎖されていなかった。だからレオに散歩でもしてこいって送り出したんだ。非があるとしたら近衛騎士団のほうだ」

「そんなふざけた話があるか！」

ヘンリックが顔を真っ赤にして食って掛かってくる。だが、肝心の父上は呆《あき》れた表情を浮かべているし、その横にいるフランツに至っては笑っていた。

「フランツ。なにがおかしい？」

「失礼を。陛下。こうも見事な責任転嫁は最近、見ていませんでしたので」

「良いことではない。アルノルト。報告ではお前はエルナを使って、騎士団長の動きを制止したと聞くが？」

「それは勘違いです。騎士団長があまりに怖くて。なにせ……騎士団長の弟を死に追いやったのはレオですから。攻撃でもしてきたのかと思いましたよ」

俺の言葉に耐え切れずにコンラートも笑いだした。それを見て、ゴードンがきつくコンラートを睨んだ。

「不謹慎だぞ。コンラート」

「俺に言われても困るっすよ。兄上。アルノルトに言ってください」

「ふん……アルノルト。真面目に答えろ」

「真面目に答えてますよ」

素知らぬ顔で俺は告げる。するとゴードンの顔に青筋が浮かび上がった。

破裂寸前って感じだな。まぁ破裂してくれても構わないんだが。

しかし、そんなゴードンとは打って変わって冷静に俺を見つめてきたのはエリクだった。

「アルノルト。お前は理由があっても滅多《めった》に動かん。そんなお前が騒動になることを承知でレオナルトを外に出した。そこには何か理由があるのではないかと私は思っている」

「なるほど。そうかもしれませんね」

「ならば聞かせろ。一体、どんな理由でレオナルトを外に出した？」

「真面目に聞いていただけると？」

俺は父上に視線を向けながら告げた。問題を起こした者を裁くといった雰囲気の中で、俺が何を言ったところで誰も取り合わない。妄言で片付けられては困るのだ。何か理由があったはずだと耳を傾けてくれなければ意味はない。

弁解でも釈明でも駄目なのだ。俺が弱い立場で何かを話すことは避けなければいけない。俺がしたいのは説明だ。

しかし、この場に完全な味方は存在しない。俺の立場はあくまで問題を起こした皇子。弱いままだ。だからふざけたことを喋《しゃべ》ってみた。これでは埒が明かないと判断したのか、父上は静かに頷《うなず》く。歩み寄る姿勢を見せたのだ。

「もちろん聞こう。何か理由があったのだろう？　話してみよ」

「では俺の推測を話させていただきます。先に結論だけ言っておきますが、おそらく聖女レティシアは生きています」

「なにぃ？」

父上が目を細め、ほかの皇子たちは俺に鋭い視線を向けてきた。

それはさきほどのふざけた話以上にふざけた内容だったからだ。だが、一度聞くと言った以上、父上は俺の言葉を遮ったりはしない。だから俺はそのまま説明を続けた。

「そう思う根拠をあげます。まず状況証拠として護衛隊長が犯人かと思われていますが、護衛隊長がもしも反帝国勢力だったとして、自分が犯人だという証拠を残すはずがありません。王国の護衛隊長が聖女を殺したところで、帝国の非にはなりませんから」

「……お前と同じ意見のようだな。フランツ」

「私がたどり着いたのは護衛隊長が犯人ではないというところまでです。聖女レティシアが生きているという可能性は思いもよりませんでした。殿下、どうぞお続けください」

さすがは宰相。あの部屋の違和感には気づいていたか。とはいえ、わかることはそれだけだ。代々素養の高い者を血筋に加えてきた皇族は大陸屈指の名門だ。その血筋の人間がよく観察してようやく違和感に気づく。

それがあのレティシアの遺体の秘密だ。平民出身のフランツではどうあがいたって気づきようがない。だから違和感に気づいていても城の封鎖には反対しなかったんだろう。

護衛隊長の仕業に見せかけた犯行。たとえそうであっても犯人が城にまだいる可能性は十分にあったからだ。しかし真実はそうじゃない。

「二つ目の根拠は魔奥公団《グリモワール》です。奴《やつ》らの拠点はシルバーが壊滅させましたが、そこでは聖女レティシアを魔法の実験に使うという資料がありました。それは父上も御覧になられたのでは？」

「ああ、見た」

「では不自然さに気づきませんか？　魔奥公団は魔法の研究に取りつかれた者たちの集まり。その目的は魔法を追求すること。その魔奥公団では、聖女レティシアを捕まえる算段は立てていなかった。していたのはどうやって聖女レティシアを使うか。まるで手に入ることが前提のような行動では？」

「誰かが聖女を攫《さら》い、魔奥公団に引き渡す。その流れができていたと？」

エリクがそう質問してくる。その顔はさきほどよりよほど険しい。

俺の話が現実的であればあるほど帝国としてはまずいから当然の反応だな。

「そう考えるのが自然でしょう。しかし、聖女レティシアの遺体はたしかにあった。あれが本当に聖女レティシアの遺体だとしたら、魔奥公団は何の得もしていません。得をしたのは王国と犯人だけとなります。王国は護衛隊長を犯人扱いし、真犯人に追手を差し向けなかった帝国の非を責めるでしょうし、犯人は逃げる時間を稼げました。これだけ手が込んでいる以上、いまだに城に残っているということはないでしょうからね」

「魔奥公団の拠点はシルバーが壊滅させた。だからこそ、方針を変更したのではないか？」

「その可能性もありますが……魔奥公団が帝都に潜入していた以上、何らかの協力関係があったことはほぼ間違いないでしょう。協力関係を結んだ以上は成果を渡すのは当然です。魔奥公団の拠点は帝都だけということはないでしょうし」

魔奥公団が組織として壊滅させられたならまだしも、壊滅させられたのは帝都の一拠点。古くから存在する犯罪組織ならあちこちに構成員がいるはずだ。

帝都で引き渡せないにしても、別の場所で引き渡すことは可能だろうし、なんなら帝都にいた奴らと聖女を受け取る奴らは別ということも考えられる。考えればキリがない。

「となると……あの遺体はなんだという話になってくるな？」

「はい。聖女レティシアが攫われているという根拠こそ、あの遺体です。父上や兄上方はあの遺体に違和感を覚えませんでしたか？」

「……遺体を眺める趣味はないのでな。お前は感じたのか？」

「ええ、観察してたので。じっくりと」

一瞬、父上が顔をしかめる。エリクも同様だ。ゴードンはふんと鼻を鳴らして小馬鹿にしている。所詮はすべて推測だと言いたげな表情だ。

「それでアルノルト。遺体に違和感があるからなんだ？　お前が遺体を見慣れていないだけだろう？　軟弱者めが！」

「逆に聞きますが、遺体を見慣れているのに違和感に気づかなかったのですか？　ゴードン兄上」

俺の言葉にゴードンの目が血走った。

ゴードンが一歩前に出て俺に向かって行こうとするが、それを父上が制止した。

「ゴードン。落ち着け」

「こんな出来損ないに馬鹿にされたとあっては俺のプライドに関わるのです！」

「お前のプライドの話などどうでもいい。そもそもアルノルトの言う通りならお前が気づけなかったことをアルノルトが気づいたということになる。馬鹿にされて当然だ」

「アルノルトの言葉を信じるおつもりか!?」

「確かめる価値はある。聖女レティシアの遺体をここへ。ただし……誰も違和感を覚えなかった場合はわかっているな？　アルノルト」

「どうぞ。お好きなように」

そう言って俺は軽く頭を下げる。どうにかここまで来た。

あと一押しだ。ここで推測が正しいことを証明されると、この場にいる者たちの俺を見る目が変わってしまう。それは望ましいことではないが――弟のためだ。

仕方ない。

所詮、侮られているのも手段の一つ。俺の目的はレオを皇帝にすることなのだから。

今回は本気の全力でいかせてもらおう。

2

玉座の間に運び込まれたレティシアの遺体は綺麗《きれい》なものだった。城の使用人が皇帝の前に出しても問題ないようにしたんだろう。だが、そうであっても違和感は消えない。

「美人だし、見てて悲しくなるっすねー。やったのは女っすよ。間違いない」

「黙れ、コンラート。今はそんなことはどうでもいい」

軽口を叩《たた》くコンラートをエリクがたしなめる。ヘンリックは見るのも嫌だといった様子で視線をそらしており、しっかり見ているのは父上とエリク、そしてゴードンだけだ。

「……ゴードン。お前は何か感じるか？」

「何も感じませんが？」

「エリク。お前はどうだ？」

「多少ですが違和感はあります。既視感のような曖昧さではありますが、しっかりと見ればなんとなくおかしいとは感じます」

「ワシもそうだ。アルノルトの言う通り、この遺体には違和感がある」

一瞬、ゴードンの顔が歪《ゆが》み、俺のほうを睨《にら》みつけてきた。

いつもなら目をそらすところだが、今日は本気でやると決めている。

だから俺は小馬鹿にした様子で笑ってみせた。

「っ⁉　なにがおかしい！　アルノルト‼」

「いえ、別に。ただ皇族なら誰でも気づけると思っていたので。なにせ出来損ないの俺に気づけたくらいですから」

「……死にたいらしいな」

ブチンと何かが切れたような音が聞こえた気がした。顔を真っ赤にしたゴードンが俺のほうに向かってくる。父上やエリクの制止すら受け付けない。

そんなゴードンを止めたのは玉座の間の端で待機していたアリーダだった。

瞬時にゴードンと俺の間に割って入ったアリーダは静かに告げた。

「皇帝陛下の御前です。お静まりください、ゴードン殿下」

「黙れ。その捻《ひね》りかすを捻りつぶさなければ気が済まん！」

「武力行使に出るというなら力ずくでお止めします」

それは警告だった。近衛《このえ》騎士団は帝国の最精鋭。その隊長たちはどいつもこいつも化物級の実力を持っているが、その中でも上位三隊の隊長は正真正銘の化物だ。

アリーダはあのエルナが聖剣がなければ勝てないと断言している数少ない一人だ。少なくとも同等の評価をエルナが下しているのはエルナの父である勇爵以外にはいない。

当然ながらゴードンでは勝ち目がない。帝国最強とエルナが言われるのは聖剣込みでの話。そうでなければ帝国最強の剣士はアリーダだろう。

もちろん数年後にはわからないが、今の段階ではアリーダは剣の技術だけでいえばエルナ以上なのだ。

「くっ……」

ヴァイトリング翁《おう》の娘だから、父上が傍《そば》に置いているなんて言う人もいるが、そういう人は一度彼女の剣技を見たほうがいい。稽古なのに何しているのかわからないほど速いから。

「お下がりください。ゴードン殿下。アルノルト殿下も挑発はほどほどに」

「気をつけるよ」

俺にも注意が来たため、肩をすくめて対応する。

まぁもう挑発は必要ない。ゴードンやヘンリックは話を聞かずに俺の処罰を口にしていた。万が一にでも父上がそれを飲めば、説明の機会は失われる。

だから怒らせた。これでこの場でゴードンの意見が通ることはないだろう。

「……失礼しました。皇帝陛下」

「うむ」

ゴードンが謝罪し、父上が視線で俺に説明を促した。この遺体は一体なんなのか。そういう話になるわけだ。皇族だけが違和感を覚える偽物。それは明らかに異常だ。

その答えを父上は求めている。

「この遺体はおそらく幻術で偽装されたものでしょう。人形ではさすがに気づかれるため、きっと本物の遺体が使われています」

「なにぃ？」

「それは本当か？　アルノルト」

「あくまで俺とレオの推測です。証拠はありません」

「証拠がなければ何の価値もない！　近衛騎士たち！　早くこの遺体を片付けろ！　皇帝陛下！　アルノルトの妄言に付き合う必要は」

「何を勝手に仕切っておる？　いつからお前が皇帝になった？　ヘンリック」

「ひっ⁉　も、申し訳ありません‼」

父上に睨みつけられて、ヘンリックは恐怖に顔を歪めて跪《ひざまず》く。

それを見て、父上は鼻を鳴らしながら俺のほうに視線を移した。

「証拠はない。憶測に次ぐ憶測だ。信じるほどのものとは思えん。だが――この遺体に仕掛けがあるのもまた事実。この違和感を解消するには何が必要だ？　アルノルト」

第二段階クリア。これで俺の要請ではなくなる。

俺が彼女らを呼んでほしいと頼めば、馬鹿馬鹿しいと一蹴されかねない。

だが、皇帝が求める答えに必要だといえば違ってくる。彼女らも断れないだろう。

「エルフの方々を呼んでいただけますか？　これだけの幻術を使えるのはおそらくエルフくらいでしょう。突然、帝国の招待を受けたり、来るまでの道中の行方が知れなかったり、彼女たちには謎が多い。陛下がお取り調べください」

「よし。エルフの一行を呼び出せ」

3

呼び出されたエルフたちの数は七名。来た時と同じ数で、欠けてはいない。

その中心にいるのは幻術で姿を誤魔化《ごまか》しているウェンディ。一応、接待役ということでクリスタも呼び出されている。今回は皇族のみの会議のため、フィーネは外で待機中だ。

クリスタは突然呼び出されて不安そうに俺を見てくるが、それに対して俺は優しく微笑《ほほえ》む。

「アル兄さま……」

「大丈夫だ」

俺の言葉を受けてクリスタは静かに頷《うなず》く。

そして父上の取り調べが始まった。

「さて、ウェンディ殿。あなたに聞きたいことがあってお呼びした」

「なんでしょうか？　皇帝陛下」

「まずはあちらをご覧いただきたい。ああ、クリスタは見んでいい」

「はい……」

何があるのか想像したのだろう。クリスタが顔を青くしながら正面だけを見ている。

一方、ウェンディたちはレティシアの遺体を見ていた。

一瞬、ウェンディが悲し気に眉をひそめた。周りのエルフに変化はない。

「聖女レティシアは……残念でした」

「そうとも言えん。実はそれは幻術で偽装されたものではないかという意見が出た。それについてはどうだ？」

「陛下は……我々エルフが犯人だと考えておいでなのでしょうか？」

「可能性の話をしている。あなた方なら遺体を別の誰かに偽装することくらいは可能なのではないか？」

「それは……」

そう言ったとき、ウェンディはチラリと自分の隣に立つエルフの女を見た。

たしか俺とレオが喋《しゃべ》っているときに入ってきたエルフの従者だ。名前はポーラだったか。そのポーラの顔色をウェンディはしきりにうかがっている。まるでポーラのほうが主人のようだ。

「可能なのか？　不可能なのか？　どちらだ？」

「可能ではあります……ただそれほどの使い手は今回……いません」

そう言ってウェンディは視線をそらした。

嘘《うそ》をついているときの典型的な反応だ。そしてポーラへの態度には恐れが見える。

今ので関係性が透けて見えたな。父上の横ではフランツが険しい表情を浮かべつつ、近衛騎士たちに視線で指示を出した。

自然な様子で近衛騎士たちがエルフたちとの距離を詰めた。この場にいる近衛騎士はアリーダを筆頭とした隊長たちや精鋭ばかり。逃げようとしても逃げられないだろう。

そんな中で俺はウェンディに告げた。

「姫君。それは本当ですか？」

「ほ、本当です……アルノルト殿下」

ウェンディの瞳が揺れる。視線が俺とポーラを行き来している。

その目がやめてと語っていたが、やめてあげるわけにはいかない。ウェンディとポーラの関係も放置できないしな。

ここらで問題はすべて解決させてもらおう。

「あなたは姿を幻術で偽っている。あなたなら可能では？」

「そ、それは……」

「どういうことかな？　ウェンディ殿」

父上に問い詰められたウェンディは仕方ないという表情で、自らの幻術を解き、真の姿を晒《さら》した。

「欺いたことは謝罪いたします。皇帝陛下」

「これは驚いた……」

「子供が代表では失礼に当たるということで、我が祖父より幻術にて姿を変えろと言いつけられておりました。お許しを」

「それはいい。問題はそれだけの幻術をあなたが使え、それに我々も気づけなかったということだ」

「この状況では何を言っても信じてもらえないでしょうが、我々エルフの仕業ではありません。皇帝陛下」

そう言ってウェンディが跪き、ほかのエルフたちも続く。

父上は腕を組んで目を細める。多くの人を見てきた父上にはウェンディの嘘は透けているだろう。問題はなぜ嘘をついているのか。

エルフがこの一件に関与する理由が父上には思いつかないんだろう。

「その言葉を信じるとして……あなたならその遺体に掛けられた幻術を解けるのではないか？」

「わかりません。やれと言われればやってはみますが……」

時間稼ぎだ。これに乗るのは得策ではない。

だから俺は最後の提案をした。

「父上。提案があります」

「何度言えばわかるのだ、皇帝陛下と……ああもう。好きにせよ」

「申し訳ありません。宝物庫にある物を使いたいのですが？」

「まさかと思うが……〝皇旗〟か？」

「はい。この玉座の間には魔法の発動を阻害する結界が張ってありますが、すでに発動している魔法は対象外です。ですから発動圏内の魔法をすべて無効にする〝皇旗〟の使用許可を」

玉座の間にある結界は最高クラスだ。

俺ですら転移魔法での侵入は困難だし、この場での魔法発動は無理だ。しかし、発動しているものはその限りではない。それは意図されたものだ。

すべてを無効化してしまえば、皇帝は魔導具すら使えない。だからすでにかけられた魔法は阻害されない。その程度なら近衛騎士たちで対処可能だからだ。

しかしその結界以上の威力を誇る魔導具が宝物庫にはある。皇旗と呼ばれるそれは一見するとただの国旗だ。黄金の鷲《わし》が描かれた精巧な旗にしか見えない。

だが、皇族の血を捧《ささ》げることで一定範囲内の魔法をすべて無効化する。

その強力さの反面、ほとんど使われることのない魔導具だ。すべての魔法を無効化してしまうと不利になるのが大抵は帝国側だからだ。

しかも皇族の血が必要となる。そうポンポン使えるものではないのだ。

「あれは相当な量の血を要求される。お前が血を捧げるのか？」

「そのつもりです。その代わり、もしもこの遺体が聖女レティシアの物でない場合、レオの行動は正しかったと認めていただきたい。そして増援として近衛第三騎士隊の派遣を要請します」

「……弟のためにそこまでするか」

「弟だからそこまでするのです。レオは正しいことをしています。それを証明するのが兄の務めでしょう」

「よく言った！　皇旗の使用を許可する！」

そう父上が言った瞬間。

玉座の間が開かれた。後ろを振り向くとそこにはトラウ兄さんがいた。

その手には黄金の鷲が描かれた旗があった。

「使用許可ですと!?　さすが父上！　このトラウゴットの行動を先読みするとは！　その信頼に応えて自分が使いましょう！」

「なっ!?　待て！　トラウゴット!?!?」

「はぁぁぁぁぁっっ!!!!」

「ちょっ！　トラウ兄さん！」

「アルノルト！　弟の無実を証明するのは兄の務め！　このトラウゴットに任せておくのですぞ！」

「いや、人の話を!?」

完全に自分の行動に酔っている。皇旗から紐《ひも》が伸びて、トラウ兄さんの血を吸い上げていく。近衛《このえ》騎士たちがトラウ兄さんの傍に寄ったときには時すでに遅しだった。

皇旗が発動して、光り輝く粒子が皇旗から発せられた。この粒子があるかぎり、この場の魔法はすべて無効化される。

その粒子は玉座の間の結界ごとすべての魔法を無効化した。レティシアの遺体と思われた物の幻術は無効化され、護衛隊長の遺体が現れた。だが、その遺体は明らかに死後数日といった様子だった。

ずいぶんと前から入れ替わっていたのかと、俺はエルフたちを見る。

すると、俺の目にはクリスタを俺のほうに押すウェンディの姿が見えた。

「逃げて!!」

ウェンディが叫ぶ。その周りを固めるエルフたちの様子は一変していた。

なにせ肌が黒い。

かつてエルフという種族の中で、魔王に与《くみ》して悪魔の力を浴びた悪《あ》しきエルフ。ダークエルフたちがそこにはいた。

そのダークエルフたちは隠し持っていた短剣をウェンディに向ける。

脅されているのではと思ったが、想像以上の展開だ。

咄嗟《とっさ》にクリスタの保護に動くが、ウェンディは間に合わない。

そう思ったとき、皇旗が短剣を向けていたエルフに直撃した。

「ロリフに何をしておるかぁぁ!!」

当然ながら皇旗を投げたのはトラウ兄さんだった。血を大量に捧げ、フラフラになりながら速攻で行動したのはさすがとしか言えない。行動理由があれだが。

「ここは帝国！　好き勝手はさせないでありますよ！」

「好き勝手しておるのはお前のほうであろう⁉⁉　この場で発動させる奴《やつ》があるか！　大馬鹿者め!!」

「あれぇぇぇ⁉⁉　なぜ自分が怒られているので⁉」

そんな緊張感のない親子の会話がなされている間に、ダークエルフと近衛騎士の戦闘が開始されたのだった。

とはいえ、戦闘と呼べるものにはならんだろう。

なにせ粒子があるかぎり、この場じゃ魔法は使えん。ダークエルフにとっては最悪の状況だ。

4

ダークエルフたちは見るからに焦っていた。まさかここで正体が暴かれるとは思っていなかったんだろう。加えて、皇旗によって仕込んでいたすべての魔法がパーになったはずだ。さすがに呼び出された時点でなにかしらの策は講じていただろう。

そういう策はすべてトラウ兄さんによって粉砕された。俺のプランもだが。

まぁ結果的に最高に近い結果にたどり着いているわけだが。

ダークエルフは魔王によって力を与えられたエルフであり、通常のエルフよりも強力な力を扱う。しかし、その力は遺伝しない。つまりダークエルフというのは魔王がいた五百年前からの生き残りということだ。

その知恵や魔法や戦闘の技術、それらは恐ろしいものがある。とはいえこの状況では近衛騎士たちの敵ではない。彼らは抵抗らしい抵抗もできずに捕まっていく。

「は、離れてください!!」

俺の背にいたウェンディがそう叫び、バルコニーに走っていこうとする。

その肩を摑《つか》んで俺は制止する。

「何をする気です？」

「このネックレスは魔導具なのです！　爆発してしまいます！」

「ご安心を。皇旗が発動した以上、魔導具もすべて効力を失います」

「で、ですが、一時的では!?　無理やり外せば爆発する物です！」

「それも問題ないでしょう。騎士団長」

「すでに斬っています」

俺が声をかけるとそう声が返ってきた。

見ればウェンディのネックレスは見事に斬れ落ちていた。

それを拾い、俺はアリーダに投げる。あとは向こうが適切に処置するだろう。

問題はそっちじゃない。俺は改めてウェンディを自分の背に隠した。

「父上、彼女は」

「脅されていたから許せというのだろう？　その話はあとだ。今は聞かねばならんことがある。ウェンディ殿、何があった？」

「お許しくださいとは申しません……すべては私たちエルフの責任です。エルフの里を出た私たちは予定のルートを通っていましたが、そこで襲撃に遭い……私以外のエルフは殺されました。その後、私はさきほどの魔導具を首につけられ、言うことを聞くしかなく……」

誰かに喋りに行けば、その人間ごと殺せる魔導具といったところか。

ウェンディが打ち明けられなかったのは仕方ないことだろう。

「だが、あなた方の動きは我々も摑めなかった。ダークエルフだからこそ摑めたというのか？」

「いえ……ルートを知っていたのはエルフの里の者だけです。おそらくはエルフの里の者が漏らしたのでしょう……エルフの里はずいぶん前から王国より圧力を受けていましたので、その圧力を危惧して王国の策に乗った者がいてもおかしくありません……」

「なるほど……では王国の策とは？　知っていることはすべて教えていただきたい」

「私も彼らの話を聞いていただけなので、どこまで正しいかはわかりませんが……聖女レティシアの拉致は王国側の提案だったそうです。ダークエルフはあくまで実行犯なのだとか。それと問題が一つあります」

「問題？」

「はい。聖女レティシアを拉致したダークエルフは別にいます。彼女は現在のダークエルフの族長。護衛隊長を殺し、化けていたのも彼女です。今頃は帝国北部に移動しているかと」

「ダークエルフの族長……」

父上が顔をしかめる。

ダークエルフというのはそれほど厄介な相手なのだ。エルフ自体が人間よりはるかに個体として優れているのに、悪魔から力を授かった者たちだ。しかも五百年前の戦争を生き残った古《ふる》強者《つわもの》ばかり。その族長となればどれだけ厄介な敵か。

「そのダークエルフの族長ですが……本人が言っていたことなので真実かはわかりませんが……魔奥公団《グリモワール》の幹部なのだと語っていました。私がなぜこんなことをするのかと問うたときに、笑顔で魔法の研究のためと語っていたので……おそらく真実だと思います」

「そこで繋《つな》がるか……」

「私が言えたことではありませんが……すぐに救出部隊を……彼らはしきりに悪魔の話をしていました。最悪の場合……魔王級の悪魔を呼び出そうとするかもしれません」

「ダークエルフならあり得る話です。陛下」

魔王はたしかに討伐された。しかし魔界にはまだまだ悪魔がいる。呼び出そうとすれば魔王に匹敵する悪魔を呼び出せるだろう。なにせ実験体が聖女だ。

生贄《いけにえ》にするのか依《よ》り代《しろ》にするのか。どうであれ帝国にとって害しかない事態になるのは間違いない。

「アリーダ」

「はっ」

「近衛第三騎士隊隊長、エルナ・フォン・アムスベルグを聖女救出部隊の隊長に任命する。第四騎士隊、第五騎士隊を含む、近衛三隊で第八皇子レオナルトの援軍に向かえ」

「かしこまりました」

アリーダへの指示を出し終えた父上は疲れたように玉座にもたれ掛かる。

ウェンディの言葉に証拠能力はない。ウェンディがいくら王国が主導したことと語っても、王国は認めないだろうし、ほかの国も取り合わない。

結局のところ、ウェンディがダークエルフと行動を共にしていた事実は変わらないからだ。

そうなるとレティシアを救出できなければ王国との戦争が近いということになる。

救出できないということは、内では悪魔騒動、外では侵攻というサンドイッチに陥るということだ。そりゃあ疲れるか。

「フランツ。西部と北部の国境に近衛騎士団を派遣し、警戒させよ。西部には第二騎士隊、北部には第六騎士隊が順当だろう」

「よろしいのですか？」

「軍や諸侯の騎士を動かせば目立つ。まだ侵攻を受けたわけではない。刺激すれば余計な問題を増やしかねん」

「かしこまりました。すぐに手配いたします」

「エリク。外務大臣としての手腕に期待しておるぞ？」

「お任せください。しかし注力できるのは一国だけでしょう。最も厄介な皇国は絶対に参戦させませんが……ほかの国は申し訳ありませんが手が追いつきません」

「仕方あるまい。王国、連合王国、藩国。三国による侵攻は想定されていたことだ。想定の中では最悪に近いパターンだがな。ゴードン。軍の対応はできているか？」

「北部国境は万全です。藩国の軍勢では突破は不可能でしょう。問題は西部国境かと。王国の全力攻撃となれば防ぐのは難しいかと思います。ただし、中央部の部隊も命令があれば即座に動ける用意があります」

「よろしい。侵攻を受ければお前にも出てもらう。とりあえずはウィリアム王子のご機嫌取りだ。お前は個人的親交がある。彼を通じて連合王国を切り離せるか試せ」

「お任せを」

エリクとゴードンに指示を出した父上が次に視線を向けたのはトラウ兄さんだった。

血を持っていかれたせいか、立っているのもつらいらしく近衛騎士によって支えられている。

「トラウ。喋《しゃべ》れるか？」

「はい、なんとか……」

「では説明せよ。どうして皇旗を持ってきた？」

「じ、自分、レオナルトが城を抜け出し、アルノルトが拘束されたと聞き、なんとかせねばと思いまして、聖女レティシアの部屋へ行ったのです。そこでジッと遺体を観察していると違和感に気づきまして、これは魔法によるものだと思った次第です」

「それで宝物庫から皇旗を持ち出したのか？」

「ええ、魔法なら無効化してしまえばいいかと思いまして。それで宝物庫から取ってきまして、ああ、衛兵には父上が必要だと言っていると嘘《うそ》をつきました。お許しを」

「その程度、どうでもよい……それで聖女レティシアの遺体がここにあると知り、持ってきたというわけか？」

「その通りでありますよ」

「褒めるべきか、怒るべきか……」

父上は呆《あき》れたように頭に手を置いた。

トラウ兄さんらしいといえばトラウ兄さんらしいな。違和感に気づき、それが何かとか深く考えずに解いてしまおうと考えるあたり。

「まぁよくやったと言っておこう。遺体の違和感に気づいたのはアルノルトとお前だけだ。皇旗の発動も結果的には良い働きだった。玉座の間の結界は張りなおさねばならんがな」

「そ、それは申し訳なかったであります。ただ仙姫殿もいるしいいかなっと……それと自分は観察力には自信があるのですよ。いつも見ているので」

何をとは言わないあたりが悲しいところか。トラウ兄さんの視線はさっきからウェンディに釘付《くぎづ》けだ。その視線をそっと遮り、俺は父上に告げる。

「父上。彼女に部屋を用意したいのですが」

「そうだな。ウェンディ殿。申し訳ないが行動は制限させていただく。ただし護衛は厳重にする。それで許してほしい」

「滅相もありません。処刑されてもおかしくないところ。陛下の寛大な処置にお礼申し上げます」

そう言ってウェンディは丁寧に頭を下げた。そんなウェンディと心配そうな表情を浮かべているクリスタを連れて俺は玉座の間を後にする。

だが、去り際に父上が声をかけてきた。

「アルノルト」

「はい？」

「よくやった。お前の手柄だ」

「よしてください。それに手柄ならレオのものですよ」

「そうだな……二人の手柄だ」

あくまで手柄を主張する父上に苦笑しつつ、俺は一礼して玉座の間を去ったのだった。

まだ何も解決はしていないからだ。

5

「上手《うま》くやったみたいね」

「なんとかな」

城の部屋で拘束されていたエルナと合流した俺は北部の地図を広げて、怪しい場所に印をつける。

「犯人はダークエルフの族長であり、魔奥公団の幹部。そういう人物ならそれなりに大きな隠れ家を確保してるはずだ」

「国境方面に逃げたとは考えないの？」

「それなら国境守備軍が対処すればいい。だがほぼないだろう。奴《やつ》らは王国主導の計画で動いている。帝国内部で騒ぎを起こすことを望まれている以上、そこまで国境には寄らないはずだ」

「なるほど。それで今、印をつけた場所が怪しいところ？」

「一応な。廃城だったり、軍の施設跡だったり、鉱山の跡地だったり、いろいろだ」

「よくそんなこと知ってるわね？」

「ヴィンが教えてくれた。帝都に何かあった場合、敵が逃げるならこの辺りだとな」

「あの毒舌軍師の想定内ってことかしら？」

「どうかな。ヴィンはたぶん別のことを想定していたと思うが……まぁすでにリンフィアを伝令に出している。あいつはあいつで動くだろう」

そう俺が説明し終えると部屋にセバスとジークが入ってきた。俺が呼んだからだ。

「なにか用か？　坊主」

「エルナについて行ってくれ。現状、動かせる戦力はすべてレオのところに送り込む」

「おいおい、近衛騎士隊《このえ》が三つも行くんだろ？」

「それでも……できることはしてやりたい」

「そうかい……ならしょうがねぇな」

「了解いたしました」

ジークとセバスの了解を得て、俺はエルナを見る。

その顔に浮かぶのは自信満々な笑みだった。

「……レオを頼む」

「任せなさい。しっかり助けてくるわよ。みんな一緒にね」

「こういう時は本当に頼もしいな。だけど間に合うか？」

「まぁ私たちでも鷲獅子《グリフォン》に追いつくのは難しいでしょうね。一応、早馬を用意したけど、もう一つアテがあるわ」

「アテ？」

「移動に便利な魔法を使う奴が帝都にはいるでしょう？　今回はパシリに使わせてもらうわ」

そう言ってエルナは笑みを浮かべた。

なるほど。俺はシルバーになってもこいつからは逃げることはできないらしい。

まぁあえてしゃしゃり出る必要がなくなった。好都合だ。

いつもどおり、暗躍の時間といかせてもらうか。

■■■

エルナを見送って、俺は自分の部屋に急いで戻った。

そこではフィーネが待っていた。

「やぁ、フィーネ。悪いんだけど、すぐに出る」

「はい。お気をつけて」

急いでシルバーの服に着替えて、仮面をつける。

そして転移魔法で移動しようとしたとき、俺は伝え忘れていたことを思い出した。

「そうだ。フィーネ」

「はい？」

「たぶんメイドを連れてくる。君の護衛だ」

「私の護衛ですか？　安全になったからセバスさんたちを派遣するのでは？」

「まぁそれはあとで説明するよ」

そう言って俺は冒険者ギルドの近くへと飛ぶ。タイミングよくギルドに現れると怪しまれるため、近くで少し様子をうかがう。

するとそこではエルナがちょうどギルドに入ったところだった。外にはまだ数名の騎士しかいない。たぶんほかの騎士は馬やら食糧なんかの準備をしている最中だろうな。

エルナだけシルバーに話を通すために先行した形か。

「シルバー！　いるなら出てきなさい！　エルナ・フォン・アムスベルグが来たわよ！」

「な、殴り込みだぁぁぁ!?!?」

「アムスベルグ家の神童が討ち入りに来たぞ!?!?」

「くそっ！　騎士のくせに奇襲してくるとか何て奴だ!?」

「シルバーはどこだ!?　あいつを差し出せば大人しくなるはずだ！」

「ついにこの日が来ちまったか……あの仮面男ならいつかやらかすと思ってたんだ……」

「おい！　遠い目をするな！　ギルドにいたら死ぬぞ！」

「とにかく逃げるか隠れるかしろ！　奴の傍《そば》に寄るな！　目を合わせたら聖剣が飛んでくるぞ!!」

「こ、この肉で許してくれねぇかな……」

「アホか！　相手は勇者だぞ！　ちんけな肉じゃ収まらねぇさ……あいつが求めてるのはシルバーの肉だ……きっとシルバーが逆鱗《げきりん》に触れちまったんだ……」

「勇者の逆鱗ってなんだ!?」

「知らん！　だがあいつはちょくちょく無礼だから、貧乳とか言ったんだろうさ！　いい迷惑だ!!　言って良いことと悪いことの区別がついてねぇんだよ！」

「まったくだ！　一つ貶《けな》したら二つ褒めるくらいの気遣いを見せろよ！　見事な聖剣ですねとか、眼光が鋭いですねとか！」

地獄絵図だな。昼間から酒を飲んでどんちゃん騒ぎをしていた冒険者たちは、エルナの登場によって正気に戻されてしまった。

大慌てでテーブルを倒し、壁にしてエルナの視線から逃れようとする。

もはやモンスター扱いだな。混乱しすぎて火に油を注いでいることに気づいていないのが、マイペースな冒険者たちらしいといえばらしい。

「本当に……冒険者って頭に来るわね……！」

「なんか怒ってんぞ!?　褒めろ褒めろ！」

「か、髪が長いですね！」

「そうそう！　すごいピンクですね！　どこにいてもわかります！」

「シルバーよりは性格が良いと思います！」

「そうです！　特に仮面をつけてないのは好感が持てます！」

「霊亀を討伐したときに地形を変えたとか！」

「力加減できないところがさすがです！」

「昔から皇子を付き人みたいにしてたって聞きました！」

「真似《まね》できないっす！」

「ロンディネで騎士十人相手に勝ったとか！」

「そういう空気読めないところも良いと思います！」

「あとはあとは……おい！　あんまり褒めるところないぞ！」

「絞り出せ！　シルバーが無礼な分、俺たちでカバーするんだ！」

ほぼ悪口だといつになったら気づくのやら。

エルナの肩がプルプルと震えている。状況が状況じゃなきゃ本当にギルドが崩壊してたかもな。そんなエルナに対していつもの受付嬢が申し訳なさそうに声をかける。

「本当に申し訳ありません……アムスベルグ隊長。それでどのようなご用件でしょうか？」

「シルバーを探しに来たんだけど、いないなら今、できた用事を片付けようかしら」

そう言ってエルナが剣を軽く抜く。

それだけで冒険者たちが悲鳴をあげ、恐怖で泡を吹いて倒れる者も出てきた。

「し、シルバーは神出鬼没なんです！」

「フラリと現れる不審者みたいな奴なんですよ！」

「ここにはいません！　許してください！」

「そうです！　シルバーとあなたが戦ったらどっちが勝つかで、あなたに賭けるくらいにはあなたのこと好きです！」

「お前⁉　この前、勇者なんて転移するシルバーを捕まえることもできないって言ってただろうが⁉」

「む、昔の話だ！」

醜い身内争いが始まった。まったく、こいつらはいつも緊張感がない。

馬鹿騒ぎが大好きで、礼儀とは無縁。好きなように生きる奴らだ。

まぁそういう奴らだからこそ気に入っているんだが。

そんなことを思いつつ、俺は冒険者ギルドの前に転移して、ゆっくりと歩いて入る。

「俺を探しているらしいな。女勇者」

「ええ、急いで行きたいところがあるの。私たちを転移させなさい」

「いきなり命令ときたか。俺に得は？」

「これでいいでしょう」

そう言ってエルナはコインを三枚投げてきた。それは虹色に輝く硬貨だった。

虹貨。帝国通貨の中では最上級のものであり、三枚というのは一般的なＳＳ級冒険者への個人的な依頼料だ。

一括でポンと払う奴は滅多《めった》にいないが。

「虹貨だと⁉」

「初めて見た……」

「しかも三枚……」

エルナらしいな。たぶん個人的なお金だろうな。エルナといえど簡単にどうにかなる金額じゃない。絶対にシルバーには協力してもらわないといけない。そう判断しているんだろう。

だから俺はそれをそのままエルナに投げ返した。

「転移させるのは構わん。だが、金はいらん。金でいつでも働くと思われるのは嫌なのでな」

「突き返したぁぁぁぁ⁉⁉」

「やっぱりあいつ頭おかしいぞ⁉」

「仮面のせいで硬貨の色が見えなかったんじゃないか……」

好き勝手言う冒険者たちをよそに俺はエルナに向かって手を差し出す。

何を求めているのか察したエルナが、俺に地図を渡してきた。

「印のついているところに飛ばせるかしら？」

「いいだろう。全部に飛ぶか？」

「三つでいいわ。三隊で一つ一つ捜索するわよ！」

そう言ってエルナは外に出る。そこでは近衛騎士たちがずらりと並んでおり、エルナは先頭に用意された馬に跨《また》った。

いまだに祭りの最中のため、民たちは何事かと騒ぎ始めている。

そんな騎士と民の前で俺は三つの転移門を開いた。

「感謝しておくわ。一応」

「なるほど。受け取っておこう。一応」

「……だいたい目的は察しているんでしょう？　ついてこないの？」

「俺も忙しい身でな。そちらは任せる。君が行くなら問題あるまい」

そう言うとエルナは、そうと短くつぶやき、部隊を率いて転移門へと入っていった。

相手の戦力がわからない以上、部隊を必要以上に分散させないのは賢明だ。急がなければならないことは間違いないが、だからといって各個撃破されるわけにもいかない。

その最低ラインが各騎士隊での行動といったところか。

十分に冷静だ。エルナなら任せてもいいだろう。ついていくのも一つの手ではあるが、万が一の時に帝都の外にいては対処できないかもしれないからな。

「さてと」

俺はそのまま転移した。場所は城。しかし俺の部屋ではない。

廊下を歩き、目的の部屋へと向かっていく。

その部屋の前では目的の人物とオリヒメが話をしていた。

「玉座の間の結界は複数の結界が繊細で絶妙なバランスで成り立っておったというのに……ど

うも帝国は結界の価値がわからないと見えるが？　宰相」

「申し訳ありません。緊急事態でして。それで修復は可能でしょうか？」

「修復は無理だ。すべて張りなおさねばならん。これは高くつくぞ？」

「十分にお礼はさせていただきます」

そう言ってフランツがオリヒメに頭を下げていた。

大陸最高の結界使い。仙姫に結界を張ってもらいたいと思う国はごまんといる。しかし仙姫はそこまで自らの結界を安売りしない。

帝国に協力的なのは帝国が謝礼を用意しているというのとは別に、オリヒメが個人的に帝国を気に入っているからだ。忘れがちだが、オリヒメは大陸規模で超重要人物なのだ。

そんなオリヒメが俺に気づく。すると眉をひそめた。

「むむっ！　シルバーではないか！　この前はよくも妾《わらわ》を置いて行ったな！」

「失礼。帝国を見て回りたいかと気を利かせたつもりだったのだが？」

「なんと？　そうであったか。たしかに楽しい旅だったぞ！　うむ！　許そう！」

ちょろいな。内心でそんなことを思いつつ、俺はフランツを見た。

向こうも俺の意図を察したらしく、フランツはうまくオリヒメを下がらせて、部屋の扉を開けた。

「話があるのでは？」

「もちろん。さきほど近衛《このえ》騎士を転移させた」

「感謝しましょう。さすがはＳＳ級冒険者。帝国宰相としてお礼申し上げる」

「感謝などいらん。帝国宰相なら帝国宰相らしいことをしてほしいものだ」

「ほう？　私が仕事をしていないと？」

「帝国東部での一件を忘れたとは言わせん。近衛騎士が皇帝の下を離れたところを狙われた。俺が動いていなければ最悪の事態もありえた」

「たしかに。あれは不覚でした。ですがその後、各地に陛下の目として散っていた近衛騎士たちは帝都に呼び戻されました」

「しかし、今、また近衛騎士は帝都を離れた」

近衛騎士団は第一騎士隊から第十三騎士隊まで存在する。

そのうちの三部隊がレオの増援に向かい、二部隊が国境に向かった。

数でいえば五部隊だが、上位部隊がほぼいなくなった。

「残る近衛騎士では不安だと？　シルバーともあろうものが何を恐れているので？」

「恐れているのではない。危惧しているのだ。残念ながら帝国南部で悪魔が召喚されたときから俺は帝国軍を信用していない。攫《さら》った子供たちを兵器に使おうと企てた者が軍にはおり、今度は城の中で騒動が起きた。内部に裏切り者がいないと本気で思っているのか？」

「……それについてはコメントは控えさせてもらいましょう」

「そうか。ではは っきり言ってやろう。ゴードン・レークス・アードラーがもしも帝位欲しさに帝国を裏切っていた場合、どうするつもりだ？」

「なぜゴードン殿下の名が？」

「軍に強い影響力を持ち、城の内部にも詳しい。しかも嬉々《きき》として内乱に持ち込もうとした前科がある。皇族の中で最も怪しい男だ。用心はしているんだろうな？」

「部外者にそこまで言われる必要はありません。それはこちらの問題。しかし、このまま追い返すのは無礼というもの。一つ言えることは〝皇帝陛下〟は自らの子供が裏切るとは思っていません。あの方はどの子供たちも帝国に価値を見出《みいだ》していると思っていますから」

　あえて皇帝陛下と強調したということは、フランツは違うということだろう。

　それならいい。父上が子供を信じるのは別に構わない。親としても皇帝としても別に変なことじゃない。それで問題が起きたときのために周りの者がいるんだ。

　フランツが備えているならどうにかなるだろう。

「そういうことなら話は終わりだ。失礼する」

「シルバー。こちらも質問が。もしも内乱になったらどちらの味方に？」

「愚問だな。俺は民の味方だ」

「なるほど。たしかに愚問でした。失礼」

　こうして俺はフランツの部屋を後にした。

　その後、自分の部屋に転移してシルバーの服を脱ぐ。

「アル様、メイドさんはどちらに？」

「ああ、それを今から連れてくる。まぁその前に説得だけど」

「説得ですか？」

「ああ、彼女にこれ以上帝国の問題に介入する理由はないからな。まぁ引き受けるしかない立場ではあるけど」

「なんだか悪い笑みを浮かべてますよ？」

「そうか？　気をつけよう」

さて、こっちはこっちで備えるとしよう。

聖女の拉致が陽動だった場合、とんでもないことになりかねないからな。

6

「お断りしますですわ」

そう言ってミアは俺の申し出を断った。場所はいつもの宿屋。

当然といえば当然か。彼女は魔奥公団《グリモワール》を追って帝国までやってきた。その一件はひとまず終息しつつある。あとはレオ次第だ。

だからミアが帝国に留《とど》まる理由もないし、俺に協力する理由もない。

「駄目か？」

「魔奥公団が関係していないなら関わる理由がありませんですわ。それに城内での護衛となれば私の身分を偽ることになるはず。バレたら私がピンチですわ」

「義賊でも賊は賊だしな。たしかに危険は危険だが……帝都に留まっている以上、その危険は付きまとうぞ？」

「明日には出発しますですわ」

ミアはそう言って少ない荷物を見せた。だが、ミアはわかっていない。

「どうやって藩国に戻るつもりだ？」

「？　普通に馬車に乗って帰りますですわ」

「旅馬車は確実に通行止めだ。現在、北のほうで揉《も》め事《ごと》が起きてるのに帝都を出発させるわけないだろ？」

「な、なら走って帰りますですわ！」

「聖女を拉致した犯罪組織が帝国内にいるわけだ。国境はもちろん各関所でのチェックも厳しくなるぞ？　それはどう掻《か》い潜《くぐ》るつもりだ？」

「そ、それは……皇子が何か書状でも書いてくれれば……」

「君にそこまでする理由はない。賊に関わるのは危険だからな」

さきほどミアが展開した理論をそのまま返す。

するとミアは慌てた様子を見せた。

「お、同じことを返されてしまいましたですわ……」

「帝都に留まるなら止めないが、見つかっても俺は庇《かば》わない」

「人の世は無情ですわ……」

ガックシと肩を落とすミアを見て、俺は苦笑する。

結局、どうであれミアは俺に協力するしかない。状況が許してくれないからだ。

「さて、もう一度聞くが……城で護衛をする気はないか？」

「……お断りしますですわ。帝位争いは帝国の問題。帝国の人間が精いっぱい力を尽くすべき事柄ですわ」

「正論だな。しかし、そこに藩国が関わっているとしたら？」

「言っている意味がわかりませんですわ」

「君を護衛に誘っているのは最悪の場合、反乱の可能性があるからだ。しかも他国と連動してのな」

「他国と連動しての反乱が本当に起こると？」

「現実味は帯びている。聖女の拉致は陽動。おかげで帝都の守備はかなり緩くなった。帝都を制圧し、国境は各国が突破する。その可能性は十分にある。これはもはや帝国だけの問題じゃない」

「……内乱と戦争。最悪、帝国が瓦解してしまいますですわ」

「そういうことだ。それを防ぐために力を借りたい。何もタダでとは言わない。報酬は出そう」

そう言って俺は一枚の硬貨をテーブルの上に置く。

するとミアが顔をしかめた。

「お金で動くと思われるのは癪《しゃく》ですわ。私はこれでも義賊！　お金では……えええええ!?!?

虹貨ですわ!?!?」

ミアは驚いた様子でテーブルの上に置かれた虹貨を手に取った。

帝国の最上級硬貨である虹貨は最上流階層しか使わない希少な硬貨だ。帝国硬貨は大陸でもかなりの信用度を持つため、その価値は他国でもさして変わらない。

義賊として藩国の悪徳貴族から金品を奪っていたミアだが、さすがに虹貨は目にしたことはなかったらしいな。

「依頼したいのはフィーネ・フォン・クライネルトの護衛だ。残念なことに人手不足でな。反乱が起きたときに彼女を守れる人材が必要なんだ」

「蒼鴎姫《ブラウ・メーヴェ》……帝国一の美女の護衛を私が？」

「皇帝のお気に入りである彼女は人質として使われかねん。もちろん何も起きなければ彼女の傍《そば》に祭りを終えるまでいるだけだ。祭り中に動かないならしばらく動かないだろうしな。どうだろう？　どうせ帝都に留まるしかないなら、金を稼ぐのは悪いことではないと思うが？」

「で、で、ですけど……虹貨なんて……こ、これ一枚で孤児院の子供たちに何でも買ってあげられますですわ……」

「もしもこちらの頼みを聞いてくれるなら藩国への帰路は確保しよう。まぁ反乱が起きればそう簡単にはいかないが、個人で試みるよりはよほど確実だと思うが？」

ゴードンがもしも反乱を起こすとすれば、それは相当な勝算があってのこと。これまでの経緯を考えれば王国と連合王国が仕掛けてくる。そうなると藩国も動くだろう。

国境はてんやわんやになることは間違いない。

いくらミアでも個人での突破は難しいだろう。

「帰路の安全、破格の報酬、身分の保証。好条件だと思うが？　朱月の騎士《ヴァーミリオン》として帝位争いには断固として関われないっていうなら無理強いはしない。だけど、ここで俺に協力するのはきっと藩国の民のためにもなると思うぞ？」

「……一つ条件がありますですわ」

「聞こう」

「他国は帝国での反乱がそれなりに成功することを見越して侵攻するはず。つまり反乱が上手《うま》くいかなければ帝国に返り討ちに遭う可能性もあるということですわ」

「国力を考えればそうだろうな」

「そのとき……藩国に対して攻撃を仕掛ける場合は民の安全を確保すると約束してくださいですわ」

「いいだろう。俺は俺のできる範囲で藩国の民を守る。誓いが必要か？」

「いいえ。口約束で構いませんですわ。あなたはきっと……口約束のほうが頑張ってくれそうですから」

そう言うとミアは膝をついて弓を差し出した。

その弓を受け取り、俺は再度ミアの手に戻す。

「正式な騎士ではありませんが……朱月の騎士《ヴァーミリオン》が殿下にお仕えいたしますですわ。この弓、この武は殿下のために」

「ああ、君がいるなら安心だ。少しの間だがよろしく頼む」

そう俺が言うとミアは立ち上がる。

そしてチラチラとテーブルに置かれた虹貨を見ている。

「前払いだ。好きに使っていいぞ」

「な、なんて羨ましい台詞《せりふ》ですの……皇子はやっぱりお金持ちなのですわ……」

「価値あるモノにはしっかり払うさ。自分の弓に自信があるんだろう？　まさか虹貨の価値がないとか言わないよな？」

「……ＳＳ級冒険者に対する依頼料は虹貨が三枚。そこまでとは言いませんが、それに準じる力はあると思っていますですわ」

「ならいいさ。悪くない買い物だ。さて、行こうか」

「あ、あの……少し時間を貰《もら》いたいのですが……私は孤児院で育ったので、その弟や妹のような子たちがたくさんいまして……は、反乱がもしも起きたら落ち着いて買い物もできないと思いますの！　だから買い物をさせてほしいのですわ!!」

力強く頼まれた俺はため息を吐《つ》く。できればさっさと城に入ってほしいんだが。

まぁいいか。

「荷物は城に送ってもらえ。アルノルト殿下のおつかいっていえば大体伝わる。それと子供へのお土産を買うなら虹貨じゃ買い物できないぞ」

「ええええ⁉⁉」

「お釣りを出せる店なんてないからな。買い物はこれでしろ」

そう言って俺は自分の腰につけていた袋をミアに渡す。

ずっしりと重い袋を持ったミアは、恐る恐る袋を開ける。そこには大量の金貨が入っていた。

「き、キラキラしてますですわ……」

「好きに使っていい。子供へのお土産なら良い物を買っていってやれ」

「……お金に執着がないみたいですわね……」

「金は必要なときに必要なだけあればいい。もちろんその時に備えて貯《た》めることはするけれど、使うときに惜しむのは愚かだ。この程度で君が気分よく働いてくれるなら安いもんだ。それだけ君の弓には価値がある」

「……光栄ですわ」

そう言ってミアは俺に向かって一礼する。これでフィーネの護衛は確保したな。

「ああ、そうだ。城ではメイドになってもらうからな」

「……はい？」

「見るからに護衛ですっていうんじゃ困るんだ」

「そ、それはわかりますが、なぜメイド⁉　女執事を所望するですわ！」

「君に執事は無理だ。不自然すぎて疑われる。そんなことしたらわざわざウチの万能執事を帝都の外に出した意味がない」

「そ、そうですわ！　気になっていたんですの！　反乱が起きると思っているなら戦力を残しておくべきだったのではですわ!?」

「それじゃあ意味がない。セバスを筆頭に俺の周りにいる奴《やつ》らはそれなりに警戒されている。あいつらがいるだけで警戒度は跳ね上がる。油断してもらうには一度外に出てもらわないといけない」

「ゆ、油断させるためだけに自分の護衛をすべて放出したんですの……？」

「そうでもない。万が一、帝都が封鎖された場合、隠密《おんみつ》に行動できる奴がレオの傍には必要だ。帝都の門を制圧して開けないといけないからな」

セバスとジークはそちらの方面での活躍のほうが期待できる。

エルナを筆頭とした近衛《このえ》騎士とネルベ・リッター。正面戦闘なら数倍の敵すら粉砕できる戦力だ。しかし、それらも戦えないなら意味がない。だから使い勝手のいい臣下たちをレオの下へ送った。

「全部あなたの手の上のようですわね……」

「そうだといいんだが、残念ながらそうならないのが帝位争いでな。まぁ俺程度に思い通りに操れる相手なら俺が出るまでもない。レオだけで十分だ。上手くいかないから二人で協力してるんだ。今までレオは帝国を守ってきた。俺はそんなレオじゃ守れないモノを守るように動いてきた。けど、今回は逆だ。レオは国ではなくて個人を守りにいった。だから国は俺が守る」

二人で同じことをやるだけが協力じゃない。お互いの手の及ばないところを補うのだって協力だ。俺たちはいつだってそうやってきた。

それが俺たちの強みであり、ほかの帝位候補者にはないものだ。

「〝帝国に双黒の皇子あり〟といったところですわね……」

そんなミアの言葉を聞きながら俺は部屋を出たのだった。

7

「うう……」

レティシアが目を覚ましたのは薄暗い牢《ろう》の中だった。

両手を天井からつるされた鎖で繋《つな》がれ、身動きは取れない。

靄《もや》のかかった頭で攫《さら》われたのだと自覚し、深い絶望が心を覆う。

「私は……攫われたのですね……」

攫われたことに絶望したわけではない。帝国内で攫われたことに絶望したのだ。

迷惑はかけないつもりだった。そのために準備もしてきた。帝国と友好な関係を築き、その後王国内で死ぬはずだった。しかし結果は最悪のものとなってしまった。

これでは帝国と王国が戦争になってしまう。愛した国と自分を愛しているといった少年が戦う。心にズキリと鋭い痛みが走った。

そんなレティシアに声をかける者がいた。

「お目覚めかい？」

「うっ……」

声の主がやってきたことで牢に明かりが灯《とも》る。

突然の明かりに目をそらしたレティシアだが、目が明るさに慣れたところで声の主を見る。

そしてその姿を見て険しい表情を浮かべた。

妖艶な女だった。露出度の高い服を着て、薄く笑っている。

黒い肌に紫がかった銀の髪。それはダークエルフの特徴だった。

「ダークエルフがなぜ……？」

「そう嫌そうな顔をしないでほしいね。数日間はあんたと一緒にいたんだから」

「数日間……？　まさかカトリーヌを⁉」

「殺したよ。記憶を抜き取ってね。手間だったけど、おかげ様で気づかれずにあんたの傍にいられた」

「くっ……」

「まぁ自分を責めなさんな。帝国にいるときは接待役の皇族がずっと傍にいる。護衛隊長といっても傍で立っているか、部屋の外にいるか。大して会話もないのに気づくのは無理さ。とくにあたしの幻術が相手じゃね」

そう言ってダークエルフは指を弾《はじ》く。するとその姿が変化して、レオの姿へと変わった。

偽物のレオはレオが浮かべるはずのない軽薄な笑みを浮かべる。

「触れた相手の姿をあたしは幻術でコピーできるのさ。ここまで完璧に真似《まね》できるのはエルフの中でもあたしだけだろうね」

「その顔と声で喋るのはやめなさい……！」

「おっと、怖い怖い。自分を好いた男の姿は嫌かね？」

そう言ってダークエルフは姿を元の形に戻す。そんなダークエルフを鋭く睨《にら》みつけたレティシアだったが、その女の肩に紋章があることに気づいた。

羽の生えた本の紋章。それがなにかレティシアは知っていた。

「魔奥公団《グリモワール》……!?」

「ご名答。あたしは魔奥公団の幹部、バベット。ダークエルフの族長さ」

「なんて愚かなことを……魔奥公団を使ってまで私を排除しようとするなんて……！」

「さすがは聖女様、察しが良いね。主導したのは王国さ。だから言ったろ？　あんたは何も悪くない。悪いのは王国さ」

「魔法を研究するためならいくらでも人を犠牲にする者が我が国を侮辱することは許しません！」

「この状況でも祖国の肩を持つのかい？　あんたを研究材料にしていいって言うからあたしらは協力したんだよ？　つまりあんたは売られたのさ」

「それでも……私が愛した国であることには変わりありません」

バベットはそんなレティシアの言葉を鼻で笑う。

だが、そんなバベットの後ろから乾いた拍手が聞こえてきた。

現れたのはしわだらけの小柄な老人だった。ローブを羽織った姿は見る者を陰鬱にさせる何かがあった。

「さすがは聖女じゃな。清廉潔白な精神。まるで白いキャンバスのようじゃな」

「遅かったね？　ヴィルジール」

「ちょいと準備に時間が掛かっての」

「じゃあ聖女様もお目覚めだし、さっさと始めてくれね。帝国の中にも切れ者はいるだろうからね。足止めは長くはもたないよ」

「わかっておるわい」

そう言ってヴィルジールと呼ばれた老人は瓶を取り出す。

そして何事かをつぶやき、その瓶をレティシアに向けた。

すると無数の黒い煙の塊がレティシアの周りを回り始めた。

「これは……死霊!?」

「さっき取ってきた新鮮な死霊じゃよ。聖女を黒く染めるワシの手駒たちさ」

「一体、何をしようというのです……？」

「あんたを依《よ》り代《しろ》に悪魔を召喚しようと思ってね。しかもとびっきり上級な奴さ。普通ならそんな大物を召喚したら依り代が持たないけど、聖杖《せいじょう》の使い手にもなったあんたなら耐えられる」

「正気ですか？　悪魔が私と共存できると考えているなら勉強しなおすことをおすすめします」

「わかってるさ。悪魔の依り代は新鮮な死体か精神的に悪魔に近い奴が選ばれる。そうじゃないと拒絶反応で悪魔のほうが肉体を追われちまうからね。悪魔に近い精神ってのはようは悪人だわね。そしてあんたはその対極にいる。けど、それならあんたを悪人にしちまえばいい」

「なにを……」

「ワシの死霊たちがこれからお前さんに自分の凄惨な死に際や理不尽な人生を見せていく。耐え切れず、この世に絶望すればお前さんの体は悪魔の依り代にぴったりというわけじゃ。しかも聖杖も使える。なかなかユニークな実験じゃ」

「……私は負けません」

「せいぜい頑張りな」

そう言ってバベットとヴィルジールは牢を出ていく。

そしてレティシアの周囲をぐるぐると回っていた死霊の一つがレティシアの中に飛び込む。

気づけばレティシアは村の真ん中に立っていた。

目の前にはヴィルジールと子供を抱えた女。ヴィルジールは笑いながら女が抱える子供を魔法で絞め殺す。それを見て、女は絶望の叫びをあげた。

その叫びを一通り堪能したあと、ヴィルジールはつぶやく。

「これも聖女を黒く染めるための一環じゃ。恨むなら聖女を恨むのじゃな」

「待って！」

レティシアが制止しようとするが、これは幻覚に近い。すでに起こった過去のことを見ているに過ぎない。傍観者であるレティシアには止めることはできなかった。

さらにヴィルジールは女も絞め殺す。

そしてレティシアの目の前からヴィルジールが消え去り、骸《むくろ》となった女と子供だけが残った。

悲痛な表情を浮かべるレティシアだったが、そんなレティシアに向かって声が掛けられた。

『あなたのせいよ……』

「これは……死霊の声……？」

『聖女だなんて偽りだわ！　聖女なら私の子供を生き返らせて！　なぜ子供が死ななければいけないの⁉』

「……申し訳ありません……」

『謝罪なんていらないわ！　なぜ捕まったの⁉　あなたのせいよ！　返して！　私と子供のささやかな生活を！　あの子さえ生きていればそれでよかった！』

言葉の一つ一つがレティシアの心に突き刺さる。

抗弁するのは簡単だった。自分とて被害者なのだというのは簡単で、それは事実でもあった。

しかしそれをレティシアは選択しなかった。

この後に及んで自分の身を守ろうとは思えなかったからだ。

だから延々と聞かされる怨嗟《えんさ》の声をレティシアはすべて受け止め続けた。

『あなたも死んで償いなさい！　あなただけが生きているなんて許さないわ！』

「そうですね……私の命が欲しいなら差し出しましょう。ですが……今は待っていただけませんか？」

『やっぱり命が惜しいのね！　この偽善者！』

「はい。私は偽善者です。聖杖を使うから聖女と呼ばれていますが、聖女らしいことなど一度もしたことはありません。私がしたことは祖国のために他国の兵士を殺したことだけ。殺人者と大差はありません。それでも……これ以上の犠牲者を出したくはありません。私の命が欲しいなら差し上げます。しかし、今、私が自我を失えばきっと多くの人の命が危険にさらされます。子を失う母がまた出てきます」

『だ、駄目よ！　そんなこと駄目よ！』

「はい。私はそのために耐えねばなりません。そのために猶予を頂けませんか？　あなたのように無念を抱いた人をもう生み出さないために……どうか私に力を」

そう言ってレティシアは目の前に浮かんだ黒い煙を優しく抱きしめる。

すると黒い煙はたちまちのうちに白く輝いていく。

「どうか安らかな眠りを……この難局を乗り越えたら……私もそちらに向かいます」

『……駄目よ……命を拾えたなら生きなさい……そして子供を産むの。私の代わりに命を繋ぎなさい……それがあなたの償いよ』

「難しいですね……」

『……あなたは聖女なのね。とても暖かいわ』

そう言って煙は散っていく。レティシアが対話によって浄化し、成仏させたのだ。

レティシアは死霊と戦うことはしなかった。自らの身を守ることも。

ただするのは対話。しかしそのためには地獄のような怨嗟を受け入れなければいけない。

常人ならすぐに心が折れかねない。なにせ精神の中でのこと。時間などないに等しい。

それでもレティシアは死霊と向き合うことをやめなかった。

レティシアの高潔な精神が死霊たちを彷徨《さまよ》わせることを良しとしなかったのだ。しかしそれは自らの心を削ることにも繋がっていた。耐えられるからといって傷つかないわけではない。

抵抗し、戦うよりはマシというだけで、少しずつレティシアの心は疲弊していくのだった。

それでもレティシアはどんな悪夢のような死に際を見せられようと、どんな怨嗟の声を浴びようと諦めなかった。それを支えるのは祖国への愛ではなかった。

レティシアは祖国を愛していた。今でも愛している。その国に住まうすべての人を救いたいと願い、聖杖を手にした。だが、今は祖国は関係なかった。

だから今のレティシアを支えているのは別の物だった。生涯の大部分を支えてきた愛ではなく、ただ帝国に被害を出したくないという一心がレティシアを支えていた。

そしてその心の根底にいたのは自らを愛しているといった少年だった。プロポーズの返事もしないまま、悪魔に成り下がり、あの少年の祖国を蹂躙《じゅうりん》するのは耐え切れなかった。

ここで悪魔の依り代となれば彼の一生を縛り付ける呪いになってしまう。そんなものを与えたくはない。だからレティシアは耐え続けた。

どれだけ辛《つら》くても彼の顔を思い浮かべれば耐えられた。

彼に泣かれるほうがよほど辛いと思えた。

そして最後の死霊を成仏し終えたレティシアは牢に戻ってきた。

体中で嫌な汗が出ていた。喉が渇き、頭が痛い。

朦朧《もうろう》とする意識の中でレティシアはただ一言つぶやく。

「……レオ……」

聖女ではない自分を必要と言ってくれた。そんなことはいつ以来だっただろうか。

五年前、出会ったときは他国の皇子としてしか見ていなかった。しかし今は違う。

笑顔が、言葉が、思い出がレティシアを強く支えていた。

ここで終わるわけにはいかない。

この地を――レオを守らなければいけない。

そう決意を新たにしてレティシアは視線を上げる。

ちょうどバベットとヴィルジールが戻ってきたところだった。

「どうだい？　調子は？」

「む？　死霊が消えている……!?」

「どういうことだい？」

「信じられん……死したばかりで怨嗟の塊の死霊を……成仏させたじゃと……!?」

「私は……負けません……」

「はっはっは!!　これはいいね。想像以上だ。ヴィルジール、本腰をいれな。これなら本当に魔王クラスの悪魔を呼び出せるかもしれないよ」

「わかっておるわい。まったく……ワシの秘蔵の死霊たちを解き放つとするかのぉ」

そう言ってヴィルジールはいくつかの瓶を取り出す。

その禍々《まがまが》しさはさきほどの比でなかった。

「さて、あたしは別動隊のところに行く。あとは任せたよ？」

「慌ただしいのぉ。聖女が黒くなる瞬間を見たくないのかのぉ？」

「興味はあるんだがね。万が一にでも帝国に邪魔はされたくはないのさ。どんだけ急いだって、すぐに来たりはしないだろうけどね。それでも備えは必要さ」

そう言ってバベットは牢《ろう》を出ていく。

そしてヴィルジールは愉快そうに死霊をレティシアに差し向けていく。

「ぐっ……！　くぅぅ!!」

それはさきほどの光景が甘いとすら思える光景だった。

できるだけこの世に未練が残るように、この世に憎悪を抱くようにして殺された死霊たち。

ヴィルジールが秘蔵というだけあり、その怨嗟は対話だけで成仏させることができるモノではなかった。

レティシアはただ耐えることしかできず、そしてどれほどの時間が経《た》っただろうか。

自分がどこにいるのかすら曖昧になり、死霊の声に耳をふさいでしまいたいほどレティシアの心は弱っていた。それでもレティシアは必死に自分を保ち続けた。

ただただレオのことを想《おも》い、自分は一人ではないと言い聞かせる。そうやってレティシアが最後の一線で耐えている中、ヴィルジールはさらに死霊を追加しようとする。

だが、その瞬間。牢の上で大きな物音がした。

「ん？　何事じゃ？」

「しゅ、襲撃です！」

「襲撃じゃと!?　馬鹿を言うな！　ここは帝国の村を改造した隠れ家じゃぞ！　見つかるはずがあるまい！」

ヴィルジールはそう言って部下を怒鳴りつける。

目立つような場所を隠れ家にすれば帝国の目につく。

それゆえ、ヴィルジールたちは村を一つ改造して隠れ家としていた。最初にレティシアに差し向けられた死霊たちはその村の住人だったのだ。

バレるはずのないカモフラージュ。それに自信があったからこそ、ヴィルジールはありえないと否定した。だが、次の瞬間。

転がるようにしてこの場に乗り込んできた人物を見て、認めざるをえなかった。

「レオナルト皇子じゃと!?」

「レティシアは返してもらう！」

そう言ってレオは躊躇《ためら》わずヴィルジールの部下を斬り伏せ、ヴィルジールへと向かっていったのだった。

8

レティシアが攫《さら》われた翌日の夜。

星明かりだけを頼りにレオと鷲獅子《グリフォン》騎士たちは夜天を駆けていた。

休憩などせず、ノワールが進む先を見据え続けていた。すでにレティシアが攫われてからおよそ丸一日が経とうとしていた。

レオたちが現在いる場所は北部と帝都の間の地点。通常の馬ならば何頭も使い潰さなければいけない距離を鷲獅子たちは飛んでいた。

しかもノワールはただ真っすぐに飛んでいるわけではなく、幾度も旋回したり方向を変えたりしながら微《かす》かな何かを探し、飛び続けていた。それを追う鷲獅子と騎士たちの顔にも疲労の色がだいぶ見え始めていた。

焦燥、疲労、不安。多くのモノが彼らを襲い、止まる理由を与えようとする。

それでも誰も立ち止まらなかった。

先頭を行くノワールとその背に乗るレオが決して止まらなかったからだ。

王国内で反帝国を掲げる者たちの多くは城で仕事をする文官たちだった。一方、親帝国を掲げるのは現場で戦う者たちだった。それは聖女を慕う者の多くが共に戦場を駆けた者たちだということに起因していた。

そんな中でも今回の護衛に選ばれた鷲獅子騎士たちは、最初期からレティシアと戦ってきた仲間たちだった。常にレティシアの傍にあり、その身を守り続けてきた彼らには自負があった。

聖女への忠誠心は誰にも負けないという自負だ。だからこそ、レオが諦めないかぎり彼らは立ち止まらない。他国の皇族に負けるわけにはいかないという思いがあったからだ。

それとは別にもう一つ。彼らが飛び続けられる理由があった。

鷲獅子の背に乗るのはそれほど簡単ではない。飛ぶのは鷲獅子ではあるが、乗っているだけでも疲労は溜《た》まる。それは最も初心者であるレオが一番感じるはずだった。

しかしレオは背筋を伸ばし、先頭を飛び続けた。その背中が後ろの鷲獅子騎士たちを鼓舞し続けた。とはいえ、レオとて余裕があるわけではなかった。

ノワールはレオに配慮して飛ぶことはなかったからだ。今まで乗ってきたどんな暴れ馬よりもノワールの乗り心地は悪かった。

それでもレオは文句は言わなかった。それでいいと思っていたからだ。

「ノワール、頼む……もう少し頑張ってくれ」

返事はない。しかしノワールの速度が少しだけ上がる。

ほぼ一日、人間を乗せて全力で飛び回るのは鷲獅子にとっても大きな負担だった。

それでもノワールは飛び続けた。ただ一つの気配を頼りに。

魔奥公団《グリモワール》にとって誤算があったとすれば三つだろう。

一つは想像以上の切れ者が帝国にいたこと。

もう一つはレオが鷲獅子騎士と共に出発したこと。

最後はノワールの存在。

ノワールはレティシアの匂いを追っているわけではなかった。そんな不確かなものをノワールは追っていなかった。

ノワールが追っていたのは聖杖《せいじょう》の気配。人間ではとても追えない微かな気配。しかし、それを追っていけばレティシアがいるというのをノワールは子供の頃から知っていた。

そしてその希少性から魔奥公団は聖杖を手放さなかった。

ゆえにその場所は発見されてしまった。

「ノワール!?」

唐突に降下を開始したノワールを見て、レオは声をあげる。

疲労の蓄積で力尽きた。そういった様子はなかった。

だからレオは腰の剣に手を掛けた。見つけたのだとわかったからだ。

「降下!!」

レオが告げると続々と鷲獅子たちが降下していく。

そのままノワールは何の変哲もない村へと降下した。

よくある帝国の村であり、村人たちは何事かと家から出てきた。

「殿下……ここなのでしょうか?」

あまりにも普通の村なため、一人の鷲獅子騎士がそうつぶやく。

それにレオは答えずに声を張る。

「村長はいるか！」

そう言ってレオが呼ぶと一人の老人が姿を現した。

「わ、私が村長です……」

「帝国第八皇子レオナルトだ。犯罪組織を追っている。何か見ていないか？」

「で、殿下!? これはご無礼を！」

そう言って村長を始めとする村人たちはすぐに膝をつく。

その驚きようは自然であり、鷲獅子騎士たちは顔を曇らせる。

どう見てもただの村人だったからだ。

「質問に答えてほしい。何か見てないか？」

「み、見ておりません……！ 申し訳ありません！」

「いいさ。期待はしていない」

そう言ってレオは村長に近づきながら剣を抜き放った。

そして村長に向かって強烈な殺気をぶつけていく。

唐突な殺気に村長は体を震わせるが、そんなことは気にせずにレオはどんどん近づいていく。

「で、殿下……！ 非礼は謝罪いたします！」

「別にいいと言っている。ところで村長。よくこの時間で眠くないな？ しかも即座に村人全員が出てきた。何をしていた？」

そう言ってレオは剣を振りかぶる。

すると村長は右手に火を纏《まと》わせて立ち上がる。

「死ねぇ!!」

レオに火の魔法が襲い掛かった。一瞬、レオが火に包まれて鷲獅子たちが息を飲む。

だが。

「たまには兄さんの真似《まね》をしてみるもんだね。正直、ブラフだったんだ。ありがとう。これで心置きなく——君らを殺せるよ」

「ひっ!?」

火を剣で払ったレオは素早く村長の首を刎《は》ね飛ばした。その瞬間、レオに向かって十を超える魔法が放たれたが、レオは姿勢を低くして走り出していた。

「戦闘開始！　何か仕掛けがあるはずだ！　家の中を探れ！」

迫る魔法を剣で弾《はじ》き、レオは指示を出す。

そして一人の魔導師に近づき、その首を躊躇わずに刎ねた。

レオは昔から命あるモノを斬るのが苦手だった。

話せばわかるのではないか。殺してしまえばそのチャンスをふいにしてしまう。レオらしいその言葉を聞き、レオに剣術を教えていた師範たちは頭を抱えた。そして誰もが皇帝にこう言った。

皇子は剣術の才はありますが、強くはなれないでしょう。

躊躇いのある剣は強くはない。その絶対の真理を師範たちは知っていた。

レオは剣士としては甘すぎたのだ。だが、レオはメキメキと力をつけていった。モンスターの討伐にしろ、賊の討伐にしろ、師範たちの予想以上の戦果をあげた。

しかしそれはレオが苦手を克服したというわけではなかった。

単純に躊躇っていても倒せるほどにレオの剣術は優れていただけだ。

可哀想《かわいそう》だと思いながら、後悔しながら、許しを乞いながら。

剣士として致命的な隙を晒《さら》しながらレオは敵とこれまで戦ってきた。それは最近になっても変わらない。押し殺し、耐えながら剣を振るってきた。そうしなければいけないと自分に言い聞かせながら。しかし無駄な考えがあることには変わらなかった。

本来、敵を前にすればその敵を如何《いか》にして倒すか。剣士が考えるべきことはそれだけに絞られる。だがレオはそれができていなかった。

戦闘で視界がクリアになることはレオにとってほとんどない。唯一、レオがそれを経験したのは相手が命のないモンスターや悪魔が相手だった南部での騒乱時くらいだった。

全力であっても本気にはなれない。それが今までのレオだといえた。

しかしレティシアを助けるという思いにだけ集中したレオは初めて――人間相手に全力で本気の自分を出すことができた。

国も、他者も気遣うことはない。ただ目の前の敵を斬り伏せることだけに集中したレオの剣技の冴《さ》えは、相対した魔導師たちが絶望を感じるほどだった。

魔法を放てばその魔法を斬られ、詠唱しようと思えば気づかないほどの速度で接近されている。そして接近されれば結界では防ぐことができないほど速く、強い一撃で首を飛ばされる。

「馬鹿な……英雄皇子とはいえ……これではまるで……」

勇者ではないか。そんな言葉をつぶやきながら、魔導師の首が飛んでいく。

それに対してレオはつぶやく。

「エルナと一緒にしないでほしいね。エルナに失礼だ」

そう言ってレオは魔法で右手に炎を生み出す。

見据える先では五人の魔導師が同じく炎の魔法を生み出していた。

五対一。通常ならば勝てるはずのない魔法戦だが、レオは皇族由来の膨大な魔力にモノを言わせ、強大な炎を生み出して放つ。

炎がぶつかり合うが、拮抗《きっこう》することもできず、五人の魔導師の炎はレオの炎に飲み込まれ、魔導師たちも同じ運命をたどっていく。

レオの活躍もあり、村人に扮《ふん》していた魔導師たちはほぼ制圧された。

それを見て、レオはノワールの姿を探す。

するとノワールは一つの家の壁を叩《たた》き壊していた。そしてしきりにそこで鳴いている。

何かあると判断したレオは半壊したその家に入っていく。

見る限りでは何もない。しかし、レオは一瞬の違和感を見逃さなかった。

壊れたベッドの下。そこに何か引っかかるものを感じ、レオは剣に魔力を纏わせて一閃《いっせん》する。

するとそこを包んでいた結界が崩れ、地下に繋《つな》がる隠し扉が出現した。

「ここか」

「殿下！」

「侵入する。続け」

短く指示を出しながらレオは数名の鷲獅子騎士と共に隠し扉を開けて、その下にある地下室へと侵入したのだった。

■■■

地下室は外からでは想像できないほど広かった。

しかしレオは無心に剣を振って、その中を制圧していく。

そしてレオは一つの部屋に突入した。

「止めろぉぉ!!」

その部屋の中央には結界が張られていた。その結界の中央には聖杖が安置されていた。

それを見た瞬間、レオの心に一つの安堵《あんど》が生まれた。

ここにいるのだとそれで確信できたからだ。その隙を部屋の中にいた魔導師たちは逃さない。

レオを挟み撃ちするように迫り、至近距離から魔法を浴びせようとする。

だが、レオはそれを体が反応するに任せて迎撃した。

「邪魔を――するな！」

流れる動作で首を刎ねられた魔導師たちを見ることもせず、レオは結界に向かって一撃を放つ。そして聖杖を摑《つか》んだ。

使い手ではないレオにとって、それはただの杖《つえ》でしかない。

それでもそれはレオにとって前に進む原動力になった。そのままレオはその部屋の向こうにある階段に向かう。なぜか確信があった。そこにレティシアがいると。

だからレオは足が進むままに階段を下りていく。

途中、レオの前に立ちふさがった男を斬り伏せ、レオは牢《ろう》のある場所へとたどり着いた。

そこにはローブに身を包んだ老人、ヴィルジールがおり、そのヴィルジールの前には閉められた牢。そこにレティシアがいる。姿は見えない。だがそれだけはわかった。同時にレオの心には歓喜と怒りが芽生えた。

「レオナルト皇子じゃと⁉」

「レティシアは返してもらう！」

最後の敵へとレオは猛進するが、その進撃はヴィルジールに阻まれる。

ヴィルジールが死霊による壁を展開したからだ。

「残念じゃったな！　ワシの死霊の壁を物理的に突破するのは不可能じゃ！」

「⁉」

その危険性をレオはヴィルジールが喋《しゃべ》る前に気づいていた。

黒い煙が重なり合ったおぞましい壁。煙は徐々に形を変え、人の顔へと変わっていった。

人の顔が集合した黒い壁。その禍々《まがまが》しさはレオが見たことのないものだった。

「未練を残して死んだ者たちの魂を扱う魔導師！　それが死霊魔導師じゃ！　怨嗟《えんさ》の声に取り込まれて闇に堕ちるがよい！」

そう言ってヴィルジールは構築された壁をレオのほうへと進ませる。

それに対してレオは一息ついてから、その場に留《とど》まった。そして。

《その炎は天より舞い降りた・善なる者たちを救うために・至上の聖炎よ・気高く燃え上がれ・魔なる者を打ち滅ぼさんがために――ホーリー・ブレイズ》

聖なる炎の魔法を詠唱した。高度な聖魔法にヴィルジールは驚く。

しかし、余裕は崩れない。

「さすがは英雄皇子！　才に恵まれておるようじゃ！　しかし！　その程度でワシの死霊軍団は浄化できまい！」

無数の死霊が同化した壁を燃やし尽くすには火力不足。

それをヴィルジールは察していたのだ。

「返してもらうと言ったが、残念ながら聖女レティシアはすでに魔奥公団《グリモワール》の物じゃ！　返品はできんのじゃよ！」

そう言ってヴィルジールは高笑いをする。このままレオが死ねば、さらに強力な死霊となる。

後悔、未練。それが強ければ強いほど死霊は強力となるからだ。

愛《いと》しい女を前にしながら救うことができず、その命を終わらせる。

さぞや未練だろうとヴィルジールは嗤《わら》うが、それに対してレオは怒りを込めた声で返した。

「そうか……なら、こちらがやることは決まっている」

そう言ってレオは左手に宿った聖炎を右手に握った剣に纏わせた。

魔法剣。それは魔法と剣技の融合。疑似的に魔剣を作り出す技術といえた。

しかし魔法のレベルが上がれば上がるほど技術としての難易度は上がっていく。

聖魔法の魔法剣となれば、最高レベルの難易度といえた。なにせ聖魔法自体が現代魔法の中では最難関の魔法だからだ。しかしレオはそれをその場の思いつきだけで成功させた。

それにはさすがのヴィルジールも目を見開いた。

「なんじゃと……!?」

「初めてだよ……これほど明確に人を殺したいと思ったのは！」

そう言ってレオは死霊の壁を縦に斬り裂く。

壁自体は消失していない。しかし聖炎を纏った剣によって、一本の道が出来上がった。

死霊の壁がその道を埋める前にレオは真っすぐヴィルジールへと向かった。

「くっ!!」

絶対的自信のあった死霊の壁を破られたヴィルジールは、焦った様子でほかの死霊を解き放ってレオに差し向ける。

しかし、レオはそれを手早く斬り裂いてヴィルジールへと肉薄する。

「待て！　聖女なら返す！」

「必要ない！　彼女がお前たちの物だと言うなら、アードラーの一族らしく――略奪させてもらうまでだ！」

そう言ってレオはヴィルジールの胸を突き刺した。

聖炎は死霊に染まったヴィルジールを悪と判断したのか、その体を内側から燃やしていく。

「ぎゃぁぁぁぁぁ!!!!」

断末魔の叫びをあげてヴィルジールは塵《ちり》となっていく。そしてヴィルジールが完全に塵へと変わったのを見てから、レオは牢屋のほうを見たのだった。

■■■

朦朧《もうろう》とする意識の中でレティシアはレオの声を聞いた気がした。

幻聴だと最初は思った。しかし、幻聴にしてははっきりしすぎているし、ヴィルジールと会話しているように聞こえた。

閉じていた目を開ける。歪《ゆが》んだ視界の中で、レオとヴィルジールが映る。

レオはヴィルジールに肉薄する。

「待て！　聖女なら返す！」

「必要ない！　彼女がお前たちの物だと言うなら、アードラーの一族らしく――略奪させてもらうまでだ！」

そう言ってレオはヴィルジールを刺した。そのままヴィルジールは断末魔の叫びをあげながら塵となり、レオがレティシアのほうを向いた。

目と目が合い、レオは優し気な笑みを浮かべた。ああ、本人だとレティシアはそこでようやく確信できた。この笑みは本人しかできない笑みだと。

そう思えた瞬間、意識が遠のいていく。

安心して緊張の糸が途切れたのだ。

「レ、オ……」

「もう大丈夫です。レティシア」

牢屋に入ってきたレオはレティシアの手を繋ぐ鎖を斬り、その体を抱きとめる。

温かい体温にレティシアの安堵はさらに深まる。

それでもレティシアは意識をなんとか繋いだ。何か言わなければと思ったからだ。だが言いたいことはまとまらない。頭がまったく回らないのだ。

だから思ったことを口にした。

「……奇跡に……感謝します……あなたに……会いたかった……」

「僕もです。あなたに会いたかった。心の底から」

「……返事をしなければいけないと……」

「お気になさらずに。急いでいませんから。いつまでも待ちます。その間にあなたが誰かに奪われるなら奪い返すまでのことですから」

「……ふふ……あなたはたまに強引ですね……」

「知りませんでしたか？　では覚えておいてください。アードラーの一族は狙った獲物は逃さないんですよ」

「……まぁ怖い……」

クスリと笑い、レティシアはゆっくりと息を吐く。

すると急激に意識が薄れ始めた。今度はそれに抵抗することはなかった。

そしてレティシアはレオの体温を感じながらゆっくりと目を閉じたのだった。

「レティシア……」

気絶したレティシアを見て、レオは顔を歪める。

外傷はないが、何かされたことは間違いない。

目の前にいたのが死霊魔導師だったことを考えれば、それ関連であることも想像できた。後ろで灰になったヴィルジールを睨《にら》みつけ、レオは内側から湧き出てくる不快感から舌打ちをした。

人生で舌打ちをしたことなど片手で数えるほどしかないレオにとって、それは不快であっても新鮮だった。苛立《いらだ》ちのあまり殺した相手をさらに殺したいと思えるほどの激情が自分にもあったのだと気づけたからだ。

そこでレオは深呼吸して自分を落ち着かせる。

レティシアは救出できた。あとは脱出するだけだ。

そう自分に言い聞かせ、レオはレティシアを抱え、置いておいた聖杖《せいじょう》を持って地下室からの脱出を目指した。

9

地下室へ一緒に侵入した鷲獅子《グリフォン》騎士たちはレティシアの無事を知って、涙を流して喜んだ。そして自分たちが運ぶと申し出たが、レオはそれを断って地上へと出た。

「レティシア様!?」

「ご無事なのですか!?」

「大丈夫。気絶しているだけだよ」

そう言ってレオはそのままレティシアをノワールの下まで運んだ。

一行にはレティシアが騎乗するブランもついて来ていたが、レオは気絶したレティシアをブランに任せるのは危険だと判断して、ノワールでの二人乗りを選んだ。

「殿下！　さすがに危険ではありませんか？」

「いいんだ。許してほしい。君らを信用していないわけじゃないんだけどね。用心しないといけない」

そこで鷲獅子騎士たちは城で起きたことと同じように、鷲獅子騎士たちが敵と入れ替わっている事態をレオが警戒しているのだと気づいた。

レティシアを救出してもレオは油断していなかった。きちんと安全地帯へ連れていくまでは安心できない。その意思を感じた鷲獅子騎士たちは、疑われていることを怒るようなことはせず、自分たちの軽率さを謝罪した。

「考えが足りませんでした。お許しを。護衛につきます」

「頼むよ」

そう言ってレオは気絶したレティシアと共にノワールの背に跨《また》がる。

そしてノワールが羽ばたき、ほかの鷲獅子たちも上昇を始めた時。

それは起きた。

「魔法だ⁉⁉」

遠方から飛んできたのは火球だった。さほど対処が難しくはない火の魔法。しかしその数が尋常ではなかった。飛んできたのは軽く百を超える火球。

十人に満たないレオたちに向けるにはあまりにも膨大な数だった。

これが空を駆けているときなら回避もできただろうが、上昇中。しかもほぼ一日駆けて疲弊している鷲獅子たちでは回避などしようもなかった。

向かってくる火球をレオたちは払い落とすが、手が追いつかずにいくつかは鷲獅子たちに命中し、鷲獅子たちは苦悶《くもん》の悲鳴をあげた。

「くっ！　高度を上げるんだ！」

このままでは撃ち落とされる。そう判断したレオは無理やりでも高度を上げることを命令する。

そして鷲獅子たちはダメージを負いながらもなんとか高度を上げることに成功した。

しかし、そこでレオの目に入ったのは村の近くまで迫った軍勢だった。

その数は千を超えており、中には多数の魔導師と思える者たちがいた。

その先頭に立つのは黒い肌の女エルフ。

レオは一目でとてつもない実力者だと察した。

「ダークエルフが魔奥公団《グリモワール》と繋《つな》がっていたか……」

つぶやきながらレオは状況の悪さに顔をしかめた。あれだけの軍勢の接近に気づかないなどありえない。なにかしらの仕掛けがあり、それを見破れなかった。

頼みの鷲獅子たちはダメージを受け、長距離を逃げるのはほぼ不可能。

かといって戦いとなればあのダークエルフをどうにかしなければいけない。

現有戦力での対処はほぼ不可能。そう判断したレオはすぐに指示を出した。

「東へ逃げる！　少し先に古城があるはずだ！　そこに行く！」

そう指示を出して、レオは東に進路をとった。

いまだに気絶したままのレティシアをチラリと見て、レオは深呼吸をした。

「あなたは必ず守る……！」

自分に言い聞かせるようにつぶやき、レオは東にある古城へと向かったのだった。

■■■

東にある古城は小さな廃城だった。

ボロボロであり、今にも崩れそうな雰囲気すら漂う。

そこに着地したレオは鷲獅子たちを休ませ、レティシアも横にさせた。

「敵の姿は？」

「騎馬の姿がちらほらと。きっと本隊はあとからやってくるんでしょう」

「どうやって帝国領内であんな軍勢を用意したんだ……！」

一人の鷲獅子騎士が小石を蹴り上げながら愚痴る。

それはその場にいる人間たちの総意だった。

「祭りがあるからってあそこまで犯罪組織の関係者が入り込めるわけがない！」

「わかっているよ。帝国上層部に裏切り者がいて、その裏切り者が手をまわしたんだろうね」

淡々とレオは告げた。驚くようなことではない。

レティシアが拉致された時点で城の内部に裏切り者がいることは予想できたことだった。

帝国側からの協力が一切ない状況で行動に移すほど魔奥公団も王国も馬鹿ではないからだ。

「うっ……ここは……？」

そのタイミングでレティシアが目を覚ます。

鷲獅子たちがレティシアの傍《そば》に駆け寄り、言葉を掛けていくがレオは黙ったままだ。

「レオ……？」

「ここは帝国の廃城です。敵が千ほどの軍勢を用意しており、奇襲を受けました。休息も兼ねてこの場に下りましたが、鷲獅子たちが回復する前に包囲されるでしょう」

「……狙いは私です。私を置いていってください……。私がいては逃げきれないでしょうから……」

「ご冗談を。ここであなたを置いて逃げるくらいならこの場にいませんよ」

「ですが……このままではあなたまで……」

「僕は帝国の皇子です。犯罪組織の軍勢が帝国の大地を歩いている。それを看過するわけにはいきませんよ。それに……言ったはずです。アードラーの一族は狙った獲物を逃さない。横取りされるなどもってのほかです。僕はあなたを彼らに渡す気など微塵《みじん》もありません」

「レオ……あなたには未来があります……それに増援のアテのない籠城は愚策です……」

「その未来の中であなたに居てほしかった。だからここにいるんです。それに今の籠城は愚策とは言えません。僕は一人ではありませんから」

　そしてレオは戦闘準備を始めたのだった。

10

うっすらと空に明かりが灯《とも》り始めた頃。城は完全に包囲を受けた。

レオは一人だけ崩れかけた城壁に登る。するとそれに応じてバベットも前に出た。

「こんなところまでご苦労様だね。英雄皇子。自己紹介をしておこう。あたしはバベット。ダークエルフの族長さ」

「第八皇子、レオナルト・レークス・アードラーだ。初めましてと言ったほうがいいかな？」

「初めましてじゃないさ。護衛隊長と入れ替わってたのはあたしだったからね。ずっと見てたよ、あんたと聖女のおままごとを、ね」

「そうか……あなたがレティシアを攫《さら》ったのか」

諸悪の根源。それを見つけたレオはその目に殺気を宿す。

しかしバベットは動じない。

「楽だったよ。あんたの顔を借りたからさ」

「……」

「覚えているかい？　あんたと握手したエルフがいただろ？　あれもあたしさ。あんたの顔は便利そうだから触れさせてもらったのさ。思った以上に役立ったよ。そのお礼と言っちゃなんだが、聖女を置いていけば見逃してもいい」

レオは膨れ上がる怒りを抑えるのに苦労していた。通常の怒りではなく、どす黒い憎しみに近いものだったため、どう制御するべきか自分でもわからなかったのだ。

それでも表に出すことはしなかった。

後ろでレティシアが見ていたからだ。情けない姿は見せたくない。そんな理性がレオに歯止めをかけていた。そうでなければ今すぐにでもバベットに斬りかかっていただろう。

「……どうしてレティシアを狙う？」

「王国がそう望んだからさ。聖女を実験体にして帝国内で魔法実験をしてほしいってね。そのために王国はいろいろしてくれたよ？　エルフの里に圧力をかけて、エルフの移動ルートを入手したり、帝国内での協力者を見つけたり、そこまでやるかねってさすがに思ったよ」

「それは魔奥公団としての理由だ。僕はあなたに聞いている」

「あたし個人の理由？　そんなの決まってるだろ？　あたしはもう一度、魔王に現れてほしいのさ。そのために魔奥公団に入ってる。上質な依《よ》り代《しろ》がないと魔王クラスは召喚できないからね。さすがに直接召喚なんてしたら手に負えないってのは五百年前で知っているから、依り代が必要なのさ」

「魔王の再来を望んで何になる？　また大陸を戦乱に包むと？」

「あんたらは知らないかもしれないけどね。昔は大陸の支配者はエルフだったのさ。それを人間が奪った。だからあたしたちダークエルフは魔王に協力したんだ。我が物顔で大陸に国を建てる人間どもが気に食わなくてね。好都合だったのさ。力も手に入り、あんたらも駆逐できる。

まぁ魔王は想像以上に危険だったから討伐されたときはホッとしたがね。あのままじゃすべてを破壊しかねなかったからね」

バベットはそう言って昔を懐かしむ。五百年前。魔王が現れて、大陸は危機に陥った。

そんな中で大陸中の生命が協力して魔王に立ち向かった。魔王を討伐したのは勇者だが、その勇者一人で魔王とその配下をすべて倒したわけではない。

何体もの悪魔を配下としていた魔王の軍勢は強力だった。少なくともこの五百年で最強の軍団だったことは間違いない。それらを破れたのは奇跡に近いと言われている。そんな五百年前を知る古強者《ふるつわもの》。歴戦などという言葉では足りないほどの経験を持つのがバベットだ。

戦えば間違いなく負ける。そうレオが感じるほどの差が二人の間にはあった。ワンチャンスすらあるかどうか。

シルバーやエルナに匹敵するとは言わないが、どちら側といえばあちら側の実力者であることは疑いようがなかった。元々強力なエルフが魔王によって強化されたダークエルフの族長だ。当然といえる。それでも。

「エルフの復権、人間への復讐《ふくしゅう》。くだらないな。大陸の覇権は移り変わるもの。エルフが人間との競争に敗れたのは自然の流れだ。種としての多様性が人間のほうがあったというだけのこと。魔王を利用してまでそれを変えようとし、失敗したのになぜわからない？」

「傲慢だこと。さすがは罪深き一族、アードラーの者。世界にあるモノ、すべてを自分たちの物にしなければ気が済まない生粋の略奪者。人間がエルフに勝る点など繁殖能力程度。ときたま現れる規格外たちがいなければ自分の身すら守れない種族が偉そうにするな！」

「弱い者もいれば、強い者もいる。それが人間の多様性だ。その多様性を武器に人間は進化し、多くのモノを得た。だから大陸で繁栄することができている。人間は未熟だからこそ可能性に溢《あふ》れている。一方、エルフはすでに完成されている。それは尊いことではあるけれど、種の限界ともいえる。エルフ全体が大陸の覇権を求めないのが答えだ。彼らは変化を求めていない。バベット。お前の望みは一生叶《かな》わない」

「ふん、ご高説どうも。だがあいにく、エルフが大陸の覇権を取り戻すってのはついでだ。あたしは人間がむかつくから滅ぼしたいだけさ。とくにあんたら帝国の皇族は大嫌いでね。今も殺してやりたいと思ってるよ」

「そうかい……奇遇だね。僕もあなたを殺したい」

そう言って二人の視線がぶつかり合う。

そしてバベットはレオが立っている城壁の上に音もなく現れた。

「魔法でいますぐ壊滅させてやりたいが、そうなるとこの城が倒壊するかもしれない。聖女が埋まっちゃ困るんでね。白兵戦しかない。それを踏まえてのこの場所なんだろ？　あたしはアードラーのそういう抜け目のないところが大っ嫌いなんだ！」

「僕が抜け目ない？　あなたはどうやら本当のアードラーを知らないようだ。僕なんて大したことないさ」

「そうかい。まぁ大したことないってのは同意さ。長く生きてきて、英雄なんて言われた奴《やつ》らを多く見てきた。たしかにあんたはそれなりにやる。だけどあたしの敵じゃない。白兵戦なら勝てると踏んだその目を恨むんだね！」

そう言ってバベットは腰の細剣を抜いた。それに合わせてレオも剣を抜き放つ。

そして二人の戦いが始まった。

レオはかつてないほどの集中力を以《も》って、バベットと相対していた。

これほど研ぎ澄まされたのは初めてだった。しかし、それでもレオは押されていた。

「くっ……！」

「どうした！　英雄皇子！」

「ぐっ！」

重い一撃を受け止めたレオだが、勢いを止めきれずに後ろに吹き飛ばされた。

なんとか体勢を整えたときにはバベットはもうレオの懐だった。

バベットの蹴りをもろに食らい、レオは城壁の一部を破壊しながら吹き飛んでいく。

「うっ……くっ……」

「あんたは強いが、あたしには勝てない。諦めて聖女を渡すと言ったらどうだい？」

「彼女は……渡さない……」

そう言ってレオは血だらけになりながら立ち上がった。

その目がまだ死んでいないことを察して、バベットは舌打ちをする。

「イライラするんだよ！　あんたらアードラーは！　五百年の間、帝国の拡大を見てきた！

すべてを我が手にとばかりに略奪してきた罪深き一族！　それがあんたらアードラーだ！　たまには略奪される側の気持ちを味わうんだね！」

「アードラーの略奪には……意味がある……」

「偽善者が！　略奪に何の意味がある！　大陸をあたしらエルフから奪った人間の中でも最も強欲な一族！　黄金の鷲《わし》を掲げてすべてを奪ってきたあんたらは人間の中でも最低の部類さ！」

そう言ってバベットはボロボロのレオに近づき、その胸を貫こうとする。だが、レオは自分の剣でその細剣の軌道を逸《そ》らす。しかしバベットの剣はレオの肩をかすっていく。

「ぐっ……！」

「往生際が悪い！　それもあんたらの特徴だったね！」

そう言ってバベットは上段から細剣を振り下ろす。

それをレオは受け止めるが、ボロボロの体ではそれが精いっぱいだった。

徐々に刃がレオの首に迫る。

「遺言として教えてほしいねぇ。アードラーの略奪にどんな意味があるのか！」

レオは答えずに集中する。

明確な死の危機。それでもレオは慌てなかった。焦りは禁物。

ゆっくりと息を吸い、レオは力を入れてバベットの細剣を押し返した。

「なに!?」

「お返しだ！」

そう言ってレオはババベットを蹴り飛ばす。だが、それはババベットを軽く吹き飛ばしただけだった。レオが受けたダメージとは釣り合わない。

「小癪《こしやく》だね……アードラーらしい醜さだよ」

「ああ、そうだ……僕らアードラーは醜い……それでも僕らは略奪を繰り返すんだ……」

レオが幼い頃。略奪者と一族が呼ばれることに憤慨したことがあった。それを諭したのは皇太子ヴィルヘルムだった。

幼いレオの頭に手を置いて、ヴィルヘルムは告げた。

『世界には大きく分けて二つの人がいる。奪われる人と奪う人だ。我々は奪う人。ゆえに略奪者と呼ばれる』

何て言い草だとレオはさらに憤慨したが、ヴィルヘルムは笑みを浮かべてさらにレオの頭を撫《な》でた。

『そうだ。その怒りがアードラーの原点だ。悲劇が起きてから食い止めても涙は流れていく。それらをすべて止めるには奪う側に回るしかなかった。すべてを奪い、すべて我々の下に集める。それがアードラーの信条だ。上等なモノではない。褒められたモノでもない。それでも我々は略奪を繰り返す。一つの誓いを胸に宿して』

レオはゆっくりと左手を胸にあてた。言葉は胸に残っている。

それでも今まではどこか納得できていなかった。しかし今はしっかりとわかる。

「アードラーの略奪は宣誓だ……この手に摑《つか》んだすべては誰にも渡さない……あらゆるモノから守るという誓いがアードラーの略奪だ！　この地はその誓いの産物だ！　この帝国にお前たちの居場所はない！　血が絶え、誓いが消失するまで――アードラーは略奪したすべての守護者だ！」

ゆっくりとレオが構える。

すべてを一撃に掛ける構えだった。その目に危険を感じたバベットは危機感を持って腰を落とした。しかし、その足が少し後ろに下がっていた。

「なんだと……？　あたしが下がった……？　あんな小僧にビビったとでも⁉」

自分の本能が信じられずにバベットはレオに再度視線を向けた。

するとレオの周りには光り輝く円が浮かんでいた。その円の正体をバベットは知っていた。

「まさか⁉　あの状態で聖杖《せいじょう》を使えるのか⁉」

「我が声に応じよ！　神聖なる星の杖《つえ》よ。聖天に君臨せし杖よ。色無き悲しき大地に色を授けたまえ！　授ける色は〝黄金〟‼」

聖杖の効果は色を付加すること。使用者が選択した色によって効果は千差万別。

その中で〝黄金〟は特殊な色だ。その特性は〝可能性〟。対象の潜在能力を引き出す。

潜在能力がない者にはほぼ効果がないが、あえてレティシアはその色を選んだ。

聖杖の使用には体力と精神力が必要になる。今のレティシアは疲弊し長時間は使えない。体力だけならどうにでもなるが、精神力だけはどうにもならない。

だから最も爆発力のある色を選択するしかなかった。

バベットという古強者を倒せるほどの爆発力。単純な強化では不可能。ゆえにレティシアはレオの潜在能力に賭けた。そしてそれは成功していた。

「誰だ……あんたは……？」

「帝国第八皇子……レオナルトだ」

「そんな馬鹿な話があるか……あれだけの力がありながら……まだ一端だったと？　本来なら規格外の連中と肩を並べられるとでもいう気か!?」

「アードラーは血も略奪してきた……強くなければ略奪できず、強くなければ守り切れない……この血がアードラーの決意の表れだ！」

そう言ってレオはバベットがまったく反応できない速度で接近し、流れるような動作でバベットを斬り裂いた。

胸から胴体にかけて斜めに斬られたバベットは口から血を吐くが、そんなバベットをレオは城外へと蹴り飛ばす。そして空中にいるバベットに向かって左手を向けた。

すると上空に金色の円が浮かび上がり、そこから光が漏れ始めた。

それは魔王の強化を受けたバベットにとっては最も相性の悪い魔法だった。

「ちくしょうめ……!!」

「――ホーリー・グリッター!!」

詠唱を破棄し、魔法名のみでレオは最上級の聖魔法を発動させた。

浄化の金光がバベットを飲み込み、その身を焼いていく。やがて金光が薄れ、残ったのは半身を焼かれたバベットだった。咄嗟《とっさ》に結界を張ったおかげで即死は免れたのだった。

だがもはや死は目前だった。

そのタイミングでレティシアはまた気を失った。聖杖の力に耐え切れなくなったのだ。

当然、レオもそのタイミングで通常の状態へと戻る。

「くっ……」

「……まさかママごとの二人に負けるとはね……だけどただじゃいかない」

そう言ってバベットは残る手を思いっきり上げた。

それを合図として後ろに控えていた軍勢が動き出す。ポツポツと光が灯《とも》り始め、やがてそれは軍勢全体を覆った。すべてが魔法の光だ。

「今なら捕縛できるかもしれないけどね……あたしが死んだあとのことなんて関係ない……千を超える魔法さ……あたしと一緒に消えな！　道連れだよ！　アードラーの小僧!!」

そう言ってバベットはニヤリと笑いながら腕を振り下ろした。

レオはとっさに剣を構え、後ろで見ていた鷲獅子《グリフォン》騎士たちはレティシアをノワールの背に乗せようとする。

だが間に合わない。城に向かって無数の魔法が向かってくる。城を破壊するには十分すぎる量だ。しかし、そのすべての魔法が城の手前で叩《たた》き落とされた。

そしてレオの前で白いマントが翻った。

「なん、だと……？」

「――幾千、幾万だろうと撃ってきなさい。それで黄金の鷲を打ち落とせると思うなら馬鹿げた夢よ。この地には私たちがいるのだから」

「……勇者!!」

「その呼び方は古いわよ。今はアムスベルグ勇爵家――帝国の盾にして剣。帝国と皇族の守護者よ」

「またしても……！　許さない！　幾度立ちふさがれば気が済むの!?」

「幾度でもよ」

そう言って突如現れたエルナはババベットの前に移動し、剣を上段に掲げる。

すでに死は確定している。それでもエルナは剣に力を込めた。

「……化物め」

「お好きに呼びなさい。こちらも言いたいことがあるの。あなたたちのせいで――私の殿下が弟を殴る羽目になったわ……万死に値する。死んで償いなさい」

そう言ってエルナは剣を振り下ろし、ババベットは一瞬で消滅させられた。

そしてエルナはゆっくりと視線を城壁に戻す。

「無事みたいね。レオ。よかったわ」

「エルナ……どうやって……？」

「聞かなくてもわかってるんじゃない？　アルが皇帝陛下たちを説得してくれたの。だから聞

に合えたわ」

　そう言ってエルナが微笑《ほほえ》む。

　そしてそんなエルナに続いて第三騎士隊やセバスたちも城へと到着したのだった。

11

「セバス……そうか。兄さんは帝都の外に戦力を出しておきたかったんだね……」

「そのようですな。まぁレオナルト様が心配だったというのも多分にあるでしょうが」

　セバスはそう言ったあとに城を囲む軍勢を見つめた。指揮官は潰したものの、千を超える軍勢。しかも魔導師を中心としている。その破壊力は数倍の数の軍勢に匹敵する。

「さて、どうなさいますかな？」

「レオがやる気なら殲滅《せんめつ》でもいいわよ？」

「隊長。煽《あお》るのはやめてください。付近には村や主要街道もあるんです。聖剣なんて使えませんよ？　聖剣なしであの数はさすがに骨が折れます」

　そう言ってマルクがエルナを制止する。目的であるレティシアとレオナルトの救助はできた。あとは撤退するだけ。そう常識的な判断をマルクは下していた。

　しかし。

「それでも――あの軍勢を放置はできない。ここで殲滅する」

「はい!?　で、殿下！　正気ですか!?　こっちは急いできたので十名ほどしかいないんですよ!?」

先行するエルナを追うために第三騎士隊は二つに分かれていた。馬や食料をすべて捨てていくわけにもいかず、エルナを追ったのはマルクと五名。あとはセバスとジークだけだ。

レオを含めても十名。およそ百倍の相手に挑むのは無謀すぎた。

「レオにしては好戦的ね？」

「付近に村がある以上、放置はできない。頭を失ったら無法者たちの集まりと化すからね。固まっているうちに片付ける」

「それはご立派ですが、戦力が足りません！」

「承知しているよ。けど援軍はたぶん君たちだけじゃない。そうだよね？　セバス」

「はい。リンフィア殿がヴィン殿の下へ伝令として向かっていました。今頃、ネルベ・リッターが近くまで来ている頃でしょう」

「なら派手に戦って居場所を教えればいい。まぁヴィンならそうじゃなくてもこの場に来るだろうけどね。この古城の場所を教えてくれたのはヴィンだし」

そう言ってレオは深呼吸をして体に力を入れる。全力とは程遠い。今すぐにでも倒れられるなら倒れてしまいたい。そんな欲求が頭を駆け巡る。

それでもレオは体に力を入れた。退くことは簡単で、常識的でもある。

わざわざ戦わずともネルベ・リッターと合流してから討伐という流れでもいい。

しかし、それでは〝その後〟に差し支える。

「あの軍勢は僕らにとって邪魔だ。帝国国内であの軍勢がいる内は僕らは好きに動けない。ここで逃せば、あの軍勢を追いかけることになる。それではいけないんだ」

「それの何がいけないんです？　殿下」

「セバスは兄さんの切り札だ。それを送り出したってことは兄さんは今、無防備だ。あえて晒《さら》して引き付ける。兄さんが得意な手だよ。きっと……帝都で裏切り者を炙《あぶ》り出す気だ。そして僕らに期待しているのはその帝都の裏切り者を外から討つこと。僕らは兄さんの遊撃隊。駒として浮くために目の前の軍勢は邪魔なんだ。少数で突撃し、足を止める。斬って斬って斬りまくれ。ここであの軍勢は殲滅する！」

そう言ってレオは剣を高く掲げた。その姿を見てマルクはいつぞやのアルの言葉を思い出した。アルバトロ公国の港で、周りの制止を振り切って入港を決めたとき。マルクはアルに対してレオにはできない決断だと言った。

それに対してアルはこう言った。

「俺の弟だ。俺にできてあいつにできないことなんて何一つとしてない……か」

「どうした？　騎士マルク。まだ不満があるかな？」

「いえ……お供します」

あの日のアルの姿に今のレオの姿が重なった。無理で無茶《むちゃ》な行動だが、そこにちゃんと勝算を持ってくる。アルが演じた理想の弟。あの時点ではあくまで理想だった。しかし、それが今のレオには重なる。

なるほど、とつぶやき、マルクは剣を抜いた。

「末恐ろしいですな。あなた方は。子供の頃はこんな無茶な皇子たちになるとは思いもよりませんでしたよ」

「付き合わせて悪いね。けどあなたは兄さんの命を一度救ってる。ずるいじゃないか。僕も救ってほしいいね」

「兄を救った恩人にありがとうではなくて、ずるいと来ましたか。できれば皇子の危機なんて二度も直面したくはなかったんですがね」

そう言いながらマルクはポキポキと肩を鳴らす。

ぼやきながらその目は軍勢に鋭く向けられていた。ほかの近衛騎士《このえ》も同様だった。

それを見てレオは一つ頷《うなず》き、セバスとジークに視線を移す。

「手伝ってくれるかい？」

「もちろんでございます」

「俺はそんなに安くないぜ。ここに来るまででヘトヘトだからな。もう一働きしてほしいなら、お願いします、ジーク様と頭を下げてだなぁ」

「あんたはセバスの肩に乗っかってただけでしょ。今こそ働きなさい。嫌ならあそこに囮《おとり》として放り投げるわよ？」

「ふっ……仕方ねぇな。俺も漢《おとこ》だ。真の漢は真の漢の頼みは断らねぇ。引き受けた！」

そう言ってジークは足を震わせながら槍《やり》を突き上げる。そんなジークの様子にレオは苦笑する。

「ジークは面白いなぁ。僕は好きだよ。君のそういうところ」

「よせやい。男に好きと言われて喜ぶ趣味はねぇ。まぁ少しは成長したみたいだしな。手を貸してやるよ」

「成長？　僕が？」

「自覚はねぇか？　んじゃ覚えておけ。男は守るモノが明確になると強くなるんだ。一皮剝《ひとかわむ》けた面してるよ、今のお前さんは」

ジークの言葉にレオは少し驚いたように目を見開き、そのままセバスに視線を向ける。

セバスはいつもと変わらず落ち着いた様子で告げる。

「そうですな。少しお変わりになられたかと」

「そうかな……？　どう変わったと思う？」

「どう変わったか、ですか。難しいですな。まぁ簡単に言うなら良くも悪くもアルノルト様に少し似てきましたな。これを褒め言葉として取るかどうかは人によりますが」

そう言ったセバスはフッと笑う。その瞬間、敵の軍勢が再度魔法を放ってきた。

エルナが前に出てほとんどを打ち落とし、そのまま敵に突撃していく。

後から続くレオたちも残る魔法を撃ち落としながら前に出た。そんな中でレオはセバスに視線を向ける。

「今の言葉は本当かい？」

「ええ、私が言うので間違いないでしょう。しかし、嬉《うれ》しそうですな？」

「もちろん。僕にとってはそれは最高の褒め言葉だからね」

「相変わらず変わっておりますなぁ」

「そうかもね。僕はきっと変わり者なんだと思う。だからみんなの助けが必要なんだ。背中を任せても？」

「お任せくださいませ」

そう言ってレオたちはエルナに続いて敵の軍勢に突撃したのだった。

■■■

千の軍勢に対して十人ほどで突撃してくる。

指揮官を失った軍勢にとって、それは不可解極まりない行動だった。

しかし突っ込んでくるなら迎撃するまで。彼らはレオたちを迎え撃った。

しかしその防衛線は見事に食い破られた。

「はぁぁぁぁぁぁっっ!!」

先頭のエルナは目の前の相手を一気に斬り伏せていく。そこに技巧はない。技を使うまでもなくただ素早く斬るだけで相手の首が飛んでいくからだ。

その後ろからはレオが近衛騎士たちと共に続く。エルナほどではなくても、強者である彼らに対して敵は恐れおののく。近づけば首が飛ぶのだ。相手が少数であるからこそ、腰が引けていた。いずれ消耗するのは目に見えている。元気なうちに相手をするのは貧乏くじもいいところだった。

そんな譲り合いが発生していたため、レオたちはさらに暴れることができた。弱腰の相手などレオたちの敵ではないからだ。

「ジーク。エルナの援護にいけるかい？」

「必要ねぇと思うんだが？　竜のほうがまだ大人しいぞ？」

「頼むよ」

「仕方ねぇな。んじゃ爺《じい》さん。ちょっと頼むわ」

「いいでしょう。では良い旅を」

そう言ってセバスは落ちていた槍を持ち、その槍の上にジークが着地する。

そしてセバスは思いっきり槍を振り回し、ジークをエルナのほうに飛ばした。

身軽さを利用して空に浮いたジークは、微調整をしながらエルナの近くで弓を構えていた敵兵の顔を蹴り飛ばすようにして着地した。

「おっと、悪いな。着地しやすそうな顔だったんで」

「熊!?」

「なんなんだ!?　こいつらは！」

「愛らしいだろ？　子供に大人気だぞ、俺は。なにせ可愛《かわい》いだけじゃなくて強いからな」

そう言ってジークは槍を振り回して、エルナを遠目から狙おうとしていた一団を吹き飛ばす。

そのままジークは敵兵の頭をポンポンと足場にしながらエルナの下へと向かった。もちろん足場になった敵兵はすれ違いざまにジークの槍の餌食になっている。

そして走るエルナの下へたどり着いたジークはエルナの肩へ着地した。

「ふー……一仕事したぜ」

「邪魔よ。降りなさい」

「おいおい、ひでーな。助けてやったんだぜ？　疲れた俺に対してもうちょっと労《ねぎら》いはねぇのかよ？」

「助けてなんて言ってないわよ」

「へいへい。しかし可愛《かわい》げないとモテねーぞ？　胸に色気がないんだからもうちょっと可愛げをだな」

そう言ってジークが肩からのぞき込むようにしてエルナの胸元を覗《のぞ》く。

その瞬間、エルナの手がジークの頭を摑《つか》み、宙に放り投げていた。

「邪魔だって……」

「うわぁぁぁ!?!?　待て待て!!」

「言ってるでしょ！」

エルナは怒りを込めながら剣の腹の部分で宙に浮いたジークを吹き飛ばした。

味方が誰もいない場所に吹き飛ばされたジークは悲鳴をあげながら敵兵に衝突した。

「ああああああ⁉⁉　痛い⁉」

敵兵の頭にぶつかり、その後はいろんな敵兵にぶつかったあと、地面を滑っていく。

そしてジークは怒った様子で叫んだ。

「あの女！　本当のことだからってキレやがって！　俺の毛並みが台無しじゃねぇか！　泥だらけだ……これじゃ城に入れねぇじゃねぇか」

自分の体を見ながらジークはぶつくさとつぶやく。そんなジークの周りを敵兵が囲む。

それに気づいたジークは周りの敵兵を睨《にら》みつけながらつぶやく。

「なんだ？　やろうってのか？　愛らしい俺様なら勝てると思ってんのか⁉」

そう言ってジークは近くにあるはずの槍を探す。しかし吹き飛ばされる前に持っていたはずの槍が傍《そば》にはなかった。空中で手放したのだと察し、ジークは冷や汗をかく。

さすがのジークも熊の状態で無手は厳しい。

「……ちょっと待ってろ。探してくる」

「待つわけねぇだろうが‼」

そう言って敵兵がジークに襲い掛かろうとするが、一人が飛んできた槍によって串刺しにされた。その槍はジークの槍だった。

「おお⁉　愛《いと》しき俺の槍！」

「そう思うなら戦場で手放さないことですね」

そう言って冷たい声がその場に響く。

そして眠りへと誘う不思議な音色がその場に流れ始めた。その音の範囲にいた敵兵たちはその音色によって眠気を覚え始めてしまった。そして一瞬、意識を切った瞬間。

彼らの首はすべて飛んでいた。

「まったく。世話が焼けますね」

「……グー」

「起きなさい」

「痛い⁉　酷《ひど》いぜ！　リンフィア嬢！　今、ハーレムの中にいたのに⁉」

「そのまま覚まさないほうがよかったかもしれませんね」

そう言ってリンフィアは槍の柄部分で叩《たた》いたことを後悔した。

ぞっとするほど冷たい声で言われたジークは、冷や汗をかきながら話題を変える。

「ど、どうしてここにいるのかな？」

「そう言えばそうですね。お見事な読みでした。さすがはヴィンフリート殿です」

「別に大したことはない。レオならオレの話を覚えていると思っただけだ」

そう言ってリンフィアの後ろから現れたのはヴィンだった。その傍にはネルベ・リッターの団長であるラースもいた。いきなりの援軍に敵兵たちが後ずさる。

「我々は突撃ということでよろしいかな？　軍師殿」

「ああ、頼む」

「おいおい、追い詰めると逃げられちまうぞ！　皇子の命令は殲滅《せんめつ》なんだが!?」

「心配ない。もう半包囲はできてる」

そう言うとヴィンは右手を振る。それに合わせてラースが部下たちを率いて突撃していく。

その現象はそこだけのモノではなかった。あちこちから部隊が突撃していき、敵の軍勢を半円状に包囲していく。

逃げ道は城のほうしかないが、城のほうからエルナたちが押し寄せてきており、敵の軍勢は一気に逃げ道を失った。そして烏合《うごう》の衆と化した敵を逃がさないために、ヴィンは手早く伝令を出して包囲を完全に閉じる。

エルナたちと共に閉じ込められた敵は猛獣の餌のようにただ蹂躙《じゅうりん》されるしかなかった。

12

「やぁヴィン。助かったよ」

「次はないぞ？　次から無茶をするなら事前に言っておけ。報告を聞いたときは意識が飛びそうになった」

ヴィンは不機嫌そうな表情と口調でそう告げる。敵は完全に殲滅され、レオたちは古城へと戻っていた。主要な人物たちが古城に集まる中、レティシアが目を覚ました。

「レティシア様！　お気づきですか!?」

「……勝ったのですね……？」

「あなたのおかげです。レティシア」

「いえ……ご迷惑をかけたのは私ですから……本当に申し訳ありません。すべて私の責任です」

そう言ってレティシアは集まった面々に頭を下げた。それに対してレオは首を横に振る。

「聞きたい言葉はそんな謝罪ではないんです。レティシア」

「……そうですね。ありがとうございます。レオ、そして帝国の騎士方。命を助けていただきました。ありがとうございます」

そう言ってレティシアはお礼を言い、それに続いて鷲獅子《グリフォン》騎士たちも深く頭を下げた。

それを見たあとレオは笑みを深めながらレティシアの傍に寄る。

「これですべて解決といえたら簡単なんですが……そういうわけにもいきません。きっとこれから帝国は大混乱に陥るでしょう」

「レオ……」

「あなたは王国の人間だ。このまま帝都に向かわずに王国に向かう道もあります。選択は任せます。ただ僕はあなたに帝都に来てほしい。僕と共に」

そう言ってレオはレティシアの手を握った。

聖女として王国の問題を解決するという選択がレティシアには残っていた。

帝国と王国がぶつかり合う前に、王国内で問題をすべて抑えることもできるかもしれない。

だがそうなれば王国を二つに割ることになる。このピリついた国際情勢の中では代理戦争の舞台にされかねない。結局、聖女という存在はすでに生きていても死んでいても火種なのだ。

そして物好きなことにその火種を引き取りたいという少年がいる。

レティシアは少し黙ったあとに静かに告げた。

「――はい。私はあなたのお傍にいます。迷惑な女ですが、そこはお許しください」

「ご安心を。その迷惑も含めて奪ったのですから」

そう言ってレオはニコリと笑った。

二人が見つめ合う。そんな中で空気を読まずに発言する者がいた。

「じゃあ帝都に向かうということでいいな？　おそらくだがここは完全に陽動だぞ」

「信じらんない……空気を読むってことができないの？　ヴィン」

「空気は読むものじゃなくて吸うものだ」

「あっそ。きっとあなたの前世って空気を必要としない奇特な生物だったのね。だからあの夕イミングで喋《しゃべ》ることができるんだわ……」

「言ってろ。オレは軍師なんでな。次の戦略を立てるのが仕事だ。そして次の問題は帝都だ」

「うん……わかってる。帝都は手薄になった。有事の際には僕らは自由に動ける貴重な勢力だ。だから今すぐ帝都に戻ろう。残る近衛《このえ》騎士隊も加えてね。きっと兄さんが待ってる」

「そうね。アルの周りには誰もいないもの」

「どうかな？　兄さんがフィーネさんの護衛を用意していないとは思えないけど？　どうなの？　セバス」

「まぁ心当たりはありますな。とはいえ帝都内で動かせる戦力はごくわずか。アルノルト様にできることは少ないでしょう」

そうセバスが告げるとレオは頷《うなず》く。少ない戦力を上手《うま》く使うというのはアルの得意とすることでもある。しかし、それで相手を倒すことはできない。

止《とど》めは誰かが刺さなければいけない。

「帝都へ向かう！　準備を！」

そうレオは号令をかけたのだった。

13

レティシアが拉致された翌日の夕方。

買い物を終えたミアはメイド服に身を包んでいた。

「もうちょっと動きやすい服がよかったですわ……」

「それでも動きやすいように設計されているんだがな」

「まぁ文句を言っても仕方ありませんですわ。これで頑張りますですわ」

「ああ、頑張ってくれ。ついでに言葉遣いも学べ」

「言葉遣い……？」

何のことかわからないって表情のミアに俺はため息を吐《つ》く。

いまだに自分の喋り方が淑女の喋り方だと信じているらしいな。

「フィーネは君みたいな喋り方はしない」

「そんなはずありませんですわ！　きっとですわ口調ですわ！」

「ややこしいな……まぁ会ってみるといいさ」

そう俺が言うとミアは楽しみですわとつぶやく。

ショックを受けないといいんだが、お爺《じい》さんをだいぶ信用しているみたいだし。

そんなことを思いつつ、俺は自分の部屋の扉を開ける。すると中ではフィーネが待っていた。

「お帰りなさいませ。アル様」

「ああ、ただいま」

「あわわわわ……!!　本物ですわ！　綺麗《きれい》すぎて神々しいですわ!?　眩《まぶ》しくて直視できませんですわ！」

「一応言っておくが、身分だと俺のほうが上なんだが？」

「皇子はあれですわ。覇気がありませんから、あー!?　痛いですわ！　耳を引っ張らないでくださいですわ！」

どうも馬鹿にされている気がしたので、俺はミアの耳を引っ張る。

これからメイドとして城にいるわけだしな。上下関係は叩《たた》き込まなければ。

「よく覚えておけ。今はメイドなんだから嘘《うそ》でも相手の喜びそうなことを言え」

「わ、わかりましたですわ……背が高いですわね」

「それで褒めてるつもりか？」

「私より幾分か高いですわ！　嘘じゃないですわ！」

また耳を引っ張ろうとしたら、ミアがヒョイっと距離を取る。俺とミアの背はあまり変わらない。そんな相手に背が高いと言われても嫌味《いやみ》にしか聞こえない。

まったく、これじゃ一発で普通のメイドじゃないってバレるぞ。

そんな風に思っていると、後ろでフィーネがクスクスと笑い始めた。

「そんなにおかしいか？」

「ええ、とても。初めまして、フィーネ・フォン・クライネルトと申します。よろしければお名前を伺ってもよろしいですか？」

「……で」

「で？」

「ですわじゃありませんですわ!?!?!?」

ガーンとショックを受けるミアは、口から魂が抜けていくのではないかと思うほど放心状態になった。

あーあ、やっぱりショックを受けたか。まぁ自分が信じてきたモノが崩れたわけだしな。

「な、なにか気に障ることをしてしまったのでしょうか……!?」

「いや、勘違いに気づかされただけだ」

「勘違い？」

「淑女はですわをつけて話すとお爺さんに教えられたらしい」

「ですわですか……私は使いませんね」

「ガーン……！」

そして打ちひしがれた様子でつぶやく。

追い打ちをかけられたミアはその場にくずおれてしまった。

「し、真の淑女の喋り方と言ったのに……お爺様の嘘つきーですわ！」

「まぁ勘違いは誰にでもあるしな。これを機に直してみろ」

「え？　直してしまうんですか？　とても可愛《かわい》らしい喋り方だと思うのですが……残念です」

「可愛らしい？　聞きにくくないか？」

「そうですか？　私は気になりませんけど？」

そう言ってフィーネはニッコリと笑う。機嫌を取ろうとしているわけではない。本当にそう思っているといった様子だ。さすがフィーネというべきか。

そんなフィーネの言葉を聞き、ミアが立ち上がる。

そしてフィーネの前まで行き、膝をついてからフィーネの手を握った。

「私の名前はミア！　一生ついていきますですわ！　フィーネ様！」

「一生は大げさですけれど、どうぞよろしくお願いします。ミアさん」

「はい！　私の弓で必ずお守りしますですわ！」

さっきその弓と武は俺に捧《ささ》げられたはずだが、どうも短時間で忠誠の対象が変わったらしい。

まぁどうせフィーネの傍《そば》にいてもらうわけだし、いいか。

忠誠がどこにあろうと働いてくれるなら別にいい。

「というわけで、今日からミアが君の護衛だ。フィーネ」

「はい。ありがとうございます。ですが……アル様の護衛はどうされるんです？」

「まぁいろいろ考えるさ。とりあえず君の安全だけは確保しないとならないんでな。ミア、フィーネからは極力離れるな。最悪の場合、まだ城にダークエルフが残ってる可能性すらある」

さすがに低い確率ではある。ダークエルフは五百年前の魔王との大戦に参加した種族だ。そして力は遺伝しない。つまり今いるのは当時の生き残りであり、その危険性から各国と冒険者ギルドからは指名手配されていた。

つまり数が少ないのだ。今回、投入された数はダークエルフからすればかなり多いと言えるだろう。さらに城の内部に仕込むというのは考えづらい。

だが警戒はすべきでもある。なにせ一度出し抜かれているからな。

「了解ですわ！」

「フィーネ。上手くミアを使ってやってくれ」

「どういう意味ですの!?」

「そのままだ。今回は遠くからドーンってわけにはいかない。頭が必要だ」

「私もその方面はあまり自信がないんですが……」

シュンとフィーネが小さくなる。まぁセバスとかリンフィアと比べると不安だらけではある

が、それはつまり警戒が薄いということにも繋《つな》がる。

今、大事なのはそういうところだ。

「なんとかそこはフォローする」

そう俺が言ったとき、部屋の扉がノックされた。

俺が返事をすると扉が開く。そこにいたのはアロイスだった。

「アルノルト殿下。お呼びと聞き参上いたしました」

「ああ、悪いな。アロイス」

アロイスはずっと城に留《とど》まり、いろんな人に師事していた。

その成果は出ているらしく、近衛騎士の一人がアロイスの剣技を褒めていた。子供とは思えないほど冷静な剣技だとか。

「失礼します。お久しぶりです。フィーネ様、それと……」

「ミアと申しますですわ。帝国軍一万を退けたゲルスの英雄にお会いできて光栄ですわ」

「よしてください。僕は何もしてませんから。ただ、その風評に恥じないように頑張っているつもりではありますが……その努力の成果をお役立てする機会ですか？　アルノルト殿下」

「まぁそんなところだな。申し訳ないが信用できる奴《やつ》が少なくてな。今の城は魔境だ。裏で誰と誰が手を組んでいるのかまったくわからん。予想できる者もいるが、予想できない者もきっと敵にいる」

「敵ですか……それは帝位争いの敵という意味ですか？」

アロイスが確認といった様子で問いかけてくる。アロイスは馬鹿じゃない。きっとわかっているんだろう。しかし俺の口から言わせて確かめたいと思ったんだ。

「違う。帝国の敵だ。聖女が拉致された時点で城の中に裏切り者がいるのは簡単に予想できる。そして悔しいがそいつらを完全に特定することはできていないし、証拠もない。きっと俺たちは後手に回らされる」

「そのために備えると？」

「ああ、そうだ。俺が動かせる範囲で完全に信用できるのはこの場にいる者だけだ。もちろん城の外や俺では動かせない人物の中には信用できる者もいるが、事前に備えられるのはこの場の者だけになる」

レオの側近たちも信用という点ではできるだろうが、俺に完全に従うかは怪しい。彼らのトップはレオであり、多くの者が俺を疎ましく思っているからな。

唯一の例外はマリーだが、今、マリーは母上の下にいる。

そうなると個人的に信用でき、かつ自由に動かせるのはこの場にいる者だけだ。

「光栄です。殿下が僕を信用してくれたのは我がジンメル伯爵家の誇りとなりましょう」

「そんなもんを誇りにしないでも、もっと大きな誇りをお前はいずれ摑《つか》むさ。そのためにも帝国を傾けるわけにはいかない。父上の傍には宰相がおり、帝国には有能な臣下が多数いる。しかし彼らにも手が届かない場所が出てくる」

立場に縛られず、比較的自由に行動できる者が必要だ。

そういう立場の人間がいない以上、俺がそれをやるしかない。

「まぁ結局、いつもどおりのことをするってことなんだがな」

「確かにそうですね。アル様がいつもやっていることをこの場の皆さんと一緒にやる。そういうことですね？」

「そういうことだ。悪いが働いてもらうぞ。人手不足なんでな」

そう俺が告げるとフィーネとアロイスが同時に頷《うなず》いた。

しかしミアだけが首を傾《かし》げていた。

「あの～……いつもやっていることっていうのは何なんでしょうかですわ？」

そのミアの質問に俺は苦笑する。たしかにミアにはわからんか。見てはいても説明はしていないからな。だから俺はニヤリと笑って告げた。

「――暗躍さ」

俺の言葉を聞き、ミアはああなるほどといった表情を浮かべる。

祭りは明日が最終日。動くなら明日だろうか。それとも要人が帰るタイミングだろうか。

まぁどうであれ、裏から阻止するまでだ。

国を裏切って好き勝手やれると思うなよ？　その報いは必ず受けさせてやる。

そう決意しながら俺は今後のことを話し始めたのだった。

エピローグ

Epilogue

帝剣城のとある一室。そこでゴードンとザンドラが顔を合わせていた。本来ならば、軟禁中のザンドラに会うのは至難の業だが、今は聖女の拉致によって容易に顔合わせができた。

「予定通りね」

「予定通りではない。レオナルトとアルノルトの余計な行動で、計画にずれが生じている」

ゴードンは忌々しそうに吐き捨てる。そんなゴードンを見て、ザンドラは笑った。

「結果的に近衛《このえ》騎士隊が合計五部隊、帝都の外に出たわ。鷲獅子《グリフォン》騎士や、レオナルトの手勢も。十分だと思わない？」

「本来ならば宰相が気づき、近衛騎士隊がもっと広範囲かつ大規模に調査をする予定だった！　だが、奴らはカラクリに早々に気づき、追跡を開始した！　おかげで増援として三部隊しか外には出ていない！　国境に二部隊派遣されたとはいえ、本来なら半分以上が出払う予定だった！　忌々しい！」

「王国への弁明のために、全力で犯人を捜しているアピールが必要だものね。だけど、レオナルトは素早く動いた。ダークエルフたちが逃げた方向も正確に捉えているし、本当に助けてしまうかもしれないわね。けど予定が狂ったからといって、計画を変える気はないのでしょう？」

「もちろんだ。勇爵とエルナは帝都の外だ。今ほど帝都が無防備なことはない。明日、式典の最終日に仕掛けるぞ」

ゴードンは高揚する自分をなんとか押さえつけていた。これまで、帝位候補者たちは互いに小競り合いを演じてきた。そういう戦いではエリクが勝つ。だからこそ、ゴードンは自分が輝く場を求めていた。

そしてその場がやってきた。

「私もようやくここを出られるわ」

「出るのは構わんが、勝手な動きは許さん」

「あら？　私に命令する気？　今回の一連の動きをお膳立てしたのは、王国よ？　そして王国は私に協力しているの」

「調子に乗るな。帝国内で動くのは俺と俺の部下、そして連合王国だ」

ザンドラを支援する王国と、ゴードンを支援する連合王国。どの国も帝国に弱体化してもらいたいからこそ、二人に手を貸している。計画が成功すれば帝国は混乱期を迎える。

今は手を結んでいる二人もぶつかり合うことだろう。それは互いに承知の上。

それでも手を結んだのだ。現状打破のために。

「帝都の制圧に合わせて、各国境に圧力がかかる。連合王国と藩国、そして王国。三か国による国境攻撃だ。国境守備隊は動けん」

「リーゼロッテはどうするつもり？」

「東部を動いていないのは確認済みだ。皇国が動く可能性を考慮して、奴は東部国境を離れられん。皇国も少し役に立つということだな」

「動くかもしれないというだけで、大駒を縛り付けられるものね。南部はいまだに復興中。四方の国境守備軍は動けず、十分な戦力を抱える貴族たちも帝都の現状を知らない。父上を助ける軍はどこにもないわね」

「当たり前だ。そうなるように計画したのだからな。俺は父上の下へ行く。城の制圧は貴様の仕事だ。抜かるなよ？」

「誰にモノを言っているのかしら？　幼い頃から過ごした城よ。制圧するなんてわけないわ」

そう言ってザンドラは笑い、ゴードンは深く息を吐く。

暗く、深い陰謀が帝都を包もうとしていたのだった……。

最強《さいきよう》出《で》涸《が》らし皇子《おうじ》の暗躍《あんやく》帝位《ていい》争《あらそ》い7
無能《むのう》を演《えん》じるSSランク皇子《おうじ》は皇位継承戦《こういけいしようせん》を影《かげ》から支配《しはい》する

著　タンバ

角川スニーカー文庫　22730

2021年7月1日　初版発行

発行者　青柳昌行

発　行　株式会社KADOKAWA
〒102-8177 東京都千代田区富士見2-13-3
電話　0570-002-301（ナビダイヤル）

印刷所　株式会社暁印刷
製本所　株式会社ビルディング・ブックセンター

Printed in Japan　ISBN 978-4-04-111503-9　C0193

★ご意見、ご感想をお送りください★
〒102-8177 東京都千代田区富士見2-13-3
株式会社KADOKAWA　角川スニーカー文庫編集部気付
「タンバ」先生
「夕薙」先生

角川文庫発刊に際して

角川源義

第二次世界大戦の敗北は、軍事力の敗北であった以上に、私たちの若い文化力の敗退であった。私たちの文化が戦争に対して如何に無力であり、単なるあだ花に過ぎなかったかを、私たちは身を以て体験し痛感した。西洋近代文化の摂取にとって、明治以後八十年の歳月は決して短かすぎたとは言えない。にもかかわらず、近代文化の伝統を確立し、自由な批判と柔軟な良識に富む文化層として自らを形成することに私たちは失敗して来た。そしてこれは、各層への文化の普及滲透を任務とする出版人の責任でもあった。

一九四五年以来、私たちは再び振出しに戻り、第一歩から踏み出すことを余儀なくされた。これは大きな不幸ではあるが、反面、これまでの混沌・未熟・歪曲の中にあった我が国の文化に秩序と確たる基礎を齎らすためには絶好の機会でもある。角川書店は、このような祖国の文化的危機にあたり、微力をも顧みず再建の礎石たるべき抱負と決意とをもって出発したが、ここに創立以来の念願を果すべく角川文庫を発刊する。これまで刊行されたあらゆる全集叢書文庫類の長所と短所とを検討し、古今東西の不朽の典籍を、良心的編集のもとに、廉価に、そして書架にふさわしい美本として、多くのひとびとに提供しようとする。しかし私たちは徒らに百科全書的な知識のジレッタントを作ることを目的とせず、あくまで祖国の文化に秩序と再建への道を示し、この文庫を角川書店の栄ある事業として、今後永久に継続発展せしめ、学芸と教養との殿堂として大成せんことを期したい。多くの読書子の愛情ある忠言と支持とによって、この希望と抱負とを完遂せしめられんことを願う。

一九四九年五月三日